EL
INQUISIDOR

HÉCTOR ZAGAL

EL
INQUISIDOR

Planeta

Diseño de portada: Estudio la fe ciega / Domingo Martínez

© 2018, Héctor Zagal

Derechos reservados

© 2018, Editorial Planeta Mexicana, S.A. de C.V.
Bajo el sello editorial PLANETA M.R.
Avenida Presidente Masarik núm. 111, Piso 2
Colonia Polanco V Sección
Delegación Miguel Hidalgo
C.P. 11560, Ciudad de México
www.planetadelibros.com.mx

Primera edición en formato epub: junio de 2018
ISBN: 978-607-07-4986-5

Primera edición impresa en México: junio de 2018
ISBN: 978-607-07-4988-9

Impreso en los talleres de Litográfica Ingramex, S.A. de C.V.
Centeno núm. 162-1, colonia Granjas Esmeralda, Ciudad de México
Impreso y hecho en México – *Printed and made in Mexico*

A mi querido Omar

A Sergio González Rodríguez, escritor valiente, mexicano comprometido y, claro que
sí, gran amigo. *In memoriam.*

En los autos de fe vi lo que había
sentenciado mi lengua. Las piadosas
hogueras y las carnes dolorosas,
el hedor, el clamor y la agonía.
He muerto. He olvidado a los que gimen
[...]

JORGE LUIS BORGES, *El inquisidor*

1

DE VUELTA AL INFIERNO

Como si fuesen las mismísimas calderas del infierno, así arde el desierto de Nuevo México. La caravana avanza resignadamente por aquellas tierras inhóspitas. Las últimas leguas de un viaje siempre son las más largas. La distancia entre Albuquerque y Santa Fe es corta, menos de una jornada y, sin embargo, el camino se antoja interminable. Inés Goicoechea piensa una y otra vez en Rodrigo. Cada vuelta de rueda es como un clavo en su corazón, un golpe de martillo en su cabeza.

El día amaneció especialmente frío, pero dentro de poco lloverá fuego. El desierto es hirviente en el día y un glaciar en la noche. Del frío uno puede defenderse con unas mantas y una fogata, pero del calor no hay manera de escapar. El sol no tiene misericordia e inflama el desierto en cuestión de minutos. Ni siquiera los coyotes y pumas se atreven a enfrentarlo. Incluso los escorpiones evitan el sol de mediodía. Desde que cruzaron el río Grande, el aire se ha vuelto más polvoso y mordiente, casi irrespirable. La garganta se cierra. La lengua se convierte en una correa de cuero. Los labios agrietados sangran. Las gotas de sudor se evaporan en pocos minutos, dejando una estela salitrosa en el rostro. Un par de horas al sol de las doce bastan para matar a un viejo o a una mujer menuda; los niños resisten menos, una hora a lo sumo. El sol es una bola de fuego, jamás debe tomarse a la ligera.

Inés tiembla cuando piensa en el fuego. Ni el peor calor del desierto se compara con las hogueras del Santo Oficio. Malditas llamas. Malditas hogueras. Maldito fuego. Malditos inquisidores. Imagina a Rodrigo retorciéndose entre las llamas mientras la gente asiste al espectáculo como si fuese una obra de teatro. Intenta no pensar en la escena; quisiera escapar de sí misma, pero es imposible. Imagina la piel blanca de Rodrigo llagada, llena de ámpulas, negrecida, carbonizada. Lo ve amordazado, vestido con un ridículo sambenito pintarrajeado con demonios. Piensa en sus pies descalzos sobre la leña, que se enciende poco a poco; en sus ojos azules desorbitados por el dolor, en sus manos crispadas, en las pústulas sanguinolentas de su boca. Rodrigo era valiente y fuerte, pero nadie puede aguantar ese tormento sin gritar. El peor momento es el inicio, cuando la lumbre, aún débil, comienza a rozar los cuerpos. Los desdichados gritan, chillan, blasfeman, aúllan. Esos aullidos son la única compañía que, desde ese día, Inés recibe noche tras noche: unos aullidos de los que no podrá escapar nunca.

2

EL QUEMADERO DE LA INQUISICIÓN

Si un hombre se acuesta con otro hombre
como se hace con una mujer, los dos cometen
una abominación y serán castigados con la
muerte.

LEVÍTICO 20: 13

Los cuerpos de los condenados arderán dentro de unas horas, iluminando el cielo de México. El Santo Oficio ha organizado un fastuoso auto de fe en la capital de la Nueva España. Hoy habrá fuego y chillidos para entretenimiento del pueblo y gloria de Dios.

Xavier Goñi cabalga de mala gana por la calzada México-Tacuba rumbo a la Plaza del Volador. Ahí, al lado del palacio real, se celebrará la ceremonia. A cada rato el jinete se lleva las manos a la espalda, que le duele mucho, como si un ejército hubiese marchado sobre ella. El trote del caballo lastima sus vértebras, que se comprimen y rozan con cada paso. Es tensión, una sensación de impotencia, tristeza y enojo. No concilió el sueño en toda la noche pensando en las penas de muerte que se ejecutarán. En vano intentó esconderse en casa del párroco de Tacuba para no asistir a la ceremonia; era obvio que su treta fracasaría. Sus superiores le ordenaron regresar a la ciudad de inmediato.

—Padre Goñi —le reconvino su superior—, usted es el confesor del virrey, profesor de la universidad, connotado miembro de la Compañía. ¿Cómo se le ocurre faltar al auto de fe? ¿En qué cabeza cabe? ¡No sea insensato! ¡Usted debe estar presente!

De nada le sirvió excusarse aduciendo un fortísimo dolor de cabeza, una fiebre, una diarrea. El superior fue tajante:

—En nombre de la Santa Obediencia, le ordeno que asista al auto de fe.

—Es que me siento muy mal…

—Déjese de tonterías y obedezca. Reservaron un asiento de honor para usted en el palco de Su Excelencia, ¡en el estrado del virrey! ¿Cómo se atreve a excusarse?

—De verdad, padre, no me siento nada bien.

—Usted asiste ¡aunque se muera a mitad de la ceremonia! Compréndalo, Goñi: si falta no sólo se compromete usted, ¡compromete a la Compañía! ¿Quiere eso?

A pesar de ser sacerdote, no es mal jinete; de niño aprendió a montar en los campos de Navarra. Goñi nació en un familia de terratenientes pamploneses que, además de trigales y ovejas, poseían excelentes caballos andaluces que el chico cabalgaba a su gusto todos los días. Tenía asegurado el futuro: sus padres le conseguirían una esposa de alcurnia, heredaría sus tierras y llevaría una vida cómoda y sin sobresaltos. Pero un día pasó por Pamplona un jesuita invitando a los jóvenes a unirse al ejército de Dios. El joven Goñi, conmovido por la elocuencia del aquel religioso, sintió la llamada divina y decidió entregar su vida a la Compañía de Jesús. El joven tuvo que enfrentarse a sus padres, a quienes les parecía una insensatez eso de abandonar a la familia para unirse a una orden religiosa. Habían puesto en él las esperanzas de un linaje noble y ahora, de un día para otro, el cuento de la vocación mandaba todo al traste.

Sin embargo, la oposición más feroz no provino de sus padres, sino de él mismo. Sus ambiciones, sus proyectos y sus anhelos conspiraban contra el llamado divino. ¿Puede haber algo más difícil que pedirle a un chico que renuncie a sus ilusiones? El futuro es posibilidad de libertad infinita, nada hay más difícil que sacrificarlo. El amor a Dios y el amor a sí mismo desgarraron interiormente el alma del joven, una angustia que nadie sino el que la sufre puede comprender. Finalmente, pudo más Dios y él olvidó a su familia, los caballos, las tierras.

Goñi aún conserva la afición por los caballos, pero sus superiores no le permiten cabalgar, pues les parece impropio de un jesuita. La vocación es sumisión. Goñi le entregó a Dios sus aficiones y deseos más íntimos. Pero es una ocasión especial: hoy tiene permiso para hacerlo. Ahora debe acelerar el trote, la distancia entre Tacuba y México no es corta. Un quejido de dolor se le escapa al jesuita cuando el caballo apura el paso; la espalda, la maldita espalda.

A la altura del convento de San Fernando, comienza a notarse el gentío que se dirige a la ciudad para presenciar el espectáculo. Goñi avanza un poco más y mira hacia la derecha de la calzada, donde los curiosos se arremolinan en torno al patíbulo.

Un alguacil y un capataz revisan minuciosamente el brasero donde arderán los condenados. En estas ceremonias las equivocaciones son inadmisibles. El problema es que en la Ciudad de México el quemadero de la Inquisición carece de lugar fijo; en realidad se usa poco, cada diez o doce años. A diferencia de los tribunales civiles, el Santo Oficio destaca por su misericordia y piedad. Los inquisidores recurren a la hoguera sólo en caso extremo. Con todo, la falta de un quemadero definitivo complica las ejecuciones; lo más práctico sería contar con un espacio fijo para estas tristes ocasiones. Los señores inquisidores quisieran evitarse los inconvenientes de conseguir un terreno prestado cada vez que se necesita. Lamentablemente, el ayuntamiento no desea un quemadero estable, pues argumenta que se usa muy poco y que la ciudad acabaría por engullirlo pronto. Los médicos, en efecto, desaconsejan quemar cuerpos dentro de las villas. A los pecadores se les debe quemar afuera, donde el humo no apeste.

Para esta ocasión se consiguió un pequeño descampado entre el convento de San Diego y el Hospital de San Hipólito, un terreno a la vera de la calzada a Tacuba, contiguo a la Alameda. No está mal. Se encuentra lo suficientemente cerca de la Plaza Mayor, y lo bastante alejado como para no importunar a los vecinos.

Goñi, sin pretenderlo, ha estado al tanto de los preparativos. En el colegio de los jesuitas no se ha hablado de otro tema durante la última semana. Los obreros han trabajado arduamente, desbrozando el campo y aplanando la tierra. Las estacas donde se amarra a los condenados deben anclarse firmemente al suelo porque, en su desesperación, los sentenciados pueden tumbarlas. Cuando las llamas despellejan la piel, los condenados se retuercen como energúmenos. El dolor saca fuerzas del cuerpo más enclenque.

Alrededor de cada estaca, formando una pirámide, los obreros colocaron troncos de ocote, entreverados con ramas secas y paja. La olorosa resina del ocote sirve para ocultar el tufo de la grasa humana quemada. En la parte superior de cada estaca se ha colocado un torniquete que se ajustará al cuello del condenado. Si el infeliz manifiesta su arrepentimiento, aunque sea en el último instante, el verdugo le romperá el cuello. En realidad, pocos sentenciados mueren quemados; la mayoría, impulsada por la gracia de Dios, se acoge en los últimos segundos a la misericordia de la Iglesia, que les ahorra el suplicio del fuego. Sólo algunos pérfidos, soberbios y empecinados se atreven a enfrentar la hoguera en vida. En cualquier caso, reconciliados o recalcitrantes, los cuerpos deben quemarse; sólo así se limpian los pecados.

El padre Goñi intenta evadirse recordando la nieve de los Pirineos, los espárragos de Tudela, el clarete de Estella, la lluvia fina de Pamplona, los caballos de su niñez, la tierra mojada, el queso de oveja, la sonrisa de su madre, los abrazos de su padre. Imposible. El jesuita no logra olvidar las ejecuciones; el olor a carne quemada regresa tercamente a su cabeza una y otra vez.

Quemar a una persona no es tan fácil como se cree. La leña es fácil de encender, pero la carne humana no prende de inmediato, ni siquiera cuando se embadurna con brea y azufre. Si las llamas no consumen el cuerpo, la carne despide un hedor nauseabundo, como el del tocino rancio. Los espectadores, que horas antes se peleaban por un buen lugar para mirar la ejecución, acaban huyendo de los chillidos de los condenados y la peste de la piel sancochada. Los verdugos siempre quieren amordazar a los condenados para evitar esos chillidos, pero los inquisidores rara vez lo permiten: el Santo Oficio quiere otorgarles a los reos la oportunidad de que, incluso a mitad del suplicio, puedan externar su arrepentimiento.

—Creo en Dios, Padre Todopoderoso, Creador del Cielo y de la Tierra… —reza Goñi montado en su caballo, evitando a los caminantes que charlan despreocupados rumbo a la ciudad.

La multitud camina alegremente, como si fuese a una verbena: madres que cargan a sus bebés en rebozos, mozos fuertes y bravucones, jovencitas coquetas escoltadas por sus padres. Goñi los mira con desprecio y apura el trote.

—¡Ay! —se queja de nuevo por el dolor de espalda.

Debe llegar a tiempo, pero conforme se acerca a la Plaza del Volador, la ciudad se va convirtiendo en un tianguis. Goñi se lleva la mano al cuello y se da un pequeño masaje. El dolor sube por el cuello y desemboca en el ojo derecho, que le pulsa como un tambor de guerra.

El auto de fe, propiamente hablando, es largo y tedioso: sermones, lecturas de sentencias, oraciones. Lo que a la gente le gusta son las ejecuciones. Quienes consiguen un lugar para presenciar el tormento se sienten afortunados. Los invitados de honor observan las ejecuciones con cara adusta y se retiran pronto a sus casas a comer y beber. El pueblo, ávido de entretenimiento, se queda un rato largo, hasta que el olor los aleja. En cambio, los alguaciles y verdugos deben esperar un día para que las cenizas se enfríen por completo. La combustión nunca es perfecta, usualmente quedan restos de huesos. Las partes más difíciles de consumir son los cráneos y las pelvis. Como esos restos no pueden enterrarse en un camposanto, se rompen en trozos muy pequeños y se esparcen en algún estercolero o se arrojan a un río. Es un trabajo asqueroso, pero alguien debe hacerlo.

Xavier Goñi conoce los nombres y delitos de los sentenciados. Su posición como confesor del virrey le da ciertos privilegios. Si bien la Inquisición prohíbe que esa información se ventile, como en los casos de pena capital es la gente del virrey quien ejecuta las sentencias, los rumores acaban filtrándose en el palacio real. Hoy morirán tres judaizantes reincidentes y media docena de sodomitas. El Tribunal no se tienta el corazón al juzgar el pecado *contra naturam* y los castiga con tanto rigor como a los seguidores de la Ley de Moisés. Pocas acciones ofenden tanto a la Divina Majestad como la depravación de los varones que fornican con otros varones.

En realidad, el virrey no desea ejecutar a nadie; le parece que el Santo Oficio tiene sus días contados y no desea pasar a la historia como el verdugo de la Nueva España. En el fondo de su corazón, le parece excesivo quemar a quienes descreen de la Iglesia. Durante el tiempo que pasó en Holanda y en Francia como embajador del rey, aprendió que la tolerancia puede ser benéfica para un reino. En Ámsterdam nadie teme a los judíos. ¿Qué mal le puede hacer a la Corona una religión que prohíbe el jamón y ordena descansar en sábado?

¿Qué perjuicio le puede causar al rey una docena de mozos afeminados? Versalles está lleno de sodomitas y no ha llovido fuego sobre la corte francesa. El virrey, murmuran las malas lenguas, está contaminado por los filósofos herejes.

Goñi y el virrey han conversado discretamente sobre el tema, amparados siempre bajo el secreto de confesión. Han hablado del horror que el Santo Oficio despierta entre ingleses y holandeses. Tampoco los franceses miran con simpatía a la Inquisición, y eso que los Borbones gobiernan España y Francia. A pesar de esas convicciones, el virrey nunca comprometería su carrera para salvar las vidas de unos pobres diablos. Es un hombre de Estado, no un profesor de teología moral y mucho menos un reformador. «¿Reformador? Las reformas son peligrosas, siempre lo son, pero a veces resultan indispensables», piensa Goñi mientras el caballo bufa nerviosamente entre la multitud, que los va rodeando.

Un pícaro vendedor de canutillos de membrillo se acerca al sacerdote.

—Baratitos, baratitos, los canutillos del mejor membrillo. ¿A dónde va Su Merced? ¿Al auto de fe? Lleve sus golosinas para el hambre.

—¡En un auto de fe no se come! A un auto de fe se va a rezar, no es una corrida de toros —responde el padre Goñi al tiempo que espolea el caballo.

El vendedor le responde con una burlona inclinación de cabeza, pero a los dos segundos el bribón troza un crujiente canutillo y se lo come alegremente. El sacerdote azuza el caballo para llegar a la ceremonia, lo obliga el voto de obediencia y un mínimo de instinto de supervivencia política. Incluso los sacerdotes deben cuidarse del Santo Oficio. Se hace tarde y Goñi se pone nervioso. Cada vez hay más curiosos alrededor del quemador y el caballo del jesuita apenas si logra abrirse el paso entre este enjambre.

El brasero rara vez se coloca en el mismo lugar donde se celebra el auto de fe. A la Inquisición le gusta recalcar que la Iglesia no derrama sangre. La autoridad secular es quien ejerce ese penoso deber. Al Santo Oficio le preocupa el alma de las personas, aunque en ocasiones el fuego sea la única manera de salvar a esos desgraciados.

A la altura de la iglesia de la Santa Veracruz, dos pajes enviados por el mismísimo virrey salen al encuentro de Goñi. Se está haciendo tarde. El jesuita debe presentarse cuanto antes en el estrado de honor; se le ha asignado un asiento junto la familia del virrey, un honor por el que muchos pagarían un dineral.

—¡Su Merced! ¡Apúrese! No vamos a llegar y nos regañarán —le dicen los criados.

A punta de espada, los pajes se abren paso entre la chusma. La Ciudad de México está abarrotada como nunca; vinieron personas de Azcapotzalco, de Cuautitlán, de Mixcoac. La gente de Chalco y Texcoco no dudó en cruzar el inmenso lago para asistir al auto de fe. Incluso hubo personas que viajaron desde Puebla, Valladolid y Guadalajara para la ceremonia. La Inquisición preparó este acto sin escatimar gastos; los bienes confiscados a los herejes sirven, entre otras cosas, para sufragarlos. Todo sea para la mayor gloria de Dios. Quienes pensaban que el Santo Oficio iba a desaparecer estaban muy equivocados; digan lo que digan los masones y los protestantes, la Inquisición sigue siendo poderosa en los reinos de España.

Sin aliento, con la espalda hecha polvo, el padre Goñi llega a la Plaza del Volador, a un costado del palacio real. El virrey respira aliviado. Su Excelencia quería tener cerca a su confesor. Como el resto de los invitados ya ocupan sus lugares, los pajes improvisan y colocan a Goñi al lado de la hija del virrey, y no en la silla originalmente prevista para el jesuita. El sacerdote se siente raro sentado entre las amigas de la hija del virrey.

Las jóvenes, vestidas de negro, lucen hermosas mantillas que cuelgan de sus peinetas de carey. Como un parvada de golondrinas adormiladas, las jóvenes guardan silencio mientras se abanican y miran hacia la plaza. Entre ellas está doña Inés de Goicoechea, hija de don Anselmo, rico minero de Pachuca. La joven, de pelo negro y lacio, ojos verdes, piel aceitunada, cuello alargado y gesto altivo, saluda con la cabeza al jesuita, con quien se dirige espiritualmente. Goñi le devuelve el saludo también en silencio.

Mientras tanto, en la tribuna de honor, se escuchan los murmullos de reprobación. ¿Cómo se atreve un simple sacerdote a llegar tarde a un auto de fe? ¿Por qué no participó en la procesión? ¿Quién se cree? Y, por si fuese poco, se sienta entre las doncellas de la corte.

—¡Tenía que ser jesuita! —comenta la marquesa del Valle de Orizaba.

Goñi se deja caer en la silla y siente un alivio casi voluptuoso cuando sus nalgas, adoloridas por la cabalgata, tocan el mullido terciopelo; luego estira las piernas y mueve el cuello. Su sotana, llena de polvo, desdice de la elegancia de un confesor de príncipes. Su alzacuellos blanco, pésimamente almidonado, también está lleno de tierra. Su vestimenta descuidada contrasta con la elegancia de los cortesanos, pero a Goñi eso le tiene sin cuidado. La túnica de Jesús tampoco estaría muy limpia después de predicar por los polvorientos caminos de Judea.

Este es el tercer auto de fe al que Goñi asiste en su vida. Los dos primeros le parecieron edificantes y creyó que la Inquisición actuaba con toda justicia. «La fe —pensaba por aquel entonces— es una gracia de Dios que no debe manosearse ni ponerse en peligro»; los herejes recibían su merecido por falsificar la verdadera y única fe. ¡Cuánto ha cambiado desde entonces! En sus tiempos de novicio y de joven sacerdote aplaudía las intervenciones del Santo Oficio. Ahora, en la cúspide de su influencia, rehúye un lugar de honor en la procesión y en el estrado. Y estos pensamientos le asustan. ¿Quién es él para cuestionar la autoridad de la Iglesia?

Xavier Goñi no dejó de creer en los métodos del Santo Oficio súbitamente. El recelo fue paulatino, propiciado por aquellas tertulias en las que, alrededor de una taza de chocolate y un platón de buñuelos, conversaba con ciertos amigos sobre teología y filosofía. De vez en vez, algunos contertulios se atrevían a elogiar la tolerancia religiosa de los holandeses y los ingleses. Al principio eso de la tolerancia le sonó escandaloso, impío, blasfemo, pero no se atrevió a denunciarlos ante la Inquisición y, poco a poco, se fue familiarizando con la idea. ¿No escribió santo Tomás de Aquino que es indebido convertir a los gentiles valiéndose de la violencia? Esas tertulias cambiaron su modo de ver la religión, y gradualmente fue penetrando en el círculo íntimo y secreto de esos cristianos libres y educados. Entre ellos, hay dos canónigos de la catedral, un oidor de la Real Audiencia, un capitán de los Dragones de la Reina y, el más importante de todos, el secretario particular del virrey.

Sin embargo, sí hubo un momento de quiebre: fue hace cinco años, durante unos ejercicios espirituales en el colegio de Tepotzotlán. Goñi guarda memoria de ese instante con tanta precisión como recuerda el día en que escuchó al jesuita que le habló de la entrega a Dios en Pamplona. Xavier Goñi caminaba en la huerta leyendo los Evangelios. Era Cuaresma, una calurosa primavera; los naranjos perfumaban el aire y el sacerdote había buscado el frescor de los árboles. Rumiaba las bienaventuranzas de san Mateo, que el predicador en turno había citado en la plática de la mañana. «Bienaventurados los misericordiosos, porque ellos alcanzarán misericordia». Él también había citado ese versículo muchas veces en los sermones, en el confesionario, incluso lo citaba en su libro, el único que había publicado. Entonces se atrevió a dar un paso largamente postergado: la misericordia es el camino de la salvación, no el castigo. Ahora vive desgarrado interiormente, inquieto, como en sus tiempos de juventud, cuando dudaba si ingresar a la Compañía. Lo peor de todo es que no tiene con quién desahogarse. Hablar del tema con los superiores o con su director espiritual sería una insensatez. Lo acusarían de hereje y seguramente lo encerrarían o, en el mejor de los casos, lo apartarían de la cura de almas.

Sus compañeros de tertulias, por supuesto, adivinan el desasosiego interior del jesuita, pero entre ellos hay un pacto tácito: se habla de ideas, de filosofía, de teología, incluso de política, pero ninguno abre su alma frente a los demás. Cada quien debe lidiar con su propia conciencia sin pedir la ayuda de otros.

A veces piensa que mantiene un secreto con el demonio, que lo sucedido en Tepotzotlán no fue una iluminación de Dios ni una gracia del Espíritu Santo, sino una trampa de Satanás, el engañador, padre de la mentira. ¿Cómo se atreve él a recelar de la Inquisición, bendecida por tantos papas y obispos? Pero de inmediato le brincan las palabras de Jesús: «Bienaventurados los misericordiosos...». El demonio no puede inspirar misericordia. El perdón y la mansedumbre son cosa de Dios, no de Satán. Y, a pesar de ello, siente miedo de que el diablo esté dirigiendo sus pasos. En cualquier caso, a pesar de sus reparos interiores, debe aparecer en estos actos y ceremonias del Santo Oficio, porque Goñi no quiere morir en una hoguera.

En la procesión desfilaron el virrey, los oidores de la Real Audiencia, el arzobispo y sus canónigos, el cabildo del ayuntamiento, los doctores de la Real y Pontificia Universidad, las órdenes religiosas, los caciques de los barrios indios y, por supuesto, todos los funcionarios del Santo Oficio. La piedra de toque de esa magnífica procesión fueron los condenados, los relajados, quienes dentro de unos minutos serán entregados al brazo secular para recibir su merecido.

—¡Judíos! ¡Herejes! —grita la chusma, convertida en celosa defensora de la fe. Los reos llegan montados en mulas, vistiendo el sambenito y el capirote pintarrajeados con diablos y llamas. El público más experimentado sabe qué delitos cometió cada preso sólo con ver el color y dibujo de la ropa. Un sambenito amarillo con dos aspas significa herejía; ese reo sufrirá, por lo menos, la confiscación de sus propiedades.

Indios, negros, españoles, mulatos, la sociedad entera presencia el auto de fe. Los más pobres sienten una inconfesada satisfacción viendo la humillación de algunos blancos. Es una especie de justicia macabra, pues el Tribunal del Santo Oficio carece de jurisdicción sobre los indios. Sólo los más pobres, los conquistados, están amparados contra la Inquisición.

Los estrados para el auto de fe fueron primorosamente dispuestos en la Plaza del Volador, a un costado del palacio de los virreyes. Terminada la ceremonia, vendrá la parte que realmente interesa a la multitud, la ejecución en el quemadero.

El auto de fe propiamente dicho es pomposo y aburrido: sermones, oraciones, lectura de sentencias y algunos castigos menores. La caterva de condenados, colocados a la vista del pueblo en la mitad del tablado, escuchan humillados la lista de sus aborrecibles pecados.

En la hoguera no sólo arderán los vivos, también se quemarán los huesos de los judaizantes cuya infidencia fue descubierta años después de su muerte. La Inquisición descubrió sus embustes gracias a la declaración de algunos de sus descendientes, quienes, arrepentidos, confesaron haber sido educados en la Ley de Moisés por sus padres y abuelos. El fuego de la Inquisición castiga a los vivos, a los muertos, a los prófugos. El Santo Oficio ha desenterrado los restos de esos apóstatas, cuyos cuerpos malditos jamás debieron descansar en suelo santo. También será quemada la efigie de un tal Carlos, judaizante que no pudo ser capturado por el Santo Tribunal y de quien se cuenta vive entre piratas luteranos. La Inquisición no se resigna a perder y si algún sentenciado está prófugo, se le quema en ausencia. Se fabrica un monigote de madera y papel que arde junto con los vivos; a lo que se le llama quemar *in effigie*.

—¡Podrá escapar del fuego terreno —predicó un fraile—, pero jamás podrá escapar del fuego de Dios!

El plato fuerte, sin duda, serán los vivos, sodomitas y judíos que recibirán la santísima purificación del fuego.

La Inquisición se tomó la molestia de coleccionar pecadores variopintos para esta ocasión. Está, por ejemplo, el párroco de Atlixco, quien solicitó favores indecentes de una dama en el confesionario. El cura, degradado sacerdotalmente, será recluido de por vida en un convento. También está un bígamo, quien intentó engañar a la Iglesia casándose en México y en Oaxaca, suponiendo ingenuamente que nadie se daría cuenta de sus dos mujeres. El bígamo recibirá treinta azotes y pagará una inmensa multa. Hay blasfemos y un comerciante poblano al que se le halló un libro de Locke, autor prohibido por la Iglesia. De un tiempo para acá la Inquisición está muy preocupada por la cantidad de libros herejes que se introducen de contrabando a estas tierras. Tal parece que un grupúsculo de librepensadores conspira en la Nueva España contra la Iglesia y contra el rey. Esos descreídos pretenden burlarse del índice de libros prohibidos por el Santo Oficio, pero los ojos del Tribunal están en todas partes y, más temprano que tarde, dará con ellos.

El inquisidor mayor, fray Joaquín de Salazar, asiste el acto procurando no externar emoción alguna, pero, con discreción, mira de reojo hacia atrás para saber si el insolente confesor del virrey apareció. Fray Joaquín es rubio, de ojos verdes, alto, esbelto y de condición frágil. El hábito blanco y negro resalta su elegante y espigada figura. De cerca, sin embargo, se le ve cansado. Ayer se desveló rezando ante el Santísimo Sacramento, rogando por la salvación eterna de los sentenciados. El Tribunal del Santo Oficio procura el bien de las almas, incluso de los judaizantes y luteranos. Fray Joaquín no se regocija con el dolor ajeno, pero sabe que a veces la medicina debe ser dolorosa para cauterizar las heridas purulentas. Y, al igual que sucede con las medicinas del cuerpo, que en ocasiones pueden matar al enfermo, también el tormento puede comprometer la salud del alma. La hoguera es una medicina riesgosa y sólo debe aplicarse excepcionalmente.

El arzobispo de México, revestido de encajes flamencos y seda de China, luce abiertamente contrariado. De buena gana se hubiese excusado de asistir, pero el inquisidor no se lo hubiese perdonado. El reverendísimo arzobispo sabe que él también está sometido al Santo Oficio y fray Joaquín se lo ha hecho notar repetidamente. El inquisidor le ha echado en cara el poco apoyo que ha dado al Tribunal y su poco interés por dar con los masones y los librepensadores que, se rumora con insistencia, pululan en la Nueva España. Y fray Joaquín tiene razón: al arzobispo no le importan esos temas; lo que de verdad le preocupa son los bienes de la Iglesia, que han despertado la ambición de los ministros del rey. El día menos pensado, la Corona le puede arrebatar a la Iglesia sus tierras y propiedades.

Desde el estrado de honor, don Antonio de Ortuño, virrey de la Nueva España, capitán general de los ejércitos, cabeza de la Real Audiencia y vicepatrono de la Iglesia, observa el espectáculo. Su Excelencia, engalanado con una casaca negra de terciopelo recamado con plata de Taxco, se ha quitado los guantes blancos y juguetea nerviosamente con ellos. Le aburre la infinita lectura de los cargos. El sermón predicado por un consultor de la Inquisición le pareció de lo más insulso. Por si fuera poco, le cayó fatal el chocolate en la mañana. Su médico le ha indicado que se olvide del chocolate con leche; debe beberlo con agua, como los mexicanos. Sin embargo, al virrey le encanta el sabor grasoso del chocolate de Chiapas disuelto en leche, un chocolate casi pastoso, espeso, sin espuma. Hoy le esperaba una jornada larga, necesitaba un alimento sustancioso. ¿Cómo iba a prescindir del chocolate? El problema ahora son los cólicos y las flatulencias. Es una vergüenza que el representante de Su Majestad apeste a mierda y que el arzobispo y el inquisidor tengan que oler sus gases.

El virrey mira el espectáculo con desdén. Aquí, en la Nueva España, no acaban de enterarse de que soplan nuevos vientos en Europa. Él mismo, a pesar de su afición por el chocolate, quisiera olvidarse de ese indigesto brebaje para pasarse al café, que es la bebida de los filósofos franceses. El café, se lamenta el virrey interiormente, es la bebida de los años futuros. El café mantiene despierto, agudiza la inteligencia, afila el ingenio, excita la mente. No imagina a los inquisidores bebiendo café a la francesa; es demasiado moderno para esos personajes. Don Antonio de Ortuño, en efecto, desconfía del Santo Oficio. El Tribunal concentra demasiado poder y por momentos funciona como un Estado dentro del Estado, algo que no le gusta a él ni al rey, a quien representa. Antes de venir a la Nueva España, Su Majestad le previno contra la excesiva independencia de la Inquisición en estas tierras. Además, persisten los rumores sobre los malos manejos del dinero por los inquisidores. No sería la primera vez que se descubre que el Tribunal se apropia de las riquezas confiscadas a los sentenciados para provecho propio. Los señores inquisidores olvidan que las fortunas confiscadas a los herejes le pertenecen al rey, y no al Santo Oficio.

Allá abajo, en el tablado, prosigue el espectáculo. Rezos, sermones, lectura de sentencias, algún sollozo contenido. El virrey suspira. Su vientre sigue inflamado. Siente los intestinos estirándose y encogiéndose como pedazo de cuero en agua. Definitivamente debe olvidarse del chocolate y pasarse al café. Su médico, un criollo hecho y derecho, recela del líquido negro; lo califica de bebida «sin sustancia que produce humores calientes que nublan el cerebro, basta con que Su Excelencia beba el chocolate en agua». Como sea, don Antonio de Ortuño no volverá a beber chocolate con leche antes de un acto solemne. Las flatulencias de Su Excelencia deben de haber subido hasta las torres de la catedral. El virrey suspira de nuevo y mira hacia la izquierda. Su hija intercambia un par de palabras con Inés Goicoechea. ¡Qué chica tan distinguida! ¡Ojalá fueran como ella las otras jóvenes de la corte!

Los tambores resuenan. Se proclama la sentencia de muerte. Los alguaciles recibirán de manos de la Inquisición a los sentenciados para que sea el poder temporal el que derrame la sangre. Apegándose al protocolo, el inquisidor aconseja clemencia para los infelices que serán quemados. ¡Cómo le molesta al virrey ese desplante del Santo Oficio! Se trata de un mero trámite. Él debe encargarse de la ejecución de los reincidentes, los pérfidos herejes, los sodomitas y los judaizantes. Le encantaría desafiar a la Inquisición y perdonar a algún reo para contrariar a ese dominico engreído. Seguramente, Su Majestad aplaudiría ese atrevimiento: alguien debe poner al Tribunal en su lugar. Nadie, ni siquiera el Santo Oficio, está por encima de Su Majestad. Ya llegará el día en que también la Inquisición temerá al rey.

La plaza escucha con respeto. Cualquier gesto, cualquier palabra, podría tomarse como una falta de respeto, y los ricos y poderosos no desean enemistarse con el Santo Oficio. Aunque nadie se atreve a decirlo claramente, todos saben que las riquezas atraen a los inquisidores, como la carne putrefacta convoca a los zopilotes. Poca cosa puede confiscarse a un carpintero o a una vendedora de tamales. El pueblo llano no alcanza a escuchar las palabras de los inquisidores, pues está muy lejos del tablado, pero aun así se entera de las sentencias. Lo que sucede en el tablado se transmite de boca en boca, como las ondas en un estanque.

El padre Xavier Goñi desgrana las cuentas de un rosario de plata. «Dios te salve María, llena eres de gracia…». Goñi no desea meterse en problemas, su superior lo ha regañado repetidamente por sus opiniones *temerarias*. Sus audacias podrían atraer sobre la Compañía de Jesús la furia del Santo Oficio. Los jesuitas tienen muchos enemigos y se intriga contra ellos en las cortes de Europa. Incluso hasta Roma llegan las maledicencias contra los hijos de san Ignacio; muchos quieren que la orden desaparezca. «Santa María, Madre Dios…», sigue rezando Goñi con las pulidas cuentas de plata entre el pulgar y el índice de su mano izquierda.

Goñi conversó antier con el virrey sobre las condenas, pero Su Excelencia es un hombre práctico y no quiere ganarse enemistades innecesarias.

—Lo que a Madrid le preocupa son los piratas holandeses, no las impertinencias del inquisidor —le dijo a Goñi—. ¡Los malditos holandeses saquearon Campeche! ¡Nuestras murallas no sirvieron para nada, padre, ¡para nada!

Ciertamente, ambos están de acuerdo en que el inquisidor es un personaje incómodo y orgulloso, que se está tomando demasiadas atribuciones en estas tierras; pero el virrey no quiere más problemas.

Goñi guarda el rosario en el bolsillo de su sotana, de la que ahora saca un devocionario empastado en negro con los cantos dorados. El librito es un pequeño regalo de doña Inés Goicoechea. Un viento suave refresca la plaza. No parece un día típico de primavera. El sacerdote titubea: «¿Y si me acusan? ¿Y si comprometo a la Compañía?». Abre el devocionario y saca del libro un papelito doblado a la mitad, que escribió ayer durante su insomnio en Tacuba. Se lleva el papel a los labios y lo muerde desquitando con él su nerviosismo. Entonces cae en cuenta de que lo está estropeando así que lo saca de su boca y lo agita para eliminar cualquier resto de saliva. Le siguen doliendo la cabeza y la espalda. Los nervios y tendones le arden como si hubiesen vertido sobre ellos plomo derretido. ¿Plomo derretido? Cuando era un joven novicio, su director espiritual quiso darle una lección inolvidable; aquel hombre le quemó el meñique con la flama de una vela.

—Goñi —pontificó el confesor—, cuando tenga alguna tentación recuerde este dolor. ¿Qué pecado vale la pena la lumbre del infierno? ¡En ese momento piense en el fuego abrasando todo su cuerpo eternamente!

El jesuita relee el papelito. Debe actuar pronto o será demasiado tarde. ¿Debe? La Sagrada Escritura ordena apedrear a los blasfemos y quemar a los afeminados. El Señor castiga los pecados de los padres en los hijos y en los hijos de los hijos, hasta la cuarta generación. Pero Goñi tampoco puede olvidarse de Jesús, el Dios que perdona a la adúltera. «El que esté libre de pecado que tire la primera piedra». Entonces desfilan por la cabeza del sacerdote las torpezas de juventud, sus faltas, sus tropiezos: «Señor, Tú sabes que nunca fui un gran pecador, pero ¿qué hubiese sido de mí sin tu misericordia? Jesús, ¡dame fuerzas!».

El religioso se pone de pie para acercarse a la fila delantera y le entrega el papelito al secretario del virrey cuchicheándole algo al oído. El secretario lee el mensaje y mueve la cabeza negativamente, desaprobando al sacerdote; aquello le parece descabellado y peligroso. El movimiento llama la atención de los invitados en el estrado de honor. Goñi no se arredra e insiste; con renuencia, el secretario se pone de pie y le entrega el papelito al virrey, quien lo recibe con sorpresa. Su Excelencia abre la nota, que no va firmada. No hace falta. Don Antonio reconoce los trazos firmes del padre Goñi: «Es un niño de catorce años». Eso es todo. Una nota simple y directa. «Es un niño de catorce años».

Fray Joaquín de Salazar, inquisidor mayor, no ha podido prestar atención al cuchicheo. Debe mostrarse concentrado en el auto de fe, que es un acto de culto, un acto de desagravio, una ceremonia de la Santa Iglesia de Dios. No obstante, percibe el extraño ir y venir de mensajes en torno al virrey. Al inquisidor se le escapa una mueca. «Esta gente, Dios mío, no entiende que debe prestarte a Ti toda la atención; perdónanos, Señor, así somos los hombres», se dice a sí mismo, al tiempo que intenta leer el papelito que recibió el virrey.

Don Antonio de Ortuño se da cuenta y guarda el mensaje dentro de la bolsa de su casaca, justo al lado de su cajita de rapé. Su rostro no refleja preocupación alguna; sabe ocultar sus emociones, por algo es quien es. Su Excelencia se lleva las manos al vientre y aprieta las nalgas para bloquear otra flatulencia. El viento sopla de nuevo. El virrey agradece que la brisa disipe los malos olores que el arzobispo y el inquisidor han tenido que soportar durante un largo rato.

«Goñi, impertinente. ¿Qué se cree? Intrigante, como todos los jesuitas —piensa el virrey—, pero ¡qué inteligente es! —Y luego, mirando de reojo al inquisidor, prosigue—: ¡Y este fraile engreído! ¿Cómo se atreve a husmear en mis asuntos?».

En el tablado, los sentenciados intentan guardar la compostura. La mayoría de ellos sólo tendrán que rezar y vestir el infamante sambenito por unos años. Otros pasarán un tiempo en la cárcel. Algunos más serán azotados. Casi todos sufrirán la confiscación de sus bienes. El grupo de los condenados a muerte luce resignado. Cargan una vela verde y, de vez en vez, se dan golpes de pecho en señal de contrición. Nadie sino Dios conoce la sinceridad de su arrepentimiento. Por lo pronto han de convencer a la Inquisición de que están arrepentidos para conseguir la gracia de una muerte rápida.

El torniquete es rápido. Al verdugo le bastan dos o tres vueltas en el cuello. La primera es la más dolorosa. El aire falta, la soga rasga la piel, la asfixia angustia al condenado. La segunda vuelta rompe la tráquea. El reo quiere gritar, pero no puede; sencillamente no tiene garganta con que chillar. El desgraciado debe beber su propia sangre mezclada con jugos gástricos y saliva. Los más afortunados pierden el sentido. Los ojos bailan enloquecidamente y muchos se muerden la lengua y se la trozan. Las fosas nasales se abren hasta un punto increíble, intentando aspirar desesperadamente. La sangre se agolpa en otras partes del cuerpo; los penes se endurecen en un reflejo vergonzoso y ridículo, fuera de lugar. Las manos se crispan; son garras, garfios, manos de Cristo crucificado con un clavo en medio. El reo pierde el control de los esfínteres, la orina y las heces escurren hasta los pies. Las venas de las sienes se hinchan. La desesperación se apodera del cuerpo y del alma. La tercera vuelta del torniquete rompe la cervical del reo atado a la estaca. La noche cae sobre sus ojos. La cabeza se descuelga sobre el cuello roto. Queda un guiñapo, remedo de hombre. A continuación los verdugos y alguaciles acercan las antorchas a la hoguera. La nube negra se eleva al cielo dando gloria a Dios.

El virrey, el inquisidor y el arzobispo y sus séquitos se ponen de pie. Viene ahora la procesión rumbo al patíbulo. Ahí no hay estrados ni tribunas, sólo unos pocos lugares reservados para los burócratas indispensables durante la ejecución. A lo largo del camino hacia el quemadero, el pueblo podrá desquitarse maldiciendo a los condenados y aventándoles fruta y verdura podridas.

Los soldados cercan al grupo de judaizantes y sodomitas que serán purificados por el fuego. A veces, alguno pierde el control y se atreve a insultar, maldecir y blasfemar. Los militares están prevenidos; por suerte, este día los condenados se comportan con ecuanimidad. El proceso de algunos de ellos ha durado tantos años y han sufrido tanto en la cárcel, que poco les importa morir. Ahora lo único que les interesa es morir rápido.

Los reos se confesaron en la mañana; desayunaron pan, chocolate y vino. El médico de la cárcel, un tal Eusebio, añadió opio al vino a escondidas para hacer este trance más llevadero a los infelices. Un tipo piadoso, intenta paliar los horrores de la ejecución con este pequeño truco. Si los inquisidores se enterasen de su estratagema, don Eusebio estaría en graves problemas. El padre Goñi, amigo del médico, está al tanto de la treta de la droga y la aplaude con todas sus fuerzas. No hay por qué añadir dolor al dolor.

En el último instante, el peso de los acontecimientos aplasta al sentenciado más joven, un jovencito del grupo de sodomitas, pecadores nefandos que atentaron contra su propio cuerpo. El chico que pecó *contra naturam* apenas tiene vello en el cuerpo. No hay rastro de barba en su rostro. Es un mestizo de cuerpo fino, rasgos afilados, pelo negro y cintura esbelta, casi femenina. El niño está aterrado y se orina a la vista de la multitud. Los soldados sueltan carcajadas.

—¡Cerdo! ¡Cobarde! ¡Mujercita!

Impulsado por el miedo, el adolescente se zafa de los soldados y se arrodilla, llorando, ante el estrado del Tribunal.

—¡No me maten! ¡Por caridad, no me maten! ¡No quiero morir! ¡Virgencita, ayúdame!

Inés y la hija del virrey se cubren el rostro con sus abanicos. El arzobispo pretende no oír los gritos. El padre Xavier Goñi cierra los ojos y reza con insistencia: «Dios te salve María…».

El inquisidor, menospreciando la autoridad del virrey, ordena a los soldados que se lleven al chico cuanto antes, como si él fuese su superior. El chico se retuerce, se contorsiona como un gusano atravesado por un alfiler. Son gritos agudos, agónicos, desesperados. Un alguacil amordaza al infeliz con un trapo sucio. Movido por la compasión, uno de los condenados, un fornido mulato, pone su mano sobre el hombro del joven. El alguacil se lo impide con un golpe brutal.

—¡Suéltalo, cerdo!

Quienes presencian la escena desde el estrado callan. La mayoría aprueba con sus miradas el castigo. La fe y la moral cristiana deben defenderse con firmeza, sin concesiones ni blandenguerías. El virrey también calla, pero está muy enojado con el inquisidor. ¿Cómo se atreve a darles órdenes a *sus* soldados? Son los soldados del rey, no de la Inquisición.

—Dios mío, por favor, dame fuerzas para cumplir con mi deber —musita fray Joaquín de Salazar mientras apoya las manos en la barandilla de madera, recargando en ella el peso de su propio cuerpo, porque, aunque nadie lo note, también él está pasando un mal rato.

Claro que le duele ver morir a un joven de catorce años, sólo un desalmado no se conmovería. No obstante, a esa edad uno es perfectamente dueño de sus actos. El sodomita, por joven que sea, merece el castigo. Basta pensar en san Tarsicio, que a sus ocho años prefirió morir antes que profanar la eucaristía. Los macabeos también eran muy jóvenes y eligieron el martirio con tal de preservar la fe. A pesar de su juventud, el reo debe asumir las consecuencias de sus actos. Dios arrasó Sodoma y Gomorra, niños incluidos, por los graves pecados cometidos por sus depravados habitantes. Además, quienes aceptan el castigo con resignación cristiana entrarán con los dos pies en el Reino de los Cielos.

Don Antonio interrumpe los pensamientos del inquisidor y le comenta algo al oído. El fraile levanta el dedo índice señalando al cielo. El secretario de Su Excelencia ordena a los asistentes que se retiren del estrado de inmediato. Sólo quedan cuatro personas en el palco: el virrey, fray Joaquín, el arzobispo y el secretario. Es evidente que están discutiendo algo importante.

Xavier Goñi, como un invitado más, baja del estrado apresuradamente.

—Santa María, Madre de Dios, ruega por nosotros, pecadores, ahora y en la hora de nuestra muerte —sigue rezando el jesuita a la vista de los curiosos.

La alta sociedad, condes, marqueses, canónigos y catedráticos, cuchichea al pie del estrado. Nadie se retira sin presentar sus respetos a Su Excelencia.

Finalmente, escoltados por los alabarderos, descienden los personajes. De inmediato, una parvada de frailes y sacerdotes zalameros rodea a fray Joaquín. El inquisidor pide silencio y anuncia con voz profunda y solemne:

—El misericordioso brazo secular, oyendo los pedidos de clemencia del Santo Oficio, ha escuchado nuestros ruegos y se ha dignado conmutar una sentencia. El sodomita de catorce años no morirá en la hoguera. Este Santo Tribunal y Su Excelencia se han dignado a conmutar la hoguera por cadena perpetua como remero en las galeras del rey.

El corrillo se persigna, evitando cuidadosamente externar aprobación o desaprobación. Son cuestiones que no conciernen a los simples vasallos. Goñi, que se ha mantenido al margen del grupo, lo más alejado posible, prosigue su rezos haciéndose el desentendido. Un leve escalofrío recorre su cuerpo.

El inquisidor manda llamarlo. El jesuita camina tímidamente hacia el poderoso dominico. El corrillo de aristócratas y funcionarios le abre paso. El fraile lo toma del brazo con gesto aparentemente cariñoso y sonrisa afable, mientras le susurra quedamente al oído:

—Padre, esto no se va a quedar así. Vaya con cuidado.

3

SOY EL INQUISIDOR

Convento de Santo Domingo,
Ciudad de México, a 25 de abril,
anno Domini 17…

No sé por qué escribo estas líneas. Quizá sea por orgullo; quizá por soberbia, que es el pecado del diablo, a quien juré combatir con todas mis fuerzas. Los religiosos, Dios me perdone, no podemos escribir un diario. Aunque ¿quién en el convento se atrevería a reprenderme? Ni siquiera el padre provincial se atrevería a regañarme. Soy el inquisidor general de la Nueva España y todos, incluso mis hermanos de orden, me temen.

Los religiosos tenemos prohibido llevar un diario salvo expresa dispensa de nuestro confesor. Yo, tras conversarlo con mi director espiritual, me atrevo a poner estas letras porque quiero dejar testimonio del peligro que acecha a la Iglesia. Nadie sino el padre prior y mi confesor saben de este pequeño diario que hoy he comenzado a escribir. Quiero que el día de mi muerte se mande este documento a Su Santidad. El santo padre sabrá entonces, de primera mano, de las trapacerías del demonio en esta tierra.

Dios bien sabe que yo no pretendí este cargo, y que si lo acepté fue exclusivamente por amor a la Santa Obediencia. Acepté el cargo porque el padre provincial y mi confesor me conminaron a ello. Ser el inquisidor es una carga muy pesada de la que deberé rendir cuentas a Dios, Nuestro Señor.

Hay noches en las me despierto sudando frío, imaginándome el día de mi juicio particular. ¡Me da tanto miedo encontrarme cara a cara con Dios omnipotente, con el que conoce el número exacto de los cabellos de mi cabeza!

¿Qué cuentas le podré dar de mi vida y de mis acciones? Me gusta consolarme pensando que Nuestra Señora intercederá en mi favor, recordando los miles de avemarías que le he rezado. ¡Sí, soy un pecador! No tengo nada de lo que gloriarme salvo de amar a santa María, Madre de Dios. Desde que ingresé a la orden, no ha transcurrido ni un solo día sin que yo haya rezado al menos un avemaría en honor de Nuestra Señora, mi madre del cielo, y con cuyo auxilio espero alcanzar el paraíso a pesar de mis pecados.

Soy un devoto hijo de María Santísima, Reina de los Ángeles, y mi padre en espíritu es santo Domingo de Guzmán. Soy hijo adoptivo de Dios Padre y hermano menor de Nuestro Señor Jesucristo. Me declaro hijo fiel de la Santa Iglesia Católica y Apostólica en la que nací y en la que deseo morir confortado por todos los sacramentos. Soy fray Joaquín de Salazar Jiménez.

Nací en San Antonio de Béxar, en la lejana provincia de Texas, poco después de que hubiese sido fundada la villa. Como todos los que nacimos en aquel remoto lugar, fui bautizado en la misión franciscana del mismo nombre. Mi padre fue don Eulogio de Salazar Ramírez; nació en Cádiz, y entró al servicio del rey desde muy joven. Llegó a la Nueva España a cargo de una compañía de lanceros y pronto se ganó la confianza del virrey, quien lo envió a defender aquellos lejanísimo lugares. Mi madre, doña Leonor Jiménez Arrangoiz, nació en San Agustín, Florida, cuando aquello era territorio de Su Majestad Católica. Hoy, ¡cómo me duele decirlo!, San Agustín está en manos de los ingleses, porque así lo dispuso Su Majestad (a quien Dios guarde muchos años). Soy cristiano viejo con pureza de sangre hasta tiempos inmemoriales y no corre por mis venas ni una gota de sangre judía o mora. Soy criollo y amo este reino, al que he de defender de los herejes que lo amenazan…

Mis queridos padres se conocieron en San Antonio. Mi abuelo materno, también soldado, había sido enviado desde Florida hasta San Antonio de Béxar para reforzar las guarniciones de Texas, amenazadas entonces por los franceses. Ahí, en San Antonio, mi abuelo concertó el matrimonio de mi madre con mi padre.

Mis abuelos maternos también nacieron en España, vivieron en Cuba y desde la isla se trasladaron a la Florida, un territorio hermoso a decir de mi madre, aunque siempre asediado por piratas y huracanes.

Fui el quinto y último hijo. Todos mis hermanos murieron de niños, uno tras otro, antes de que yo naciera. Cuando vine al mundo, viéndome tan débil, mi madre le prometió a la Virgen del Rosario que me consagraría a Dios si el Señor me conservaba la vida. Desde que tengo uso de razón, yo sabía que había sido destinado a la vida religiosa.

Los franciscanos de San Antonio me querían en su orden y hubiese sido lo más natural. Sin embargo, mi padre me mandó con los dominicos, por cuanto es una orden menos austera y más letrada. Además, la Virgen del Rosario es la patrona de la orden. No le faltó razón a mi padre. Soy de constitución débil y mi cuerpo no hubiese resistido las rudas penitencias de los hijos de san Francisco.

A los nueve años, fui llevado por mi madre a Puebla, donde mi padre tenía primos lejanos, con el deseo de que me acercara lo más pronto posible a los frailes dominicos. No recuerdo nada de ese viaje; supongo que habríamos tomado el camino real de tierra adentro. Pero sí recuerdo las lágrimas de mi padre cuando me despidió: él sabía que nunca más me volvería a ver, pues debía quedarse al mando de su tropa en San Antonio, aunque le hubiese gustado acompañarnos. Para mí fue una gran lección; lo primero, el deber. La voluntad de Dios se cumple, como dijo santa Teresa, «aunque no pueda, aunque no quiera, aunque reviente, aunque me muera». Cuando me encuentro cansado y tengo ganas de renunciar a este cargo, me gusta recordar el sentido del deber de mi padre.

Mi madre nunca había viajado tan al sur y debió de quedar maravillada al contemplar ciudades enormes como Zacatecas, Aguascalientes, Querétaro y el inmenso México. Nunca he comprendido del todo por qué mi padre se empeñó en llevarme hasta Puebla cuando el corazón de la orden está aquí, en México, en este lugar preciso donde estoy escribiendo ahora. Supongo que mis padres se sentirían más tranquilos sabiendo que cerca de mí habría un familiar que pudiese velar por mí.

Tampoco recuerdo nada de mi llegada a Puebla, salvo que llovía a cántaros. En San Antonio las lluvias suelen ser leves y las tormentas son muy raras. Mi madre se llevó una sorpresa porque los dominicos de Puebla no quisieron recibir a un niño tan pequeño en su convento; menos mal que los frailes le aconsejaron que me dejara a cargo de un canónigo de la catedral, don Matías Echenique. Don Matías (a quien Dios tenga en su santa gloria) era un extremeño, paisano y amigo íntimo del ilustrísimo obispo de Puebla, don Ramón de Haro. Los dos eran hombres santos y devotos, verdaderos hombres de Dios.

Mis parientes poblanos jamás se preocuparon por mí. ¿Qué iba a importarles el hijo pequeño de un primo al que no conocían y que vivía hasta la lejana Texas? Dejarme en Puebla en esas condiciones fue una insensatez de mis padres; sin embargo, como su voluntad era dar gloria a Dios, el Señor se apiadó de mí y llevó todo por buen rumbo. La Providencia Divina sabe escribir bellos poemas con renglones torcidos.

¡Cuánto le debo a don Matías! El canónigo contrató para mí los mejores profesores de Puebla y cuidó de mí como si yo fuese su sobrino o su ahijado. Cuando cumplí once años, gracias a las lecciones de mis maestros y a la disciplina de don Matías, yo hablaba, escribía y leía latín con fluidez. De la mano de don Matías también aprendí a servir como monaguillo en la catedral, donde me gané el cariño del obispo, el ilustrísimo doctor don Ramón de Haro.

Mis primeros días en Puebla fueron muy difíciles, y cuando mi madre me dejó solo quedé devastado. El momento de la despedida ha sido el instante más triste de mi vida y lloré durante una semana, a pesar de que don Matías y sus criados intentasen consolarme con todo tipo de trucos. Había una sirvienta, una mujer de buen corazón, que intentaba calmarme dándome camotes cristalizados. Yo nunca los había probado y, a pesar de que son dulces, desde entonces me dan asco. Los camotes me traen malos, muy malos recuerdos. ¿A quién se le ocurre que un niño se va a olvidar de su madre a cambio de un dulce?

Nunca más volví a ver a mis padres. Mi madre murió en el camino de regreso a Texas. Entiendo que la mató un rayo cuando estaba en Chalco. Al menos eso fue lo que me contó don Matías, y nunca supe cómo se enteró de la noticia. Hace poco, aprovechando la influencia de mi cargo (Dios me perdone), intenté encontrar la tumba de mi madre y no conseguí nada. Tampoco es extraño, porque a los viajeros se les entierra en cualquier lugar.

De mi padre recibí siete cartas mientras viví en Puebla. Se enteró de la muerte de mi madre por don Matías, y en una de sus cartas me contaba cómo nos extrañaba a los dos. La vida de los soldados es muy difícil, mucho más en esos lugares áridos y poco poblados como San Antonio. Hoy es mucho más fácil llegar, porque desde Veracruz se puede tomar un barco hasta Gálvez y, desde ahí, bajar hasta San Antonio, pero en aquella época había que cruzar todo el desierto desde Monterrey.

Al final, mi padre murió como un valiente: lo mataron los indios bravos durante una rebelión. Cuando me hice novicio, quemé sus cartas como signo de mi desprendimiento del mundo. Para nosotros los religiosos, el amor a la familia puede convertirse en una fuente de tentaciones, un obstáculo para entregarnos a Dios.

Cuando cumplí los doce años, edad tan peligrosa para las almas, el señor obispo de Puebla fue nombrado obispo de Almería, en Andalucía. El ilustrísimo don Ramón de Haro quiso llevarse a mi protector como secretario, y don Matías no quiso dejarme solo en Puebla. En España había muchos conventos dominicos; allá podría ingresar a la orden más fácilmente que en la Nueva España y cumplir así la promesa que mis padres le habían hecho a la Virgen.

El viaje a España se me hizo eterno. Yo nunca había visto el mar y espero nunca más volverlo a ver. El barco era tan pequeño como una nuez y crujía por todos lados. Como la mayoría de los viajeros, me la pasé vomitando durante la primera semana del viaje. Las ratas infestaban el barco, escaseaba el agua; sólo comíamos pescado, carne seca, galletas duras y vino. Sólo el señor obispo tenía el privilegio de comer huevos frescos que ponían las gallinas que se llevaban a bordo. Aunque mi protector y el señor obispo intentaban celebrar misa a diario, pocas veces lo conseguían; estábamos tan mareados que tenían miedo de vomitar la sagrada hostia. Un viaje por mar es la cosa más espantosa del mundo. Las olas, las enfermedades, la falta de espacio y la constante amenaza de los piratas. El capitán nos había prevenido de que los piratas eran especialmente crueles con los sacerdotes y los frailes, así que en caso de que nos abordaran, mi protector y el obispo deberían evitar a toda costa que los reconocieran como clérigos.

Después de pasar por las Canarias, el viaje se tornó menos incómodo. Tuvimos buen clima y llegamos rápido a Cádiz. Desde ahí, en un barco más pequeño, bordeamos la costa hasta llegar a Almería, donde Su Ilustrísima fue recibido con todos los honores. A mí me pareció que la catedral de la Encarnación de Almería era muy pequeña y pobre, nada que ver con la de Puebla. Sin embargo, mi protector estaba encantado de haber regresado a su tierra. Yo nunca me sentí a gusto en España, donde se burlaban de mí por mi acento indiano. Tampoco logré acostumbrarme a su comida, que siempre me pareció aburrida y llena de ajo, y el clima también es horroroso, ardiente en verano y helado en invierno. Además, los españoles apestan, casi nunca se bañan, son de modales groseros y zafios, y siempre están malhumorados.

Al cumplir los quince años, mi protector me envió a la Universidad de Salamanca a estudiar Filosofía. La vida de un estudiante nuevo, mucho más si proviene de la Indias, nunca es fácil; mis compañeros me hacían todo tipo de bromas, algunas muy pesadas. Mi primer día de clases fue espantoso. A todos los de nuevo ingreso nos reunieron en el patio central, y los estudiantes mayores se dedicaron a escupirnos hasta dejar nuestras ropas completamente blancas de gargajos.

En la universidad había de todo: hijos de familias aristócratas que iban a pasar el tiempo, estudiantes pobres que querían estudiar Derecho para salir adelante, jóvenes que, como yo, se preparaban para ingresar a la vida religiosa, y pícaros que se dedicaban seducir a las jóvenes de la villa y a emborracharse. En realidad se estudiaba poco, y en las lecciones la mitad de mis compañeros dormía mientras la otra mitad hablaba de temas banales. Todos éramos españoles o indianos, y quedaban lejos aquellos tiempos en que a Salamanca iban a estudiar jóvenes de Alemania, Francia, Portugal e Italia.

A excepción del aula magna, los salones estaban destartalados y mal ventilados; incluso la biblioteca estaba sucia y llena de ratas que se alimentaban de las centenas de libros que se guardaban en condiciones lamentables. La universidad estaba en completa decadencia, y las noticias que me siguen llegando no son halagüeñas. ¡Pobre España! Por eso, cuando un padre de familia me pregunta si conviene enviar a su hijo a estudiar a Europa, se lo desaconsejo salvo que lo envíe a Bolonia, cuya universidad es magnífica; si no, que se quede en México, que nuestra universidad no le pide nada a Salamanca.

Cuando tenía dieciséis años, mi protector fue nombrado capellán real. El cargo era menos importante de lo que suena. La verdad es que don Matías era uno más de los muchos capellanes que atendían a la familia real en Madrid y en El Escorial. Sin embargo, con el tiempo se fue haciendo más y más influyente en la corte.

Tuve el honor de presentar mi homenaje en un par de ocasiones al rey y a la reina. Yo era un joven estudiante y no pusieron en mí ninguna atención. Doy gracias a Dios por esta merced, sólo Él sabe qué hubiese sido de mí si Sus Majestades me hubiesen ofrecido un lugar en la corte. La intriga y la lujuria reinan en el palacio, que parece a veces un lupanar. Y si así sucede en España, no quisiera imaginarme lo que ocurre en Versalles, en Inglaterra o en Prusia. En honor a la verdad, debo reconocer que, a Dios gracias, la corte de México es honesta y recatada comparada con las de Europa.

Cuando concluí mis estudios de Filosofía, ingresé como novicio al convento de San Esteban en Salamanca. Para mí fue un alivio porque se acabaron las bromas groseras y el ambiente relajado, aunque no las pequeñas burlas por mi acento, ni el mal olor de los demás. Si los estudiantes olían mal, mis hermanos de orden olían peor. Sea por Dios. Lo importante era que en el convento reinaba la disciplina, especialmente entre los novicios, porque nuestro maestro era un fraile muy enérgico. La mayoría de quienes ingresaron conmigo no perseveraron, y optaron por regresar a la vida secular o por buscar una orden menos exigente.

Desde el primer día me propuse cumplir al pie de la letra hasta la más pequeña indicación de las constituciones de nuestro padre santo Domingo. Imagino que mis estudios previos, la valía de mi protector y mi cercanía con el obispo De Haro hicieron que mis superiores nunca me dedicaran a tareas serviles. Nunca tuve que asear letrinas, cultivar la huerta ni lavar loza en la cocina. Desde mi ingreso me destinaron a la biblioteca y a la sacristía. Cuando el ilustrísimo don Ramón de Haro falleció, mi protector, don Matías Echenique, fue consagrado obispo de Almería. Para entonces mi protector era confesor de una de las infantas, la hija predilecta del rey; ya no era un simple capellán palatino. Dios Nuestro Señor le estaba premiando en vida sus buenas obras. ¡Un canónigo venido desde las Indias había sido encumbrado a la dignidad de obispo en Almería! ¡Y ahora era confesor de la infanta real! Mi protector me dijo que si yo quería quedarme con él en Almería, con su autoridad podría dispensarme de mi propósito de ser dominico. Le dije que no, y creo que le dio gusto ver mi convicción.

El convento de San Esteban era muy suntuoso, y allí estudié el bachillerato en Sagrada Teología sin tener que regresar a la Universidad de Salamanca. Mi vida tuvo la encantadora monotonía de la vida consagrada: oraciones en el coro, santa misa, lecciones, estudio, devociones, recreos. En el convento vivíamos cien religiosos entre sacerdotes, hermanos legos y novicios.

Recibí clases de Teología Moral de fray Antulio López, un fraile castellano doctor en Teología por Bolonia, enjuto y arrugado. Él fue quien me introdujo al *Martillo de brujas* de fray Enrique Kramer, libro que me ha sido de enorme utilidad para discernir entre la superstición, la bobería y la brujería auténtica. A veces me da risa la ingenuidad de la gente, que ve brujas y cosas del demonio donde sólo hay unos gatos negros. En toda mi vida como inquisidor nunca me he encontrado con una bruja auténtica, más bien han sido mujeres supersticiosas. Y creo que las brujas son demasiado poderosas como para dejarse capturar fácilmente.

A diferencia del resto los novicios, yo tenía permiso para salir del convento para visitar a mi protector cuantas veces quisiese. Ni el maestro de novicios ni mi prior se hubiesen atrevido a negarle esa petición a mi protector. Don Matías Echenique había envejecido notablemente y se sentía cada vez más solo en una tierra que, al final, no era la suya. Había vivido más tiempo en las Indias que en España; quizá por eso solicitaba mi presencia con más frecuencia. La distancia entre Salamanca y Almería es larga, hay que pasar por Madrid, Toledo, Córdoba, Jaén, así que mis ausencias en el convento eran prolongadas. Sin embargo, Nuestro Señor sabe que jamás me aproveché indebidamente de esos viajes y que en todo momento me comporté de acuerdo con mi condición de religioso.

En ocasiones, cuando mi protector visitaba a la familia real en Madrid o en El Escorial, me pedía que lo fuera a visitar. El camino entre Madrid y Salamanca era más corto y más cómodo para mí. Ahí conocí, entre otros, al eminentísimo don Luis Fernández de Córdoba, cardenal arzobispo de Toledo, que visitaba a los reyes cada vez que le era posible. El cardenal era un hombre de piel blanca y modales muy refinados, doctor en Leyes por Salamanca, si mal no recuerdo. A Su Eminencia le gustaba convidarme a merendar cuando coincidíamos en la corte, porque le hacía gracia mi acento.

También conocí en la corte a don Luis de Borbón y Farnesio, infante real y conde de Chinchón, quien ya para entonces había abandonado el estado eclesiástico gracias a una dispensa del papa. Cuento esto último porque me impresionó hondamente que un sacerdote que había llegado a ser arzobispo hubiese preferido regresar al estado secular, abandonando su vocación divina como si fuese un oficio cualquiera. Cuando se lo comenté a mi protector, don Matías me prohibió tajantemente que volviera a mencionar el tema. A pesar de que don Luis había caído en desgracia ante el rey, seguía siendo un infante y yo no era sino un joven novicio de cuna humilde. Y sólo me atrevo a escribir ahora, por cuanto tengo la seguridad de que este papel no llegará a manos de extraños sino después de mi muerte.

Hasta ese momento de mi vida, yo no había tenido ningún contacto directo con el Santo Oficio. Fue en una de mis visitas a Almería cuando mi protector me habló del caso de un sacerdote solicitante que había sido sentenciado por el Tribunal. No sólo se había demostrado su lujuria, sino que además al pobre desgraciado se le había hallado una Biblia en castellano, obra de luteranos. El ilustrísimo don Matías estaba muy preocupado por la perversidad de ese sacerdote: el lobo en medio de las ovejas. La herejía se había filtrado entre los pastores de su grey. Aquel sacerdote, un catalán afrancesado, había sido condenado a ser encerrado de por vida en un convento de Córdoba y si se había salvado de la muerte fue por su condición de clérigo.

Para entonces era bien sabido que los luteranos habían regresado a Francia y que, si bien el protestantismo estaba oficialmente prohibido en ese reino, en la práctica los herejes llevaban a cabo sus ceremonias sin que nadie los molestara. Los protestantes franceses podían cruzar con facilidad los Pirineos y adentrarse en España para infectarla, como ha venido sucediendo. Y si el luteranismo no se ha esparcido en la Nueva España, ha sido por gracia de santa María de Guadalupe y de la energía de predecesores. Y yo, fray Joaquín de Salazar, tengo el deber de seguir siendo la muralla que defiende la Ciudad de Dios.

De nuevo estoy perdiendo el hilo. Después de escuchar la historia del sacerdote solicitante, regresé una vez más a Salamanca a mi vida de novicio. A los pocos días de haber regresado al convento recibí una carta de mi protector rogándome que lo acompañara a Madrid, donde se celebraría el auto de fe. El prior me concedió el permiso sin ningún problema; hasta le pareció oportuno, porque mi maestro, fray Antulio, sería uno de los predicadores de la ceremonia. El auto se celebró en la Plaza Mayor de Madrid, con la asistencia del príncipe de Asturias y del cardenal arzobispo de Toledo. Sus Majestades no pudieron asistir porque se encontraban enfermos en El Escorial y el médico real les sugirió evitar el viaje.

¡Cómo me estremeció el auto de fe! Los condenados estaban sentados en una banca circular sosteniendo en las manos las velas verdes encendidas, símbolo de la luz que, a pesar de sus infidelidades, aún brillaba en sus almas. Todos los edificios de la plaza estaban enlutados con pendones y reposteros negros.

El camino entre Salamanca y Madrid es de tres días, aunque seguro y cómodo. Viajamos en un carro tirado por mulas, protegidos del sol por un toldo. A lo largo del viaje rezamos mucho, y nos detuvimos en dos ocasiones para dormir y para que mi maestro celebrase la santa misa. Fray Antulio las ofreció por la salud espiritual de los infelices que iban a ser condenados en el auto de fe. Cuando fray Antulio celebraba, se notaba que sufría por aquellos pobres, que tanto necesitaban de la gracia de Dios.

Mi maestro había preparado con mucho primor su sermón, que ensayó frente a mí varias veces (somos frailes predicadores y no podemos darnos el lujo de improvisar la predicación del Evangelio, mucho menos en ocasiones tan solemnes). Fray Antulio era un modelo de templanza y austeridad, y no me extrañaría que un día fuese declarado santo por la Iglesia. No bebía vino, salvo el de la santa misa, y nunca comía frutas ni dulces. La carne y el queso sólo se los permitía en domingo y en las grandes solemnidades de la Iglesia, como Navidad y Pascua. Se azotaba en la espalda con un látigo de cuero todas las noches mientras rezaba tres credos, y utilizaba en la cintura, a modo de cilicio, una faja de cerdas ásperas que le rasgaba la piel. No hablaba sino lo estrictamente necesario, y en las noches frías sólo se cubría con la capa negra de nuestro hábito. Cuando no estaba estudiando o impartiendo los sacramentos, estaba rezando; así era su vida: rezar, estudiar, confesar, predicar.

Al auto asistieron muchos obispos y nobles, y a mí me colocaron al sol, sin asiento, en medio del clero más pobre y rudo. Como ese día habíamos madrugado y no habíamos desayunado ni un vaso de agua, y como el sol pegaba fuerte, me desmayé a la mitad de la ceremonia. ¡Qué bochorno! Ya he dicho que mi constitución es débil. Mi siguiente recuerdo fue despertarme en una habitación del alcázar real rodeado por un médico, un lacayo, mi maestro, fray Antonio, y mi querido protector, don Matías. Yo tenía la cabeza vendada y adolorida, pues al desmayarme me había dado un fuerte golpe en el suelo. Me salió mucha sangre y la gente se había asustado. Mi protector me consoló y él mismo puso sobre mi frente una compresa de alcanfor. Me acuerdo que el médico me dio de beber una taza de café con leche muy azucarado. Dijo que era un remedio turco para el dolor de cabeza. Fue la primera vez en mi vida que bebí ese líquido y he de decir que me reconfortó.

Veo que me he perdido en el laberinto de mis recuerdos. Han pasado tantas cosas y tanto tiempo. Desde ese día en Madrid, las jaquecas me han acompañado durante la vida. Ningún médico ha podido curarme, sea por Dios. A veces el dolor es tan fuerte que no soporto la luz y tengo que encerrarme en mi celda con una venda en mis ojos; eso me proporciona una pequeña mejoría, aunque lo que más logra disminuir mis jaquecas son los chiqueadores de tabaco y ruda que el enfermero del convento coloca en mis sienes.

Creo que conviene dejar para mejor momento la escritura de mis recuerdos, por cuanto no corre ninguna prisa. Sin embargo, no quisiera acostarme sin dejar constancia de un hecho que me inquietó hondamente el día de hoy. Por primera vez en mi vida, hube de presidir un auto de fe. Algunos desaprensivos, llevados por los razonamientos puramente humanos, podrían suponer que es un gran honor cuando en verdad es un fardo muy pesado. Algún día habré de dar cuenta de mis acciones, y tiemblo de pensar en el día en que me encuentre frente a Dios y Él me pregunte por mi trabajo como inquisidor: «¿Cuántas almas salvaste del infierno, Joaquín?», me preguntará. ¿Y qué le responderé yo?

Son muchos los afanes y tareas que entraña un auto de fe. Primero hube de estudiar con cuidado el ceremonial con el auxilio de dos hermanos que alguna experiencia tenían en estos menesteres; también examiné, junto con mi secretario de despacho y el escribano mayor, las sentencias y condenas. Luego me reuní con los tenientes y chambelanes de Su Excelencia el Señor Virrey para tener todo al punto. Con Su Excelencia Reverendísima el Señor Arzobispo de México conversé largamente sobre el orden de procesión (fue más cortesía que obligación, por cuanto la Santa Inquisición está por encima de los señores obispos). Leí y aprobé los sermones que se predicaron y, lo más importante de todo, visité personalmente a los presos. Suelo hacerlo una vez al mes, tal y como lo ordena el reglamento; sin embargo, esta ocasión era muy singular, pues quería cerciorarme de que nuestros reos se encontrasen debidamente preparados, especialmente los de la pena capital.

Así pues, ayer por la tarde, antes de regresar al convento, me di a la ingrata tarea de visitar los calabozos. Los carceleros no esperaban mi visita y se conmovieron (eso dijeron) viendo la solicitud de la Santa Madre Iglesia por sus hijos pecadores. No soy tonto y bien sé que algunos carceleros son unos tunantes que aceptan sobornos de los presos para conseguir favores. Si Dios me conserva en este cargo más tiempo, habré de tomar cartas en el asunto; por lo pronto, me hago de la vista gorda…

En cualquier caso, pongo a Dios Nuestro Señor como testigo de que nuestra cárcel es menos ruda que las cárceles civiles, como lo demuestra la buena salud de que gozan quienes en ella están presos. Desde que ocupo el cargo, he hecho especial hincapié en que se ventilen los calabozos y que no se permita que los excrementos y orines se acumulen en las bacinicas por más de un día (tal y como lo ha aconsejado el médico del Tribunal). No me ha sido fácil obligar a los carceleros a ello, aunque confío en que lo van aprendiendo a hacer, a juzgar por el olor de los calabozos.

Me alegró sobremanera enterarme de que todos los reos se habían confesado, incluso los sodomitas, que frente a mí dieron grandes pruebas de su arrepentimiento. Sin embargo, sus rostros y cuerpos seguían reflejando las marcas de la depravación a la que se habían entregado, por cuanto el pecado *contra naturam* pervierte el alma y corrompe el cuerpo. ¡Pobrecillos! Ordené que se les sirviera una cena caliente y que se les diera vino para hacer más llevadera su última noche en la Tierra.

Después de esa triste visita, crucé la calle y entré a nuestro templo, donde acompañé a los cofrades de Nuestra Señora del Rosario, que velarían toda la noche frente al Santísimo Sacramento, rezando por los reos. Aunque me encontraba muy cansado, decidí velar junto a ellos hasta las primeras horas de la madrugada. Vencido por el cansancio, los dejé y me recogí en mi celda para dormir un rato. Me desperté con una horrorosa jaqueca y, de no haber sido por los remedios del hermano enfermero, no hubiese podido presidir el auto de fe. Sin embargo, las náuseas no desaparecieron y estuve a punto de vomitar porque las flatulencias del virrey eran insoportables y mi nariz estaba muy sensible. Gracias a Dios y a mi ángel de la guarda, pude contenerme y sobrellevar el dolor cabeza. Creo que Dios me mandó ese dolor como un pequeño sacrificio que ofrecer por el alma de quienes fueron ejecutados hoy.

El hermano enfermero y mi prior me dijeron que no debí haberme pasado la noche de ayer en vela, y mucho menos en vísperas de una ceremonia tan importante, por cuanto las preocupaciones y penitencias agravan mis jaquecas. Yo creo que todo es voluntad de Dios, y si los médicos no han podido curarme con su ciencia, es porque el Señor así lo ha dispuesto. Al final estoy aquí, escribiendo estas líneas desordenadas; el dolor se ha ido y ahora puedo escribir tranquilamente. ¡Qué día tan largo! Estoy cansado y muy enojado. Tengo miedo de estar movido por el orgullo, aunque también tengo justos motivos para estar enojado. Es este el hecho del que quiero dejar constancia: hace tiempo que me preocupa el comportamiento mundano del padre Xavier Goñi, un comportamiento muy *libre*, quizá descreído, así como la indebida influencia que ejerce en la conciencia de Su Excelencia el Señor Virrey, del que es confesor. No tengo nada personal contra el jesuita, y nadie ha presentado denuncia contra su persona (al menos por ahora).

No quiero levantar un falso y cuando hablo de la mundanidad del jesuita Goñi no es lujuria ni avaricia a lo que me refiero, sino a un cierto espíritu racionalista y un peligroso afán de novedades. Esto, de sobra lo sé, no es cosa nueva entre los padres de la Compañía: ahí está el padre Clavijero, cuestionando el método escolástico; o el padre Alegre y su desmedida admiración por los poetas paganos. Los jesuitas, queriendo siempre estar a la moda del pensamiento, acabarán mal tarde o temprano. Sin embargo, aunque los padres Clavijero y Alegre miren con recelo el Índice de libros prohibidos, que a mí me toca hacer cumplir, ni siquiera ellos se atreverían a cuestionar frontalmente mi autoridad.

Sigo dando rodeos, ¡qué más da! Lo que quiero decir es que el padre Goñi me desafió hoy al finalizar el auto de fe. Así de claro. El jesuita instigó a Su Excelencia el Señor Virrey para que conmutase la pena del sodomita más joven; la intercesión del padre Goñi le salvó la vida al mozo. Bien es cierto que, apegándose estrictamente a la ley, no es la Santa Inquisición la que aplica la pena temporal, sino la autoridad civil. Su Excelencia tenía, pues, todo el derecho de conmutar el castigo de los reos, y no sería la primera vez que un virrey usa esa prerrogativa. Sin embargo, en esta ocasión la interferencia del padre Goñi fue descarada, ¡se atrevió a pedirle a Su Excelencia que le perdonara la vida a un sodomita sin haber escuchado previamente mi parecer!

La mayoría de la gente no advirtió lo que sucedió en el estrado de Su Excelencia, y no puedo quejarme de agravio alguno por parte del representante de Su Majestad. Se guardaron las formas y, aparentemente, no se atropelló la autoridad del Santo Oficio. Sin embargo, quienes estaban cerca de Su Excelencia el Virrey se dieron cuenta de que fue Goñi el que estuvo detrás de todo.

El indulto de hoy me preocupa por el mal ejemplo que se da a la gente de este reino. ¿Qué dirán ahora?, ¿que se puede violar la ley de Dios sin mayores consecuencias? ¿Que la Inquisición ya no tiene el apoyo de la Corona? ¿Qué será de la moral y las buenas costumbres si no hay castigos? A este paso llegará un momento, Dios no lo quiera, en que los sodomitas y los herejes podrán pasearse alegremente por las calles de esta ciudad. Quizás, incluso, llegará el día en que la santa Iglesia sea vista como enemiga de los hombres, y el padre Goñi deberá dar cuenta en el cielo de haber sido cómplice de los enemigos de Dios.

Sea por Dios. Estoy muy cansado. Mañana repasaré los hechos e intentaré conseguir audiencia con Su Excelencia.

4

FLAGELACIÓN

La ciudad admira la humareda densa y negra que se eleva desde el brasero de la Inquisición. Los condenados murieron hace horas. Alrededor del quemadero aún deambulan los curiosos, pero la mayoría de ellos se aburren pronto; aquello ha perdido interés. Apenas si se pueden distinguir las estacas donde estuvieron atados los cuerpos, cuyos restos yacen entremezclados con la leña negrecida. Ya no hay gritos, ni aullidos ni rezos. Los soldados que montan guardia también están aburridos. El inquisidor, uno de los pocos funcionarios de alto rango obligado a presenciar la ejecución hasta el final, se retiró hace unos minutos al convento de Santo Domingo, donde vive en compañía de sus hermanos de orden.

Fray Joaquín de Salazar está cansado y enojado. Ayer apenas durmió, rezando por los sentenciados. En la madrugada celebró misa en privado y luego asistió al auto de fe, cuyo protocolo debe cumplirse minuciosamente. A continuación vino el disgusto con el virrey, que se entrometió en las sentencias instigado por el padre Goñi. ¡Inaudito! ¡Su Excelencia salvó la vida a un sodomita por consejo de aquel jesuita!

La jornada finalizó con la aplicación de los castigos. El padre Salazar agradece a Dios que ninguno de los judaizantes se haya empecinado en su infidelidad. El dolor educa. Los reos se arrepintieron de sus pecados y besaron el crucifijo. Con la venia de la Inquisición, el verdugo los ahorcó, salvándolos de un sufrimiento innecesario. Ninguno enfrentó con vida el fuego. El inquisidor sabe que los gritos de un hombre en llamas taladran el alma. Sólo una vez los ha escuchado y nunca jamás quiere volver a oír esos lamentos, que conmueven incluso a los soldados más curtidos en la guerra. Morir quemado es casi como ir al infierno. Fray Joaquín se congratula de que la Divina Providencia haya ablandado el endurecido corazón de esos pecadores reincidentes.

El jovencito que salvó su vida gracias a la intervención del virrey ahora está preso en la cárcel de La Acordada. «Salvaron su vida, pero ¿habrán salvado su alma?», se pregunta el fraile. Los alguaciles lo encerraron con el resto de los presos comunes. Sus compañeros de celda lo miran con recelo, temiendo que pueda *contaminarlos* y atraer sobre ellos la mirada del Santo Oficio. El sodomita está marcado de por vida; los otros presos lo maltratarán.

—¡Pobre niño! Goñi es un idiota… Al sodomita le irá peor en la cárcel —se lamenta Salazar mientras se quita el hábito en su celda de Santo Domingo.

Afuera del convento, el sol agoniza entre nubes violetas. Las campanas llaman al rosario de ánimas. Fray Joaquín quisiera unirse a las oraciones de la comunidad, pero simplemente no puede sostenerse en pie. Está muy cansado. Ni siquiera quiso merendar con sus hermanos; sólo pidió que le llevaran a su habitación una jícara de chocolate y una rebanada de pan de yema. Con eso es suficiente. Se dormirá de inmediato, sin asistir a las últimas oraciones de la noche. Se tranquiliza pensando que todas las beatas de la ciudad rezarán intensamente por las almas de aquellos pobres desgraciados que pecaron contra la fe y contra la moral. Y a fray Joaquín se le cierran los ojos.

Más allá de la Plaza de Santo Domingo, Pedro y Rodrigo, jóvenes al fin, deambulan con despreocupación por la calle de las Gallas, una callejuela medianamente iluminada. Es una noche extraña para visitar los prostíbulos, pues la ciudad no está de ánimo para frecuentarlos. Precisamente por esa depresión que flota en el aire es más barato contratar a una mujer para pasar el rato. Aunque nadie se extraña de que los estudiantes de la universidad frecuenten a esas mujeres, Pedro y Rodrigo tienen una reputación que cuidar. Los estudiantes de Derecho y de Medicina son clientes asiduos, pero Pedro y Rodrigo prefieren no toparse con sus compañeros en las casas de prostitución. Por ello decidieron aprovechar la escasa clientela de este día para visitar la calle. Su noble cuna les ha enseñado a ser discretos, incluso a la hora de pecar.

Don Pedro es el primogénito del conde de Heras y Soto. La madre del joven, una mujer sumisa que aportó una importante dote al marido, murió hace tres años y ni el hijo ni el padre lo sintieron mucho. El señor conde es amigo personal del inquisidor general de la Nueva España. Le disgustaría que su hijo anduviese de fiesta la noche misma de un auto de fe tan conmovedor: «¡Hijo! ¡Eres viejo cristiano! ¡Debes dar ejemplo!».

El joven es alto, rubio, risueño, de ojos azules, elegante y valiente. «Buen mozo», repiten las madres de hijas casaderas. Estudia Derecho en la universidad porque en el reino de los burócratas es necesario saber de leyes para defenderse. Recibirá una herencia algo menguada, y el conde quiere que el chico haga crecer de nuevo la fortuna familiar.

El joven es un gran jinete y diestro tirador. Su futuro es prometedor. Es un príncipe de la Nueva España y, como colofón, está comprometido con Inés Goicoechea, la hermosa hija del minero de Pachuca y Taxco, dueño de haciendas y ranchos. El joven tiene linaje, salud, gallardía y riqueza. La convergencia de ambas fortunas convertirá a Pedro en uno de los hombre más ricos de la cristiandad. El joven está orgulloso de contraer matrimonio con una rica heredera, como el cazador que se pavonea frente a sus compañeros por haber cobrado una presa mayor en la batida. Ella, como cualquier mujer de su rango, está resignada. Cabe decir que le ilusiona la idea del banquete y la fiesta, que será, sin duda, un acontecimiento deslumbrante en la Nueva España. ¿Amor? ¿Enamoramiento? ¿Pasión? Están de más. Así funciona el mundo: las doncellas y los jóvenes deben casarse ateniéndose a los intereses familiares. Incluso los pobres entienden que los matrimonios poco o nada tienen que ver con el amor, una flor frágil que nace marchita.

Rodrigo González también es un criollo apuesto y rico; su familia controla el comercio de la grana cochinilla de Oaxaca. Se rumora que su padre recibirá un título nobiliario y, a diferencia del resto de los aristócratas de la Nueva España, los González han vivido en la villa y corte de Madrid. Sin embargo, el título no llega y el conde de Santiago de Calimaya, cúspide de la nobleza novohispana, ha corrido el rumor de que el dichoso título no llegará jamás porque en Madrid saben que en la familia González corre sangre judía, una mancha que ni todo el oro del mundo podría lavar.

Gracias a sus negocios, el padre de Rodrigo y su familia vivieron en Europa. A sus veintidós años, Rodrigo es uno de los pocos criollos que conoce España, Francia y algunas ciudades del norte como Fráncfort y Amberes. ¿Qué criollo puede jactarse de haber pisado Versalles? Rodrigo lee francés y se rumora que en París leyó a los filósofos libertinos y que en Fráncfort trató a los herejes luteranos.

El pelo y los ojos de Rodrigo son castaños, como los de su madre, doña Rosario. El chico no es muy robusto, pero tiene temple y donaire. También es buen jinete, aunque un mediocre tirador. Sin embargo, destaca como espadachín, si bien en estos tiempos tal destreza está de sobra, pues los duelos están prohibidos en la Nueva España. El joven, animado por su madre, quería ingresar a la Facultad de Teología; su padre, hombre práctico, le permitió estudiar Filosofía en la Real Universidad siempre y cuando también se inscribiera en Derecho. ¿De qué le sirve a un comerciante conocer los silogismos de santo Tomás y las sutilezas de Duns Escoto? Para un comerciante de tintes, es más útil saber de botánica y de aritmética que conocer las partes del alma y el modo en que los ángeles se comunican. Eso sí, el padre de Rodrigo le ha ordenado a su hijo perfeccionar su francés, lengua cuya utilidad va en aumento.

Rodrigo y Pedro son compañeros de juerga y diversión y se ven casi a diario. No obstante, Pedro no desaprovecha la ocasión para hacerle notar que, a pesar de su fortuna, los González no son sino comerciantes, burgueses que viven de vender tintes. Sus viajes a Europa, le recrimina Pedro, no fueron los propios de un caballero, sino los de un vulgar mercader. El hijo del conde de Heras y Soto mira con desprecio a los González, que se creen importantes porque hablan francés y porque conocen Versalles. Rodrigo, por su parte, soporta con paciencia los desplantes de Pedro. Le parece que es un tipo burdo y zafio, un bruto, un haragán que usufructúa un linaje que, dicho sea de paso, no va más allá de la conquista. La nobleza de la Nueva España es un remedo, utilería barata, comparado con los títulos de Hungría, Castilla y Austria. Los marquesitos y condes de este virreinato ni siquiera han visto en persona a un miembro de la familia real y son, para colmo, ignorantes e incompetentes. ¿Marqués de San Juan de Rayas? ¿Condes de la Valenciana? ¿Marqueses de Prado Alegre? ¡Bah! Son simples mineros y rancheros enriquecidos. La mayoría de ellos ni siquiera conoce España, ya no digamos Francia o Roma.

Pedro, piensa Rodrigo, no se ha enterado del cambio que se acerca: los nobles de capa y espada, los obsoletos hidalgos, serán desplazados por los banqueros y comerciantes. Rodrigo González palpó ese cambio en Amberes, en Brujas, en Hamburgo. La era de la aristocracia está llegando a su fin; ahora ascienden las personas como él, comerciantes, emprendedores, banqueros.

Rodrigo sabe, eso sí, que ha de soportar a su petulante compañero porque tarde o temprano habrá de hacer negocios con él. Por lo pronto, el conde de Heras y Soto ocupa una posición privilegiada en la pirámide del virreinato y a ningún comerciante, por rico que sea, le conviene enemistarse con él. Sin embargo, el resentimiento está ahí, latente, contenido, agazapado como una serpiente al acecho de una liebre descuidada. Rodrigo González aguarda la oportunidad para humillarlo. Por lo pronto, ambos se divierten juntos, porque nadie niega, ni siquiera Rodrigo, que Pedro sabe divertirse a lo grande. A los aristócratas se les pueden recriminar muchas cosas excepto su capacidad de celebrar la vida.

Los dos jóvenes han estado bebiendo en una taberna de la calle de Mesones. En la tasca, atestada por la multitud de visitantes en la ciudad, se comenta el auto de fe como si se tratase de una corrida de toros. Enardecidos por los vinos, los jóvenes se lanzan afuera del local en busca de alguna aventurilla.

—¡Qué mugre de vino nos sirvieron! —se queja Pedro saltando un charco de agua sucia y maloliente.

—¿Y qué querías por ese precio? —responde Rodrigo tambaleándose a consecuencia de los tragos.

—¡Una porquería! —continúa Pedro.

—¿Y por qué nunca me invitas a beber a tu casa? Nunca me convidas de tu bodega. ¿O qué?, ¿en el palacio del conde de Heras hay puro atole?

—Y en tu casa ¡ni a atole llegan! —responde Pedro, con cara de asco porque ensució sus zapatos en charco de estiércol de caballo remojado.

—¡Anda!, no te hagas tonto. ¿Cuándo descorchamos unas botellas de tu padre? —insiste Rodrigo.

—Me mata el viejo —contesta Pedro—. Ya ves que es medio tacaño.

—¿Y qué? ¿Cuánto dinero nos queda? —pregunta Rodrigo con resignación.

Pedro saca una bolsa de piel y cuenta las monedas de plata con torpeza. Se le cae una de ellas y va a dar, precisamente, al charco de agua podrida.

—¡Idiota! —le dice Rodrigo medio en broma, medio en serio.

—¡Idiota tú! —replica Pedro.

—¡Bah!, ¿cuánto dinero nos queda?

—Mmm…, poco —responde Pedro—. No nos alcanza para nada…

—Bebiste mucho, ¡borracho! —bufa Rodrigo con sorna.

—¿Y tú? Nomás mírate, ¡hasta perdiste tu capa! ¿Dónde la dejaste?

Los dos sueltan una carcajada que atrae la atención de una de las prostitutas que rondan la calle. Es una mulata de labios rojos y sedosos, y senos prominentes; la mujer se acerca a los jóvenes con pasos sutiles, es un leopardo que va tras su presa.

—Caballeros, ¿no quieren pasar un rato divertido?

Ellos se miran entre sí con una sonrisa cómplice. La carne es débil; la vida, breve y el vino, fuerte.

—¿Qué dices? —pregunta Rodrigo.

—¿Tienes otra amiga? ¡Que no sea negra! —añade Pedro arrastrando la lengua.

—¿Tan hermosa como yo? —contesta la mulata, acostumbrada a ese tipo de humillaciones.

—¡Claro que no!

—Yo sí me quedo contigo, pero ¿y mi amigo? —añade Rodrigo—. Estábamos animándonos a divertirnos, los dos.

—¿Y yo no soy suficiente para estos dos ilustres caballeritos? ¿Los señores se consideran tan buenos jinetes? No cualquiera puede montar una yegua azabache —insiste la mulata, acariciándose los pechos.

—¡Anda, negra! Quédate con mi amigo, pero vete a conseguir otra para mí… —contesta Pedro con el entusiasmo que inspira el alcohol—, que sea blanca o mestiza, aunque sea india, pero no negra.

—¡Y sana, por el amor de Dios! —dice Rodrigo con énfasis—. Y primero las vamos a revisar, ¿eh?, con enfermas no hay trato.

—Veo que los caballeros son muy exigentes… —responde la mulata, acostumbrada a los malos tratos de los clientes—. ¿Les alcanzará el dinero?

—¡Nos sobra! —afirma don Pedro mirando con lascivia y desprecio a la mujer.

La mulata toca la puerta de la casa de enfrente. La construcción no es mala: dos plantas, paredes blancas y balcones de hierro forjado. Una mujer mayor se asoma y cuchichea con la mulata. Se alcanzan a escuchar ciertas risillas. La noche es cada vez más oscura, pero en la calle de las Gallas la oscuridad es bienvenida. La puerta se cierra y la mulata regresa con los jóvenes. Rodrigo se siente mareado, el estómago revuelto, las piernas débiles y tiene ganas de vomitar, pero hace un esfuerzo para guardar la compostura. Pedro lo haría picadillo si da signos de debilidad. ¿De cuándo acá un estudiante se tambalea por unos tragos?

A los pocos minutos, con un farol en la mano, aparece en el balcón del piso superior otra mujer de piel tostada. No es mulata, pero no es blanca ni mestiza; seguramente pertenece a una de las mil castas que pueblan la Nueva España. Es mayor que la mulata, pero sus ademanes son menos vulgares, incluso tienen cierto donaire. A pesar de la borrachera, Pedro sabía a dónde dirigirse. También entre los pecadores hay clases sociales. Los burdeles que frecuentan los pobres están infestados de chinches, ladillas y, lo peor de todo, de la peste francesa, la temible enfermedad de Venus: la sífilis.

La mulata le planta un beso en la mejilla a Pedro al tiempo que le quita la bolsa de monedas. El chico se hace el remolón, pero tras un breve forcejeo acaba por entregar el dinero. Las puertas del prostíbulo se abren para sus únicos invitados. La mulata arrea a los dos jóvenes como si fuesen corderitos y, en un momento dado, le da una nalgada a Pedro.

—¡Puta! —le grita el hijo del conde.

Rodrigo celebra la broma y la mulata le da otro beso a Pedro.

—¡No me vuelvas a tocar! —se defiende Pedro, tambaleándose.

—No le hagas caso, mi amigo está borracho —bromea Rodrigo, que ya está acercándose al cuerpo de la prostituta.

La regenta se ha tomado la molestia de encender varias velas para darles la bienvenida. Sabe por experiencia que los caballeros recelan de las casas oscuras. Las tinieblas suelen utilizarse para ocultar a las mujeres enfermas. Nada como la luz para demostrar a los clientes que las mujeres que ahí atienden no padecen chancros ni llagas.

De repente se escuchan relinchidos de caballos. Instintivamente, la mulata cierra las puertas y postigos. Los soldados suelen llegar cabalgando a las horas más inoportunas para solicitar servicios gratis y ella, al menos esta noche, no está dispuesta a regalar placer. Venus no se rinde ante Marte.

—No hay nada que temer —los tranquiliza la regenta, que escrudiña la calle desde una rendija.

No son alguaciles ni soldados. Simplemente son pajes de algún palacio. De vez en vez, los sirvientes de algún hidalgo visitan la calle buscando compañía para sus amos. Los viejos prefieren que sus sirvientes lleven a las prostitutas a su domicilio. Los sirvientes tocan la puerta. La regenta los recibe comedidamente. Los negocios son primero. Rodrigo reconoce a los criados en seguida. Es el paje de su padre, acompañado de otro criado de confianza.

—¡Don Rodrigo! ¡Debe regresar a casa de inmediato! —dice el paje de su padre.

—¿Qué pasa? ¿Cómo sabían dónde encontrarme? —pregunta don Rodrigo con preocupación.

El criado esboza una sonrisa irónica. ¿Cómo no iban a enterarse los sirvientes de las andanzas de los amos? Aunque la Ciudad de México es inmensa, al final todo mundo acaba enterándose de la vida de los demás. Rodrigo reconoce de mala gana su ingenuidad, seguramente sus familias también estarán al tanto de sus aventuras. La opinión de su padre no le preocupa demasiado; en cambio, la de su madre…

—¡Joder! ¡Nos encontraron! Se acabó la diversión —exclama Pedro, quien en el fondo se siente aliviado porque la borrachera no le permitiría cumplir sus *deberes*.

La mulata está furiosa. El negocio se le arruinó. Más le vale regresar el dinero de inmediato. Ni loca se le ocurre quedarse con las monedas teniendo a dos sirvientes armados. La regenta, en cambio, luce tranquila y serena. Ya será para otra ocasión. Los mancebos necesitan desfogar sus humores viriles y más temprano que tarde acabarán por regresar al lugar. La confianza y la seguridad son la mejor recomendación para un prostíbulo. La mujer conoce su negocio.

—¿Qué quieren? —pregunta Rodrigo al sirviente de su padre.

—Señor, debe usted regresar a casa —insiste el criado, un hombre mayor.

—¿Y mi paje? ¿Por qué no vino él a buscarme? —pregunta con arrogancia Rodrigo.

—Su paje, don Rodrigo, está vomitando las entrañas —contesta el criado.

—¿Qué pasa? —La angustia se apodera de Rodrigo González.

Los caballeros y los sirvientes salen y, en cuanto ponen un pie en la calle, las puertas del prostíbulo se cierran detrás de ellos. El viento sopla más fuerte, trayendo el olor salitroso del lago de Texcoco, típico de la época de secas, que se suma a la peste del excremento de caballos y de las bacinicas vertidas en las calles.

—Rodrigo, ¿qué pasa? Me siento muy mal… —añade Pedro, a quien el alcohol se la ha subido completamente.

—¿Qué demonios sucede? —pregunta Rodrigo a los criados, ignorando las quejas de su amigo.

Los presentes se santiguan. No en vano, ese mismo día dos blasfemos y maldicientes fueron castigados por el Santo Oficio.

—Su señor padre le requiere de inmediato en su casa —reitera tímidamente el sirviente de mayor edad.

—¿Y cómo sabían que estaba aquí? —pregunta Rodrigo en tono altivo, tratando de ocultar su sonrojo.

—¡No seas idiota! ¡Estás borracho! —balbucea Pedro.

—Llevamos toda la tarde buscándolo, señor... —musita con tono de disculpa el criado.

—¿Qué pasa? —insiste Rodrigo con la boca pastosa.

—Su señor padre lo requiere de inmediato en casa.

—Ya lo sé, ya me lo dijiste; lo que quiero es que me digas qué pasó... ¿Está bien mi madre? ¿Se puso mala mi abuela? —pregunta Rodrigo con nerviosismo.

Rodrigo y Pedro se suben en la grupa de los caballos de los criados y cabalgan rápidamente rumbo al Salto del Agua, donde se levanta la mansión de la familia de don Rodrigo González. Los caballos corren por el descampado entre la ciudad y las milpas de los indios. En el camino, Pedro vomita. El trote ha sido demasiado para él. El joven se siente aliviado y, habiendo aligerado el vientre, se le reaviva el ingenio.

El palacete de los González no es refinado, pero sí grande. El padre de don Rodrigo aborrece los tumultos de la ciudad y construyó su casa en las afueras, donde aún se puede respirar aire fresco y cultivar un pequeño huerto. Claro que las familias de más alcurnia critican esas extravagancias: «Estos comerciantes no saben distinguir entre una casa de ciudad y una casa de campo».

Rodrigo teme lo peor cuando se apea del caballo. Los alguaciles están ahí charlando con su padre, que está rodeado de una multitud de sirvientas lloronas y de criados inútiles. Algo sucedió. Hay demasiados faroles.

—Padre, ¿estás bien? —pregunta Rodrigo—. ¿Mi madre? ¿Le pasó algo?

Por consejo de los médicos, doña Rosario pasa mucho tiempo alejada de los lagos de México, cuya humedad le provoca fiebres. La mayor parte del año vive en Antequera de Oaxaca, donde la familia tiene una enorme casa.

—Un esclavo muerto, nada de qué preocuparse —responde el padre tratando inútilmente de parecer tranquilo.

Al lado del hombre está Ignacio Fagoaga, amigo de Pedro y de Rodrigo, compañero de la universidad, un joven enclenque y frágil. Aquello no pinta bien. Cuando la gente intenta mostrarse serena en una situación complicada es que algo anda mal.

—¿Qué esclavo? —pregunta Rodrigo.

El padre de Rodrigo responde:

—Ignacio vino a buscarte hace un rato. Él descubrió todo. Nada de qué preocuparse...

—Mataron a tu esclavo —precisa Ignacio.

—¿A mi esclavo? ¿A Cristobalito? —pregunta Rodrigo, auténticamente preocupado.

—Olvídalo, mañana compraremos otro —interviene el padre de Rodrigo.

El alguacil hace un gesto dando a entender que el asunto no es tan simple, ni siquiera tratándose de un rico comerciante. Ignacio Fagoaga atenaza el brazo de Rodrigo y lo conduce al establo del palacete. Detrás de ellos camina a trompicones Pedro. El alguacil también los sigue con un farol en la mano.

La escena es aterradora. Las moscas vuelan alegremente, cebándose en los charcos de sangre que rodean el cuerpo. El vórtice del remolino sanguinolento es un niño de doce años que, atado a una columna, está muerto. Fue azotado hasta el cansancio. El esclavito negro fue amordazado para que nadie escuchara sus gritos. El látigo despellejó a base de golpes las vértebras del adolescente, cuyos ojos aún están abiertos, mostrando el dolor infinito de quien ha nacido con el color equivocado.

—¿Lo castigaste por desobediente? —pregunta el padre de Rodrigo.

—¿Cómo se te ocurre? —responde su hijo, indignado.

—No te preocupes, Rodrigo —añade Ignacio Fagoaga—, era un negro insolente. Yo vi muchas veces cómo te respondía... Ese es tu problema: eres muy condescendiente con los sirvientes.

—No te metas en lo que no te importa —le contesta Rodrigo.

El alguacil, tipo inteligente, precisa:

—Lo mataron hace siete u ocho horas. La sangre de la espalda ya está seca y el cuerpo está muy rígido. Don Rodrigo, ¿el esclavo le faltó al respeto a usted?

—Claro que no, ¡imbécil! —responde Rodrigo.

El alguacil está acostumbrado a los desplantes de los poderosos, así que prefiere callar. Más adelante habrá tiempo para investigar, y entonces de poco le servirá al señorito su arrogancia.

—Tranquilo, Rodrigo, ¿por qué no vas a dormir un rato? Pedro, ¿te quedas con él? —añade Ignacio—. ¿O quieres que me quede yo?

—¿Y tú qué demonios haces aquí? —le increpa Rodrigo a Ignacio.

El padre de Rodrigo González le suelta un bofetón a su hijo.

—¡En mi casa no se blasfema!

Ignacio, no haciendo caso de las groserías de Rodrigo, le responde a su compañero:

—Habíamos acordado salir a cabalgar hoy después del auto de fe, ¿no te acuerdas? Como no te encontré, me quedé charlando con tu padre y, pues…, me topé con esto.

—¿Mataste al esclavo? —le pregunta el padre de Rodrigo a su hijo.

—Estos negros son uno impertinentes. —El alguacil intenta darle una salida decorosa a Rodrigo—. A veces necesitan un castigo ejemplar… Imagino que al caballero se le pasó la mano, pero es comprensible.

—Yo no les pego a mis esclavos —precisa don Rodrigo.

Y entonces al joven Rodrigo se le escapan un par de lágrimas. La escena es fuerte. El esclavito es un guiñapo ensangrentado. Se ve que la muerte tardó en llegar. La sangre del niño se mezcla con el estiércol de los caballos y las piedras del establo.

La madre del esclavito, propiedad de la familia desde niña, llora desconsolada en un rincón, acompañada de otras criadas. El resto de los sirvientes miran con odio a don Rodrigo. ¿Quién sino él tenía el derecho de golpear al niño?

Pedro, quien se había mantenido al margen, se acerca a ver el cadáver y vomita de nuevo. Rodrigo tirita de frío. No sólo sopla el viento de Texcoco, también baja el viento desde los helados volcanes. Es una extraña tarde de primavera. Demasiado fría para la época más caliente del año. Sólo Ignacio se mantiene ecuánime. La escena no le impresiona. Para ser un joven tan frágil, hoy ha mostrado mucha entereza. Dicen que en estas circunstancias se revela la verdadera cuna de la gente.

—Te quedarás a dormir aquí —le dice el padre de Rodrigo a Pedro—. Mi paje le dirá al señor conde que no puedes cabalgar en ese estado. —Y luego, dirigiéndose a Ignacio, agrega—: ¿Y tú, joven? Creo que también debes quedarte. ¡Ayúdame a cuidar a este par de borrachos!

A continuación, mirando a su hijo con desaprobación, exclama:

—Dios mío. ¡Pobre de tu madre cuando se entere! Primero un muerto en casa y luego tú, revolcándote en una casa de putas…

Ignacio Fagoaga asiente con naturalidad, al fin y al cabo Pedro y Rodrigo son sus amigos desde la infancia. Lo de *amigos* es un decir, porque Ignacio es muy delicado para los juegos de los otros dos. En el fondo, los tres se odian, pero, como acontece entre la gente de alcurnia, todo es juego de espejos, ilusiones y equilibrios. La vida de los poderosos es un perpetuo torneo de esgrima.

—Mi gente se llevará el cuerpo —declara el alguacil con la secreta intención de sacarle dinero a la familia—. No le demos más vueltas. Basta con que su hijo nos explique mañana por qué le pegó. Sólo era un negro desobediente. ¡Que sirva de escarmiento!

—Yo no le pegué —protesta Rodrigo.

—Tranquilo, Rodriguillo —lo consuela Ignacio—. Mira, estás temblando. Necesitas un chocolate y tu capa. ¿Dónde está tu capa?

—La perdimos en la taberna —explica Pedro.

—¿No es esa? —pregunta con malicia el alguacil.

Rodrigo González apenas si puede mantenerse en pie. Ha sido demasiado por un día.

El padre de Rodrigo toma el manto que le ofrece el alguacil. En efecto, es la capa de Rodrigo. Estaba en una esquina del establo, salpicada con la sangre del esclavito.

—¿Por qué *demonios* no me dejan dormir? —se disculpa Rodrigo torpemente.

Su padre le suelta otro bofetón a su hijo.

—¡Si vuelves a atreverte a blasfemar, yo mismo te corto la lengua! ¡Estás borracho!

Ignacio Fagoaga mira al alguacil y le dice:

—Disculpe a mi amigo, don Rodrigo bebió un poquitín de más. ¿Sabe? Tenemos exámenes la próxima semana y estamos sumamente cansados…

—Lo supuse… —añade el alguacil—. También me encontré este libro cerca de la capa.

Es el *Evangelio de san Juan*. Ignacio Fagoaga lo toma entre las manos. El volumen está manchado con sangre. Lo examina con atención y afirma con honda preocupación:

—Señor alguacil, noto que le arrancaron varias hojas, las que corresponden a la Pasión de Nuestro Señor. ¿No le parece raro?

5

OPUS DIABOLI

Convento de Santo Domingo, Ciudad de
México, a 3 de mayo, fiesta de la Santa Cruz,
anno Domini 17...

Yo, Joaquín de Salazar Jiménez, miembro de la Orden de Frailes Predicadores e inquisidor general de la Nueva España, me ordené sacerdote muy joven, mucho antes que otros de mis hermanos, y no es falta de humildad reconocer mis talentos. Dios Nuestro Señor me regaló una inteligencia privilegiada y la gracia para cultivarla; no es mérito mío, sino del Todopoderoso. Recibí el sacramento del orden sacerdotal de manos del obispo Matías Echenique, mi protector, en la pequeña catedral de Almería, donde Su Ilustrísima tenía su sede. Al padre provincial le pareció muy bien; los religiosos sabemos que las relaciones con los señores obispos son complicadas. Los dominicos, de entre todos los religiosos, somos quienes mejores relaciones mantenemos con los prelados; tampoco es falta de humildad reconocerlo, pues, como dijo santa Teresa de Jesús, «Humildad es andar en la verdad».

Como los dominicos hemos recibido el pesado encargo de la Inquisición desde hace siglos por mandato del santo padre, los señores obispos usualmente nos miran con una mezcla de respeto y recelo. Y nosotros también los respetamos, pues sabemos que debemos contar con su colaboración para que el Santo Tribunal cumpla su función. Creo que en eso somos muy distintos de algunos jesuitas que quieren ir a su aire en la diócesis, sin obedecer al obispo, sin darle su lugar. No tengo nada (Dios no lo permita) contra la Compañía de Jesús, a la que respeto y venero; conozco a muchos jesuitas modestos y obedientes. No obstante, a lo largo de mi vida, también he visto muchos casos de jesuitas rebeldes que se sienten especiales y diferentes. Sin ir más lejos, todo el mundo en Puebla conoce el enfrentamiento entre el obispo Palafox y los jesuitas que tuvo lugar hace más de cien años. La disputa entre la Compañía fue tan severa que el pleito llegó hasta el papa y el rey. Como canónigo de Puebla, don Matías Echenique (q. e. p. d.) estaba familiarizado con aquella vieja historia, y él me la contó con lujo de detalles. De esos recovecos de la intriga jesuita, sin embargo, pocos están enterados, porque los influyentes padres de la Compañía se han encargado de ocultarla. Algún día saldrán a la luz y quedaremos pasmados de lo que padeció el obispo Palafox. ¡Y eso que llegó a ser virrey!

Quizás haya algo en el espíritu de san Ignacio que los lleva a ser tan independientes de los obispos y de los reyes; no lo sé a ciencia cierta y no estoy en posición de juzgar sobre ello. Mientras el santo padre los vea con benevolencia, yo no debo combatirlos. Mi misión es preservar la fe y la moral, no suscitar la discordia dentro de la santa Iglesia. Debo contener mis antipatías y opiniones, porque mi cargo está para servir a la Iglesia y no para servirme yo de ella.

¡Ay! Y, con todo, no me extrañaría nada que el día menos pensado Su Majestad expulse a los jesuitas de sus reinos. ¡Se sienten tan independientes! ¡Quieren tantos privilegios! A mi despacho llegan noticias del lejanísimo Buenos Aires, donde el virrey de Río de la Plata tiene continuos problemas con las Misiones Orientales, que los jesuitas gobiernan como si fuesen virreyes. Una cosa es misionar y otra gobernar. Los indios de aquellas tierras son súbditos de Su Majestad, no de la Compañía de Jesús.

Aquí todo mundo sabe que las cosas tampoco marchan bien en las misiones de las Californias, que los jesuitas también manejan a su antojo. Los padres jesuitas tienen sus propios soldados, a los que mandan como si ellos fuesen los capitanes en Loreto, La Paz, San José, Santa Rosalía… No sé cuántas misiones tienen ya en la Vieja California, en Sonora y en Nuevo México. Y no satisfechos con esos territorios, ahora quieren ir hacia el norte, más allá de San Diego, y misionar en la California Nueva. Lo que más me preocupa es que Su Excelencia el Virrey los adora y les permite hacer lo que quieren, a pesar de que la Real Audiencia de Guadalajara ya ha protestado por las desobediencias de los padres jesuitas. Dios me perdone si he faltado a la caridad; no es mi intención hacerlo y, sin embargo, creo que tengo razón; algunos jesuitas son muy ambiciosos. A mí, inquisidor general, se me ha encargado la tarea de salvaguardar la Iglesia. Quizá, Dios no lo quiera, llegará el día en que me veré obligado a actuar contra la Compañía de Jesús.

No sería la primera vez que los dominicos denunciamos los excesos de los jesuitas. ¡Ya nos enfrentamos en China! Llevados por su afán, noble sin duda, los jesuitas pretendieron cambiar la sagrada liturgia para ganarse la simpatía de los chinos. ¿En qué cabeza cabe que la misa pueda celebrarse en chino como si fuese un rito pagano? ¿Cómo se les ocurrió cambiarse sus nombres cristianos por nombres chinos? ¿Cómo se atrevieron a mudar sus sotanas por los ridículos trajes de los sacerdotes chinos? Ese es el problema de los jesuitas, su afán por adaptarse al mundo. Su propósito, sin duda, es encomiable. Sin embargo, la doctrina cristiana no es una mercancía que pueda abaratarse para ganar adeptos. Los religiosos profesamos nuestros votos no para ser del mundo, sino para dar testimonio de que esta tierra es un espejismo del cielo.

De nuevo me he enredado. Es que no olvido la intromisión del padre Goñi, sigo escandalizado pensando en su descaro. ¡Meterse en las decisiones del Santo Oficio! Es verdad, y lo tengo muy presente, que las penas capitales no las impone ni aplica la Iglesia, sino el brazo secular del Tribunal; es verdad que Su Excelencia el Virrey tenía todo el derecho de conmutar la pena de la hoguera por la cárcel. Aun así, la intromisión del padre Goñi es inaudita. Acabarán mal, muy mal. Como sea, sigo divagando, aunque creo que no hago mal: este no es un libro para que lo lea la gente, sino un desahogo para mi conciencia.

¿Mi ordenación sacerdotal? Como no tenía parientes ni amigos, asistieron pocas personas a la ceremonia, algunos sacerdotes de la diócesis y mujeres piadosas de la ciudad. Junto con la alegría del momento, también me sentí un poco triste y solo. ¡Qué alegría hubiese tenido mi madre si hubiese visto mi ordenación! ¡Qué contento estaría mi padre al verme ordenado sacerdote! Dios sabe más y, si Él quiso llevárselos antes, es porque así convenía al plan de la divina salvación. No tengo ningún familiar en la Tierra y, aunque eso es duro, la soledad me ha facilitado la vocación: la falta de ataduras en la Tierra me ha acercado a Dios.

Esa tarde, la de mi ordenación, mi protector me invitó a comer a su palacio junto con el padre provincial y el prior de mi convento de Salamanca. Hacía un calor espantoso en Almería y todos sudábamos terriblemente. Como muestra de cariño hacia mí, don Matías ordenó que nos dieran de beber aloja. Nunca había ese refresco y era un todo lujo en la calurosa Andalucía; es agua de regaliz endulzada con miel y refrescada con nieve. Para hacerla, la gente tiene que enterrar la nieve o el granizo de los días de invierno en unos agujeros en el campo donde se conserva durante unos meses. En los días más calientes del verano, sacan esa nieve para enfriar el agua. El problema es que en Andalucía casi nunca cae nieve ni granizo, ni siquiera en diciembre, y por eso es tan difícil conseguir algo frío en aquella región, salvo que uno vaya a las sierras. Cuando regresé a la Nueva España, busqué aloja y nunca la encontré; aquí nadie sabe prepararla, salvo los cocineros españoles. Creo que a mis paisanos no les gusta el regaliz y prefieren la canela para aromatizar el agua. A mí también me gusta la canela, especialmente en el chocolate y en el agua de horchata, aunque no me disgusta el regaliz. Desde que soy inquisidor, podría conseguir regaliz fácilmente porque todas las boticas lo tienen en pastillas. Sin embargo, prefiero no probarlo sino como excepción, porque es un capricho, una golosina cara. Si todos los pecados desdicen de un religioso, la gula es uno de los que más desfiguran la vida entregada de un consagrado a Dios. ¡Cómo me da tristeza ver a sacerdotes y frailes gordos! ¡Qué no cumplen con los ayunos y penitencias? ¿Para eso se entregaron a Dios, para cebarse como cerdos? Lo sé, mis palabras pueden sonar duras y arrogantes; quizá lo sean, aunque no por ello son menos verdaderas.

No deja de ser extraño que yo condene la gula y que esté escribiendo de comida. Digo en mi descargo que santo Tomás dijo que el placer al comer y al beber no es pecado cuando se goza con moderación. Y todo esto por la aloja andaluza. En estas tierras lo que sí sabemos preparar son las nieves de sabores. Los indios de Tulyehualco son expertos en ello. Para prepararla usan el mismo artificio que los andaluces para el aloja: entierran el granizo en sus campos y, cuando hace calor, lo desentierran para preparar nieves de frutas. Lástima que Tulyehualco quede tan lejos de la ciudad y no sea posible traerlas hasta acá. Sigo divagando como un tonto; no hay de qué preocuparme. ¿Quién leerá esto cuando yo muera? ¿El padre prior? ¿Mi confesor? Quizá lo lean con curiosidad y luego lo quemen; no me corresponde a mí decidirlo.

El palacio episcopal de mi protector no era opulento, aunque tenía muebles, cuadros y tapices de valor. Con todo, las rentas de Almería son pobres comparadas con ciudades como Sevilla, Pamplona o Toledo, y ya no digamos con México, Puebla y Michoacán. Y, sobre todo, mi benefactor era un hombre de costumbres austeras, tal y como debe comportarse un sucesor de los apóstoles.

Es muy difícil resistir la tentación del lujo y la ostentación, lo sé por experiencia personal. Aunque la regla de santo Domingo me prohíbe tener propiedades personales, salvo mi pequeño peculio, me sería fácil llevar una vida regalada y muelle aprovechándome del cargo que ocupo. Todos los días me llegan al palacio del Santo Oficio canastas con frutas, dulces, jamones, quesos, panes, vinos. Tengo a mi disposición todos los carruajes de la Nueva España, porque nadie se atrevería a negarme su coche y sus lacayos. Podría descansar en las casas más lujosas de San Ángel y Tacubaya con sólo pedirlas prestadas a sus dueños. ¡Dios sabe lo me cuesta no aprovecharme de mi cargo para llevar una vida de lujo! Y una de las muchas cosas que le debo a mi protector es el ejemplo de austeridad que me dio.

Me preocupa, por eso, que se haga mal uso de los bienes que incauta el Santo Oficio. Ni siquiera este Santo Tribunal está exento de avaricia. Sé que algunos funcionarios se han apropiado de bienes que no eran suyos. Mal, muy mal; eso es un pecado gravísimo. Lo peor de todo es que no puedo hacer nada al respecto; si lo hiciera, si yo castigara a esos ladrones, el escándalo sería mayúsculo y los enemigos de la santa Iglesia se aprovecharían de los pecados personales de sus hijos para desprestigiarnos. Quizá más adelante, en otro momento, encuentre la manera de castigar a esos funcionarios corruptos. Dios dirá.

Regreso ahora al día de mi ordenación. Durante la comida, don Matías le preguntó al padre provincial qué sería de mí, a dónde me destinarían. La verdad es que mi protector me extrañaba y quería tenerme cerca. ¿Quién se lo podría recriminar? Estaba haciéndose viejo y la vida de un príncipe de la Iglesia es muy dura y solitaria. El problema es que no teníamos convento en Almería. Yo era un simple fraile recién ordenado y no era oportuno dispensarme de la vida en comunidad. Aunque era el protegido de un obispo, aún me faltaba recibir mucha formación. Si bien estaba cerca de doctorarme, me faltaba experiencia pastoral y madurez, y ni el prior ni el padre provincial consideraron que fuese bueno para mí permitirme vivir fuera del convento.

El banquete se alargó hasta entrada la noche, pues éramos huéspedes del señor obispo y pernoctaríamos en su palacio. El padre provincial quedó profundamente impresionado por el cariño que me profesaba don Matías, a quien Dios tenga en su gloria. No se le escapaba al provincial el hecho de que mi protector era confesor de una hija del rey, a la que visitaba varias veces al año en El Escorial. Don Matías tenía derecho de picaporte en el palacio real.

Después de un par de días en Almería, regresé con mi prior al convento de San Esteban en Salamanca. A diferencia de mis superiores, yo conocía bien ese camino y se me hizo corto. En Salamanca, el prior me ordenó concentrarme en los estudios, así que para final de ese año me doctoré en Sagrada Teología en la universidad. Mi guía y maestro siguió siendo fray Antulio, quien para entonces ya había sido nombrado consultor de la cámara secreta del Santo Oficio.

Lo demás vino solo. Fray Antulio me nombró su secretario y pronto me familiaricé con los asuntos de la Inquisición. Como funcionario, he jurado guardar secreto sobre los asuntos que conciernen al Tribunal. Aquí, en estas líneas, puedo ventilar cosas de mi vida espiritual, pero no puedo hablar sobre los procesos y algunos procedimientos; son asuntos casi tan secretos como los secretos de confesión.

La curiosidad es mala consejera. A veces los novicios me preguntan si yo he visto al demonio. Aunque comprendo esa curiosidad, siempre los regaño. Los religiosos no debemos buscar lo extraordinario y milagroso, sino que hemos de contentarnos con el día a día, con el cumplimiento cabal de nuestra regla y de la ley de Dios.

Sin embargo, sí les digo algo a las claras: yo, fray Joaquín de Salazar, nunca he visto al demonio ni a un endemoniado, aunque todos los días palpo sus obras. Satanás me acecha de día y de noche, y me tienta de muchas maneras sutiles. El diablo es muy inteligente y su mejor truco es esconderse de nuestros ojos. A Satanás no le interesa que hablemos de él. El diablo es el señor de este mundo. Negar su existencia, decir que Satán es un cuento (como pregonan los librepensadores y los impíos filósofos franceses): eso es obra del diablo, *opus diaboli*.

6

EL PASEO NOCTURNO

El tránsito de carros es intenso. Los carruajes circulan con su faroles de aceite encendidos. También los edificios de la Plazuela del Marqués, contigua a la Plaza Mayor, están alumbrados por lámparas y antorchas. Los jóvenes desean aprovechar la noche tibia, seca e iluminada para los cortejos; todo, por supuesto, bajo la vigilante mirada de los adultos. La pasión juvenil, sin el firme control de los adultos, fácilmente deviene un torrente de agua que arrasa a su paso la civilización y la moralidad. Las emociones sin brida, sin freno, siembran la destrucción y el dolor.

La luna llena cobija los intercambios de miradas entre solteros. La luz no es blanca ni plateada, sino amarillenta, casi cobriza. Hoy es una de las pocas noches en que la nobleza de la Nueva España tolera el cortejo entre iguales, siempre entre iguales. En este reino se pueden tolerar las mezclas de castas, negros con indios, mestizos con mulatos, cambujos con españoles, pero rarísima vez se permiten los enlaces entre pobres y ricos.

Los jóvenes adinerados van y vienen a lo largo de la fachada lateral de la catedral. Las enormes torres del edificio aún están sin terminar, pero son lo suficientemente altas como para proyectar su silueta sobre la pulimentada plaza. Los jóvenes están ansiosos por conocer un poco mejor a las hijas de las familias aristocráticas del virreinato. Vistos de lejos, parecen una manada inquieta sin líder, una parvada de palomas que picotea en el suelo en busca de granos.

Rodrigo y Pedro no se juntan con los demás; ellos no van a la caza ni al cortejo.

—¡Vámonos! Tenemos mucho que estudiar —grita Rodrigo vestido con una camisa blanca de mangas largas, un chaleco de terciopelo rojo, medias de seda hasta la rodilla y su pelo castaño atado en una coleta con un listón negro.

—No jodas —responde Pedro de Heras y Soto—. ¿Para qué le haces al cuento? El cabrón de Fagoaga ni se ha aparecido.

—¿No quedamos de verlo en tu casa? —pregunta Rodrigo, sinceramente preocupado por el examen del día siguiente—. Ya lo conoces, ni la virreina se da a desear tanto como ese hijo de puta. Lo peor es que si el cabrón no nos explica la lección de mañana, nos va a ir muy mal…

—No seas amargado —replica Pedro, quien viste una capa de terciopelo azul que combina con el color de sus ojos y un sombrero tricornio tachonado de oro—. ¡Anda! Mejor echa un ojo a tu derecha…

Rodrigo González voltea hacia la Plaza Mayor, donde un estupendo carruaje tirado por caballos negros pasea a dos jóvenes, escoltadas por su madre. Las ruedas truenan sobre el empedrado al ritmo de las herraduras. Son ni más ni menos que la marquesa del Valle de Orizaba y sus hijas, que, como cualquier familia decente de México, aprovechan la luna llena para pasear a un costado de la catedral. Por su parte, los jóvenes de las mejores familias del virreinato caminan por la aceras cortejando discretamente a las solteras de la ciudad más rica de todos los dominios de Su Majestad Católica.

Los marqueses y condes de la Nueva España saben que cualquiera de sus haciendas es más grande, más fértil y más productiva que los señoríos de los grandes de España. El marqués de San Juan de Rayas nada tiene que envidiarle al duque de Alba. Comparada con las minas de plata de Guanajuato del Marqués, las fincas de la Casa de Alba no son sino calderilla, monedas de cobre.

El carruaje aminora el paso cuando pasa frente a Rodrigo y Pedro. Las chicas les sonríen a los jóvenes, pero la marquesa, cancerbero bravo, las reprende y ordena al cochero que arree los caballos.

—¿Cómo las ves? —pregunta Pedro—. ¿Todavía quieres irte a estudiar? Verás como dan la vuelta y regresan. Te tienes que conseguir una marquesita.

—¡Hombre!, las niñas crecieron. No las había visto desde la Navidad. Están muy guapas —contesta Rodrigo, cuyos ojos negros reflejan la luna.

Rodrigo González se siente solo. La luna nunca es buena consejera de los jóvenes; es la madre de la nostalgia y de la poesía dulce. Don Rodrigo sabe que heredará la fortuna de su padre y que se verá obligado a viajar constantemente entre Oaxaca, Acapulco y Veracruz. Pasará la mayor parte de su vida entre los cartapacios de los escribanos que llevan la contabilidad de su inmensa fortuna, entre las maldiciones de los arrieros en los desfiladeros de Tierra Caliente, y gastará sus pocos ratos libres con noblecitos de opereta. Sólo así camina el negocio. No le queda ahora sino prepararse para administrar la riqueza. Si le dieran a elegir, Rodrigo preferiría a los ganapanes y arrieros en vez de personajillos arrogantes como Pedro de Heras y Soto. Versalles y Amberes quedaron en el pasado.

Pronto, muy pronto, Rodrigo se casará con alguna ilustre desconocida, elegida cuidadosamente por su padre para incrementar el patrimonio de los González. Doña Rosario, más comprensiva con su hijo que el padre, quisiera hallar para Rodrigo una chica linda y risueña. Sin embargo, el padre de Rodrigo ha sido taxativo: su hijo se casará con la mujer que más le convenga al negocio.

Una voz engolada se escucha atrás: es Ignacio Fagoaga, que carga bajo el brazo el voluminoso comentario de Juan Filópono a la *Física* de Aristóteles. El tamaño del libro contrasta con la delgadez del joven, que trae la toga negra de estudiante.

—Amigo Rodrigo —dice—, que Pedro no te engañe: la marquesa es una harpía. La desgraciada sabe lo que tiene en casa… Ni te hagas ilusiones. Además, a las dos niñas les apesta la boca…

Pedro lo recibe con una mueca de fastidio. Ignacio Fagoaga, hijo del marqués del Apartado, es un cargante, un inoportuno.

—Caray…, las chicas no están nada mal, bien vale la pena la lucha contra la bruja que las cuida —bromea Rodrigo admirando desde lejos a las hijas de la marquesa. ¡Si su prometida fuese una de ellas, le resultaría más fácil quererla!

—Las harpías tienen garras filosas —bromea Ignacio Fagoaga—. Si te descuidas, la marquesa te destripa.

—No seas exagerado, Fagoaga. La vieja no es tan peligrosa —precisa Pedro—. Es amiga de mi madre. Viene a tomar el chocolate todos los jueves.

—Pues prefiero los doce trabajos de Hércules antes que luchar contra la Gorgona —responde Ignacio Fagoaga.

—¡Les tienes miedo a las mujeres! —añade Pedro con sorna.

—Es que está bien flaco… —dice Rodrigo acariciándose la coleta.

—Y tú ni te les acerques demasiado —apunta Pedro con insidia, dirigiéndose a Rodrigo—. La marquesa busca para sus hijas un caballero, no un tintorero rico como tú.

—Pues tu padre será muy señor conde, pero la semana pasada le pidió dinero prestado a mi familia —replica Rodrigo, enojado.

—¿Y eso qué? —arguye Pedro—. Vergüenza te debería dar que tu padre sea un usurero. El dinero no compra la buena cuna…

Ignacio evita la confrontación entre Rodrigo y Pedro con un piropo petulante:

—Mi querido Rodrigo, tu sabiduría compensa la sencillez de tu cuna.

—No necesito que me defiendas —contesta Rodrigo con sequedad.

—¿Y qué, Ignacio? ¿Cuándo te casas? —comenta Pedro, cuya complexión robusta contrasta con el cuerpo menudo de Ignacio Fagoaga.

—A mí se me hace que Fagoaga no les puede cumplir a las mujeres —remata Rodrigo—. Por eso estudia tanto.

—Sigan, sigan…, y a ver quién les ayuda para el examen —se defiende Ignacio, acostumbrado desde adolescente a esas bromas.

—¡No seas llorón! ¡Vamos, chico! ¡Quieres que te presente a la hija del marqués de Salvatierra? Doña Catalina tiene una cinturita deliciosa —dice Pedro dibujando con sus manos la cadera de la marquesita.

—Mis padres no quieren nada con los Salvatierra; están quebrados. Sus haciendas sólo producen pulque —responde Ignacio Fagoaga, visiblemente incómodo.

—Puros pretextos —añade Pedro con malicia—. Yo creo que Rodrigo tiene razón.

—Pedro, ¿y cuándo se anuncia tu compromiso? —pregunta Rodrigo.

—¿Qué más quieres? ¡La vas a conocer ahora! —se ufana Pedro—. ¡Hoy van a conocer a mi prometida! Serán los primeros en conocerla oficialmente.

Rodrigo sonríe para sus adentros. A pesar de sus valentonadas, Pedro es un ingenuo: media ciudad sabe quién es la prometida del hijo de los condes de Heras y Soto. Y no sólo eso, sino que la conoce personalmente, aunque hace mucho que no la ha tratado. Cuando eran pequeños, poco antes de que los González se embarcaran a Europa, Rodrigo conoció a Inés, que le pareció una niña flaca y mandona.

Desde entonces, ciertamente, no han coincidido en banquetes ni en ceremonias religiosas, los lugares donde las mujeres casaderas pueden conversar con los jóvenes. Quien no puede contenerse es Ignacio, que se pavonea de estar al tanto de la firma de los esponsales. La jactancia de Fagoaga enfurece a Pedro, y este lo acusa de chismoso.

A Ignacio le hace gracia la reacción de Pedro y lo provoca:

—Querido Pedro, ¿tantos años de marquesa y no sabes mover el abanico?

—¡Ignacio! Pareces mujercita… —comenta Rodrigo.

—¡Qué simples son ustedes! No van a llegar muy lejos si siguen así. Los rumores, los rumores deciden la vida de la gente —pontifica Ignacio abrazando el libro de Aristóteles con las dos manos—. Y en esta ciudad todo se sabe en un santiamén. Mi madre se enteró en el Parián.

—¡Estás idiota! —vocifera Pedro—. ¿Quién diantres iba a saber de mi compromiso con Inés en el Parián?

Ignacio mira con condescendencia a Pedro y le explica como si se tratara de un niño bobo:

—Doña Inés compró toda la seda blanca en el Parián. ¡Toda! No hay más seda en el mercado hasta que llegue el nuevo cargamento de Filipinas. Tú dirás. No dejó ni un codo de seda blanca, ni uno solo…

Pedro le devuelve el gesto con desprecio; le molesta tanto la poca gallardía de Ignacio que, si no fuera porque lo necesita para estudiar, le propinaría un golpazo.

—Como dice Rodrigo, pareces mujercita con esos chismes. ¿O qué? ¿Tú también vas a comprar telas y abanicos? Los hombres de a de veras no vamos al Parián —responde Pedro.

—Pues díselo a tu señor padre, entiendo que el señor conde es el que trae la seda de Manila —replica Ignacio.

—No viene al caso lo que estás diciendo —se defiende Pedro—. ¡Mujercita!

—Una cosa es andar de chismoso en el Parián y otra importar seda de Filipinas —interviene Rodrigo, aburrido de la conversación. Desde la muerte de su esclavo, el joven se siente mal, con una rara mezcla de tristeza, hastío y enojo.

A Fagoaga parece divertirle la provocación, aunque usualmente se lleve la peor parte en los pleitos.

—¡Ay, Pedro! Si eres tan hombre, ¿por qué no vas a Acapulco a defenderlo de los piratas?

—¡El puto eres tú! —grita Pedro—. No tienes ni idea de lo que estás hablando. Acapulco no necesita más soldados; le sobra con la guarnición del fuerte de San Diego. Pero ¿qué vas a saber tú de las cosas de hombres? ¡Si te la pasas comprando abanicos en el Parián!

—Fagoaga tiene razón —interviene Rodrigo, a quien le molesta la ignorancia de Pedro—. Se han visto piratas holandeses merodeando por Santa María Huatulco, mi padre me lo dijo. Pero eso no te quita lo chismoso, Fagoaga.

Ignacio añade leña a la hoguera.

—¿Y tú, Rodrigo, serías tan valiente de irte a luchar allá? ¿Por qué no te apuntas? El virrey necesita capitanes para defender el Pacífico. ¡Apúntate!

—Eso me saco por defenderte… —responde González sin mucho afán.

Pedro comienza a dar palos de ciego.

—¿Rodrigo en Acapulco? ¡Me cago en la madre! A este sólo le importan sus nopaleras —comenta Pedro moviendo impacientemente su capa—. ¡Imagínate! ¡Su familia vive de las cochinillas del nopal!

—Pues esos nopales valen más que toda la seda que trae tu padre de Manila. En Sevilla compran a precio de oro la púrpura de cochinilla —se defiende Rodrigo—. Claro que como tú no has ido más allá de Chalco…

Pedro ya no le responde a Rodrigo. También a él le da pereza seguir discutiendo y se hace el silencio. Los tres saben, en cualquier caso, que la explotación de los tintes de Oaxaca es más rentable que las sedas y marfiles del galeón de Manila.

—Pedro, ¿a qué hora viene tu prometida? —pregunta Ignacio—. Tenemos mucho que estudiar. No nos va a dar tiempo. Yo ya me voy; allá ustedes si quieren reprobar el examen.

—Cállate, Fagoaga —le ordena Pedro—. Ni que Aristóteles fuese tan importante. ¿O qué? ¿Estás enamorado del filósofo? Con eso de que les tienes miedo a las mujeres…

De mala gana, Rodrigo se suma a Ignacio:

—Pedro, el cabrón tiene razón. Tenemos mucho que estudiar. No entiendo nada de la *Física* y quiero pasar el maldito examen.

Pedro los tranquiliza:

—Quedé de verla a las siete y todavía no tocan para el rosario. No sean impacientes. No debe tardar. Rodrigo, quiero que conozcas a Inés.

—¿Y yo qué? ¡No estoy pintado! —protesta Fagoaga—. ¿A mí no me la vas a presentar? A ver quién te explica la lección…

—¿Para qué diantres quiero saber lo que dice Aristóteles? Mi padre ni siquiera sabe latín, ¿y crees que le importa? —replica Pedro—. Tú mismo acabas de reconocerlo: mi padre controla el galeón de Manila y no tiene puta idea de si la Tierra es plana o redonda.

—Por eso los condes de Heras y Soto nunca servirán al rey en la corte —arguye Fagoaga—. ¡Y me largo! Jódanse…

Rodrigo no consigue disimular su sonrisa. Fagoaga tiene razón: los Heras y Soto son unos brutos que acabarán arruinándose tarde o temprano. Se puede administrar un rancho pulquero sin saber aritmética, pero administrar la nao de China es otra cosa. Nuevos vientos soplan en Europa y sólo los más instruidos serán capaces de conservar sus fortunas.

Pedro se desentiende de Fagoaga y comienza a otear el horizonte como si estuviese en un barco.

—Inés no debe de tardar.

—Y si tanto te aburre la universidad, ¿por qué no convences a tu padre de que te permita dejarla? —pregunta Rodrigo.

—No es cosa de mi padre, es una ocurrencia del virrey —contesta Pedro estirando el cuello como una jirafa que intenta alcanzar la rama más alta de un árbol.

A Rodrigo le queda más claro que nunca que el conde de Heras y Soto es tan bruto como su hijo. ¿Cuándo entenderán estos noblecitos que Francia, Holanda e Inglaterra acabarán dominado el mundo precisamente porque cultivan las ciencias nuevas?

Fagoaga no deja pasar la oportunidad de seguir provocando a Pedro:

—¿Lo ven, amigos? Para conseguir un puesto en palacio hay que estudiar.

—¡Tonterías! Cuando el virrey regrese a Madrid, quiere llevarme con él, porque necesita hombres valientes. Se le dijo a mi padre —afirma Pedro restándole importancia al comentario de Ignacio.

Rodrigo no resiste más.

—No seas tonto, el virrey es un hombre culto que no se rodea de soldados, sino de sabios. Ni te hagas ilusiones. Me llevará a mí.

—¡Cabrón! Eres un plebeyo, que no se te suban los humos —le contesta Pedro.

—¡Como si tu título fuese tan antiguo! —arremete Rodrigo—. ¡Si lo compró tu padre!

—Pues tu familia ni eso —contesta Pedro, ofendido en lo más hondo.

—Y, para viajar con el virrey, los dos tienen que aprobar el examen de mañana, así que más les vale que terminemos pronto y nos vayamos a tu casa a estudiar —añade Ignacio en tono burlón.

—Pero a los dos nos sobra lo que a ti te falta —le responde Pedro.

—Pues yo también iré a Madrid en representación de mi padre ante Su Majestad —añade Fagoaga—. Y mucho antes que ustedes, ya verán.

—¿Tú? ¡Te mueres en el barco a los tres días! —le dice Pedro con risa burlona.

—No sabes lo que dices, Fagoaga. Cómo se ve que tampoco conoces Madrid. El verano es horroroso y el invierno es helado —apunta Rodrigo.

—Claro que lo sé: «Nueve meses de invierno y tres de infierno» —sentencia Ignacio.

—La verdad es que Madrid es aburridísimo —les confiesa Rodrigo.

—¡Ah! Pero Madrid está en Europa... Flandes, Holanda, Inglaterra, Francia... —añade Fagoaga con voz engolada—. Desde Madrid puedes llegar a París en dos semanas a caballo. Eso tiene su encanto. ¿No estoy en lo cierto, Rodrigo?

—¡Joder! Y dicen que las francesas son preciosas —replica Pedro.

«¡Joder, Pedro! Me vas a presentar a tu prometida y ya estás pensando en francesas», piensa Rodrigo en su interior, cansado ya de la espera.

Ignacio, sin venir a cuento, se dirige a Rodrigo en un tono afable:

—¿Y tú qué? ¿Cómo va todo? ¿Alguna novedad del alguacil?

Rodrigo cambia de semblante. Suspira y baja la guardia; ha estado escondiendo su zozobra. Desde el día en que hallaron al esclavito muerto, nada es igual en su casa. Por lo pronto, enviaron a la madre del niño a trabajar a una de sus haciendas de Oaxaca. Era imposible mantener a la esclava bajo el mismo techo que Rodrigo. La familia pensó, en un primer momento, en vender a la mujer; pero la esclava era querida por todos y les pareció mejor idea enviarla a otro lugar. El día que se la llevaron, maldijo a Rodrigo:

—Dios te va a castigar; ¡te vas a ir al infierno, demonio blanco! ¡Te vas a ir al infierno!

El capataz le dio un par de bofetones para callarla y ni así pudieron contenerla; la pobre madre siguió vociferando. El capataz, preocupado por el mal ejemplo que estaba dando la esclava, se disponía a usar el látigo contra ella, pero Rodrigo se lo impidió. Aun así, la negra siguió insultándolo hasta que la encerraron en un cuarto, donde acabó desmayándose por cansancio.

—Todos en mi casa piensan que yo maté al niño —se desahoga Rodrigo.

—Cristóbal, ¿verdad? —pregunta Ignacio.

—Sí, Cristóbal; Cristobalito le decíamos. Nació en mi casa —explica Rodrigo con pesar—. Me lo regaló mi madre cuando cumplí quince años.

—Tampoco es para tanto —interviene Pedro—. Ya te lo he dicho.

—¡No digas sandeces! —le responde Rodrigo.

—Era un negro —replica Pedro.

Rodrigo está a punto de soltarle un puñetazo al hijo del conde, pero haciendo un esfuerzo logra contenerse. No quiere un zafarrancho ahora.

—Justamente eso dice el alguacil —añade Rodrigo escondiendo su rabia—. ¡Que la ley está de mi lado! Pero era un niño…

—Claro que está de tu lado, como que tu padre habló a solas con el alguacil esa misma noche —añade Fagoaga con tono malicioso—. Le habrá untado las manos con oro.

—¡Hijo de puta! —exclama Rodrigo mirando con desprecio a Ignacio.

—Pégame y a ver quién te explica a Aristóteles…

—Todos los alguaciles son iguales, unos muertos de hambre —se ufana Pedro—. Al principio llegan muy bravos, pero luego luego, con un par de gritos, se les bajan los humos.

—Pero yo no lo maté. Yo no lo maté, ni siquiera le pegué —protesta Rodrigo, revelando su zozobra interior.

—¡Ay, Rodrigo! Tu capa estaba llena de sangre y al lado del cuerpo. —La voz de Ignacio es sutil, suave, casi imperceptible.

—Pues si tú no lo mataste, está muy raro… —apunta Pedro.

—¡Cabrones! ¿Cómo se atreven? —Rodrigo está furioso y triste, una peligrosa mezcla de emociones.

—¡Basta!, cambiemos de tema. Inés ya no debe de tardar. Seguro que viene con su aya. La vieja está cieguísima y sorda. —Y Pedro suelta una sonora carcajada.

—¡Claro que no lo maté! ¡Quítenselo de la cabeza! No soy un hijo de puta —insiste Rodrigo.

—Tranquilo, Rodrigo. Todo es muy, muy raro… Por ejemplo, yo también pude haber matado al esclavo. Llegué a tu casa en la tarde y nadie estuvo conmigo mientras te esperaba. Conozco tu casa y los criados me tienen confianza —comenta Ignacio haciéndose el enigmático.

—Te mataría si tú lo hubieras matado —le advierte Rodrigo.

—No seas idiota, Rodrigo. Fagoaga es un enclenque. No tiene

fuerza ni para patear un perro cojo —tercia Pedro—. Yo creo que lo mató el imbécil de tu capataz, y no lo quiere reconocer para que no se lo cobren…

—¿Y qué tal si me ayudó otro criado? —prosigue Ignacio—. Digamos, Rodrigo, que soborné a uno de tus lacayos para que me ayudara a amarrar a Cristobalito porque me faltó al respeto. No es tan difícil matar a un niño con el látigo. Yo también tengo esclavos en mi casa y mi padre me enseñó a pegarles…

—¡Eres un besugo! Cállate o te rompo la cara. Es la última vez que te lo advierto —le contesta Rodrigo a Ignacio.

—¡Cállense los dos! —grita Pedro—. ¿Qué va a decir Inés si los oye? A ver, no te preocupes tanto. Era un negro. Rodrigo, si lo querías tanto, pues cómprate otro para que hagas tus cochinadas con él.

—¡Eres un degenerado! ¡Imbécil! —grita Rodrigo llamando la atención de los otros transeúntes.

—Una broma muy peligrosa, al Santo Oficio no le haría gracia escuchar ese chiste —susurra Fagoaga—. Una cosa es matar a un esclavo y otra cosa es sodomizarlo. Pedro, ten cuidado con lo que andas diciendo de Rodrigo.

La sola mención del Tribunal basta para borrar la sonrisa burlona del rostro de Pedro. También la Casa de Heras y Soto está bajo la jurisdicción de los guardianes de la fe y la moral cristiana.

—Es una broma, ¿quién se la va a tomar en serio? —dice Pedro con timidez.

Rodrigo arremete contra Pedro:

—¿Broma? ¡Imbécil! ¿No te acuerdas del auto de fe? Hace ochos días quemaron a un montón de sodomitas, y tú me vienes con esos chistes. ¿Y así quieres irte con el virrey?

La confrontación está a punto de ir a mayores, pero el carruaje de la marquesa del Valle de Orizaba pasa de nuevo frente a los tres jóvenes.

—¡Cuidado! Ya les dije. La señora marquesa es una harpía y a las hijas les apesta la boca. Tienen la dentadura hecha pedazos —susurra Fagoaga.

—Se ve que las conoces bien. ¿En serio les huele mal la boca? —pregunta Pedro con curiosidad.

—Les apesta como una bacinica. Suelen venir al chocolate de los jueves en mi casa y a veces las saludo. Pero ya les dije: la marquesa es una harpía. Mi madre dice que sólo le interesa el dinero —precisa Fagoaga.

—Pues Rodrigo no es un pordiosero —apunta Pedro socarronamente—. ¡Anda, González! Ahí está tu oportunidad de conseguirte un título, aunque sea de marqués consorte…

—Rodrigo, las hijas van a engordar pronto. Fíjate en la condesa. Tiene treinta años y es un tonel. No te les acerques —añade Ignacio destilando veneno.

—Nadie se casa con su suegra —bromea Pedro.

—Craso error —pontifica Ignacio—. Tu suegra es el retrato de tu mujer dentro de veinte años.

Pedro celebra la broma con una carcajada sincera.

—Eso sí, Fagoaga, eso sí. Lo malo es que no tengo suegra. La madre de Inés murió cuando ella era niña. Pero supongo que no se va a poner muy fea, eso espero…

—¿Y a qué hora aparece? Tenemos que irnos a estudiar —insiste Ignacio, incómodo con el volumen que carga.

—¡Qué raro! No debe tardar… Oye, Fagoaga, no andes diciendo por ahí que ya estoy comprometido. Todavía faltan algunos detalles —le ordena Pedro.

—«Del plato a la boca, se cae la sopa» —sentencia Ignacio.

—¿Cómo? Pero ella está haciéndose su vestido de novia. ¿Están comprometidos o no? ¿No han firmado los esponsales? ¡Carajo! —Rodrigo canaliza su angustia en forma de enojo—. ¿Es mentira lo de la seda? Eres un chismoso de mierda, Fagoaga…

—Faltan algunos detalles de la dote —explica Pedro—. Por lo visto, en el último momento, el padre de Inés nos salió muy tacaño. El viejo no quiere soltar una hacienda azucarera, creo que está por Cuernavaca. Mi padre está muy molesto con él.

—¿Peligra la boda? —pregunta Rodrigo.

—¡Bah! Conozco a mi padre. Al final no habrá problema. La mejor prueba es que Inés está comprando el ajuar —explica Pedro.

—Una hacienda azucarera, querido Pedro, no es cuestión de poca monta; es un negocio seguro para estos tiempos tan difíciles —añade Fagoaga.

—El amor no es un negocio —objeta Rodrigo.

—No estoy hablando de amor, estoy hablando de matrimonio, un sacramento —dice Ignacio—. Los sabrías si no te durmieras en la clase de cánones.

—Es un sacramento de amor —contraataca Rodrigo—, aunque Pedro piensa que es una compraventa...

—Me están poniendo de mal humor... —dice Pedro, nervioso por el retraso de Inés.

—El matrimonio es un contrato ante Dios —insiste Ignacio.

La calle se va despoblando poco a poco. Las campanas de la ciudad convocan al rosario.

Ignacio Fagoaga suelta una parrafada:

—Tu teología, Rodrigo, es pobre, muy pobre. El sacramento del matrimonio es válido si las dos partes están dispuestas a cumplir las condiciones del contrato: el débito conyugal, la exclusividad y poco más. Las cláusulas del contrato matrimonial son muy simples.

—No vengas a presumirnos, por eso nadie te soporta —responde Rodrigo.

—No evadas la cuestión, Rodrigo —replica Fagoaga—. El matrimonio no funciona por amor, sino por interés, por contrato, por lógica. Lo sabemos perfectamente. Nuestros padres no se casaron por amor, y nuestros propios matrimonios serán arreglados como siempre ha sido. Aquí está la muestra, con el de Pedro.

—¿Por qué demonios hablas tanto? —le dice Rodrigo.

—Mal asunto que invoques al demonio. ¿Tan pronto se te olvidó lo que dijiste del Santo Oficio? La blasfemia se castiga con azotes —dice Ignacio regocijándose en cada una de sus palabras.

—¡No jodas, Fagoaga! La próxima vez que vayamos a las putas, te vamos a llevar. Te hace falta divertirte —dice Pedro—. ¿Hace cuánto que no te acuestas con una?

—¡A ver quién les cura la sífilis! —responde Ignacio.

A Rodrigo González le incomoda la mención del prostíbulo; le parece de mal gusto andar ventilado esas aventuras en plena Plaza Mayor. Y por si fuese poco, Fagoaga tiene razón: los chancros y la sífilis son un riesgo que se corre al frecuentar esas casas. Las prostitutas saben esconder sus enfermedades. Además, Pedro está a punto de presentarles a su prometida; es demasiado descaro, demasiada rudeza de su parte hablar de parrandas en estos momentos. Pero, al mismo tiempo, comprende a su amigo. La única manera de sobrevivir a un matrimonio arreglado es tomándose algunas licencias. ¿Y qué matrimonio no lo es? Sólo los amancebados cohabitan con quien se les pega la gana. Sus padres, por ejemplo, llevan una relación cordial, pero de ahí a que se hayan amado alguna vez hay mucho trecho. Rodrigo sabe que su padre, aun siendo mayor, aprovecha sus constantes viajes para visitar a sus amantes; las tuvo cuando vivieron en Europa y las sigue teniendo en la Nueva España. Doña Rosario, siempre enfermiza, simplemente mira hacia otro lado. Eso es el matrimonio: un contrato para sumar fortunas y engendrar herederos, un pacto para envejecer juntos.

Una mestiza bajita, de dientes blancos y ojos castaños, pasa al lado de los jóvenes vendiendo frutas cristalizadas. Le ha ido bien y la charola que carga está casi vacía. Pedro toma un limón relleno de coco; le da una mordida, se llena de miel el labio y se limpia con el dorso de la mano mientras ordena:

—Fagoaga, ¡paga tú!

Ignacio saca un moneda de una bolsa que trae atada al cinturón, le paga a la mujer, toma para sí una naranja escarchada e invita a Rodrigo a tomar un dulce. González toma una rebanada de chilacayote cristalizado. La vendedora se aleja dando las gracias.

—Ni Dios ni el demonio deben ser mencionados en vano —les previene Ignacio.

—¡Anda, Fagoaga! Trágate tu dulce, no estamos para sermones —dice Pedro.

—Esto es serio. No está bien blasfemar —objeta Fagoaga haciendo malabarismos para comerse el dulce con una mano mientras sostiene el libro con la otra.

—¡Cállate! ¿O quieres que te compremos un camote para que te entretengas? —dice Pedro con otra carcajada.

Rodrigo, con el pedazo de chilacayote en la boca, no puede contener la risa y se atraganta. Pedro golpea la espalda de su compañero con tal fuerza que casi lo tumba.

Una nube oscurece la luna, y por unos segundos los tres jóvenes guardan silencio. La luz inunda de nuevo la Plazuela del Marqués y la Plaza Mayor. La mestiza reaparece e intenta hacer otra venta; Pedro, empalagado con el limón, la despide con un gesto grosero.

Ignacio retoma la discusión teológica:

—Rodrigo, ¿conoces entonces el Cantar de los Cantares?

—Amo, venero y respeto las enseñanzas de nuestra santa madre Iglesia. —Rodrigo calcula sus palabras—. Pero supongo que llegará un día en que todos los católicos podrán leer la Biblia, con los debidos permisos de la jerarquía, claro está.

—Esa tesis es luterana, Rodrigo, una perfidia típicamente luterana —objeta Ignacio imprimiendo a su voz un leve toque de ironía.

—Te pueden meter a la cárcel por andar leyendo esas cosas... —añade Pedro, fastidiado por el retraso de su prometida.

El carruaje de la marquesa del Valle de Orizaba pasa por tercera ocasión frente a los jóvenes. Las jóvenes se asoman por los cristales, intentando intercambiar miradas con los estudiantes. La vigilante las contiene, demasiada audacia para una noche. La marquesa escudriña por la ventana y reconoce a Rodrigo; el jovencito le desagrada.

—Fagoaga —bromea Pedro—, no seas idiota. Aprovéchate, te están mirando a ti a pesar de lo feo que estás. Eres rico y noble, tú sí tienes posibilidades.

Ignacio evita caer en el juego.

—Ni loco. Les apesta la boca, y a la marquesa-tonel nadie la soporta. Soy hijo del marqués del Apartado, mi padre me conseguirá una esposa buena y rica. Y, ahora sí, se está haciendo muy tarde. Tenemos que estudiar mucho.

—Inés no debe de tardar —insiste Pedro.

—¡Pedro, estás enamorado! ¿Quién lo diría? —se burla Rodrigo—. Enamorado como Cupido, enamorado, enamorado...

—Joder, ¿enamorado yo? El amor es para las mujeres. Los hombres fornicamos —contesta Pedro.

—A nadie le viene mal amar a su esposa —replica Rodrigo.

Fagoaga vuelve a la carga:

—Rodrigo, el enamoramiento es un estado transitorio, un mal pasajero. Los enamorados se casan con una imagen falsa; se casan con sus propias fantasías.

—Tampoco exageres, Fagoaga —dice Pedro dándole un último mordisco al limón con coco.

—Ignacio, ¿nunca has estado enamorado? —pregunta Rodrigo—. Hasta los místicos hablan de enamorarse de Dios.

—El amor es un infierno —responde Ignacio Fagoaga.

—Es una probadita del cielo —dice Rodrigo.

—¿Tú diciendo eso? —añade Pedro con desparpajo—. Qué pronto se te olvidó la negra de la otra noche. ¡Querías comértela!

—Si yo estuviera enamorado, dejaría a las putas —se defiende Rodrigo.

—El enamoramiento desaparece, pasa, se desvanece y un buen día te despiertas con una gorgona a tu lado. Sólo los imbéciles y los campesinos se casan enamorados —arguye Ignacio.

Rodrigo no se arredra.

—El matrimonio sin amor es como un huerto sin agua: los árboles se secan; el matrimonio sin amor no funciona.

—¡Qué mal poeta eres! Qué bueno que no te vas a dedicar a eso —dice Pedro mientras se limpia los restos de almíbar con un pañuelo.

—¿Que no funciona el matrimonio por interés? ¿Qué rey se ha casado por amor? ¿Tus padres se casaron enamorados? —reitera Fagoaga—. Las instituciones no se sustentan en pasiones, sino en decisiones.

—El matrimonio sin amor es teatro —agrega Rodrigo.

—La vida es un teatro con un acto tercero mal escrito —afirma Ignacio.

Pedro interviene sin demasiado afán:

—Fagoaga tiene razón. Mi padre conoció a mi madre una semana antes de su boda. Y yo me casaré con Inés gracias a las gestiones de mi familia. Me gusta, pero no la amo. En el mejor de los casos, el amor viene después del matrimonio; lo primero es lo primero, el deber.

—¿Y eso qué? En mi casa fue igual. Mis padres se conocieron como los tuyos, casi en vísperas de la boda. ¿Y sabes? Cada uno vive su vida como puede —añade Rodrigo con dolor.

—Pero funciona, y aquí estás tú, hijo de ese matrimonio, y ahí están tu casa y tu apellido —insiste Fagoaga.

—Porque no les queda de otra sino aguantarse —se lamenta Rodrigo.

—¿Y qué querías? ¿Divorcio? ¿Contratos de arrendamiento? —dice Ignacio—. ¿Qué diferencia habría entre contratar a una prostituta por un rato y casarse con una mujer mientras dure el amor? Piensa en Enrique VIII. El amor acabó con la Iglesia en Inglaterra.

—Sabes bien que no quiero decir eso, Fagoaga —protesta Rodrigo.

—Te estás haciendo luterano, Rodrigo. Te contaminaste en Francia, ¿verdad? —Ignacio se encuentra ahora en su terreno y, gozoso, se deleita en aplastar a Rodrigo.

—Miren, ¡ahí viene el carruaje! —exclama Pedro, jubiloso.

Un pequeño carro tirado por un caballo marrón enfila desde el Parián hacia la Plazuela del Marqués, donde están los jóvenes. Lleva prisa, pero no se puede ir muy rápido con el empedrado en mal estado. El rostro de Pedro se ilumina como si todos los rayos de luna convergiesen en él.

—¡Estás enamorado! ¡Enamorado! —se burla Rodrigo—. Mírate la cara de tonto.

—¡Imbécil! —se defiende Pedro.

—¿Lo ves, Rodrigo? El amor enloquece. Ve al tigre, es un gatito —añade Ignacio.

—¡Jódete! —replica Pedro—. Esta yegua será la joya de mi establo…

El carro se detiene frente a los estudiantes. Doña Inés Goicoechea viene acompañada por una mujer mayor, somnolienta y, en efecto, media ciega y media sorda. El cochero, que viste una casaca sencilla, mira hacia el frente cuidando que el caballo no se alebreste. El mozo de estribos, colgado de la parte de atrás del carruaje, finge ser una estatua de piedra que ni ve ni oye, como la anciana sirvienta. Para servir a los grandes, los criados deben ser de piedra.

Inés corre la cortinilla de la ventana, y Pedro, galantemente, se acerca para saludarle. En el interior, el aya se despierta y, dando un leve toque en el techo, revive al mozo de estribos. El criado se baja para abrir la puerta del carruaje. El interior está forrado de moaré color marfil y los sillones de terciopelo azul. Los faroles del carro titilan y juegan a descubrir y encubrir el rostro de Inés, quien, ahora sí, se asoma del carruaje, pero sin poner un pie en la calle.

Los prometidos intercambian saludos. Pedro es amable, podría decirse que incluso es cariñoso. Las palabras de Inés son corteses, pero el modo en que mueve su cuello alargado la hacen ver arrogante y fría. Después vienen las presentaciones. Con el libro en la mano, Ignacio Fagoaga se acerca torpemente al carruaje. Inés lo saluda con una sonrisa franca; cuando Fagoaga se lo propone, puede ser muy simpático.

Más allá, al final de la plazuela, rumbo a Santo Domingo, el carruaje de la marquesa del Valle de Orizaba se detiene. La señora marquesa no quiere perderse la escena. A lo lejos se escuchan los ladridos de los perros, se dice que aman la luna llena.

Don Pedro le indica a Rodrigo que es su turno. Con prestancia, el joven se acerca al estribo del carruaje. La gloria abre por unos segundos sus puertas y un haz de luz transfigura el rostro de Inés Goicoechea, enmarcado por sus cabellos negros. Su piel aceitunada luce tersa, como la seda más fina.

Se intercambian las frases de rigor bajo el escrutinio del aya, una india vieja, y de don Pedro.

—Don Rodrigo, me alegra encontrarle de nuevo. La última vez que nos vimos tenía usted ocho años —responde Inés al saludo de Rodrigo—. Ahora es usted todo un hombre.

—Así es, ha pasado mucho tiempo desde entonces, señora.

Y entonces, de acuerdo con la etiqueta a la francesa, ella le extiende su mano al joven. González toma delicadamente la mano delgada y tibia de Inés. Los dedos son afilados. Un anillo de esmeraldas hace juego con los ojos de la joven. Rodrigo percibe el olor dulzón del agua de azahar con que ella se perfuma. Un escalofrío recorre su espalda. Le tiemblan los pies, como si hubiese caminado todo el día. La mira directamente a los ojos verdes y profundos, y ella le devuelve la mirada. Esos ojos taladran los cuerpos hasta dar con el alma.

Las reglas de cortesía, incluso las francesas, son estrictas. El caballero debe acercar los labios a la mano de la dama como si fuese a darle un beso, pero los labios jamás tocarán la piel. Hacerlo es privilegio exclusivo del marido.

Los segundos se alargan. Pedro y el aya contemplan la escena, cada quien a su modo. Las buenas maneras prescriben que el saludo debe ser breve. El contacto físico debe reducirse al mínimo, especialmente cuando se trata de un encuentro callejero y nocturno.

Rodrigo enloquece y se atreve tocar con sus labios el dedo adornado con la esmeralda. El mozo de estribos, que mantiene abierta la puerta, se alcanza a dar cuenta de la osadía del joven. Entrenado para ser una esfinge, su rostro no refleja la menor emoción.

Pedro, en cambio, no logra esconder su disgusto. Tres pasos atrás, Ignacio Fagoaga se regocija en la escena. *Quod erat demostrandum*, lo que se quería demostrar: las pasiones destruyen el alma.

7

MANTILLAS Y HUEVOS REALES

Incluso para rezar, los cristianos se dividen en castas. ¡Como si a Dios le importara el color de piel! A los aragoneses, por ejemplo, les gusta escuchar misa en la iglesia de la Enseñanza, porque está dedicada a la Virgen del Pilar, de la que son muy devotos. Los vascos prefieren la capilla de Nuestra Señora de Aránzazu del convento de San Francisco. Los castellanos frecuentan la aristocrática Santa Veracruz. Los criollos más refinados prefieren a los jesuitas. Los indios, siempre humildes y resignados, adoran a Dios en los templos destartalados de las afueras de la ciudad, como el de Santiago Tlatelolco, o en las capillas de los hospitales para menesterosos, como el de San Juan de Dios.

Ni siquiera la Virgen de Guadalupe ha logrado unir los corazones del reino. Los españoles insisten en venerar a Nuestra Señora de los Remedios, cuya imagen trajo Hernán Cortés. «Tan milagrosa como la Guadalupana», según dicen. En el fondo de sus corazones, no pocos españoles recelan de una Virgen morena que se le apareció a un pobre indio.

Don Anselmo Goicoechea, con todo y que es vasco, se confiesa con los jesuitas porque su mujer así lo hacía. Él y su hija frecuentan la iglesia de la Profesa por guardar la memoria de la madre. Inés, además, se siente a gusto con los sacerdotes de la Compañía.

—Te puedes encontrar un jesuita malo, pero *nunca jamás* te toparás con uno tonto… —le comentó un viejo sacerdote a la joven cuando Inés tuvo que elegir confesor.

Y, en efecto, Inés nunca se ha topado con un caso que refute el dicho. Los sacerdotes jesuitas, a diferencia de otros religiosos, son elocuentes, instruidos y, en cuestiones morales, suelen ser menos rigurosos que el resto del clero.

—Los padres jesuitas son muy laxos, muy condescendientes; siempre hallan una manera de darle vuelta a los mandamientos. Con sus retruécanos teológicos son capaces de justificar cualquier acción, por algo son los confesores de príncipes y de negociantes. Pero la moral cristiana no es así, un buen cristiano no intenta zafarse de sus obligaciones. Lo que es pecado es pecado, por muchos silogismos que se inventen —la previno aquel mismo cura—. Tarde o temprano los padres jesuitas acabarán mal; ya lo verá, hija, ya lo verá.

Y aquella advertencia fue para ella la mejor recomendación: desde ese día, sólo se confiesa con sacerdotes de la Compañía de Jesús.

Hoy, como todos los jueves, Inés acudió a rezar ante el Santísimo Sacramento en compañía de su aya. La joven se hinca frente al altar, donde la sagrada hostia está expuesta en una custodia de plata, un obsequio de su padre al templo. A diferencia de muchos, Inés no es dada a recitar retahílas de padrenuestros y avemarías. En ocasiones piensa que los rosarios y las novenas tienen algo de superstición, como si por acumular palabras se pudiese conmover la voluntad divina. Dios es omnisciente e inmutable: todo lo sabe, todo lo ve, y su poder no puede ser manipulado por ninguna criatura. Claro que nunca se le ha ocurrido contárselo ni siquiera a su confesor: pensamientos así pueden llamar la atención del Santo Oficio. En cambio, sí que le ha contado a Goñi que ella prefiere hablar con Dios personalmente, contarle cosas, conversar con Él, aunque la mayoría de las veces siente que no le contesta y que simplemente se está haciendo tonta.

—No se preocupe, hija mía. Nuestro Señor casi nunca habla con palabras, que podríamos malinterpretar y que nos podrían hacer pensar que somos profetas o algo así. El Señor, doña Inés, la mira a usted, y usted lo mira a Él. Esa es la esencia de la verdadera oración: sentirse mirado por Dios.

Su aya, por supuesto, reza como cualquier mujer. La vieja dejó a su niña sola para irse a encender velas y musitar oraciones en uno de los retablos laterales. La anciana le tiene una gran devoción a san Luis Gonzaga, a quien se venera en un altar lleno de flores, veladoras y exvotos de plata. El calor sigue arreciando y el aire se siente viscoso, una mezcla de humo, flores dulzonas y sudor de cristianos.

—Dios mío —reza Inés en silencio, con una mantilla de encajes flamencos cubriéndole la cabeza—, perdóname, por decir mentiras. ¿Sabes, Dios mío?, la verdad es que tengo mucho miedo. Permíteme que te cuente mis preocupaciones; el padre Goñi me ha dicho que te debo hablar con sencillez, como cuando era niña… No puedo mentirte, sabes que me gusta mucho cómo está quedando mi vestido de novia. ¡Mi papá me regaló sesenta perlas de Filipinas para bordarlo! ¡Y la seda! Es preciosa. Mis amigas están emocionadas con mi boda y yo… Me gusta la ropa, las joyas… Mentiría si te dijera que no me llaman la atención, pero no me siento a gusto. No estoy contenta. ¿Te acuerdas del libro que me prestó el padre Goñi? Dice que debo estudiarlo para prepararme para la boda, pero no pude seguirlo leyendo. ¿Te acuerdas de cómo me enojé? Perdóname, Dios, si te hablo como una niña boba, pero el padre Goñi me ha dicho que puedo platicar contigo con toda confianza, que los hombres no somos sino niños frente a ti… No te enojes conmigo, pero no entiendo por qué san Pablo dijo que el varón es la cabeza de la mujer y que nosotras tenemos que obedecer a los varones, porque ellos son imagen de Dios. ¿De verdad te parece que Pedro es imagen tuya? No, Dios mío, no puedo prometerte que lo voy a obedecer. ¿Cómo voy a estar sometida a Pedro? Mis amigas me han contado cosas horrorosas de él. ¿Y si me contagia de algo? ¿Y si me pega la sífilis? No, Tú sabes que yo no voy a ser su esclava, primero ingreso a un convento. Prefiero ser monja antes que ser la sirvienta de un borracho. Y, ¿sabes?, también me da miedo tener hijos. Duele mucho y yo no quiero morirme como mi mamá. ¡Me hubiese gustado conocerla! Mi papá me dice que sí me alcanzó a ver cuando nací, y que sonrió cuando me vio. Tengo miedo… No sé qué hacer. Tengo muchas dudas. ¡Ay, Dios mío! Y luego lo que pasó… Lo que pasó, ya sabes, en la Plazuela del Marqués. ¿Te acuerdas? Me siento como una niña tonta hablándole al rey, pero el padre Goñi me ha dicho que así somos todos frente a Ti, niños bobos…

—Dios la guarde, doña Inés. —La voz proviene de la banca de atrás.

La chica voltea y se encuentra con la franca sonrisa de don Rodrigo González, que tiene un rosario en la mano como si estuviese rezando.

—¿Qué hace aquí? —exclama Inés sin poder ocultar su sorpresa.

—Una feliz coincidencia —responde él con galanura.

—No mienta, caballero. Usted no frecuenta este templo. Nunca lo he visto aquí, y mucho menos un jueves por la tarde. ¿Qué hace aquí?

—¿Y qué hay de raro en venir a rezar ante el Santísimo Sacramento?

—Su devoción por el rosario es súbita… —replica ella.

—Nunca es tarde para comenzar a rezar.

—No me tome por tonta —le responde Inés mirando al altar y dándole la espalda a Rodrigo en parte por respeto a la sagrada eucaristía, en parte para no llamar la atención.

—Vine a pedirle un milagro a Nuestro Señor —contesta él.

—¿Qué milagro?

—¿No lo adivina usted?

—Don Rodrigo, no venga a usted a distraerme con sus tonterías —responde ella evasivamente—. ¿No ve que estoy rezando?

—¿Y qué le pide a Nuestro Señor? Usted es hermosa, rica, de buena familia, tiene amigas, goza de entera salud y está prometida con el hijo del conde de Heras y Soto. ¿Qué otra bendición le puede pedir a Dios?

—Ser feliz… —responde ella.

—¿Acaso no lo es, doña Inés? Su padre la ama y su prometido la adora.

—No mienta, don Rodrigo, que estamos ante la presencia del Señor sacramentado.

—Usted será feliz con Pedro…

Afuera de la iglesia, como todas las tardes, comienzan a escucharse los pregones de los vendedores de bizcochos y confituras para acompañar el chocolate de la tarde.

—Déjeme rezar en paz. —La voz de Inés es brusca.

—Doña Inés, en cambio yo nunca seré feliz. Vengo a pedirle a Nuestro Señor el milagro.

—Qué ridículo es usted. ¡Qué bueno que no pretende usted ser poeta! Dedíquese a lo suyo, al comercio, a vender telas y tinta. Y ahora, por favor, váyase.

—Conocí a una mujer extraordinaria y vengo a pedirle a Dios que ella se digne a mirarme a los ojos. ¿Cree que Dios me pueda hacer el milagro?

—Deje usted de pedirle frivolidades a Nuestro Señor, y preocúpese por la salvación de su alma. Rece por los pobres, por el futuro de este reino, no por estupideces.

—Querer ser feliz no es una frivolidad. Dios nos hizo para ser felices.

—¿Sabe? Pídale a Nuestro Señor que le otorgue el talento de la conversación, es usted un bufón. Sus lloriqueos son empalagosos y ridículos.

Acto seguido, Inés se persigna, se pone de pie y se dirige hacia donde está su aya, rezando ante san Luis Gonzaga. Poco antes de salir del templo, la joven se encuentra con la condesa de Miravalle. La aristócrata viene acompañada por una sirvienta mestiza y un pajecito negro, un esclavo de ocho o nueve años. La condesa trae un pequeño devocionario en la mano izquierda, un abanico de carey y seda en la derecha, y lleva puesto un perfume exquisito, una mezcla sutil de lima, mandarina y cardamomo; una fragancia francesa, sin lugar a dudas.

—¡Querida! —dice la condesa en voz queda, pero efusiva—. Ya me enteré. ¡Felicidades! ¡Un día serás la condesa de Heras y Soto! Enhorabuena, hija mía. —La mujer toca la barbilla de Inés con su abanico—. Ya estoy pensando en un vestido para tu boda. Mi esposo me dio carta blanca.

—Gracias, señora —responde Inés con fría cortesía—, pero no se hable mucho del asunto: mi papá y el señor conde aún no han firmado algunos documentos…

—Tonterías de hombres, hija mía, trámites bobos. Lo importante es que todos estamos enterados. ¡Qué emoción! Pero ya no me distraigas, quiero rezar un rato antes de que guarden al santísimo. Ve con Dios.

Inés y la condesa de Miravalle intercambian un par de besos en el dintel del templo, y cada una sigue su camino. En la calle, los pregones de los vendedores de golosinas y bizcochos atraen a las criadas y a los niños. Los aromas de camotes, mazapanes y buñuelos se entremezclan con el aire caliente de una ciudad que huele a mierda.

8

CARPE DIEM

—¿Y cuántas veces? —pregunta Luis, estudiante de Derecho. El joven, gordo y sonrosado, destaca entre el corrillo de jóvenes que parlotea en mitad del patio de la universidad a pleno sol.

—¡Cuatro! ¿O qué? ¿Se puede menos? —se jacta Pedro de Heras y Soto, que luce apuesto y arrogante enfundado en su toga negra. Una hermosa beca de seda roja cuelga de su cuello; es el color distintivo de la Facultad de Derecho.

—¡No seas fantoche! —exclama Manuel con sonrisa cómplice—. ¡Soy de Medicina! Nadie puede echar tanta leche en una noche. ¿O qué? ¿Te quedaste seco?

—Pedro está seco desde que nació... —embiste Rodrigo, que también viste toga y beca azul.

—¿Y tú cómo lo sabes? —se defiende Pedro provocando la risa de los demás.

—Mentiroso... —refunfuña Rodrigo—. Ni teníamos dinero para pagar tanto tiempo.

—Lujuriosos, juerguistas y sin dinero: mala combinación —sentencia Manuel, el joven médico.

—¿Y cómo era la puta? —pregunta con avidez Luis, que suda copiosamente.

—Era una mulata descomunal, con nalgas como peñascos y pechos como montañas —responde Pedro dibujando con sus manos la silueta de la mujer.

—¡Y ahora nos resultas poeta! —bromea Manuel, quien, a diferencia de sus compañeros, carga la toga en la mano junto con el libro de *Aforismos* de Hipócrates.

—¿Y te la chupó? —insiste Luis, a quien la toga lo hace lucir más gordo de lo que es.

—Me deslechó con su boca dos veces —se regodea Pedro, cuyos ojo azules despiden un brillo limpio y fino a la luz del poderoso sol de primavera.

—Eres un cerdo —añade Manuel en tono jocoso—. Se te va a caer la boca a pedazos.

—Mulata —precisa Pedro alisándose el pelo rubio, que también brilla con el sol—. Las negras me dan asco.

—A mí me da igual mientras me aguanten el paso —comenta Luis mientras se seca la frente con la ancha manga de su toga.

—Dirás el peso —dispara Manuel.

Todos celebran la ocurrencia con unas carcajadas sonoras que llaman la atención de los demás estudiantes que, entre clase y clase, pasean en el patio rodeado de arcos.

El edificio de la universidad, situado a un paso de la catedral y del palacio del marquesado del Valle de Oaxaca, es grande pero algo destartalado, reflejo de la decadencia de la institución. Las aulas se agrupan en torno a un patio central, una especie de claustro conventual con dos pisos de arquería. En la planta alta están las aulas de Teología y de Derecho Canónico, cuyos estudiantes son generalmente sacerdotes y frailes. En la planta de abajo, siempre más animada, estudian los filósofos, los abogados y los médicos, que generalmente son laicos criollos y mestizos, con excepción de unos pocos indígenas, hijos de caciques.

Desde el piso superior, un par de profesores de Teología miran con recelo a Pedro y a su grupo. No se puede esperar nada bueno de quienes ríen con tanto estruendo. Las carcajadas de los jóvenes rara vez van acompañadas de virtud. Afuera las campanas de la catedral invitan al rezo del ángelus del mediodía.

—El ángel del Señor anunció a María —rezan algunos estudiantes devotos que también desaprueban el escándalo de Pedro y sus amigos.

Incluso Rodrigo, que está de muy mal humor desde el asesinato de su esclavo, sonríe y se siente con obligación de rematar al gordo Luis.

—Si no bajas de peso, vas a matar a tu esposa el día de la noche de bodas.

—Tu madre no se quejó de nada —se defiende Luis.

—Hijo de puta —le responde Rodrigo tomándolo de la toga.

De inmediato, el conato de pelea atrae la atención del resto de los estudiantes, incluso de los que estaban rezando.

—¡Pégale!

—¡Bronca!

La pelea promete dar un gran espectáculo: Luis es gordo, pero fuerte; Rodrigo es delgado, pero ágil. Rodrigo González está a punto de descargar su mal humor sobre el gordo Luis, pero en ese momento aparece el rector en el patio, hecho un energúmeno. El funcionario camina de prisa, recogiéndose la toga para no tropezar. Se dirige a la biblioteca en compañía del doctor Méndez, catedrático de Metafísica, temido por la dureza de sus exámenes. El rector está furioso. A Méndez le acaban de reportar el robo de un libro rarísimo y único. Alguien sustrajo del acervo el *Timeo* de Platón. El diálogo, publicado por Aldus Manuzio en griego y latín, es una verdadera joya. ¡Un impreso veneciano de 1508, un ejemplar de la colección aldina! Es el volumen más antiguo de la biblioteca; su majestad Felipe II se lo regaló a la Universidad poco después de su fundación. El libro fue impreso antes de que don Hernán Cortés conquistara México. Seguramente, piensa el rector, se lo robó alguno de los estudiantes pobres, de esos que viven internos en el Colegio de Cristo. Pero se acabaron los abusos: si el libro no aparece, mañana mismo prohibirá que esos colegiales vuelvan a poner un pie en la universidad. Que se busquen otro lugar donde estudiar gramática. ¿Qué se podía esperar de colegiales pobres, miserables, que no tienen ni para comprarse una toga decente?

El silencio reina en el patio hasta el punto que se escuchan las palabras airadas del rector:

—¿Está usted seguro de que no está?

—Magnificencia, llevamos una semana buscando el libro —responde el catedrático—. El bibliotecario y sus ayudantes no lo encuentran. También yo lo estuve buscando, con auxilio de mis estudiantes. Hemos revisado estante por estante, mueble por mueble.

—¿Quién lo consultó por última vez? —pregunta el rector.

—Magnificencia, hace diez años que nadie lo consultaba. Sabe usted, como casi nadie puede leer griego…

—Doctor Méndez, no tiene usted que recordarme nuestras deficiencias…

—Lo siento, Magnificencia, no fue mi intención. Es que como los estudiantes ni siquiera conocen el alfabeto griego…

—No exagere, por favor. Es lo último que necesitamos. Ahí está el bachiller Fagoaga, el hijo del marqués del Apartado. ¿No me dirá que no lee griego? ¡Si lo lee como si fuera castellano! Es un joven muy aplicado.

—Ciertamente, Magnificencia, pero no hay muchos como él…

Al rector, en realidad, le tiene sin cuidado la respuesta del doctor Méndez, catedrático de Metafísica, y apenas si le pone atención. El rector, en efecto, tiene motivos para estar nervioso. El virrey mira con desdén la universidad; la considera vieja, anticuada. Soplan vientos nuevos, modas francesas, enseñanzas modernas que amenazan a la Real y Pontificia Universidad de México. Desde la reciente apertura de la Real Academia de San Carlos, con talleres, colecciones de cuadros y esculturas, y profesores europeos, los estudiantes ya no están contentos en la universidad. Hace poco, sin ir más lejos, recibió a una representación estudiantil que pedía enseñanzas prácticas en la universidad. ¿Qué no han comprendido la diferencia entre artes serviles y artes liberales? ¿Cómo se atreven a exigir que el tratado *Sobre el cielo* de Aristóteles sea útil? ¿Por qué pretenden bajar la teología del sutilísimo Duns Scoto y del angelical Tomás al nivel de lo práctico?

En las universidades no se aprenden oficios, sino ciencias. Así funcionan las universidades de Alcalá, Salamanca, Bolonia, París. Como si aprender Filosofía o Medicina se pudiese equiparar con el arte de esculpir o de dibujar. Jamás se podrá igualar un doctor en Derecho con un vulgar maestro en grabado. Y no es que el rector no reconozca el valor de los maestros artesanos. Pero, como escribió Aristóteles, los hombres libres no se dedican a producir objetos, sino a contemplar la verdad y la belleza. Tristemente, en la corte los afrancesados van contaminando el pensamiento; acabarán por destruir la tradiciones que hicieron grande a España. La semana pasada, el mismísimo virrey le anunció que en Madrid se está proyectando fundar en la Nueva España una escuela para mineros. Menuda ocurrencia, ¡un seminario de Minería! ¿En qué cabeza cabe que un ingeniero pueda equipararse con un doctor en Filosofía Natural? ¡Real Seminario de Minas! Como si escarbar túneles y extraer plata fuese una ciencia.

En cuanto los funcionarios desaparecen de la vista de los estudiantes, el bullicio regresa al patio. La pausa ha servido para tranquilizar a Rodrigo. En otra ocasión le romperá la cara al gordo Luis, hoy no. Está demasiado cansado.

Ignacio Fagoaga, que charlaba con otros estudiantes, se une al grupo.

—Señores, ¿cómo les va?

—¿Oíste al rector? Iba hablando de ti —le comenta Luis.

Pedro ataja:

—No le des alas a este idiota.

—A ver quién lo aguanta después —añade Rodrigo.

—¿Y te fuiste de putas con ellos? —pregunta Luis—. ¿Me invitan la próxima vez que vayan?

—Estás muy gordo —le espeta Rodrigo.

—Ya déjalo —añade Manuel.

—Yo invito los tragos —insiste Luis.

—Es pecado —dice Fagoaga meneando la cabeza con gesto engolado.

—¿Somos hombres o mujercitas? —reta Pedro de Heras y Soto.

—La carne es débil —bromea Luis.

—¡La tuya! La mía es bien maciza —dice Pedro tocándose los genitales.

Todos se ríen, incluso el gordo Luis, a pesar de haber sido la víctima de la broma.

—La fornicación puede ser peligrosa —apunta Ignacio—. ¿O no, mi querido Manuel?

—¡Vamos este sábado! —exclama Luis, que, si bien conoce esos lugares, se siente más cómodo acudiendo acompañado. Los prostíbulos no son lugares demasiados seguros.

—Piensa en el infierno —dice Ignacio con un tono burlón que resta importancia a su advertencia.

—¡Qué más da! ¡Luego nos confesamos! —insiste Luis.

Rodrigo, fastidiado por el sol, pulla a Ignacio:

—Además, es menos grave fornicar que exprimirse la verga. ¿No dice eso santo Tomás? A ver, sabelotodo, ¿qué dices de eso?

—No seas bruto, Rodrigo —le reprende Manuel—. Eso suena a blasfemia.

—¡Ay, Rodriguillo! —exclama Ignacio—. Se ve que esa parte de santo Tomás sí te interesó.

—¿Qué quiere decir todo eso? —pregunta Manuel—. Con tanto sol, ya se les calentó la cabeza.

Ignacio Fagoaga, a quien le encanta pontificar, explica con un deje de ironía:

—Según santo Tomás, la fornicación es menos pecaminosa que la autosatisfacción.

—O, lo que es lo mismo, mejor coño que mano —sentencia Pedro alegremente, arrancándoles otra carcajada a todos, incluso a Ignacio, que trata de ponerse serio.

—El que esté libre de pecado que tire la primera piedra. ¿O no, amigos? —dice Luis metiéndose la mano por debajo de la toga.

—No seas cerdo, se te van a secar las bolas si te sigues manoseando —le recrimina Manuel—. Y estás en mitad del patio, ¡animal!

—¡No somos de Teología! —comenta Pedro.

—¿Están sanas tus putas? —pregunta Manuel.

—Sanísimas, antes de pagar las reviso con detalle. ¿Verdad, Rodrigo? —explica Pedro.

—Sí, siempre las revisamos —añade Rodrigo con la seguridad del experto.

—Imbéciles, a veces no se nota a simple vista —les previene Manuel.

—¿Tú nunca has ido de putas? —pregunta incrédulo Pedro.

—¡Claro que sí! —contesta Manuel—. La primera vez me llevó mi hermano y luego pues aprendí solito el camino.

Todos sueltan una risilla.

—Y me encontré dos veces a este. —Manuel señala a Fagoaga.

—Pero enmendé el camino —responde Ignacio con cierta sorna.

—Y yo también —prosigue Manuel—. Desde que comencé a estudiar Medicina, dejé eso de las prostitutas.

—¡Vamos la semana próxima! Para que la costumbre no se pierda. Es un lugar muy seguro y discreto. ¿O no, Rodrigo? —comenta Pedro de Heras y Soto.

—Les van a contagiar un chancro y a ver quién los cura —les advierte Manuel poniéndose serio.

No le faltan motivos a Manuel para ponerse serio. Conoce de cerca tres casos, tres compañeros de la universidad que están infectados de la peste francesa. Los chicos, suponiendo que Manuel podría hacer algo para curarlos, recurrieron a él. Les sucede frecuentemente a los estudiantes de Medicina; es más fácil confiarse a una persona de la misma edad que a un médico viejo y refunfuñón. La sífilis no sólo es mortal e incurable, sino que además es vergonzosa. Si se sabe que un joven está enfermo, no podrá casarse. Ningún padre expondrá a su hija a tan grande peligro. La sífilis puede ser la muerte social.

—¡Cabrón! Pues tú nos curas, ¿o qué? ¿No estás estudiando para eso? —replica Pedro.

—Lo único que se puede curar son las ladillas, y ya sabes el precio. Te tienes que afeitar hasta el culo —le dice el mediquillo.

—¿Y luego quién es el cerdo? —contesta Pedro, que ya empieza a aburrirse de la charla.

—Anda, cuenta más de la puta —suplica el gordo Luis mientras se seca la frente con un pañuelo percudido.

—Monté a la yegua hasta que cayó rendida —se ufana Pedro de Heras y Soto—. Y se la dejé bien domadita a Rodrigo.

—Pues a mí la yegua me dijo que tu fuete estaba muy blandito —replica Rodrigo.

—Miren, no es para aguarles la fiesta, pero cuídense los dos —comenta Manuel—. Se van a contagiar, y de la sífilis sólo por un milagro se curan.

—No seas mujercita, ¡anda! Acompáñanos la semana próxima —dice Pedro—. ¡Hasta Fagoaga nos acompañó una vez!

—Dense una vuelta a San Hipólito y visiten a los locos. —Manuel frunce el entrecejo—. La mitad de los que están en ese hospital acabaron así por la sífilis.

—¡Carajo!, no seas cobarde —exclama Pedro—. *Carpe diem!*

Un ujier sacude una campanilla a lo largo del patio: el receso ha terminado. Pedro y su grupo regresan al frescor de sus aulas entremezclándose con sus compañeros.

Luis se escabulle rumbo a las letrinas, que están en un patio trasero. Son cinco casetas de madera en las que revolotean unas moscas gordas y verdes que se alimentan de las heces acumuladas en los agujeros. A diario los mozos espolvorean las letrinas con cal viva y azufre para desinfectarlas, pero aun así apestan horriblemente.

Luis entra a una de ellas intentado no oler tanta inmundicia. Se desabrocha y hurga en sus genitales. Hace tiempo que le apareció un pequeña llaga, una úlcera parecida a un cráter. Se revisa bien. La llaga desapareció completamente hace dos semanas. No tiene de qué preocuparse. Si fuese sífilis, el chancro seguiría ahí, ¿no? Pero la duda comienza a inquietarlo. Tan a gusto que estaba sin pensar en ello… Maldito Manuel. Tan fácil que es vivir al día.

9

QUEMANDO MARIPOSAS

Convento de Santo Domingo,
Ciudad de México, a 30 de mayo,
anno Domini 17...

Llevo muchas noches sin dormir a pesar de que el hermano enfermero me ha preparado infusiones de manzanilla, tila y toronjil para el
insomnio. Al no haber producido su efecto las susodichas, está intentado conseguir flores de valeriana, que, según me dijo, son un remedio infalible; el problema es que nadie en la ciudad parece conocer el
mentado remedio. Los boticarios no las tienen y las indias que venden hierbas en el mercado tampoco; no sé a dónde irá a conseguirlas
el hermano. Tal y como están las cosas, es mejor armarse de paciencia, sea por Dios.

Creo que pocos pueden imaginar que no duermo, la gente no me
conoce. Aunque mi cargo y oficio me obligan a mostrarme impávi-
do (y a veces duro), en contra de lo que piensan, soy un hombre
sensible y tengo un corazón de carne. Sólo a base de años de esfuerzo
he logrado dominar mis sentimientos para mostrarme conspicuo y
sereno.

El espectáculo de ese día fue aterrador; no logro quitarme de la
cabeza la imagen de los sodomitas con sus velas encendidas, enco-
mendando su alma a Dios Nuestro Señor y esperando la ejecución.
Estaban pálidos por el miedo y porque no habían visto la luz del sol
desde que fueron encarcelados. (Don Eusebio, el médico de la cárcel,

me ha propuesto que saquemos a los prisioneros al patio dos días a la semana para que tomen un poco de sol. Aún estoy indeciso al respecto.)

Me consta que todos los reos estaban preparados espiritualmente para morir. Yo cumplí con mi tarea, que es la de salvar sus almas. Nuestro Señor sabe que nunca he querido hacer sufrir a nadie, aunque a veces debo aplicar remedios dolorosos, como el médico que cauteriza una herida con un hierro candente. Para mí sería mucho más fácil hacerme el desentendido y no dar importancia a esos pecados; sin embargo, sería entonces como un padre de familia que malcría a sus hijos por falta de castigo.

Sabiamente escribió fray Pedro de León que los sodomitas que no se enmiendan son como mariposas que, de tanto acercarse al fuego, acaban quemándose. Eso eran los sentenciados: mariposas negras que, olvidando el uso natural del cuerpo, cegados por la concupiscencia, acabaron en la hoguera.

¿Se me conmovió el corazón? ¡Claro que sí! Fue la primera vez en mi vida que tuve que procesar afeminados. Me conmovió especialmente el caso del joven aquel, por el que intercedió el padre Goñi. El jovencito era un mestizo enjuto, con una cintura minúscula, de ojos saltones, que se le veían más grandes porque tenía la cejas depiladas como las mujeres.

No soy un hombre cruel, sino un mero instrumento de Dios Nuestro Señor; basta leer la Sagrada Biblia para darse cuenta de cuánto enoja al cielo esa depravación. El Génesis proclama la condena: «Dios hizo llover sobre Sodoma y Gomorra azufre y fuego [...], y arrasó aquellas ciudades y todo a la redonda con todos los habitantes de las ciudades y la vegetación del suelo». Tanto encoleriza a Su Divina Majestad el pecado *contra naturam* que Él, que es la misericordia, no perdonó a los sodomitas, ni siquiera a los más pequeños.

Yo personalmente los interrogué a todos y escuché sus pavorosas declaraciones; sólo de recordarlas se me revuelve el estómago. Cometían acciones tan torpes que no me atrevo a ponerlas por escrito. ¡Pobrecitos! Llevados por su depravación, cambiaron el uso natural de su cuerpo y yacían los unos con otros, ayuntándose como si fuesen perros. ¡Qué espanto! ¡Qué oprobio! Los más jóvenes hacían de mujeres para los más viejos, y se refocilaban en esos actos como si fuesen matrimonios. Con toda razón escribió san Pablo: «Los hombres, dejando el uso natural de la mujer, se encendieron en su lascivia unos con otros, cometiendo hechos vergonzosos hombres con hombres, y recibiendo en sí mismos la retribución debida a su extravío».

El castigo contra el pecado es muy duro, lo sé, y me duele que se aplique. Sin embargo, no lo inventé yo; la Sagrada Biblia ordena ejecutar a los sodomitas: «Si alguno se ayuntare con varón como con mujer, abominación hicieron; ambos han de ser muertos; sobre ellos será su sangre». Esa sangre, me lo repito todas las noches, no ha caído sobre mí sino sobre ellos, por cuanto han atraído sobre sus cuerpos la cólera divina. Yo sólo soy un instrumento de Dios y no hallo ninguna satisfacción viendo a gente sufrir en los tormentos. ¡No sé por qué necesito justificarme! ¿Será que el demonio me está tentando haciéndome pensar que no deben castigarse tales abominaciones? Me encuentro confundido...

La Iglesia, en su sabiduría, tolera muchos, muchísimos pecados. No todos se han de perseguir con fuerza de ley; por cuenta, en ocasiones, hemos de tolerar un mal menor para evitar un mal mayor. La Inquisición nunca ha perseguido a las prostitutas, ni a los adúlteros, ni a los glotones ni a los borrachos. Yo he visto con mis propios ojos cómo se toleraban esos excesos incluso en El Escorial.

Sin embargo, la sodomía tergiversa el orden de la creación. ¡Es más grave que un sacrilegio! Y eso no lo digo yo; lo dijo santo Tomás de Aquino, gran doctor de la santa Iglesia.

A pesar de tales consideraciones, no consigo dormir con el toronjil ni con los otros menjurjes del hermano enfermero. En un rato voy a probar con un poco de mezcal, y es que el enfermero me dijo que no debía ocultarle a mi padre prior mi estado de salud. Después de escucharme, el prior me entregó una botellita de ese aguardiente: «Por si el remedio le sirve, pero sólo un poco...».

¡Qué fácil ha sido para el padre Goñi meterse y tergiversar el orden de las cosas! Salvó de la hoguera a un mozo de catorce años. ¿Habrá salvado el alma de ese desgraciado? ¿No volverá a sus nefastas costumbres en la cárcel? Yo interrogué a ese sodomita y el joven sabía perfectamente lo que hacía. ¡No era un niño sin uso de razón! ¿Por qué habría que apiadarse de él si era responsable de sus inmundas torpezas?

¡Vamos!, ya no sé ni lo que escribo, estoy cansado pero sin sueño, inquieto, nervioso. Mi padre prior me dijo que si no recupero el sueño en una semana, deberé consultar al médico; teme que pueda ser melancolía, esa tristeza que enfría el alma. ¿Quién sino Dios sabe lo que pasa por mi alma? Sodomitas, adúlteros, frailes gordos, sacerdotes entrometidos: este reino no va por buen camino. Y desde Francia nos llegan filosofías ateas y descreídas; ya están aquí los librepensadores y masones, escondiéndose entre nosotros como alacranes venenosos.

¡Y los luteranos, profanando la Sagrada Escritura! Tengo el terrible deber de dar con ellos, de contenerlos, de extirparlos, para evitar que esas pestes infesten este reino. Es tan difícil, tan cansado, y es tanta la responsabilidad, que ya no puedo dormir. ¡Cómo me gustaría que fray Antulio estuviera conmigo y me aconsejara qué hacer! Hay días en que quisiera regresar a mis tiempos de novicio en Salamanca, donde mis únicas obligaciones eran rezar y estudiar. Sin embargo, ahora soy el inquisidor. Esta es mi vocación, lo que Dios quiere de mí.

10

EL NAZARENO

Xavier Goñi cruza el puente de la Merced para sortear uno de los muchos canales malolientes de la ciudad. Una lanchita atiborrada de flores navega con dificultad en medio del agua verdosa. La conduce una india risueña que intercambia una mirada de simpatía con el sacerdote, que la mira desde el barandal. El jesuita nunca se cansa de admirar el buen humor de los indios a pesar de su miseria. A duras penas esta pobre mujer conseguirá unas pocas monedas por sus dalias y rosas; seguramente son el encargo de algún convento de monjas, quizá de las brígidas, quizá de las de Corpus Christi. ¡Son tantos los conventos en la ciudad y tantas las órdenes religiosas!

La escena dista de ser pastoril. El agua despide un olor fétido. El calor y la falta de lluvias empantanan las acequias que cuadriculan la ciudad. La gente arroja heces y orines; incluso pueden encontrarse animales muertos y no falta la ocasión en que un niño caiga en los canales y se ahogue en la inmundicia. Cuando sube la marea, la situación mejora un poco; el alivio es momentáneo. La mierda sube y baja, pero nunca desaparece. Qué diferentes son los canales de Chalco y Xochimilco. Ahí el agua es pura, bordeada por jacales y chinampas.

Goñi prosigue su camino. Don Anselmo Goicoechea, padre de Inés, solicitó urgentemente su presencia. La familia Goicoechea vive cerca del Hospital de Jesús, en una casa opulenta pero alejada del Colegio de San Pedro y San Pablo, donde ahora vive Goñi. El sol de primavera alarga el trayecto. La sotana negra tampoco ayuda mucho. El sudor escurre a raudales, ensuciando el alzacuellos blanco y almidonado. La sensación es incómoda, pues el almidón se disuelve rozando la piel del jesuita. Al sacerdote no le gusta utilizar sombrero, pero en ocasiones como esta se arrepiente. «Dios mío, Tú sufriste en la cruz por mí —reza en su interior—, quítame lo quejica; este calor es nada comparado con lo que sufriste esa tarde por mí...».

Al pasar frente a la iglesia de Jesús, Goñi se escapa unos minutos para rezar ante la milagrosa imagen de Jesús Nazareno. El frescor del templo de ventanas estrechas y muros anchos le da un respiro. El sacerdote se hinca y musita algunas oraciones. De golpe, con la fuerza de las peores tentaciones carnales, se agolpan en su cabeza las preguntas más impertinentes: «¿Por qué Jesús nos redimió con la cruz? ¿Por qué nos convidó al dolor? ¿No había otra manera de salvarnos?». Desde hace dos o tres años, Xavier Goñi viene sufriendo esas acechanzas del maligno, tentaciones contra la fe, pero ha aprendido a rechazarlas con presteza dándoles un manotazo. La fe es la humildad de la inteligencia. Y, sin embargo, esas preguntas, como gotas de agua que caen constantemente en la piedra, van calando en su alma.

Al salir de las penumbras del templo, la luz del sol lo ciega momentáneamente. Se detiene un par de segundos para que sus ojos se acostumbren de nuevo al sol. Un pordiosero con aliento a pulque se le acerca.

—Padrecito, una limosna, por el amor de Dios.

—Hijo mío, no malgastes tu dinero en pulque —le dice Goñi al tiempo que le entrega una moneda de poco valor, porque el jesuita nunca carga consigo sino lo estrictamente indispensable.

—Gracias, padrecito. Dios se lo pague.

—Pero no te lo gastes en pulque, ¿eh? —insiste el jesuita sabiendo que de poco servirá su consejo.

—No, padrecito. Dios y la Virgen se lo paguen —le responde el pordiosero haciendo reverencias.

El sacerdote camina un par de cuadras y toca el enorme portón de los Goicoechea. Le molesta responder al llamado de un poderoso como si fuese un criado. Otro asunto sería asistir a un moribundo. Goñi siempre está dispuesto a acudir al llamado de los agonizantes, especialmente cuando son indios pobres que no tienen ni para pagar un cajón de muerto. Sin embargo, el padre superior fue enfático:

—Padre, ¡compórtese a la altura de un sacerdote de la Compañía! Sus desplantes nos han traído muchos problemas. Debemos estar agradecidos con nuestros benefactores.

Don Anselmo Goicoechea, en efecto, ha sido muy generoso con la Compañía. Sus limosnas mantienen las florecientes misiones de Nuestra Señora de Loreto y Nuestra Señora de la Paz, en la Vieja California. Están por proponerle que también sea el patrono de las misiones que se fundarán en los territorios del norte, más allá de Los Ángeles. Por si fuese poco, su hija Inés es amiga hija del virrey. A don Anselmo no se le puede tratar como a un cualquiera; merece todas las atenciones de la Compañía.

Sin embargo, hay algo de lo que don Anselmo carece: un título nobiliario. Y la nobleza es algo que importa mucho en este reino. El anciano no ha tenido suerte al solicitar un título. Si fuese un rico minero de Guanajuato, quizás el rey se lo hubiese otorgado, pero su riqueza no proviene de las minas. Además, aunque tuviese el título, su hija no podría heredarlo por ser mujer. El único camino que le queda a don Anselmo para ennoblecer a su hija es casarla con un noble, aunque se trate de un aristócrata empobrecido.

Xavier Goñi suspira una vez más y, acopiando fuerza, golpea de nuevo el portón con el picaporte de hierro forjado en forma de pez. El metal retumba en la madera. Un lacayo vestido de diario, sin casaca, lo invita a entrar. Instintivamente, Goñi se acerca a la pequeña fuente de azulejos que adorna el centro del patio rodeado de arcos de medio punto. El sacerdote saca de su bolsa un pequeño pañuelo, también almidonado, lo moja y se refresca la frente. El jesuita refunfuña contemplando la opulencia del palacete:

—¿Por qué tanta urgencia? ¿Habrá cometido algún pecado muy grave y desea confesarse de inmediato? Si tanto le preocupa su alma, don Anselmo debería haber ido al colegio a buscarme. ¡Ay de los ricos!

Anselmo Goicoechea se asoma desde el piso alto.

—Padre Goñi, suba, suba. ¿Qué hace ahí? Aquí puede lavarse.

—Subo, no se preocupe —responde Goñi mientras don Anselmo le grita al lacayo:

—¡A ver! ¡Tú, inútil! Sube una jarra y una jofaina con agua fresca para Su Merced. ¿Cómo se te ocurre dejar que se lave allí?

Anselmo Goicoechea es un hombre mayor, de casi setenta años. Engendró cuatro hijos que murieron uno tras otro, dejando una cuna vacía y una estela de lágrimas. Luego, en la madurez, cuando ya parecía imposible tener más niños, nació Inés; pero la madre no resistió los dolores del parto. La alegría del nacimiento se mezcló con la amargura de la viudez.

La joven es la adoración de don Anselmo, la razón de su vida, su única familia. Inesita es todo para él. Su marido y la Compañía de Jesús se quedarán con la fortuna de los Goicoechea. El apellido acabará con él, pero los hijos de Inés serán de su sangre, un linaje de gente recia, raza de valientes.

El viejo camina encorvado usando un bastón con empuñadura de plata; viste una ligera casaca negra, sin más adornos que unos botones también de plata; sus zapatos tienen hebillas del mismo metal reluciente. El hombre se dirige a Goñi y le besa la mano con comedimiento. Al jesuita le disgusta esa costumbre porque le da asco la saliva de otros. Incluso cuando reparte la comunión, lo hace con cierto reparo, evitando que la lengua de los fieles le toque los dedos.

—Pase, padre. Siéntese, por favor. Disculpe por haberlo llamado.

Una sirvienta se acerca con una bandeja con un platoncillo de capulines y tejocotes, los últimos de la temporada, y una jarra con agua de limón y chía.

—Don Anselmo, ¿en qué puedo ayudarle? —pregunta Goñi paladeando el agua de limón y chía, que alivia su lengua reseca.

—Por favor, padre, hable usted con Inesita —responde Goicoechea, sentado en una silla de caoba, con evidente ansiedad—. Es urgente, hable usted con ella.

—Doña Inés puede buscarme en el confesionario cuando desee; su hija sabe perfectamente dónde encontrarme —contesta Goñi secamente, pues es director de la joven desde niña.

Anselmo Goicoechea coloca el bastón sobre sus piernas, jugueteando nerviosamente con él. El salón está adornado con una estupenda alfombra mora, candelabros de plata y un óleo con el retrato del rey. La sirvienta asiste a la escena intentando disimular su curiosidad, y el amo la despide con un gesto. No se puede confiar en la discreción de los criados, una palabra fuera de lugar puede resultar fatal. La mujer hace una reverencia y cierra tras de sí la puerta.

—Padre, por favor, se lo ruego: hable con ella.

—¿Está enferma? —pregunta Goñi colocando la copa de agua en una pequeña mesa.

—¡Ni lo mande Dios! Inesita es todo para mí.

—¿Entonces? —insiste el jesuita, haciendo conjeturas mentales. Quizás Inés cometió un desliz (Dios no lo quiera), y quedó embarazada.

—¡Ay, padre! ¿Cómo se lo explico? Inés está en sus habitaciones. La haré venir —responde don Anselmo aferrándose al bastón para camuflar su inquietud.

—¿Cuándo se anunciará el compromiso con don Pedro? —pregunta Goñi intentado pescar algo más de información al vuelo. Si la chica está embarazada, ¿quién será el padre? ¿Don Pedro? Difícilmente...

Advirtiendo el recelo del jesuita, el anciano insiste:

—Hable usted con ella...

—Don Pedro es un buen partido —apunta Goñi con cierta ironía—. Es un matrimonio muy conveniente.

—Como todo mundo lo sabe, los Heras y Soto son muy ricos, pero, se lo digo aquí en confianza, en mucha confianza, el señor conde resultó ser una persona muy difícil en la cuestión de los dineros. El tema de la dote fue muy espinoso, demasiada ambición. El conde quería algunas propiedades que yo pienso entregarles a ustedes. Pero lo importante es que al final conseguimos ponernos de acuerdo; al fin y al cabo, los dos queremos lo mejor para nuestros hijos. Sea como fuere, en mi herencia dejo un legado para mi hija, una buena cantidad que su marido no podrá tocar nunca.

—Don Anselmo, comprenderá que me encuentro desconcertado. ¿Por qué la urgencia de que hable con su hija?

El señor Goicoechea mira fijamente al jesuita sin dejar de acariciar el bastón.

—Mi fortuna se dividirá en dos partes iguales. La mitad será para mi hija y su esposo, y la otra mitad, padre..., *y la otra mitad* será para el Fondo Piadoso de las Misiones de California. La Compañía puede contar con ese dinero en cuanto yo muera. Soy un viejo, pronto podrán tener ese dinero..., todo sea para la mayor gloria de Dios.

Goñi sonríe forzadamente. Bien sabe que las donaciones de los ricos son un toma y daca. La fortuna de Anselmo Goicoechea le ha ganado un lugar privilegiado en la Compañía de Jesús. Prueba de ello es su presencia ahí. ¿Cómo negarle a un benefactor de la orden este pequeño servicio?

—*Ad maiorem Dei gloriam*, don Anselmo, su dinero hará mucho bien a las Californias. Es un territorio inmenso, donde miles de almas nos esperan. Dios le bendiga y le dé más...

—No se hable más, padre. —En el tono de Goicoechea se advierte un deje de la arrogancia del amo que trata con un siervo—. Le ruego que hable con mi hija. Mire, ya viene...

Inés Goicoechea entra en la sala. Luce un vestido de raso azul con un escote amplio, pero no provocativo. Sus ojos están enrojecidos, y los párpados abultados revelan lo mal que ha dormido. La joven le hace una pequeña reverencia a Goñi y le besa el dorso de la mano. El sacerdote recibe el beso disimulando su asco y, en cuanto puede, se limpia la mano en la sotana. A continuación, la chica besa en la mejilla a su padre y declara con voz dulce, pero firme:

—Papá, le dije que no quería hablar con nadie...

—Doña Inés, no debe dirigirse así a su padre. —El reproche de Goñi carece de fuerza y de convicción, una intervención maquinal.

Don Anselmo añade con preocupación:

—Los dejaré solos para que hablen.

El anciano se retira caminando pesadamente, bastón en mano. Es paradójico que un hombre tan rico y poderoso apenas pueda cargar su propio cuerpo.

Goñi le ofrece un copa de agua a Inés y toma asiento, esperando escuchar lo peor. Doña Inés Goicoechea es delgada; demasiado delgada, opina su padre. Cuando está nerviosa, como el día de hoy, sus músculos se tensan y endurecen como el acero de un sable de caballería.

—Dígame, doña Inés, ¿en qué puedo ayudar? Sólo recuerde que yo no recibo confesiones de mujeres fuera del confesionario. Si desea usted confesar algún pecado, debemos vernos en una iglesia.

—Si hubiese querido confesarme, sabría dónde encontrarlo —contesta Inés, desafiante, mientras se sienta en una minúscula silla que queda cubierta con su amplio vestido, engrosado por una crinolina blanca que se asoma por debajo del raso azul.

Se hace el silencio. Afuera se escucha el trino de algunos pájaros que se mezcla con el pregón de un vendedor ambulante que ofrece pescado fresco del lago.

—Su padre me llamó con urgencia para hablar con usted. ¿Está enferma? ¿Qué puedo hacer por usted?

Inés se alisa el vestido y, tras aspirar hondamente, arremete:

—¿Quiere hacer algo por mí? ¿De veras quiere hacer algo por mí?

—Sí, por supuesto. Con tal de que no se trate de una ofensa a Dios, estoy en la mejor disposición de ayudarla.

—Pues explíquele a mi padre de una vez por todas que no me casaré con don Pedro. Que se cancele el compromiso.

Goñi arquea las cejas. Conoce el carácter fuerte y firme de Inés, pero este desplante supera cualquier expectativa. El compromiso está por anunciarse públicamente y no es poca cosa que el conde de Heras y Soto haya aceptado el matrimonio de su hijo, heredero del condado, con Inés, que carece de título. Sin embargo, el arranque despierta la simpatía del jesuita. No en balde su propio padre, un pamplonés de voluntad recia, se casó con quien quiso. Joaquín Goñi desoyó la voz de su familia y contrajo nupcias con una andaluza. El jesuita es hijo de un matrimonio acordado libremente entre los novios, no de un matrimonio contraído por intereses.

Xavier Goñi se queda mirando fijamente a Inés. La joven resiste y no baja la vista. El jesuita humedece sus labios con otro trago de agua de limón y chía. Una semilla se le atora entre los dientes, la destraba con su lengua. El sacerdote se pone de pie, camina hacia la ventana y abre la cortina de encaje, dejando entrar la luz a raudales. El hombre se asoma por el ventanal que da a la calle, como si estuviese esperando a alguien. El vendedor de pescado sigue ahí, negociando con algunas criadas. Sin mirar a Inés, dándole la espalda, el jesuita pregunta:

—¿Por qué? ¿Advierte usted la gravedad del tema? El compromiso está por anunciarse y media ciudad ya chismorrea sobre la boda. Usted misma me ha dicho que ya se encargó el vestido de boda.

—Lo sé perfectamente, padre. Sabe bien que no soy boba —responde Inés, sentada muy derecha, rígida, como una cariátide de mármol que sostiene un templo.

—Hija. —Goñi suaviza sus maneras—. No quise decir eso. Simplemente deseo asegurarme de que usted no está actuando por un impulso momentáneo. Ningún humano puede sustraerse al influjo de las pasiones.

—No me casaré con don Pedro y punto.

Afuera, el vendedor de pescado prosigue su camino. Goñi cierra la cortina como si de verdad le hubiese interesado la escena. El salón se oscurece. El sacerdote voltea lentamente y se dirige hacia el enorme cuadro del rey. Es un óleo de factura mediocre, obra de algún maestrillo napolitano. El monarca, con peluca empolvada, luce la banda azul de los Borbones y un manto de terciopelo y armiño. Un dosel de moaré rojo enmarca el cuadro, que proclama la fidelidad de los Goicoechea a la Corona. No es la primera vez que Goñi examina el cuadro, pero esta vez se da cuenta de que el artista pintó la piel del rey demasiado blanca, como si fuera leche.

—Pone usted en graves aprietos a su padre. El escándalo podría llegar incluso a los tribunales.

—Aún no se han firmado los esponsales —replica la joven.

—Pero su señor padre ya empeñó su palabra.

—No me importa…

—Su padre la ama, Inés. Me extraña de usted…

—Lo siento, padre Goñi, no quise ser brusca, pero ese es el punto…

—¿Qué punto? No la comprendo.

—Para don Pedro y el conde yo soy eso, una mercancía.

—El matrimonio, Inés, es la entrega del propio cuerpo. Los cónyuges forman una sola carne. Es entrega, abnegación, sacrificio; es vocación divina. —El jesuita imprime en cada palabra un toque de solemne dulzura.

—Padre, ¡por favor! Ya le dije que no me trate como tonta. Usted mismo me enseñó que ninguna persona puede imponerle la vocación a otra. Me casaré cuando yo quiera y con quien yo quiera.

—¡Insolente!

—La verdad nunca es insolente —responde ella con la dignidad de un filósofo estoico.

El padre Xavier se sienta en la silla. Echa la cabeza para atrás y recarga el peso de su cuerpo en el respaldo. Reaparece el dolor de cabeza. La silla cruje. En el corredor, el padre de Inés pasea nerviosamente. Previendo que don Anselmo intenta escuchar tras la cerradura, el sacerdote vuelve a ponerse de pie y abre la puerta. El anciano está cerca, aunque no lo suficiente como para escuchar a hurtadillas. Los caballeros, por educados que sean, se creen con el derecho de romper las normas para proteger a sus familias. Bien lo sabe Goñi.

El sacerdote le pide más agua al anciano, mero pretexto para justificar que se haya asomado al pasillo. Adentro, aprovechando la momentánea soledad, Inés solloza quedamente.

Don Anselmo dicta órdenes y en un santiamén reaparece la sirvienta con más agua. La mujer pretende entrar al salón con el inconfesado propósito de enterarse de lo que ahí está sucediendo. Goñi le corta el paso.

El jesuita toma la charola, la lleva al salón y cierra la puerta nuevamente. Don Anselmo comprende el mensaje y se aleja rumbo al patio para tomar un poco de aire.

Xavier Goñi coloca la charola en un esquinero de la sala y regresa a la silla. Inés ha recuperado el aplomo.

—Padre, por favor, ayúdeme. No soy una niña impertinente. Sé en lo que me estoy metiendo. Pero, digan lo que digan, no me casaré.

—Hija, ¿por qué no quiere casarse? ¿Qué esperaba usted? ¿Que no hubiese dote? ¿Que nadie hablara de dinero? Usted es rica… Dese cuenta del deshonor para usted, para su padre. Piense en el enojo del señor conde, en la ofensa para don Pedro.

—Estoy enamorada de otro hombre.

—¿Qué? —grita Goñi—. ¿Cómo?

Aquello son palabras mayores. De nueva cuenta, reaparece la duda. ¿Habrá cometido alguna indiscreción la joven? ¿Habrá perdido la virginidad? Simplemente imposible. Una criada la acompaña a todas partes y siempre viaja en carruaje, escoltada por un cochero. Más de una vez, Goñi reconvino al anciano por la vigilancia sobre la chica. La confianza, piensa Goñi, es el signo del amor auténtico. ¿Qué hombre se atrevería a enfrentarse con la cólera de Goicoechea? Deshonrar a Inés equivaldría a ganarse el odio de don Anselmo, que no por anciano deja de ser poderoso.

Inés intuye la mente del jesuita.

—Padre, usted me conoce bien. No he cometido ningún pecado contra mi honra de mujer.

—¿Puedo saber quién es ese hombre? —pregunta Goñi sentándose de nuevo, colocando las dos manos sobre las rodillas, encorvando la espalda, mirando al suelo y enfatizando con su cuerpo que están hablando confidencialmente.

—Don Rodrigo González… —contesta Inés lentamente, consciente de la insensatez de su postura.

—¿Qué? ¿El hijo de don Manuel, el comerciante?

—Sí…

—Por Dios, ¡si el joven es compañero de don Pedro! Yo le he dado clases en la universidad. —Goñi se restriega el rostro con sus dos manos—. ¿Advierte usted la gravedad del asunto?

—Padre, no amo a don Pedro.

—¿Y desde cuándo es menester amar a la persona con quien uno se casa? —objeta el sacerdote—. La validez del sacramento no depende del amor, sino de la voluntad de los cónyuges. Lo sabe usted. Los dos sabemos que el matrimonio es un institución que está por encima de los sentimientos.

—Mire, padre, estoy enamorada. Ya sé que se me pasará, no tiene que decírmelo. Pero no quiero pasar el resto de mi vida con un tipo al que no quiero.

—Piense, razone, usted es inteligente…

—Padre, ¿cuánto tiempo cree que yo pueda vivir? ¿Veinte años más? ¿Me moriré en el cuarto parto, en el quinto? Quiero vivir como yo quiera.

—Debe cumplir con sus deberes de mujer cristiana —arguye Goñi sin mucha convicción.

—¿Es pecado no casarme?

—Es pecado desobedecer a su padre en materia de tal envergadura —pontifica Goñi.

—Usted mismo me enseñó que no se puede obligar a las hijas a meterse a un convento.

—No es lo mismo abrazar la vida religiosa que contraer matrimonio.

—Padre Xavier, ¡por favor! Los votos de la esposa son tan sagrados como los de las monjas —argumenta Inés, quien, se nota, se ha preparado para esta esgrima.

Xavier Goñi no puede esconder su sorpresa. Todo esto es verdaderamente un delirio, una locura, el resultado de una imaginación febril azuzada por la poesía amorosa o por el exceso de humores calientes en el cerebro.

—¿Dónde tiene el juicio don Rodrigo? ¿Qué se le metió en la cabeza? ¿Cómo se atrevió? El chico es un insensato. La compromete a usted seriamente y él se juega la vida. La familia del conde lo matará en duelo...

—Los duelos están prohibidos —afirma ella en son de burla.

—¿Desde cuándo una prohibición sirve para algo? —bufa el jesuita.

—No me casaré con el hijo del conde.

—Hablaré de inmediato con don Rodrigo —amenaza el jesuita—. Seguramente él tendrá la cordura que a usted le falta.

—Padre, va a decir que estoy loca ... —Inés se ablanda un poco.

—¡Claro que usted ha perdido la cabeza!

—... estoy enamorada de Rodrigo, pero él no lo sabe...

—¿Qué? —Goñi se pone de pie bruscamente y tropieza con la mesilla donde está el agua de chía y las frutas. Los tejocotes y capulines ruedan por la alfombra—. Siempre pensé que usted era prudente, pero esto es absurdo. Por caridad de Dios, no es usted una niña boba. ¿Cómo que él no lo sabe? Por eso la mujer debe estar sometida al varón, ¡ustedes no piensan!

Inés alza el cuello y afila la vista, sabe que no debe dar signos de debilidad para ganarse a Goñi.

—¿Cuántos matrimonios se arreglan sin que los novios se conozcan? ¿Por qué le extraña que me enamore a primera vista? ¿No es tan

116

absurdo lo uno como lo otro? —objeta la joven.

—Doña Inés, piense en lo que está proponiendo. Pretende cancelar un matrimonio por un capricho. El joven ni siquiera es noble. Serénese, por el amor de Dios. El tiempo apaciguará sus pasiones.

—Pero una vida sin pasión no vale la pena ser vivida —responde Inés.

—Eso es de mujeres bobaliconas. Piense, Inés, ¡piense! Siempre la traté como a una joven inteligente y discreta. Le ruego que no me decepcione.

—Pues no me casaré, primero me meto de monja.

—Su padre la obligará.

—Y yo diré en plena iglesia que no quiero casarme.

Goñi comprende lo que está sucediendo. Inés se siente atraída, sin duda, por Rodrigo, pero sobre todo siente aversión hacia el hijo del conde. Ese es el verdadero problema.

—¿Qué le ha hecho don Pedro? ¿Le ha faltado al respeto?

Transcurren unos segundos en silencio. El sacerdote se inclina al suelo para recoger las frutas que rodaron y algunos de los pedazos de la copa. El olor a limón y chía inunda la sala.

—Para Pedro yo soy una yegua. Me compra para montarme y arrumbarme en su establo. ¿Le parece cristiano ese matrimonio?

—Modere sus palabras o me voy.

—Pues váyase. Allá usted si me abandona —lo desafía Inés.

Xavier Goñi se acerca al esquinero donde colocó la segunda charola con copas. Un trozo de vidrio se le encaja en un dedo y un punto de sangre se asoma. De nuevo le da la espalda a Inés.

—Le propongo algo —dice Goñi—. Es temprano y el día es magnífico. Le diré a su padre que la mandé a pasear a Chapultepec. Juegue usted un rato en los manantiales. Me han dicho que estos días el agua está deliciosa. Que la acompañe una amiga. Tome distancia del asunto. Mañana conversamos. ¿Le parece bien?

—Sigue usted tratándome como tonta. ¿Por qué? ¿Porque soy mujer? ¿Por qué soy una yegua que puede venderse?

—¡Modere sus palabras!

—Lo siento, padre, me excedí en el tono. Pero usted me trata como tonta porque soy mujer.

—¡No, señora! La trato así porque usted está decidiendo con el estómago. Recapacite. Piense en la insensatez de sus palabras. Pretende romper el compromiso con el hijo de los condes de Heras y Soto porque se enamoró de un mozo al que apenas conoce. ¿Lo comprende? ¿Lo ve? El escándalo llegará incluso a los oídos de los virreyes. El oprobio la cubrirá a usted, a su padre ¡y a mí! ¡Soy su confesor!

—Padre Xavier, si usted salvó a un sodomita de la hoguera, ¿por qué no quiere salvarme a mí?

El jesuita aprieta los labios y se afloja el almidonado alzacuellos. Sigue dándole la espalda a la joven. Toma una copa y se sirve más agua de chía. No le hace ninguna gracia la mención del sodomita. Desde el día del auto de fe, Goñi ha estado muy inquieto. Tensó la cuerda al extremo. Provocó al inquisidor general de la Nueva España. Está jugando muy fuerte y, si bien su red de amigos es poderosa e influyente, el adversario es igualmente poderoso. Se lleva la copa a la boca y da un trago largo. No le gusta tomar tanta agua en estas circunstancias, porque pronto sentirá ganas de orinar. ¡Qué molesto e incómodo pedir un urinario! Sin embargo, el calor aprieta y el nerviosismo reseca su boca.

—No, doña Inés, son asuntos muy distintos. Yo intercedí por un niño de catorce años que apenas conocía su propio cuerpo. ¿Cómo iba a permitir que lo ejecutaran como si fuese un adulto. Además, fue Su Excelencia quien intervino. El virrey tiene esa prerrogativa. Yo sólo soy un sacerdote de la Compañía de Jesús.

—Pues ya no se puede hacer nada…, no me caso —sentencia Inés.

Goñi se da la vuelta para mirar de frente a la chica. Da unos pasos y se acerca a ella.

—Usted se va hoy a Chapultepec. O, mejor aún, le sugeriré a su padre que viajen a San Ángel una semana. ¿O no prefiere ir a Mixcoac? Descanse. Pasee. Despeje su cabeza. El aire del campo le sentará bien. Coma. Beba un poco de vino.

Inés mira la copa que Goñi tiene en la mano. Las semillas de chía se asientan rápidamente. Desde muy niña la ha bebido hasta la saciedad. Su nana piensa que la chía es el mejor tónico para una mujer, especialmente durante los sangrados. Sus semillas, dicen, recomponen el cuerpo tras ese terrible tributo que las hijas de Eva deben pagar a Dios por el pecado de la primera mujer. Ella también tiene sed. La está pasando fatal y esto será sólo el inicio. En cuanto corra la noticia, será la comidilla en todos los palacios de la Nueva España. Puede imaginarse perfectamente a la marquesa del Valle de Orizaba murmurando, regodeándose en la desgracia de Inés: «Lo ven, se lo dije, siempre se lo dije, es una niña malcriada por un padre débil. Seguramente el caballerango la embarazó. Dios quiera y la niña se arrepienta. Ojalá el padre la encierre en un convento para esconder su vergüenza. ¡Qué mal ejemplo dará a nuestras hijas esa mujerzuela!».

Goñi tiene razón. Más que amor hacia Rodrigo es odio hacia Pedro. Don Rodrigo González le atrae, le parece simpático, gallardo, pero sobre todo desprecia a don Pedro. Ella no es trofeo de caza de un gandul, mucho menos un animal que se compra con un contrato.

Doña Inés se pone de pie y se acerca al esquinero donde está el agua. Goñi ni siquiera hace el intento de servirle. Prefiere mantener la distancia física. Inés mira la jarra de agua. La chica hace una mueca. Aborrece la chía, las semillas son babosas, pegajosas. ¿Por qué beber algo que no le gusta? Ya está bien de ser un monigote de todo mundo, de su nana, de su padre, de su confesor. Quiere tomar el control sobre su vida. ¿Soberbia? Posiblemente. ¿Orgullo? Tal vez. ¿Arrogancia? Puede ser.

Inés Goicoechea, segura de sí, altiva como una amazona que enfrenta a un guerrero, ordena:

—Padre, por favor, ¿puede servirme agua?

Goñi, confesor de Inés desde niña, sabe que la joven aborrece la chía y cortésmente pregunta:

—¿No prefiere usted agua sola? ¿O chocolate? Lo pediré ahora.

—Quiero agua de chía, por favor.

Xavier Goñi intuye lo que está sucediendo. Algunos dirían que es una iluminación, un rayo del cielo, una moción del Espíritu Santo.

—Si usted quiere beber chía, chocolate o vino, ¡hágalo siempre y cuando no ofenda a Dios! Pero debe atenerse a las consecuencias. Será usted la responsable del barco si naufraga.

—Y también seré la responsable si llego a buen puerto…

—Se mete usted en mares ignotos donde nadie podría protegerla —exclama Goñi con petulancia calculada, en sus palabras se percibe un deje de soberbia.

—Quiero que usted me haga el favor de servirme agua de chía y quiero casarme con quien yo quiera. Es mi vida.

—Allá usted, Inés. La soberbia es hija del demonio.

—Y allá usted, que se atrevió a desafiar al Santo Oficio —le responde Inés con aplomo.

El padre Xavier llena una copa para Inés. El silencio es total. Afuera se escucha el piar de una pareja de pájaros que se están peleando entre sí. Es primavera. Son machos que se disputan el nido de alguna hembra. Más allá, afinando el oído, se escucha la cantaleta de un vendedor de patos. El jesuita está enojado. Esta mujer se atreve a desafiarlo. Es una niña instruida. ¿Arrogante? Evidentemente. Durante los años que la ha dirigido espiritualmente, el sacerdote ha intentado desarraigar del alma de la chica la semilla de la soberbia, pecado de Satán, raíz del resto de los pecados. El jesuita sabe que él también es un soberbio, un orgulloso que conoce los largos alcances de su inteligencia. ¿Cómo iba a poder arrancar el orgullo del alma de Inés si él mismo no ha podido arrancarlo de su alma? Advierte que ha sido un ciego guiando a otro ciego. «Médico, cúrate a ti mismo».

Y a pesar de todo, a pesar de la insensatez, de la pasión, del orgullo que envuelve esta discusión, el jesuita está de acuerdo con Inés. Cada uno es dueño de su vida. La única manera de entregar la vida a Dios es siendo dueño de ella. Si él hubiese obedecido a sus padres, ahora estaría sembrando espárragos en Tudela o criando vacas en Pamplona. El padre Xavier desafió a sus padres. Ingresó a la Compañía en contra de la voluntad de don Joaquín Goñi y viajó a las Indias, dejando para siempre Navarra. Y lo hizo porque se le pegó la gana, porque a él nadie le iba a decir qué hacer con su vida: ni sus padres, ni el párroco, ni sus amigos, ni el alcalde. ¡Cómo se enfadaron sus padres cuando decidió hacerse jesuita! Pero don Joaquín Goñi le había puesto el ejemplo a su hijo Xavier al casarse con la mujer que amaba, y no con la que le convenía a la familia.

Goñi recuerda las historias que se cuentan de la madre Juana Inés de la Cruz. «Pobre monja —piensa para sí—, calculó mal sus fuerzas y cayó en desgracia. La libertad nunca es bien recibida. La monja acabó mal porque se enemistó con los poderosos, porque perdió el apoyo del virrey, porque desafió al obispo de Puebla...». El sacerdote está confundido, desconcertado. El inquisidor lo amenazó directamente y su superior está furioso con él. Cuenta, ciertamente, con la amistad y protección del virrey y de otros poderosos. Los amigos secretos, las reuniones nocturnas, las tertulias para iniciados, las charlas y mensajes en clave. Goñi cuenta con muchos apoyos, conoce a personas influyentes, pero sor Juana también tuvo amigos poderosos y, en el peor momento, la abandonaron. Nadie es invulnerable.

—¿Quiere chía, Inés? Aquí la tiene. Allá usted —ironiza Goñi.

—Padre, le ruego que no se ofenda, pero no le estoy pidiendo su opinión ni su permiso.

—¿No teme al infierno? Se está jugando usted el alma. ¿Tiene idea de las reacciones que desencadenará su decisión? Es como tirar una piedra en el agua..., las ondas se expanden más allá de lo que usted puede suponer. ¿Está preparada para responder por ello?

—Sí, le tengo mucho miedo. Usted me enseñó a tener miedo del infierno. ¿No lo recuerda?

Xavier Goñi se sorprende aún más con la respuesta. Dirigir a Inés nunca fue fácil, siempre ha sido poco dócil, difícil de conducir, pero esa actitud es inaudita, como si el mismísimo demonio le estuviese dando fuerzas. Y, sin embargo, la chica no anda del todo descaminada, el matrimonio debe ser libre, digan lo que digan las costumbres.

—El escándalo y la desobediencia son el camino al infierno. ¡Por caridad de Dios, Inés! Piense en lo que está haciendo, no desate un diluvio por un capricho. ¡No sea veleidosa!

—Qué mala memoria tiene, padre...

—¡Niña insolente! —La sangre se agolpa en las sienes de Goñi—. Me voy ahora mismo. Le diré a su padre que la encierre, que le dé un par de bofetones para que recupere la cordura.

—... qué mala memoria tiene, padre, qué mala memoria. ¿Se acuerda? Una vez me enseñó que santo Tomás dice que los cristianos deben seguir el dictado de su conciencia. Y la mía, padre, mi *concien-*

cia de mujer, me dice que no debo casarme con don Pedro aunque me mate mi padre. Así como lo oye: aunque me mate mi padre.

—¡Qué va a saber usted de santo Tomás!

—Usted me lo dio a leer, ¿o también se le olvidó que me enseñó latín?

—Jamás debí hacerlo…

—Escúcheme bien, padre, *escúcheme bien*: casarse con alguien a quien uno no quiere, casarse a fuerzas, no seguir mi conciencia, eso también es pecado, eso es profanar el sacramento.

Goñi, habitualmente sereno y ecuánime, debe contenerse para no darle un bofetón a la joven. La niña está loca. La lujuria, sin duda, aguijonea su mente. No puede ser de otra manera.

—Es usted una malagradecida con su padre. ¡Malcriada! Desde este momento dejo de ser su director espiritual. No cuente usted conmigo. Búsquese a otro que soporte sus insolencias.

—Yo no le pedí que viniera.

—Me lo pidió su padre.

—Y, claro, como él tiene el dinero, usted vino de inmediato.

—Su padre es un buen hombre.

—¡Si fuese bueno, no me obligaría a casarme con alguien a quien no amo!

Xavier Goñi no puede más y le suelta una bofetada. La carne se enrojece de inmediato, quedando las marcas de los dedos en la piel suave y tostada de la joven. Inés se tapa el rostro y solloza. Goñi le da la espalda, él también está a punto de llorar. ¿Qué dirá don Anselmo Goicoechea? ¿Qué dirá su superior de esto? ¿Qué estará diciendo Dios en el cielo? Su primer impulso es pedir perdón, pero su arrogancia se lo impide. «Además, si pido perdón, perderé autoridad frente a ella».

—¡Cobarde!

—Llamaré a su padre. Usted necesita un médico, no un sacerdote. Usted está loca.

—Si me casan con don Pedro, me voy a morir.

—¡Irá al infierno! Ahí van a dar los suicidas.

—No, yo no voy a suicidarme, ustedes me van a matar…

—¡Cállese! ¡Mírese, por caridad de Dios! Habla como una comedianta tonta.

—Pues, para que usted lo sepa, ya le avisé a don Pedro que no me voy a casar con él.

—¿Qué?

—Sí, hace un rato le mandé una carta.

—Está loca. ¿Lo sabe su padre?

—Claro que no —responde la joven sin levantar el rostro.

—¡Hay que interceptar esa carta!

—Demasiado tarde. Soborné al aguador para que se la llevara. ¿Para qué sirven las joyas? Don Pedro ya debe de estar leyéndola. Es de mi puño y letra, para que no haya dudas…

—¡Por favor, doña Inés! Recapacite. Aún podemos remediar el entuerto.

—Me río de usted. Ya es muy tarde. Y, ¿sabe?, también mandé otra carta declarándole mi amor a Rodrigo.

—Ahora mismo hablaré con su padre.

—Peor para usted si quiere traicionarme. Estoy hablando con mi director espiritual, no con un alguacil. Por eso lo llamaron, ¿no?

—¡No sea boba!

—No le permito que me falte al respeto…

Goñi tiene que hacer un esfuerzo sobrehumano para no propinarle otra cachetada a la joven. Como desahogo, el sacerdote da un manotazo en el esquinero donde está la jarra con agua, que cae al suelo. Más cristales rotos, otro charco en la alfombra. Nada más se puede hacer. Goñi sale de la habitación dando un portazo.

Don Anselmo Goicoechea se acerca al jesuita. Ha escuchado los gritos, los cristales rotos.

—¿Tan mal está todo? Conmigo fue igual. ¿Qué le sucedió a mi niña? ¿Qué vamos a hacer? Por favor, dígame: ¿qué vamos a hacer?

—Llame al médico. Su hija perdió la razón. Y tenga cuidado porque no faltará quien le diga que necesita un exorcismo, pero no, su hija perdió la cordura. Debe de ser el calor o alguna comida. Los humores calientes turban la mente. Lo siento mucho, no puedo hacer nada por ella. ¡Enciérrela!

—Pero usted es su confesor…

Xavier Goñi baja rápidamente la escalera, recogiéndose la sotana con las manos para no tropezarse. Don Anselmo Goicoechea se queda hablando solo. En el patio, los sirvientes chismorrean en la fuente, mientras José, el cochero, cepilla un hermoso caballo color negro.

Goñi se enfrenta de golpe con el sol de la calle. La situación se ha salido de control. En cuanto el superior se entere, arderá en cólera. Para colmo, el bofetón complicó todo. El virrey también estará furioso con él. El conde de Heras y Soto llevará el tema al palacio. El virrey, Goñi lo conoce bien, atenderá cortésmente al señor conde y luego regañará al jesuita. «¿Cómo quieren que combata a los piratas en Acapulco si al mismo tiempo ha de resolver estas intrigas provincianas? Goñi, ¿dónde tiene usted la cabeza? Sólo se dedica a provocarme problemas: ¿primero el pleito con el Santo Oficio y ahora esto? ¡Que la niña esa se case con quien le mandan!», ordenará don Antonio de Ortuño, virrey de la Nueva España.

El jesuita reemprende el camino hacia el Colegio de San Pedro y San Pablo. Se hundirá en los libros. Repasará las *Etimologías* de san Isidoro de Sevilla, la *Lógica* de Galeno, los comentarios de san Alberto. Los libros serán su refugio. Quizá le queda poco tiempo en México. Probablemente su superior lo enviará a la Alta California para que evangelice a los indios bravos que viven en aquellos desiertos. Será un destierro, un exilio, un castigo. Ojalá lo maten a flechazos. No le asusta. Echará de menos los libros, eso sí, pero al menos estará lejos de estos problemas.

El hombre se siente partido a la mitad. Inés está loca, dominada por la pasión. Es una niña caprichosa, pero algo hay de verdad en lo que dice. Cada uno debe seguir su propio camino. Goñi se hizo jesuita pese a la opinión de su familia. El sacerdote admira la determinación de la joven. Claro que no es lo mismo ingresar a la Compañía de Jesús que romper un compromiso matrimonial. ¡Y a él le piden que arregle las cosas!

Xavier Goñi se siente abrumado porque en el fondo de su corazón sabe que Inés Goicoechea tiene razón.

11

EL SALTO DEL AGUA

La fuente de cantera está repleta y el agua chorrea hasta la calle. Durante la noche, el acueducto que trae el agua desde Chapultepec hasta la ciudad sigue funcionando, pero los aguadores que aprovisionan sus cántaros en la pileta para repartir el líquido en las casas sí se toman un respiro cuando oscurece. El resultado está a la vista: alrededor de la fuente del Salto del Agua se forma un enorme lodazal.

A pesar de todo, la fuente tiene su encanto en la noche. Dos faroles iluminan el monumento y, como aún queda un poco de luna, a lo lejos, siguiendo el trayecto de los arcos, se vislumbra el cerro de Chapultepec y el pequeño castillo que lo corona.

Frente al Salto del Agua, cruzando la calle, se levanta la pequeña capilla dedicada a la Inmaculada Concepción. Como la mayoría de los templos de México, está hecho de cantera y tezontle rojizo. A los españoles afrancesados que visitan la Nueva España les molestan los edificios barrocos. Dicen que en Europa está pasado de moda y que lo nuevo es la sobriedad del estilo clásico. Sin embargo, la gente de esta tierra ama los estípites y los altares dorados.

Quizá por el murmullo del agua, quizá por estar en las afueras de la enorme ciudad, la atmósfera se siente más fresca. En el sitio concurren arrieros que vienen de Mixcoac, de Tacubaya, incluso desde San Ángel. Las herraduras de caballos y mulas chapotean en el lodo al son de las groseras risotadas de los arrieros. Un guardia con un farol en la mano, armado con un sable, ronda por ahí. Tras muchas malas experiencias, el ayuntamiento vigila la fuente para evitar que los borrachos aprovechen la noche para ensuciarla. Con el agua de la ciudad no se juega. Las epidemias acechan.

Dos jinetes se acercan trotando. El guardia los mira con recelo, pero de inmediato advierte que son personas de alcurnia: las capas, las espuelas, las espadas, las monturas. Son Ignacio Fagoaga y Rodrigo González. Don Rodrigo desciende del caballo con presteza y elegancia. Fagoaga, en cambio, lo hace torpemente, hasta el punto de que Rodrigo se ve obligado a detener las correas del animal para que su compañero descienda. Los arrieros miran el numerito y bromean al respecto. Qué poco hombre es ese *princesito*, que no sabe desmontar de su caballo. González sigue dudando sobre la conveniencia de haber invitado a Fagoaga a esta cita, pero lo hecho, hecho está, se repite a sí mismo.

—Quédate con los animales —le ordena Rodrigo a Ignacio.

—Aprende a pedir las cosas por favor, no soy tu criado —protesta el estudiante sin demasiada convicción.

—No seas llorón… —replica González alejándose de su compañero, mientras se ajusta la capa negra y el sombrero de tres picos con plumaje blanco.

Fagoaga toma los caballos por la brida para acercarlos a beber a la fuente, pero el guardia se lo impide con brusquedad. Está prohibido que los animales beban de la pileta donde la gente llena sus cántaros; ni siquiera los nobles tienen ese derecho. Los arrieros vuelven a reírse burlonamente del joven. Fagoaga los ignora. «Bestias asquerosas, con razón se dedican a arrear mulas», se consuela a sí mismo el universitario. El estudiante aborrece a los tontos, a los estúpidos, a quienes confían en su fuerza bruta para sobrevivir. Por ello, secretamente, Ignacio Fagoaga desprecia a Pedro y a Rodrigo; los dos no son sino sementales, machos cabríos, simios que confían en el poder de sus cuerpos. Pero sabe, tiene la certeza, de que más temprano que tarde la vida derrotará a esos orangutanes.

El sonido del chorro de agua, constante y suave, tranquiliza sus ánimos. En la pileta se refleja la luna agónica. En tres días la noche será oscura.

Rodrigo ha cruzado hacia la capilla, cuya sencilla fachada está mal iluminada por otro farol de hierro forjado. Las campanas de la catedral anuncian las ocho de la noche. Don Rodrigo sabe bien que está cometiendo una insensatez, pero ha cometido muchas otras en su vida. Quiere gozar de su libertad ahora que puede. Después vendrá la enfermedad, la vejez, la muerte. Dios no puede ver con malos ojos la alegría de vivir.

Se escucha un carruaje que proviene del rumbo del convento de las jerónimas. Lo conduce un cochero embozado y sin un mozo de estribos, algo raro en un carro de lujo, especialmente a estas horas de la noche. Si bien la mano férrea del virrey Ortuño ha hecho que la ciudad sea más segura, nunca está de más salir a la calle escoltado por algunos criados. A don Rodrigo, sin embargo, le parece lógico que en esta ocasión el coche circule desprevenido.

Los caballos se detienen a un lado del joven, que se cubre el rostro con la capa para que el cochero no lo reconozca. El chico trae la espada atada al cinto y una pequeña bolsa de cuero con monedas. Sus botas de cuero están enlodadas. Rodrigo se mueve nerviosamente, mirando de reojo al carro. El cochero se acomoda su sombrero de ala ancha para ocultar su rostro, precaución innecesaria dada la penumbra de la calle.

Se descorre la cortinilla de la ventana. La puerta se abre suavemente. El interior del carruaje está iluminado por una lámpara de aceite. Se asoma una vieja de piel apergaminada, cabello negro, rasgos indígenas, gesto adusto. La mujer saca la cabeza y observa hacia ambos lados para cerciorarse de que no haya curiosos. El joven se acerca al carro descubriéndose el rostro. La anciana barre con una mirada dura al chico. Haciendo una mueca, la anciana vuelve a meter la cabeza y cuchichea. Del carro intenta bajar una mujer joven y delgada con peineta y mantilla negra cubriendo su cara. El coche se bambolea y los caballos se inquietan. El cochero los calma con un soooo…

Rodrigo González le ofrece la mano a Inés Goicoechea para ayudarla a bajar del coche.

127

—¡Estamos locos! —dice Rodrigo con voz temblorosa.

—Descuida, son de toda mi confianza, ¿verdad, José? ¿Petra? —pregunta Inés dirigiéndose al cochero y a la anciana.

José, el cochero, asiente con la cabeza, procurando no ser visto. El sirviente no sólo se está jugando el trabajo; si don Anselmo Goicoechea se entera de su complicidad, podría acabar en la cárcel, incluso muerto. Los amos nunca premian la fidelidad de los sirvientes, pero sí castigan la traición.

La pareja camina hacia la puerta de la iglesia, donde la penumbra los protege, pero al mismo tiempo los mantiene bajo la vista protectora de la anciana y del cochero. Rodrigo besa suavemente la mano de Inés. Huele a agua de jazmines. Los latidos de su corazón se aceleran y un incómodo impulso en su entrepierna le recuerda al joven su condición carnal.

—Inés, se juega usted su reputación viniendo a verme a estas horas…

—Rodrigo, vamos a hablarnos de tú, no seamos ridículos. ¡Estamos aquí!

—Inés, me encantas…

—Y yo te amo —le responde ella con cierta frialdad.

La joven le tiende las dos manos al chico. Rodrigo las toma con delicadeza, pero se cae su capa. El chico suelta a Inés y se agacha para recogerla con tal torpeza que el sombrero también va a dar al suelo. Doña Inés Goicoechea suelta una risilla, más resultado del nerviosismo que de lo cómico de la escena.

Don Rodrigo González recoge sus pertenencias como puede. El sombrero está hecho un asco. En silencio, dan algunos pasos para alejarse un poco más del carruaje. Se escuchan los gritos de los arrieros en la fuente.

Los sentimientos del joven forman un torbellino amargo y dulce. Está enamorado de Inés, su pasión es auténtica, pero al mismo tiempo siente un vergonzoso placer en humillar a Pedro. Él, Rodrigo González, el plebeyo, el vendedor de tintes, el comerciante vulgar, le está arrebatando su prometida al hijo de los condes de Heras y Soto.

—¿Quieres casarte conmigo? —pregunta Rodrigo sin mayor preámbulo—. Le pediré a mi padre que hable con el tuyo. Tenemos mucho dinero. Todo puede arreglarse. Mi familia nos ayudará, lo sé. Podemos irnos a vivir a Antequera. Ahí somos muy importantes y nadie nos va molestar. ¿O quieres ir a España? ¿O a Francia?

—Estás loco —le responde Inés Goicoechea.

—Y tú también —le contesta el joven, que se muere de ganas de plantarle un beso.

—Perdí la cabeza el día de la catedral. No sé en qué estaba pensando —replica Inés arrepintiéndose de inmediato de lo que acaba de decir.

—Lo siento..., discúlpame... Vete, vete ya. Te prometo que quemaré la carta que me mandaste —dice Rodrigo mientras se le escapan un par de lágrimas—. Nunca más nos veremos. Nadie se va a enterar de esto...

La joven alcanza a ver las lágrimas, sonríe dulcemente y con un pañuelo que lleva atado al anillo seca las dos gotas de sal. El corazón de Rodrigo se acelera.

—El problema es que yo sigo loca, muy loca. ¡Te amo! Sí, sí, vamos a casarnos.

—¿No tienes miedo de tu padre? Se va a enojar mucho —pregunta Rodrigo con preocupación.

—Sí, se va a enojar muchísimo, pero le tengo más miedo a la infelicidad —replica Inés con agilidad, como si hubiese tenido la respuesta preparada de antemano.

—¿Nos casamos? ¿Cuándo?

—No va a ser fácil que convenza a mi padre, pero lo voy a convencer. Mañana mismo platico con él. Tenme un poquito de paciencia. Yo creo que me va a encerrar en casa un rato, o quizá me recluya unos meses en un convento para que se me pase la locura. ¿Me vas a esperar?

—Claro que te voy a esperar todo el tiempo que sea, aunque me haga viejo.

—No seas tonto. —Inés se sorprende a sí misma al tratar con tanta confianza a un desconocido—. Los hombres no saben esperar. Pero no te preocupes: en menos de un año mi papá me dejará casarme contigo. Además, eres rico; lástima que no seas conde ni marqués, eso facilitaría las cosas con mi papá.

—Mi padre es más importante que esos noblecitos. ¡El rey lo conoce! Conseguiré un marquesado, ¿o quieres ser condesa?

—¡Quiero ser tu esposa!

—No puedo creer lo que estamos haciendo, Inés. Pedro me va a matar.

—Yo no le tengo miedo…, lo odio —afirma Inés.

—Yo también lo odio. Es tan petulante, tan engreído —añade Rodrigo.

—Pensé que eran amigos —objeta Inés.

—Por la fuerza de la costumbre…

—¿Me amas? —pregunta Inés.

—Te adoro y me tiene sin cuidado lo que digan Pedro y su padre.

—¿Cómo sé que me amas si apenas nos conocemos? —insiste Inés.

—Los matrimonios arreglados funcionan sin que la gente se conozca —replica Rodrigo—. ¿Qué hay de extraño en un amor a primera vista? Yo sé que te amo. ¿Y tú?

—También…

—Mañana hablaré con Pedro —dice Rodrigo.

—No, eso no. —La voz de Inés es firme—. Yo soy quien está rompiendo el compromiso. ¿Sabes? Nunca lo quise. Apenas lo he visto cuatro veces en mi vida. Siempre apesta a vino y a cebolla. Lo odio, de verdad. Yo voy a hablar con él después de que mi papá me autorice.

—Va a querer matarnos —le previene Rodrigo.

—No me importa. Además, su padre le podrá conseguir otra esposa fácilmente. Todas las mujeres tontas de esta ciudad quieren ser condesas de Heras y Soto.

Desde el carro, la anciana llama discretamente a la joven. Es hora de irse.

—Me voy a casar contigo —le dice Rodrigo tomando a Inés de las manos.

Ella se desprende. Está a punto de darle un beso, pero se contiene. Del otro lado, Ignacio Fagoaga los observa.

El carro regresa por donde vino. Rodrigo se acerca a su amigo. Suben a sus monturas y caminan en silencio. A la altura del Colegio de la Vizcaínas, Ignacio pregunta:

—Rodriguillo, ¿quién era la joven?

—Te lo diré después. Ahora no puedo decirte su nombre —responde Rodrigo.

—El amor nubla el entendimiento, Rodrigo. Ten cuidado —lo previene Ignacio.

—Primero aprende a montar y luego me das lecciones del amor.

—¿Por qué me trajiste?

—Para que hubiese un testigo de alcurnia de que no le falté al respeto a mi futura esposa —explica Rodrigo.

—Ten mucho cuidado, doña Inés Goicoechea es la prometida de Pedro —declara Ignacio triunfalmente.

Rodrigo grita:

—¿Cómo demonios lo supiste?

—No blasfemes —dice Fagoaga—, estás invocando al diablo. ¿Quieres que se nos aparezca?

—¿Cómo lo sabes?

—¿Lo del demonio o lo del carruaje? —Ignacio goza el momento.

—No te hagas el chistoso, ¿cómo sabes quién era ella?

—Simplemente lo sé…

—Mucho cuidado y digas algo… Te traje porque eres un hombre de confianza. Pero si dices algo, te vas a arrepentir.

—Mira, Rodrigo, el que se debe andar con cuidado eres tú. Estás pateando el avispero.

—No te traje para que me dieras consejos —responde Rodrigo.

—¡Estúpido! Eres tan bruto como Pedro y lo peor es que ni siquiera tienes un título…

Ignacio Fagoaga espolea su caballo para alejarse rápidamente del de Rodrigo. Un calle más adelante, el joven se cae de su montura. Rodrigo González sonríe y pasa de largo pensando en el aroma de Inés.

12

LA LANZA

—¡Fue él! —grita Ignacio Fagoaga disimulando la satisfacción de acusar a alguien.

—¡Mentira! Yo no he hice nada. ¡Gandul! Te voy a romper la cara —se defiende el soldado, rodeado de gente variopinta que le cierra el paso.

—Miren su ropa. ¡Está llena de sangre! Él lo mató —insiste el joven, que trae bajo el brazo la toga y la beca de la universidad.

El militar, un joven mal afeitado, lancero de la reina, tiene manchas rojas en su pantalón blanco. Su desabrochada casaca azul también está salpicada de sangre. El hombre apesta a alcohol y arrastra la lengua al hablar.

Metros más allá, casi frente a la iglesia de Regina Coeli, yace un cuerpo. Son las ocho de la mañana y no pocas mujeres escucharon misa en el hermoso templo.

La víctima trae la ropa típica del arriero: chaparreras, chaquetilla de piel y un paliacate anudado al cuello, muy desgastados por el uso. La muerte fue violenta, causada por una profunda herida de arma blanca en el costado derecho. Al lado del cuerpo, embadurnado de sangre, está tirado el sombrero azul del tenientillo de la Compañía de Lanceros. Una nube de moscas se regodean en la sangre cuajada.

Arriba, el cielo claro anuncia otro día caluroso. A la ciudad le urgen las lluvias.

Los curiosos, los vengativos, los léperos, las beatas, las indias que cargan a sus niños, los aguadores y los arrieros acosan al teniente, lo jalonean, lo empujan. Si la autoridad no aparece de inmediato, lo lincharán. Los pobres saben que la justicia privilegia a los ricos, a los militares, a los nobles.

El griterío atrae la atención de más y más vecinos. Incluso dentro de la clausura del convento, las monjas del Regina Coeli escuchan el zafarrancho. Es la hora de su desayuno, el refectorio está contiguo a la calle y el escándalo se cuela por los gruesos muros del convento. Las monjas desayunan en silencio chocolate y rosquillas de canela untadas con nata, mientras escuchan una lectura espiritual, aunque se mueren por saber qué está sucediendo en ese mundo al que renunciaron por toda la eternidad.

Dos lanceros, compañeros del teniente, salen de una casa frente al templo. Dormían en ella, tras una noche de juerga, junto con el teniente que ahora está en manos de la chusma. Los dos soldados no visten sus casacas, sino sólo pantalones y camisas. A leguas se nota que también bebieron en la noche y que estaban durmiendo, sorteando de la mejor manera posible la resaca. El lancero más joven es rubio, hijo de españoles, con poca experiencia en las armas. El segundo, de más edad, es moreno y luce un bigotillo negro. Tiene más experiencia, así que desenvaina su sable para rescatar a su camarada de la multitud, azuzada por las acusaciones de Fagoaga.

—¡A un lado! —grita el militar haciendo aspavientos con su sable toledano—. ¡Déjenle!

La multitud furiosa responde al unísono:

—¡Asesino! ¡Asesino…!

El lancero pone el filo de la espada en el cuello de uno de los gritones. El argumento del acero convence a la chusma, que de mala gana suelta al hombre. Con aplomo inusual, Fagoaga señala con su dedo el cadáver y declara:

—Su compañero mató a ese pobre hombre.

—¡Yo no lo maté! ¡Gandul! Mentiroso, te voy a matar.

—¡Lo juro por Dios! —insiste Fagoaga.

El teniente, libre de la gente, le propina al estudiante un puñetazo tan fuerte que lo tumba al suelo. La toga va a dar por un lado y Fagoaga por otro. El lancero se avienta sobre el joven hasta que los otros militares lo detienen. El chico mete las manos, pero de poco le sirve. En un santiamén, su rostro queda ensangrentado, no es la primera vez que le pasa. Desde niño lo han golpeado sus compañeros. Siempre es lo mismo, la ley del más fuerte. La ley de los brutos, de las bestias.

—¿Conque soy un asesino? —pregunta el militar forcejeando con sus amigos, que le impiden arrojarse de nuevo sobre el joven.

Fagoaga, con el rostro amoratado, se dirige a los soldados:

—Yo lo vi…, miren sus ropas llenas de sangre.

—¡Gandul! Me las manché porque me agaché a revisar al hombre, a ver si podía ayudarlo —explica el teniente arrastrando la lengua.

—Yo lo vi… Lo mató con su lanza. ¡Mírenla! —insiste el estudiante, cuyo corazón late aceleradamente, con las venas hinchadas por la emoción y con el rostro adolorido por los golpes recibidos.

Todos los ojos voltean hacia el caballo pinto del teniente, el animal pasea tranquilamente por la calle. El lancero del bigote se acerca al caballo. El animal se deja tocar dócilmente. En la montura están la pistola, el sable y la lanza ensangrentada. Al soldado se le escapa una mueca de contrariedad; aquello no luce nada bien y, para colmo, le duele la cabeza. Demasiado aguardiente. La evidencia es contundente, reconoce las armas del teniente. Se lo advirtieron al salir del cuartel: las lanzas no deben sacarse de allí más que cuando se está en servicio. Las ordenanzas lo prohíben. Pero el teniente insistió en pasear por la ciudad durante la noche hondeando el banderín azul y blanco de su lanza. Y ahora está llena de sangre, como si hubiese sido utilizada en una batalla contra los turcos. El arma no miente.

El teniente Antonio López, de la Compañía de Lanceros de la Reina, está en graves problemas. Aprovechando el momento, el hombre se zafa de su compañero y se arroja nuevamente sobre Ignacio. El lancero del bigotillo le grita al soldado rubio:

—¡Inútil! ¡Detenlo! ¿No ves que está matando al idiota ese?

El lancero rubio toma por la espalda a López y, con gran esfuerzo, lo aleja de Ignacio, que está en el suelo. Una de la beatas se apiada del chico y le ayuda a levantarse.

—Te voy a matar, ¡desgraciado! —insiste López.

—¡Asesino! —brama la multitud.

—El que nada debe nada teme —sentencia una anciana que carga un devocionario entre las manos.

Entre tanto, el lancero del bigotillo se acerca al cuerpo del arriero y, cuidando de no mancharse con la sangre, examina rápidamente la herida. Sin prever las consecuencias, se le escapan las palabras:

—Sí, es herida de lanza, cualquier idiota se daría cuenta...

La chusma lo escucha y corea de inmediato:

—Es herida de lanza, es herida de lanza... ¡Asesino, asesino...!

El teniente López se zafa otra vez del lancero rubio y vuelve a la carga contra Fagoaga. En esta ocasión, uno de los curiosos, quizás un arriero, lo detiene dándole un fuerte golpe en el rostro. El teniente se lo devuelve y los dos se enzarzan en una pelea. Las beatas se persignan, como si con eso pudiesen detener la pelea.

El lancero del bigotillo desenvaina de nuevo su sable y se abre paso entre la plebe enardecida. En este segundo encuentro, el teniente López se ha llevado la peor parte porque, como aún está medio borracho, no puede pelear contra un hombre de su tamaño.

—¡Asesino! —insiste la chusma.

—¡Que lo ahorquen!

—¡Mátenlo!

Ignacio Fagoaga, que apenas puede detenerse en pie, intenta tranquilizarlos:

—¡Calma! ¡Calma! ¡Llamen al alguacil!

—El desgraciado tiene fuero, ¡no le van a hacer nada! —le responde una voz anónima.

El lancero del bigote se apiada del estudiante, saca de su pantalón un pañuelo y se lo ofrece para secarse la sangre. El teniente López le ha dado una golpiza. El joven agradece el gesto. Sus ojos están amoratados; sus labios, despedazados; su toga, hecha trizas. Pero en su interior, guarda la satisfacción de que las pruebas contra el teniente son irrefutables. El militar acabará en la horca y él asistirá a la ejecución. El teniente le ha destrozado el rostro, ¡qué más da! Pronto, su cuerpo colgará como una res destazada en la Plaza Mayor. Fagoaga se consuela imaginando el terror del teniente, la noche previa a su ejecución. Sin poder dormir, presa del pánico, implorará al cielo un milagro que no llegará. Sí, a Ignacio le duelen mucho el ojo, los labios, la lengua. Le aflojaron un diente. Lo molieron a golpes. ¿Y? Al final su agresor será ajusticiado.

El sable del lancero ha vuelto a imponer la tranquilidad momentáneamente. La multitud, sin embargo, bufa como un toro que rasca la tierra preparándose para embestir. El lancero traza con la espada un círculo imaginario en torno al teniente para protegerlo. No obstante, a él no le cabe la menor duda. Durante la borrachera, López mató a aquel desgraciado.

La noche anterior bebieron como si no hubiese infierno y aquí, a la vista, están las consecuencias. De hecho, el lancero del bigote parece recordar vagamente que se toparon con Fagoaga en la taberna, un tugurio de mala muerte por el convento de betlemitas, frente al acueducto de Chapultepec. Claro que el joven no traía toga ni libros, pero aun así su figura esbelta y elegante llamaba la atención en aquel nido de malandrines. «Da igual. Después de una juerga nadie recuerda nada», piensa el lancero, que tiene la boca reseca.

Ignacio Fagoaga, a quien ahora reconfortan dos viejas, se acerca pesadamente al teniente, cojeando y adolorido, y, regodeándose en sus palabras, susurra en la oreja del teniente:

—Te vas a ir al infierno, bastardo.

Aquello es demasiado incluso para el lancero del bigote, que le pega en la cara a Fagoaga con la empuñadura de la espada. El estudiante cae por los suelos, y otra vez se desata la violencia. En el jaloneo, el sable hiere a una de las ancianas que intenta proteger a Ignacio. La furia se desata. Es la gota que derrama el vaso. Una piedra certera golpea la cabeza del teniente, que se desploma inconsciente y ensangrentado. El lancero rubio se lanza sobre Fagoaga y lo sacude del cuello.

—¡Fue tu culpa!

—¡Alto! —Es la enérgica voz de un alguacil, cortando de tajo el zafarrancho.

La plebe se dispersa de inmediato. El alguacil no viene solo: lo acompañan tres guardias bien armados. El virrey tiene terror a los motines y ha tomado providencias para apagar cualquier chispazo de violencia. La escena es propia de un campo de batalla. En el suelo hay

136

tres cuerpos: el arriero alanceado, el teniente apedreado y el estudiante golpeado. Los ayudantes del alguacil detienen a un mulato que tiene la desgracia de pasar por ahí. Su color de piel lo hace sospechoso por definición. Las beatas de la iglesia están ansiosas por contar su versión de los hechos, pero el alguacil sabe por experiencia que poca cosa se puede conseguir de su cháchara.

El lancero del bigote cuenta a trompicones lo sucedido. Su aliento a alcohol da poca credibilidad a sus palabras. En cualquier caso, el militar no desea meterse en problemas y rápidamente da a entender la culpabilidad del teniente López.

El alguacil reconoce a Fagoaga. No es cualquier mozo; es hijo del marqués del Apartado, uno de los hombres más influyentes y ricos de la Nueva España. Su actitud hacia el joven es deferente, casi halagüeña. Los lanceros lo advierten y lamentan haber salido a defender a su compañero. Más les valdría haber dejado que la chusma lo linchara.

A los pocos minutos, las viejas están limpiando las heridas de Fagoaga. El joven, a pesar de los moretones, comienza a contar su historia con la precisión de un gramático. Un ayudante se acerca a informarle al alguacil que el teniente está muerto. La pedrada le partió el cráneo.

—Más claro ni el agua: el teniente borracho mató al arriero —sentencia el alguacil.

—Los difuntitos siempre son los culpables —añade el ayudante.

Y los dos sueltan una carcajada. También a Ignacio Fagoaga se le escapa una leve sonrisa.

Muy quitado de la pena, aparece el capellán de Regina Coeli; el sacerdote no salió del templo para no enfrentarse con la chusma. El alguacil se lo echa en cara, su presencia podía haber serenado los ánimos. Ahora no le queda sino impartir la absolución *sub conditione* a los dos difuntos si acaso, por misericordia divina, los cuerpos conserven un soplo, una brizna de vida. Sólo así sería eficaz el perdón del cielo. Fagoaga, sin embargo, está seguro de que el teniente está ardiendo en el infierno.

13

LA MERIENDA

Xavier Goñi y su superior discuten en una desangelada salita del Colegio de San Pedro y San Pablo, el magnífico edificio donde se forman los jóvenes jesuitas que previamente fueron probados en el noviciado de Tepotzotlán. El piso es de ladrillo, los techos son altos, con vigas labradas, y las paredes están adornadas por algunos cuadros edificantes sobre la vida de san Ignacio, el fundador de la orden.

Don Anselmo Goicoechea le pidió al superior que le envíe al padre Goñi para que ambos, el anciano y el sacerdote, vayan juntos a visitar al conde de Heras y Soto. El propósito de la entrevista no puede ser más espinoso: deshacer el compromiso matrimonial entre Inés y Pedro.

—Obedezca, Goñi —ordena el superior, impaciente ante la falta de docilidad del padre Xavier.

—Padre, por caridad de Dios, ¿qué tiene que hacer un sacerdote de la Compañía jugando al casamentero? —objeta Goñi.

—No va usted de *casamentero* —responde el padre superior, exasperado por las constantes rebeldías de Xavier Goñi.

—Padre, se lo ruego por caridad de Dios: no considero pertinente acompañar a don Anselmo en esta enojosa diligencia.

—Se lo he dicho hasta la saciedad, ¿cómo quiere que se lo repita? La Compañía está en profunda deuda con él. Le debemos mucho,

mucho, muchísimo, y los tiempos que se avecinan para la Compañía no son fáciles. ¿No lo advierte? ¡Pues debería! Usted es un hombre con muchos amigos e influencias...

—Sí, sí, claro que lo sé... —asiente Goñi con auténtica preocupación, recordando las intrigas que se urden contra la orden en el mismísimo palacio arzobispal.

—Incluso en Roma se intriga contra la Compañía —musita en tono lastimero el superior.

—... *incluso en Roma.* —Goñi se suma a la lamentación—. Lo sé, padre, lo sé. Vienen tiempos muy difíciles para la nosotros. No soy ningún tonto.

—Se rumora que personas muy cercanas al santo padre nos calumnian terriblemente y se atreven a pedir la supresión de la Compañía —añade el superior en voz baja—. El demonio conspira contra la Compañía de Jesús, por eso necesitamos aliados, amigos, benefactores. ¿Lo comprende, Goñi? ¿Se niega usted a proteger a su familia espiritual?

—Precisamente por eso es preferible no involucrarnos en un pleito entre familias —objeta Goñi—. ¿Queremos enemistarnos con el conde de Heras y Soto? ¿Verdad que no? No debemos inmiscuirnos en las discusiones entre ellos.

—¡Pamplinas! —ataja el padre superior—. Don Anselmo quiere que usted lo acompañe. ¿Pero qué no se da cuenta? Usted mismo me trajo el recado: don Anselmo está dispuesto a patrocinar las misiones de la Alta California. Eso es mucho dinero. ¿No le importan a usted las almas de esos pobres indios, que no conocen a Dios? ¿Prefiere usted que lleguen los rusos con sus herejías? ¡Los rusos ya están en California! Y nosotros aquí, de brazos cruzados. Tenemos que evangelizar el norte de California y Nuevo México.

Goñi acaba obedeciendo; lo compelen los votos, pero también su conciencia. Aunque el tema del patrocinio de las misiones le incumbe poco, sí que simpatiza con la causa de Inés Goicoechea. Le preocupa, sin embargo, llamar la atención. Mientras más alto es un árbol, más pronto cae. El inquisidor general lo tiene entre ceja y ceja. Fray Joaquín de Salazar es un enemigo temible y rencoroso. El fraile tiene autoridad para quemar a un jesuita.

En más de una ocasión, Goñi se ha imaginado a sí mismo en una hoguera, sufriendo el tormento del fuego, retorciéndose de dolor amarrado a un madero. ¿Podría soportar ese dolor sin maldecir a Dios? ¿Podría superar esa prueba, morir injustamente a manos de los siervos de Dios? Xavier Goñi intenta sacudirse esos pensamientos inútiles. Sabe que uno no debe imaginar situaciones de ese tipo; son ocasiones propicias para la desesperanza, son andanzas del demonio. Dios lo protegerá de sus enemigos. Goñi sacude la cabeza como si moviéndola pudiese desprenderse de esas imágenes: la carne chamuscada, los insultos de la plebe, el humo del ocote... El jesuita se concentra, usa su fuerza de voluntad para borrar esos pensamientos obsesivos. No lo consigue. En ocasiones, es un error enfrentar al enemigo abiertamente. La imaginación es una guerrera poderosamente armada, mejor huir de la batalla mental. Goñi piensa en Navarra, en los campos verdes, en la lluvia suave y perfumada de primavera, en las costillas de cordero asadas en sarmientos... No, el fuego de nuevo; mejor pensar en el vino, el clarete navarro que se bebe en vasos de barro, un vino fuerte, cabezón, y el queso de oveja, y las almendras, y el dulce de membrillo, y el pan tierno, crujiente...

—Obedezca, Goñi. —Las palabras del superior sacan a Goñi de sus oscuros laberintos mentales—. La Compañía necesita de sus buenos oficios. Todos sabemos que usted es un hombre influyente.

—Sí, padre, obedeceré...

Xavier Goñi y don Anselmo se presentan en el hermoso palacio de los condes de Heras y Soto. Llegan en el carruaje del anciano, un carruaje limpio, reluciente, como si fuese día de fiesta. El cochero José y el mozo de estribos visten la casaca bordada reservada para las ocasiones solemnes. En el coche viaja también un escribano, contratado por el anciano para formalizar el acuerdo. Cancelar una boda es algo tan serio que exige un testimonio escrito. Pero, por el momento, el tinterillo aguarda en el coche. Se le llamará cuando se le necesite.

Frente al edificio de tezontle rojo, profusamente adornado con guirnaldas de piedra labrada, los dos hombres respiran profundamente y acopian fuerzas.

—Encomendémonos a Él —invita Goñi.

—¡Sea por Dios! El señor san José nos ampare —responde don Anselmo mientras cruzan el umbral.

Inquieto, el conde aguarda la llegada de don Anselmo en el salón principal. Intuye que algo anda mal y lo confirma al ver la inesperada presencia del sacerdote. El aristócrata gusta del tabaco finamente molido, rapé *a la francesa*, que guarda en una cajita de carey. Para calmar sus nervios, el señor conde saca la cajita y toma una pizca de rapé que coloca en sus narices. La picadura del tabaco lo hace estornudar. El rapé es mejor que el tabaco fumado, porque ese polvillo serena los ánimos como los cigarros, pero sin la peste del humo.

El conde recibe a las visitas con una merienda opípara: un vino amontillado de Andalucía, horchata de almendras perfumada con gardenias, chocolate espumoso con vainilla, yemitas del convento de Santa Teresa, torta del cielo de las monjas de la Encarnación, mazapanes de Santa Brígida y nieve de limón. Las golosinas están servidas en fina porcelana china con el escudo de los condes, entre tapices y platería. Tanto dulce preludia la tempestad.

Ni el conde ni don Anselmo prueban la merienda. Por mera cortesía, el anciano bebe unas gotas del amontillado. El conde apenas moja sus labios con la blancuzca horchata; el olor que perfuma el líquido, sin embargo, se esparce en el salón. El jesuita, en cambio, se deleita con la nieve; es un lujo impensable en la mesa del Colegio de San Pedro y San Pablo, donde vive. Los cristales de hielo se derriten rápidamente en su lengua, dejando el regustillo ácido pero sabroso de los limones. El sacerdote tampoco resiste el llamado del chocolate, que, batido en agua, tal vez no le caerá pesado. «Los médicos sostienen que el chocolate aguza el ingenio, y si hay algo que hace falta en esos momentos es agudeza», se dice a sí mismo limpiándose la espuma de los labios.

Don Anselmo coloca la copa de amontillado en una mesilla. «El conde es un arrogante, pero su gusto para los vinos es impecable», reconoce para sus adentros el anciano. El padre de Inés carraspea: es la señal para entrar en materia. El jesuita, en parte por nerviosismo, en parte por gula, se sirve vino y un generoso trozo de torta de cielo. El vino le recuerda al sabor de las ciruelas pasas. «¡Ah!, si la vida fuera como este vinito», piensa Goñi. No ha terminado de pensarlo cuando la conciencia le remuerde. Está a punto de enfrentar un gravísimo problema, y a él se le ocurre pensar en vinos y dulces. Arrepentido interiormente, el jesuita vuelve a implorar la ayuda de san José. Sin embargo, la carne es débil, y el sacerdote sucumbe ante las yemitas de Santa Teresa, que vienen envueltas en papel de China de colores. No a todo mundo le gusta el penetrante sabor del huevo, pero a Goñi le encantan los postres hechos de yema.

—Usted me dirá, don Anselmo. Estoy encantado de recibirlo en mi casa.

—Gracias, Ilustrísimo, le agradezco que nos reciba.

—Don Anselmo, por favor, no sea usted tan solemne. Prácticamente somos consuegros.

—Le agradezco su deferencia.

—No quiero ser maleducado, pero, ¿a qué debemos la ilustre visita del famoso padre Goñi? —pregunta el conde de Heras y Soto, que mira con aire burlón al sacerdote mientras este desenvuelve la golosina de su papel.

—Ilustrísimo Señor… —intenta responder don Anselmo.

—Quedamos que sin solemnidades… —interrumpe el conde, que juguetea con la caja de rapé.

—El reverendo padre Goñi es consejero de la familia —continúa Goicoechea.

El jesuita toma otra yemita del platón y mientras la desenvuelve responde:

—Querido señor conde, como seguramente sabrá, don Anselmo es benefactor de la Compañía, y lo menos que puedo hacer es acompañar a tan generoso amigo.

—Sí, lo sé perfectamente. —El conde aspira más rapé—. Cuando negociamos la dote de doña Inés, me quedó muy claro, pero muy claro, que la Compañía de Jesús ocupa un lugar privilegiado en el corazón de los Goicoechea.

—Dios le pagará su generosidad a don Anselmo —responde el jesuita sacudiéndose los restos de azúcar de los dulces que cayeron sobre su sotana.

—No fue pretensión ser descortés —dice el conde mecánicamente—. Don Anselmo, ¿en qué puedo ayudarlos?

—Quiero… —A don Anselmo le flaquea la voz—. Quiero hablar sobre el matrimonio de nuestros hijos.

—Me parece que prácticamente todo lo concerniente al matrimonio de nuestros hijos está arreglado, ¿o no es así? Sólo falta firmar los esponsales —apunta el conde, que se sirve ahora un trago de amontillado.

—Ha surgido un pequeño problema, un tema delicado —prosigue don Anselmo.

El conde aprieta los labios y frunce el entrecejo.

—Quiero pensar que, como caballeros que somos los dos, no pretenderá usted volver a discutir los términos de la dote. Creo que ya lo discutimos y lo acordamos oportunamente. Y mucho menos querrá hacerlo en presencia de un extraño.

El jesuita se hace el desentendido mientras se sirve una rebanada de torta de cielo en un platito.

—Ilustrísimo Señor, el asunto que nos trae aquí es sumamente delicado —apunta don Anselmo—. Usted, como caballero que es, sabrá ser comprensivo…

—Señor, el monto de la dote ya fue acordado. Usted me dio su palabra.

—Pero… —dice don Anselmo.

—No hay pero que valga. Mi hijo heredará mi título y mis propiedades. Su hija gana mucho con este matrimonio como para que usted venga ahora a renegociar la dote. Eso es impropio de un caballero.

—No es de la dote de lo que vengo a hablarle —replica el anciano padre de Inés.

—¿El banquete? No me vendrá usted con que quiere que yo pague la fiesta. Mi hijo, como es costumbre, le dará a la novia el ajuar. ¡Y qué ajuar! No hemos escatimado gastos. Así se hace en las buenas familias.

—Señor conde, don Anselmo —interviene el jesuita, con el plato en el regazo y el tenedor en la mano derecha— tiene algo sumamente importante que decirle.

—¡Pues dígalo ya!

El anciano Goicoechea da un sorbo al vino para tomar fuerzas y anuncia:

—Queremos cancelar la boda.

—¿Qué?

—Así es, Ilustrísimo Señor. Lo siento muchísimo, pero vengo a cancelar la boda de mi hija.

—¿Comprende usted lo que está diciéndome? ¿Cancelar la boda?

—Señor conde, comprendo perfectamente lo que estoy diciendo y me hago cargo de la gravedad de la materia.

—¡Es una majadería! ¿De qué cree que estamos hablando? ¿De comprar vacas? Esto es un matrimonio, ¡el matrimonio de mi hijo! Estas cosas no se cancelan así.

—Lo siento muchísimo. Me avergüenza lo indecible, pero es un hecho. Vengo a cancelar la boda.

—Piense lo que está diciendo. ¡A ver, padre! ¡Dígale a este caballero que una boda no se cancela!

El jesuita coloca el platoncito en la mesa, se sacude nuevamente el regazo, lleno de azúcar y migajas, y añade:

—Señor conde, don Anselmo lo lamenta hondamente y sabe perfectamente lo que está diciendo…

—¿Por qué cancelar la boda? ¿Acaso su hija es una mujer indecente? —pregunta el conde—. ¿Qué indiscreción cometió su hija?

—Mi hija es una mujer honesta y decente, como lo es su hijo, y le ruego que retire lo dicho. No le permito que se exprese sobre ella de esa manera.

—¿De esa manera? ¡Si viene usted a cancelar una boda! ¿Decencia? ¿Cómo se atreve usted a hablarme de decencia cuando pretende cancelar un matrimonio?

Don Anselmo pone la copa en la mesilla y golpea el piso con el bastón.

—Retire usted lo dicho.

—¿Qué desvergüenza cometió su hija para que usted venga a cancelar la boda?

—Señor conde. —La intervención del jesuita es contundente—. Doña Inés es una mujer honesta, no se merece que hablen así de ella.

—¿A usted, padre, quién lo metió en esto?

—Yo —ataja don Anselmo.

—Exijo una explicación —reclama el conde.

—Mi hija no ama a su hijo.

—¡Menudo pretexto, por favor! ¿Desde cuándo eso del amor tiene importancia en un matrimonio entre gente de nuestra alcurnia? —exclama sorprendido el conde.

—Para mi hija la tiene.

—Pues su hija es una malcriada que merece un par de bofetones.

—A mi hija ni yo, que soy su padre, la toco.

—Pues se ve que eso es lo que le hace falta. ¡Cómo se nota que no la ha sabido educar! —El conde se ha guardado la caja de rapé en la casaca.

—Usted no es nadie para decirme cómo educarla.

—Es la prometida de mi hijo.

—Lo siento mucho, pero ya no lo es —insiste don Anselmo dando otro golpe en el piso con su bastón.

—Su hija quedará deshonrada de por vida, ¡y usted igual! —vocifera el conde.

Goñi intenta mediar:

—Señor conde, por el amor de Dios, permita continuar a don Anselmo.

—¡Fuera de mi casa! Mañana todo el reino sabrá que su hija es una cualquiera.

Furioso, don Anselmo se pone de pie y sólo su vejez le impide golpear al conde de Heras y Soto.

—Señor. —Goñi endulza su voz—. Doña Inés no ama a su ilustrísimo hijo y, en el uso de su legítimo derecho, ha pedido romper el compromiso.

—¡Es un compromiso, y los compromisos no se rompen!

—Se lo pido, por favor —ruega el viejo.

—¡Mañana su hija será el hazmerreír de la ciudad! Nadie se le acercará por deshonesta —amenaza el conde.

—Doña Inés es amiga del virrey —apunta el jesuita.

—Podrá ser la reina de Francia, pero su hija es una desvergonzada.

—No habrá matrimonio —reitera don Anselmo.

—Lo llevaré a usted ante los tribunales —replica el conde.

—No hemos firmado los esponsales y no hay ninguna obligación con usted —se defiende don Anselmo.

—¡Ah! Lo sabía: de eso se trata todo, de dinero. ¡Viejo avaro!
—exclama el conde.

—Cuide usted su lenguaje —se defiende Goicoechea.

—¡Viejo avaro! ¡Es por la dote!

—¡De ninguna manera! —arguye don Anselmo.

—Señor conde, la familia Goicoechea está dispuesta a compensar generosamente la ruptura de este compromiso —dice el jesuita.

—¿Y la deshonra de mi hijo? ¿Quién cargará con ella?

—Yo mismo me encargaré de garantizar el honor de don Pedro.
—La voz de don Anselmo es conciliadora.

—¡Por favor, no me venga con tonterías! Eso es imposible —objeta el conde.

—Diré que mi hija está enferma, melancólica, tísica…

—No sea usted imbécil.

—Por el amor de Dios, ¡hombre!, escuche a don Anselmo —interviene el jesuita.

—Mi hija no quiere a su hijo.

—¡Caprichosa! —añade el conde.

—Cuente usted con la dote —le ofrece don Anselmo según lo había previsto.

—¡Es lo menos con lo que podía contar! —responde el conde, un poco más tranquilo.

—No, señor: no habiendo esponsales firmados, el caballero no tienen ninguna obligación legal con usted —precisa el jesuita.

—¡Puaf! ¡Tenía usted que ser jesuita! ¡Taimados, leguleyos!

—Escuche, señor, tendrá usted la dote completa y otro tanto igual para compensarlo —añade don Anselmo—. ¿Qué le parece mi oferta?

Aquellas palabras atraen al conde, quien, sin embargo, evita dar muestras de interés.

—El honor no se compra con dinero. Eso piensa usted, que es un vulgar comerciante.

—Soy un hombre de negocios —dice don Anselmo—. Y así amasé mi fortuna, negociando; no me avergüenzo de ello. ¿Quiere usted la dote y otro tanto igual? Piénselo…

—¿Otro tanto igual? —pregunta el conde con cierto pudor.

—Sí, el doble de lo que acordamos para la dote. Es lo menos que puedo hacer para compensar este rompimiento, ya que, créame, no soy yo quien quiere romper el compromiso. Es mi hija quien no quiere casarse.

—Mi hijo la ama —replica el conde de Heras y Soto con dignidad.

—No nos cabe la menor duda —interviene el jesuita—, pero el amor conyugal requiere de dos voluntades.

—Mi hijo será la burla de la corte.

—Yo mismo me encargaré de explicar en palacio que el matrimonio se canceló por la melancolía enfermiza de doña Inés o algo así —añade el jesuita—, tal y como le está ofreciendo don Anselmo.

—El padre Goñi es persona de influencia en el palacio —dice don Anselmo.

—¡Jesuitas! —exclama con desprecio Heras y Soto.

—Al servicio de Dios y de usted —se defiende Goñi.

—¿El virrey qué opinará de esto? —pregunta el conde.

—Su Excelencia, no me cabe la menor duda, mirará con buenos ojos la caballerosidad de su hijo —prosigue el jesuita.

—Mi hijo no aceptará esto de ninguna manera. Su hija, señor, es una desvergonzada.

—No, señor. —Don Anselmo se enfurece—. Mi hija es una mujer honesta. Su hijo, por si usted no lo sabe, es el indecente.

—¿Cómo se atreve?

—¿Quiere saber usted cuáles son los burdeles preferidos de su hijo? —amenaza el viejo.

—¡Insolente!

—La sífilis es motivo más que suficiente para cancelar una boda —dispara Goñi.

—¿Mi hijo, enfermo?

—En esos lugares, señor conde, uno se infecta de las peores cosas. No quiero que contagie a mi hija.

—¿Me está diciendo que mi hijo está infectado?

—No, Ilustrísimo Señor, no lo estoy diciendo. Simplemente estoy sugiriendo que yo podría aducir ese motivo y que, dada la fama de su hijo, la corte entera aprobaría mi resolución de cancelar la boda.

Le aseguro que, en ese caso, usted no vería una moneda de la dote y, además, su hijo nunca podría casarse.

—¿Me amenaza?

—De ninguna manera, señor conde. —Goñi suaviza la situación—. Se trata de llegar a un arreglo que convenga a las dos partes. La honra de su hijo quedará incólume y el tema de la dote superado con creces, o por el contrario…

—Diré que Inés es una mujerzuela.

—Nadie se lo creerá; en cambio, las andanzas de su hijo son bien conocidas en esta ciudad —argumenta Goñi—. Decida usted. ¿Quiere pelearse?

—¿Y qué será de su hija? —pregunta el conde de Heras y Soto.

—La enviaré fuera de la ciudad un tiempo, quizás a San Ángel o a Puebla, ya se verá. Corre por mi cuenta que su hijo no la vea —dice el anciano—. Todo mundo comprenderá que una hija enferma de melancolía necesita aire fresco.

—He gastado en el ajuar de su hija un dineral.

—También se lo compensaré al doble —ofrece don Anselmo—. No está cerrando usted un mal negocio. Le daré el doble de lo que ha gastado.

—Usted nunca será noble, carece usted de honor —dice el conde—. ¿Cree que todo se puede comprar con dinero?

—Ilustrísimo Señor, por eso soy comerciante. Yo sólo soy un hombre de negocios que ama a su hija.

Anselmo Goicoechea es anciano y débil de cuerpo, pero astuto y sagaz. La codicia del señor conde es de sobra conocida, como también lo es el mal estado que guardan sus negocios. El exceso de lluvias del verano pasado mermó la cosecha de sus tierras en el Valle de México y, por si fuese poco, se quemaron las trojes de su finca más productiva. Heras y Soto pensaba nivelar sus maltrechas finanzas con la dote de doña Inés. Sabedor de tales vicisitudes, don Anselmo ha salido al paso.

—Mi hijo no estará de acuerdo.

—A don Pedro puedo ofrecerle, además, una pequeña compensación —dice don Anselmo.

—¿Además de lo que hemos hablado? —La codicia del conde de Heras y Soto brilla en sus ojos.

—Sí, además de lo dicho, puedo darle mi hacienda de San Ángel —explica don Anselmo—. Son tierras magníficas, los manantiales del Desierto de los Leones riegan todo el año los lomeríos de Tlacopac. Son tierras fértiles que nunca se inundan.

Heras y Soto sabe, además, que al virrey le disgusta que lleguen a sus oídos estas menudencias, estos pleitos entre familias. Cuando los piratas amenazan con tomar Acapulco y cortar la ruta a Manila, cuando los ingleses se atrincheran en las costas de Guatemala, cuando los rusos merodean por California, estos pleitos aristocráticos son absurdamente triviales. ¿Qué relevancia tiene el fallido compromiso entre dos criollos de la Nueva España en estos momentos? El virrey, concluye el conde, se desembarazará del problema cuanto antes.

Además, don Anselmo Goicoechea va bien pertrechado. Previamente se aconsejó con un renombrado catedrático de Derecho en la universidad, consultor de la Real Audiencia. El sabio doctor estudió el tema y dictaminó que poco debían temer los Goicoechea en los tribunales. No habiéndose firmado los esponsales y no habiéndose anunciado públicamente el compromiso entre Inés y Pedro, no existía *litis*, materia alguna que reclamar.

—El señor conde podría aducir una ofensa a su honor, pero en estos tiempos modernos, en que la honra se compra y se vende al mejor postor, los jueces desestiman tales causas —sentenció el jurista.

El conde sucumbe ante la generosa oferta de Goicoechea. El viejo lleva el documento preparado, listo para firmarse de inmediato con el testimonio del escribano, apercibido en el carruaje. Don Anselmo preparó minuciosamente la reunión, que va fluyendo mejor de lo que Goñi esperaba. El padre de Inés sabía que había que zanjar la cuestión rápidamente, sin dar tiempo a que el herido amor propio clame venganza. La vanidad es mala consejera en los negocios y, al menor descuido, deviene fuerza impetuosa, como una tromba furiosa que arrasa un maizal en septiembre.

Los dos caballeros y el escribano firman. Goñi declina firmar como testigo y el conde pide la firma de su secretario, un mestizo educado y de confianza que le ayuda con la administración de sus tierras.

Firmado y lacrado el documento, viene otro momento difícil: avisar a don Pedro de la cancelación de la boda. El conde llama a su hijo, que deambula por los pasillos, ansioso por aquella extraña reunión. Se pide al escribano y al testigo que se retiren. El tinterillo sale del palacio y se refugia en el coche, cuyos caballos, nerviosos, olisquean la tensión que impregna el ambiente.

El padre invita a su hijo a tomar asiento en una banca de nogal, tapizada de un damasco rojo. El mueble fino y delicado cruje cuando el joven se deja caer pesadamente. Solícitamente, Goñi le ofrece una copa de amontillado a don Pedro. El joven da un sorbo mirando con recelo al jesuita. Tanto comedimiento lo ha puesto en alerta. Don Anselmo, agazapado como un jaguar antes de atacar a su presa, acaricia la empuñadura plateada de su bastón como si quisiera abrillantarla.

—Su señor padre —toma la iniciativa Goñi— desea hablar con usted de algo muy delicado y enojoso, le ruego que lo tome con la serenidad que le caracteriza.

El conde va al grano, conciso, directo y descarnado. La furibunda reacción es inmediata. Don Pedro se pone de pie, lanza al suelo la copa de vino, cuyo aroma dulzón se entremezcla con el delicado perfume de la horchata con gardenias. Con otro manotazo, tira la merienda. La porcelana se hace añicos y ruedan por el suelo las yemitas y mazapanes, embadurnados con chocolate, vino y nieve derretida. Después descarga una patada sobre la banca en que estaba sentado. La madera no resiste el embate de sus botas.

—Tranquilízate, hijo —le ordena el conde.

—¡Es una deshonra!

—No hay nada que discutir —ataja de nuevo el señor conde.

—¡Claro! ¡Como tú no eres el deshonrado! ¿Qué va a decir de mí la gente?

—Pedro, no te atrevas a llevarme la contra. El señor Goicoechea y yo ya resolvimos este vergonzoso asunto. No se hable más.

—¡Me cago en Dios…! —exclama don Pedro.

El conde le suelta un sonoro bofetón a su hijo. El chico se lleva la mano a la mejilla. Sus ojos destilan odio. Jadea como un caballo al terminar la carrera, como un jabalí acorralado por la jauría.

—A usted, infeliz, no lo mato porque es un pobre viejo, una momia… —amenaza don Pedro a don Anselmo.

—Don Pedro, por favor... —interviene tímidamente el sacerdote.

—¿Y usted qué tiene que ver en esto? ¿Quién lo invitó a mi casa? ¡Claro! ¿Cómo no lo vi? Es el confesor de Inés..., usted es el culpable, la instigó para romper el compromiso. Ella no se atrevería a hacer una cosa así; es una tonta, una idiota, es su títere. ¿Qué quiere? ¿Llevársela a un convento para quedarse con la dote? ¡Buitre! Todos los jesuitas son iguales...

Don Anselmo Goicoechea, quien temblorosamente se ha puesto de pie con ayuda de su bastón, defiende al sacerdote:

—El padre Xavier nada tuvo que ver en esto...

—¡Pedro! ¡Contrólate! —añade el conde mirando con desdén a los visitantes—. Eres un caballero, no te pongas a su altura.

Goicoechea, furioso, está a punto de responder a los insultos del conde y su hijo, pero Goñi lo detiene suavemente, poniéndole la mano en el pecho. No hay que echar más leña al fuego.

—Inés es una cualquiera, me encargaré de que todo mundo se entere de la clase de mujer que es... ¡Ya lo verá! Es una mujerzuela, una perdida...

Aquello es demasiado, y el padre de Inés da un golpe a una de las sillas con su bastón, con tal fuerza que este se rompe a la mitad, mientras grita:

—¡Cállese!

—¡Pedro, basta! —añade el conde con firmeza, temiendo que su hijo maltrate al anciano.

Pedro de Heras y Soto sigue de pie, manoteando y maldiciendo; su padre, el conde, nuevamente saca su cajita de carey para tranquilizarse aspirando el rapé.

Xavier Goñi ayuda a don Anselmo a sentarse de nuevo. El corazón del viejo late aceleradamente y se sofoca como un pez fuera del agua. Siente que su cuerpo lo tira hacia abajo. Le asusta la reacción del joven, impropia de un hombre de buena cuna. Ahora comprende por qué Inés no quiere casarse con él. Su hija vislumbró al animal que el joven lleva dentro. Le duele no haberse percatado antes. Sufre de tan sólo imaginar que, ya casados, esa bestia le hubiese puesto las manos encima a su Inesita, a su hijita. Le gustaría tener fuerzas para responderle al joven, pero ni siquiera puede caminar sin ayuda de un bastón, ¿de dónde iba a sacar fuerzas para batirse con espada? Y entonces se lamenta de su vejez, de esa momia reseca que aprisiona su alma.

Don Pedro de Heras y Soto sigue de pie, pateando muebles y arrojando cuanto encuentra a su paso. Levanta los puños. Insulta a don Anselmo, al jesuita, incluso a su propio padre. La servidumbre del palacio cuchichea en los pasillos, en donde retumban los gritos y maldiciones del joven. El secretario no ha sabido guardar el debido sigilo y el palacio está enterado de todo. Antes del toque de ánimas, la ciudad entera chismeará a su gusto.

Las puertas del salón se abren de par en par. Entra doña Inés, perseguida por un angustiado lacayo del palacio que se deshace en disculpas por haber permitido esa entrada intempestiva. No hubo manera de cerrarle el paso a la joven. Se hace el silencio súbitamente. Los ojos de los jóvenes se encuentran. La penetrante mirada de Inés está hecha de obsidiana triturada. Nadie se atreve a hablar. Inés se acerca a su padre y lo abraza para reconfortarlo. El viejo suspira intentando, en vano, contener las lágrimas, que se le resbalan lentamente por su piel apergaminada.

—Don Pedro, no culpe usted a nadie. El compromiso se rompe porque *yo no lo amo a usted* —afirma Inés con la solemnidad de una reina ante sus vasallos.

El jesuita arruga el ceño, desaprobando la presencia de Inés. Eso no era lo planeado. Ella debió haberse quedado en casa. «Esta niña está loca», piensa Goñi, cuyo estómago arde como si hubiese bebido plomo derretido. El chocolate, el vino, las golosinas, la bilis; demasiados irritantes en el estómago. Goñi trata de pensar rápido, de prever los movimientos, de adelantarse a lo que viene. Pero está torpe. Nunca supo jugar al ajedrez teniendo el tiempo en contra. Mientras más piensa, más se entorpecen sus razonamientos. Su inteligencia se congela, se pasma, se hiela. Y Goñi se angustia, porque no sabe qué debe hacer.

Las sorpresas siguen. La brutalidad del joven se desmorona e, inesperadamente, el coloso se derrumba. Es como si la torre de una iglesia cayese de pronto.

—¿Por qué? ¿Qué te hecho? Al menos explícame, dame una razón —protesta Pedro.

—¿Usted para qué quiere saber? No tiene caso —responde ella con un deje de altivez, utilizando deliberadamente el *usted*.

—Inés, salga de aquí —interviene Goñi sin estar muy seguro de que sus palabras son convenientes.

—Inesita, vete a casa —le ruega su padre.

—Lo único que te pido es que reflexiones, ¡no te precipites! —exclama el joven.

—No es el momento ni el lugar —contesta Inés dejándose llevar por la arrogancia—. Búsqueme mañana en mi casa y se lo diré, pero tiene que prometerme que me dejará en paz.

Los padres de los jóvenes y el sacerdote contemplan estupefactos la escena. Inés es la amazona que domestica al centauro. La brutalidad de don Pedro, su fiereza, su soberbia, se ha disuelto momentáneamente. Xavier Goñi mira torpemente hacia el suelo, incómodo por la escena, sin saber cómo reaccionar. Ingresó muy joven a la Compañía y nunca conoció el amor de una mujer, ni siquiera en la adolescencia. Alguna vez lo ha echado de menos, pero rápidamente ha sabido sobreponerse a esas tentaciones rezando, dedicando más tiempo a la predicación, empeñándose más en el estudio. Quizá por eso le incomoda la situación, quizá por eso no la comprende cabalmente. Hay algo en el amor humano que él no entiende, simple y sencillamente porque nunca lo ha experimentado personalmente. Le parece tan fascinante como enigmático. Aquella mujer enloquecida por un joven a quien apenas conoce, y luego este bruto, que se rinde ante ella al menos por el momento.

Don Pedro, el orgulloso hijo del conde de Heras y Soto, se hinca ante la chica y le dice:

—Inés, por favor, no me haga quedar en ridículo. Todos se van a reír de mí si rompe el compromiso.

—Levántese, por favor —le pide ella con voz amable.

—Por favor, no se burle de mí.

—Usted, Pedro, no me quiere —le recrimina Inés al joven—. Ese es el problema…

—Pero llegaré a quererla —replica Pedro, que se ha puesto de pie, consciente de que no debió humillarse ante ella—. Así es como funcionan los matrimonios.

—Pedro, usted conseguirá una mujer buena que lo quiera mucho; pertenece a una de las mejores familias del reino y yo no soy sino la hija de un minero rico. —Inés intenta ser firme y, simultáneamente, acogedora—. Yo no soy la mujer adecuada; lo haré infeliz a usted, y usted me hará infeliz a mí. Le ruego que me comprenda. Sea benévolo conmigo…

—Quiero que usted sea mi esposa. Será condesa, ¡piénselo! —insiste Pedro, quien, poco a poco, va recuperando el tono hosco y amenazante.

Al jesuita, que juguetea con el rosario que lleva en la bolsa de la sotana, le preocupan estas palabras. Bien dicen los filósofos que el amor y el orgullo heridos son pasiones peligrosas, cuyo descontrol fácilmente deviene en odio.

Inés toma las riendas de la situación y, sin mediar más que una leve reverencia para el conde, sale del palacio en compañía de su padre y del jesuita. Al lado de carro, el cochero José y el escribano conversan con algunos vecinos. El ambiente está caldeado. Don Anselmo, imaginando que están hablando de lo que acaba de suceder en el palacio, se enoja.

—¿De qué están hablando?

—¿No se ha enterado, don Anselmo? —pregunta José a modo de disculpa.

—¿Cómo me voy a enterar? —explota don Anselmo, que tiene ganas de golpear al cochero con el trozo del bastón que aún conserva.

—¡Es terrible, señor! Nos lo están contando… —añade el escribano.

Anselmo teme un escándalo y, molesto, le pregunta al cochero:

—¿Qué está sucediendo?

—Don Anselmo. —La voz del cochero tiembla—. ¡Acaban de descubrir un sacrilegio horrible! ¡Profanaron las sagradas formas en San Agustín! ¡Las encontraron tiradas afuera de la iglesia! ¡Acuchilladas! ¡Es cosa del demonio! ¡Dios se apiade de nosotros!

—¡Dios nos perdone! —exclama el jesuita—. ¿Cómo? ¿Qué dices?

El cochero se explaya. Un malnacido abrió violentamente las puertas del sagrario de plata repujada donde se resguarda el copón de oro con las hostias sagradas. Profanó las obleas consagradas, las sacó del templo, las pisoteó, orinó sobre ellas y las claveteó con un cuchillo. El delincuente no fue un ladrón vulgar, pues no se robó el copón de oro y plata, que abandonó encima del altar. Su objetivo era profanar el Santísimo Sacramento del altar.

—¡Es cosa del demonio! —dicen los agustinos—. ¿Por qué no llevarse el copón de plata dorada, incrustada con esmeraldas?

—¡Es obra de Satanás! —sentencian los religiosos.

Lo más preocupante es que nadie sabe cómo entró. Las enormes puertas de la iglesia estaban cerradas desde dentro con enormes trancas. ¿Cómo las sacó el sacrílego?

—Es obra de Satán, ¡del diablo! —repetían los religiosos.

—Papá, vámonos ya —dice Inés—. Que nos cuenten la historia en la casa…

—No es una «historia», ¡es un sacrilegio! —Goñi reprende a la joven.

—Pues lo que sea, vámonos ya. No quiero estar aquí —insiste Inés.

—Don Anselmo, ¿sería tan amable de llevarme a San Pedro y San Pablo? —pregunta el jesuita.

—No faltaba más, padre.

—Don Anselmo, yo me iré caminando a mi casa —comenta el escribano—. Dentro del coche están sus documentos.

—Gracias —responde el anciano.

Y el coche se dirige al colegio donde vive el jesuita. Dentro del carro, ninguno de los tres cruza palabra.

14

SACRILEGIO

Ciudad de México, a 15 de mayo,
anno Domini 17...

El hermano enfermero no logró conseguirme las flores de valeriana y ahora se ha empeñado en conseguirme flores de lavanda, aún más difíciles de encontrar en el reino. ¡Pobre hombre! ¡Es tan ingenuo y tan bondadoso! Cuánto envidio a las personas sencillas. ¡Sufren menos y llegarán al cielo con mayor facilidad!

¿Flores de lavanda? ¿Dónde se conseguirán? Se me ocurrió platicárselo al ilustrísimo marqués del Apartado, y don Cayetano tuvo la gentileza de hacerme llegar al convento un frasco con agua de lavanda que había recibido de Francia. Se la mostré al enfermero y el hermano me dijo que no me sería de utilidad, por cuanto el poder dormitivo de las flores se desvanece cuando estas se destilan. Desoyendo su consejo, lo probé colocándome unas gotas detrás de las orejas antes de dormir, y para mi sorpresa algún beneficio me han producido. Ahora comprendo por qué en la Sagrada Biblia Dios Nuestro Señor castiga a los malvados con el insomnio. La falta de sueño es algo terrible.

En cambio, el mezcal que me recomendó mi padre prior sólo produjome una horrible jaqueca; ignoro cómo pueden los indios beberlo. En verdad, el aguardiente hace honor a su nombre; con razón los pobres indios son tan cortos de entendimiento. Sea como fuere, el prior me ha ordenado acudir al médico y debo obedecerlo. Quizá mañana consulte al médico del Tribunal para ver si él puede prescribirme algún remedio eficaz.

La verdad sea dicha, no le tengo demasiada confianza a don Eusebio, aunque en el Protomedicato hablan maravillas de él. Creo que es un hombre poco devoto y, de un tiempo acá, tengo la sospecha de que le enfada su oficio en la cárcel. A veces me pregunto cómo consiguió un puesto de tanta confianza en el Tribunal…

Sin embargo, tales cosas tampoco habrían de extrañarme en demasía; sé bien que algunos funcionarios de este Santo Tribunal han prevaricado. ¡Qué triste es que la corrupción y la venalidad infecten a la Inquisición! Dios Nuestro Señor sabe que, en cuanto las condiciones sean propicias, tomaré enérgicas medidas al respecto. Tales asuntos han de manejarse con extrema cautela, hay riesgo de provocar un escándalo. ¿Qué diría la gente de la calle si se enterase de que en el Santo Oficio se ha robado y traficado con influencias?

Y luego está el penoso asunto de San Agustín: un sacrilegio eucarístico es algo gravísimo, una impiedad propia de luteranos. En el convento los hermanos han rezado con ejemplar devoción para desagraviar por tan horroroso pecado, y los novicios y los frailes más jóvenes han vivido a pan y agua durante una semana para aplacar la cólera divina por tan espantoso crimen. A mí, por supuesto, no me lo permitieron; dicen que mi condición es muy frágil y muchas mis preocupaciones. ¡Qué santos son mis hermanos! ¿Por qué ese odio al Señor? Es, sin duda, cosa del diablo.

Sin embargo, yo no creo que el sacrílego hubiese sido perpetrado con poderes diabólicos, como andan pregonando los padres agustinos. ¡Pobrecillos! ¡Son gente tan sencilla! El sacrílego, sin duda, fue inspirado por el diablo, aunque no creo que haya necesitado el auxilio del infierno para cometer el crimen. Imagino que alguno de los frailecillos dejó abierta la puerta del templo y por ahí entró el criminal; un descuido gravísimo que ninguno se atreverá a reconocer. ¿Por qué buscar explicaciones sobrenaturales a lo que puede ser explicado con un descuido humano? Y no es una idea mía, sino de santo Tomás de Aquino. No hemos de invocar causas sobrenaturales para explicar aquello de lo que se puede dar cuenta aduciendo causas naturales. El virrey y la Real Audiencia dicen que están haciendo todo lo posible para apresar al sacrílego. Dios mediante, el pérfido caerá...

¿Más preocupaciones? Diariamente llegan a mis oídos vaporosos rumores sobre la *conspiración filosófica*, una caterva de descreídos que se reúnen a leer a filósofos prohibidos. ¿Por qué no comprenden que esos libros ponen en peligro su fe, que es el tesoro más precioso del que gozamos los hombres? Hace unas semanas, sin ir más lejos, encontramos en Veracruz una caja llena de libros de Voltaire, Descartes y Locke, y varias Biblias en francés y en castellano. Se inició el proceso contra el capitán que pretendía introducir ese contrabando impío.

Más importante que el contrabandista es dar con los compradores, por cuanto esos libros se traen por encargo. ¿Quiénes los pidieron? El contrabandista aún no ha delatado a sus cómplices, así que, con todo el dolor de mi alma, he autorizado el tormento. Se le obligará a beber agua hasta que no pueda más y, debilitado su cuerpo, también se debilitará su voluntad. ¿Quién está leyendo esas porquerías? Nombres, nombres, necesito nombres... Para poder actuar, he de tener algo específico. El capitán me lo dirá a como dé lugar.

¿Qué sería de nosotros sin la verdadera fe? Desde España nos están llegando muchos afrancesados, hombres contaminados por la herejía. Y aquí los criollos ricos, celebrándoles sus locuras, sus *filosofías modernas*. ¿Cómo no ven lo que se avecina en Francia? ¡La persecución de la Iglesia! ¡La destrucción del cristianismo! Se acercan tiempos difíciles para los auténticos católicos, lo puedo oler: es el tufillo del diablo.

A veces me siento fuera de lugar, como si el mundo hubiese cambiado en unos años. De repente siento que no encajo y que lo que mis maestros me enseñaron ya no es verdad. Como me gustaría que don Matías estuviese aquí para pedirle consejo. ¿Qué diría mi protector (q. e. p. d.) viendo todo tan revuelto?

Mucho me temo que los cristianos no acaban de darse cuenta de que el futuro de nuestra santa religión se juega en los libros, en las universidades, en las tertulias literarias. Las malas filosofías son más peligrosas que los piratas. Por eso me preocupa tanto el talante que están tomando los jesuitas, que son los educadores de los criollos.

Con sus afanes de modernidad, ponen en peligro la tradición; son el caballo de Troya de la cristiandad. ¡Han conseguido el permiso para enseñar a Newton! ¿Qué nos podrá enseñar sobre el universo un hombre que se atrevió a leer la Biblia sin la guía de la Iglesia?

Lo peor es que no sólo están los jesuitas. Ayer leí el expediente que se ha armado contra el padre Díaz de Gamarra, profesor en San Miguel el Grande. ¿Un hijo de san Felipe Neri leyendo a Descartes, como si la cuestión disputada no fuese superior a la duda metódica? El mundo está enloquecido, porque es soberbio y pagado de sí mismo.

De niño, cuando vivía en Puebla con don Matías, todos amábamos a la Iglesia y nadie se hubiese atrevido a cuestionar la autoridad del santo padre y de Su Majestad Católica. Sin embargo, tal parece que hoy a nadie le gusta obedecer, que a todo mundo le gusta opinar de lo que no sabe y erigirse como autoridad en temas de fe y de moral.

¡Qué mundo tan distinto del que nací! ¡Cómo me reconforta pensar en el ejemplo que me dieron mis padres! Confiados en la Providencia Divina, dispuestos a cumplir en todo la santa voluntad de Dios. Mi madre también lloró cuando me dejó en Puebla; lloró como mi padre, porque los dos sabían que nunca más me volverían a ver. Sin embargo, ninguno dudó en cumplir con su deber. Las cosas de Dios son primero.

No soy tonto y sé que, tal y como van las cosas, llegará un día en que la Inquisición será abolida. Quizá me toqué a mí verlo, Dios no lo permita. Nadie se atreve a decirlo a las claras, mucho menos frente a mí; sin embargo, lo noto cuando visito el palacio. Los funcionarios, los escribanos, los capitanes y el mismo virrey me miran con recelo, como si pensasen que represento una sombra del pasado. Mis contactos me dicen que en la corte de Madrid se respira el mismo recelo y que entre los ministros de Su Majestad hay masones dispuestos a asestar el golpe fatal.

Yo soy un fraile sin mérito alguno y a veces me siento como un dique de adobe que intenta detener una inundación. Mi misión es preservar la verdad, aunque en ocasiones haya que actuar con fuerza. Si la autoridad civil tiene el deber de perseguir a quien falsifica moneda, ¿por qué la Iglesia no ha de perseguir a quienes falsifican la fe? Así ha sido desde el Antiguo Testamento. El Señor es misericordioso; sin embargo, para defender la fe de Israel, también condena al exterminio a los idólatras, incluso a los niños pequeños. No lo digo yo, lo afirma la Sagrada Escritura.

Me sigo enredando, pero no importa. Esto no es un tratado de Teología. ¿Y los luteranos? ¿Cuántos habrá en este reino? Yo no creo que los luteranos tengan algo que ver con los librepensadores, son dos plagas de diferente especie. Los luteranos serán herejes y cismáticos; sin embargo, son creyentes, personas con fe en Dios.

Mañana ordenaré que revisen la lista de personas que han llegado de Francia durante los últimos tres años: de ahí es de donde provienen estas herejías. El demonio está suelto en estas tierras y yo, Joaquín de Salazar, un fraile soberbio y pecador, tengo la abrumadora misión de combatirlo.

15

EL BARATILLO

El carruaje de los Goicoechea vuela dejando atrás el palacio de los condes de Heras y Soto. Sus ruedas levantan una estela de polvo en las mal empedradas calles, que bullen de curiosos. Los alguaciles recorren las plazas y callejones para dar con el impío que profanó la sagrada eucaristía en el templo de San Agustín. Dentro del convento, los agustinos corren de un lado a otro rezando jaculatorias y llorando la profanación. Afuera se interroga a vecinos, se escuchan chismorreos, se indaga, se conjetura. El sacrilegio debe ser castigado de inmediato. El arzobispo se presentó en el palacio real para comunicar personalmente la infausta noticia al virrey, quien, si bien lamenta el suceso, no perdió el sueño esa noche. En sus adentros, donde los inquisidores no pueden mirar, germina en él una tímida semilla de librepensamiento. Su Excelencia ha leído en secreto a *les philosophes*, los impíos ilustrados, y esas lecturas han debilitado su fe. Por ello, el virrey se confiesa con Goñi, un jesuita desusadamente tolerante, con quien comparte algunos puntos de vista.

Don Anselmo y doña Inés apenas ponen atención en el bullicio. La accidentada entrevista con los Heras y Soto los dejó exhaustos. El padre de la joven sigue sorprendido por la terquedad de su hija. A pesar de que la conoce bien, el desplante de Inés no deja de sorprenderlo. El anciano la mira con preocupación; sus arrebatos, su independencia son peligrosos en una mujer. La chica se ha rebelado desde pequeña contra el orden natural de las cosas. La falta de una madre que la criara la privó del ejemplo de obediencia hacia el varón. «¡Pobrecita! ¡Inesita! ¿Cuánto dolor te espera?», se lamenta Anselmo Goicoechea con el brazo adormecido y un fuerte dolor de pecho.

Xavier Goñi tampoco está especialmente angustiado por el sacrilegio. Sí, le duele la deliberada ofensa a Dios, pero le inquieta mucho más la reacción de don Pedro, quien culpó al jesuita del rompimiento: «Un exabrupto, pero estos arrebatos son peligrosos». El jesuita sabe que está abriendo demasiados frentes de batalla: el inquisidor, don Pedro, el conde… Su red de amigos puede protegerlo de algunos embates, no de todos. Al fin y al cabo, él no es sino un peón en el tablero donde personajes poderosos juegan una secreta partida de ajedrez. Quizá sea momento de desaparecer de escena por un tiempo. Le pedirá al superior que lo envíe unos meses a Tepotzotlán a dar clases a los novicios. El colegio no queda muy lejos de la ciudad y el camino es transitable todo el año; puede recorrerse en media jornada en plena época de lluvias. Desde Tepotzotlán podrá seguir visitando al virrey una vez cada quince días y, al mismo tiempo, se le verá menos en la corte…

Otra posibilidad, piensa Goñi, es pedir al superior que le asignen la capellanía de la hacienda de San Borja, allá por el rumbo de Mixcoac. Ahí, entre esos llanos, nadie se fijará en él. La desventaja, lógicamente, sería la falta de una biblioteca. En la hacienda apenas si hay unos pocos libros. La ventaja es la cercanía con la ciudad. El trecho entre Mixcoac y México es seguro y corto. Se puede hacer con el caballo a trote en un par de horas. En cualquier caso, Goñi sabe que debe ser más discreto y evitar los escándalos.

En el palacio de los condes, el agua regresa a su cauce. Los sirvientes limpian el salón con cubos de agua que suben desde la fuente. Las alfombras están hechas un asco y algunos muebles son inservibles. La porcelana está hecha polvo. En las hendiduras de la duela hay migajas y gotas de vino. Los criados limpian en silencio, intercambiando miradas cómplices entre sí. En realidad, se alegran del mal trago que ha pasado don Pedro.

El señor conde se ha recluido en su gabinete, acompañado de su secretario, para estudiar cómo tomar posesión, cuanto antes, de las riquezas y propiedades que Goicoechea le cedió. Es la manera en que el noble enfrenta la humillación de la que ha sido objeto, pues bien sabe que la ruptura del compromiso es un oprobio para las dos familias.

Don Pedro se ha disculpado con su padre. El conde, una vez más, le ha afeado su comportamiento. No es digno de un caballero dar tales gritos y manotazos. Para colmo, el joven blasfemó, ¡y en presencia de un sacerdote! La blasfemia deshonra a quien la profiere y puede conducir al blasfemo ante el Santo Oficio. La Inquisición suele hacerse de la vista gorda cuando los pobres blasfeman, no así cuando el blasfemo es un aristócrata. Los bienes de los ricos atraen la ambición del Tribunal.

Al joven le da vueltas la cabeza. Se acaricia sus cabellos rubios, amarillos como la flor de manzanilla. En su mente se arremolinan imágenes confusas, emociones contradictorias. Siente una opresión en el pecho y un hormigueo en la cabeza. Está triste y, al mismo tiempo, muy enojado. Sus ojos azul lapislázuli lucen opacos, son espejos de agua enturbiados por el lodo. Se hirió la mano derecha con las copas rotas; se lavó en la fuente, echó en la herida un poco de aguardiente y luego bebió un trago de la botella. Tiene mucho coraje, una rabia que quisiera descargar contra alguien. A pesar de que está acostumbrado a beber, el sorbo de aguardiente ha bastado para marearlo un poco. El alcohol le ha dado la estremecedora lucidez de quien no está en sus cinco sentidos, pero tampoco está borracho. Se arrepiente de haber perdido el control de aquella manera. El maldito jesuita se encargará de contar en la corte que él, primogénito del conde de Heras y Soto perdió los estribos y se comportó como un lunático. ¿Cómo iba a ser de otra manera si la sangre se le agolpó en la cabeza? Fue como un embrujo, como si un geniecillo maligno lo moviese desde dentro. Veía borroso y apenas si escuchaba las voces del exterior. No era para menos. Su compromiso roto. ¿Qué dirán sus amigos? Se burlarán de él en la universidad, en el palacio del virrey, en la Real Audiencia, en el mercado del Baratillo. Aquel anciano decrépito lo ultrajó; mancilló su honor, su honra, su fama, su nombre. Ojalá se pudra en vida. No le falta mucho. El viejo no puede caminar por sí solo. Pronto será un guiñapo apestoso al que nadie querrá acercarse. De buena gana le partiría la cabeza, lo destazaría, le rebanaría la lengua, lo molería a golpes.

¿Cómo es posible que el viejo haya cedido a los caprichos de Inés? ¿En qué cabeza cabe que una mujercita haga su santa voluntad? Ni siquiera él, primogénito y varón, puede elegir a su esposa. Los matrimonios de la gente de calidad son contratos que se arreglan entre familias y linajes.

Pedro quiere distraerse y ordena que ensillen su caballo.

—¡Idiota! ¡Rápido! Llevo prisa —le grita al caballerango.

Un esclavo negro viene detrás de él, con la capa y el sombrero de su joven amo. Con las prisas, el esclavo se cae en el patio y el sombrero va a dar a la fuente. Don Pedro, que está a punto de montar, vuelve la cara y contempla su estupendo sombrero de terciopelo, que flota en la fuente, y, en la orilla, al esclavo levantándose del suelo con la capa llena de tierra. El joven le arrebata la capa al negro, lo toma del cuello con sus manos poderosas como tenazas de herrero y hunde la cabeza del infeliz en el agua durante unos segundos.

—¡Imbécil! Mira lo que hiciste con mi sombrero. Más te vale que esté seco cuando regrese, porque si no, te voy a matar a latigazos…

Los demás sirvientes y esclavos escuchan con terror la amenaza, recordando al esclavito muerto en la casa de don Rodrigo González. Los amos son duros, pero don Pedro tiene fama de ser especialmente cruel: «Si lo puedes comprar en el mercado, es tuyo», suele repetir.

—¿Y ustedes? ¿Qué diantres miran? —grita Pedro de Heras y Soto—. Pónganse a trabajar si no quieren que los castigue también.

El pobre esclavo tose, aferrándose al filo de la fuente mientras trata de arrojar el agua que tragó, pero recibe una patada en el estómago. Como don Pedro trae las espuelas de plata en las botas, el golpe desgarra la ropa del siervo y le provoca una herida que comienza a sangrar profusamente. Desde niño, Pedro ha disfrutado de maltratar a los sirvientes y esclavos negros. En una ocasión, cuando tenía doce años, Pedro le encajó las espuelas en la mano a un esclavito de ocho o nueve años simplemente por diversión, para demostrarles a sus amiguitos que la sangre de los negros no era roja como la de los españoles. Aún vivía la señora condesa, que, enterada de la crueldad de su hijo, castigó la insensatez del niño obligándolo a dormir junto a los esclavos una semana entera. Ese castigo no hizo sino incentivar el desprecio de Pedro por los negros, provocado, se rumora, porque un mulato abusó del joven amo durante su infancia.

El caballerango ase con firmeza las riendas del animal, que caracolea nerviosamente. Pedro regresa al lado de su montura y le da una palmada al hermoso alazán. La bestia se tranquiliza y su amo lo monta. Los sirvientes abren el portón del palacio, por donde el joven huye velozmente.

Una y otra vez reconstruye el momento en que se hincó ante Inés. Hoy ha descubierto algo crucial en su vida: la quiere. No sólo desea acostarse con ella, en verdad la quiere. Tampoco está enamorado ni enloquecido por ella, no es un estúpido adolescente enajenado por el amor, pero sin duda la quiere. Le atrae su figura y su talante, incluso sus desplantes arrogantes. Es una mujer fuerte, inteligente, hermosa, como una yegua de buena casta. ¿Aún podrá hacerle cambiar de opinión? Mañana hablará con Inés. No está dispuesto a hincarse nuevamente ni a rogarle que cambie de parecer. Se equivocó haciéndolo; ante las mujeres no debe mostrarse debilidad, sino firmeza. Sin embargo, intentará hacerla recapacitar. La fortuna de los Goicoechea y el título de los Heras y Soto serían una gran combinación. Inés es un corcel brioso que necesita un jinete diestro para triunfar. Si se casan, acabarán por quererse y su descendencia será preclara y poderosa. Mañana hablará con ella, por ahora debe airear la cabeza.

Pedro galopa distraídamente, sin advertir la inquietud que reina en la ciudad. Como es primavera, el sol aún ilumina las calles. El jinete toma la calle de Vergara y pasa entre Betlemitas y Santa Clara; luego da vuelta en San Francisco. Se dirige al Baratillo, en la Plaza Mayor, donde podrá tomar un trago y encontrarse con algunos compañeros de la universidad. Se lleva las manos a la bolsa, atada al cinto: está cargada de monedas. Esa noche no dormirá en su casa. Se emborrachará con quien encuentre, y después visitará una casa de mancebía para mitigar el dolor y la humillación. Con un poco de suerte, se encontrará con el gordo Luis, el estudiante de Derecho, siempre ávido de vino y mujeres. Todo sea por huir de sí mismo. Ya pronto llegará la Semana Santa y tendrá tiempo de confesar sus pecados.

Un alguacil lo detiene frente al inmenso convento de San Francisco para preguntarle si ha visto algo raro. Él responde de mala manera, echando por delante su apellido. El alguacil, que no quiere meterse en problemas innecesarios, lo suelta de inmediato. Al pasar a un lado de la Casa Profesa de los Jesuitas, le viene a la mente Xavier Goñi. Se arrepiente de haberle faltado al respeto. El sacerdote, catedrático de la universidad y profesor del Colegio Máximo de San Pedro y San Pablo, puede quejarse ante el rector y pedir que expulsen al estudiante por irrespetuoso.

Pedro recela del sacerdote: Inés jamás se hubiese atrevido a romper el compromiso sin la autorización de su confesor. Seguramente, Goñi instigó a la joven o, cuando menos, otorgó su consentimiento; de otra manera no se explica su presencia en casa. «¡Maldito jesuita!». De buena gana le clavaría su espada en el vientre para que se le salieran los intestinos, y luego lo obligaría meter las narices en su propia sangre.

El hijo del conde llega a la Plaza Mayor por la calle de Plateros. Lo primero que ve es la picota, donde aún está el cuerpo de un ajusticiado, y, como telón de fondo, el palacio real con muchas luces encendidas. El joven refrena su caballo para no entrar galopando a la plaza, donde hay demasiado alboroto: léperos, ociosos, comerciantes que recogen sus puestos, autoridades que continúan las pesquisas.

Pedro quiere olvidarse de todo. Sigue furioso y triste, desconcertado. Le dirá a su padre que mañana mismo se dará de baja de la universidad y se largará a Acapulco para defender el puerto de los piratas. Con un poco de suerte, lo picará un alacrán o lo infectará la fiebre de aquellas tierra pestilentes. Puede apuntarse para ir a Texas, donde tarde o temprano lo matarán las flechas de los indios bravos. Cualquier cosa es mejor que soportar el oprobio y la humillación en México. Su prometida canceló la boda. Menuda insolencia la de esa mujer. ¿Qué se ha creído? Y, a pesar de todo, la quiere.

Camina lentamente hacia el mercado del Baratillo. Aún hay dos o tres puestos de libros. Los comerciantes honrados se van retirando, porque el sol está a punto de ocultarse. Los puestos de aguardientes y de juegos, en cambio, están abiertos, iluminados por teas de ocote y velas de cera. Muchos estudiantes frecuentan ese lugar. Fácilmente encontrará a alguien con quien divertirse. Las risas, las bromas, los chistes contrastan con los lamentos que se escuchan en el resto de la ciudad. Entre los universitarios, por muy católicos que sean, la alegría predomina sobre la tragedia. Ya mañana harán penitencia para desagraviar el sacrilegio infligido al Santísimo en San Agustín. Por lo pronto, los jóvenes aprovechan la tarde tibia para divertirse.

Pedro se apea del caballo y le entrega las riendas a un mulato que se gana la vida cuidando la montura de quienes visitan los mercados de la Plaza Mayor.

—Si le pasa algo a mi caballo, te mato —le amenaza el joven.

El joven aristócrata trae la espada justo al lado de su bolsa con dinero. Es la mejor manera de prevenir los robos. Los pícaros prefieren robar a los indefensos.

Se acerca al puesto donde un mestizo, con cicatrices de viruela en el rostro, vende aguardiente y vino. Es un comercio ilegal, reiteradamente prohibido por el ayuntamiento. La autoridad, sin embargo, lleva años haciéndose de la vista gorda, mientras el comerciante comparta las pingües ganancias con los funcionarios. Así funciona la Nueva España; en esta tierra, la justicia se compra y se vende al mejor postor.

Don Pedro paga con una moneda de cobre un trago que se toma de un solo golpe, llevándose el aplauso de algunos parroquianos, estudiantes de la universidad, que ya están medio borrachos. El sol agoniza. Mirando hacia el palacio, se alcanzan a ver los volcanes nevados, teñidos de violeta.

Voces conocidas llaman su atención. Pedro se acerca a una rudimentaria mesa de juegos, donde Ignacio y Rodrigo apuestan alegremente a los naipes en compañía del gordo Luis y de Manuel, el estudiante de Medicina. En la tabla que hace las veces de mesa, se bambolean las cartas, las monedas y los vasos de barro con vino y aguardiente. Rodrigo ve a Pedro y de inmediato le cambia la expresión.

—No vengas a distraernos, que estamos muy ocupados —dice Ignacio, que va ganando.

—¡Imbécil! No vine a hablar contigo —le responde don Pedro, quitándole a Ignacio el vaso del que estaba a punto de beber.

—¡Hola! —saluda Rodrigo con nerviosismo.

—Vamos a tomar algo… —comenta Pedro haciendo ruido con sus espuelas.

—¡Infeliz! Volviste a ganar… —dice Rodrigo mientras el gordo Luis y Manuel acusan a Ignacio Fagoaga de hacer trampa, pues esta tarde Fagoaga les ha ganado una pequeña fortuna.

Los estudiantes esquilmados se levantan dejando a Ignacio y a Rodrigo en la mesa. El gordo Luis está medio borracho; Manuel también ha bebido bastante, pero no tanto como para perder la compostura: sabe que a la larga un médico vive de su reputación. Ignacio, por su parte, cuenta sus ganancias procurando hacer tintinear sus monedas. El mestizo que administra el puesto felicita al joven por su buena suerte y pregona que sus naipes dan ganancias a los apostadores inteligentes.

Pedro señala otro puesto de bebidas, más alejado de los juegos, que atiende una mulata gorda, de dientes blancos. Rodrigo e Ignacio Fagoaga enfilan hacia él, pero don Pedro le corta el paso a Fagoaga.

—No te estoy invitando a ti…

—Y yo no necesito tu invitación —le responde Ignacio a Pedro.

—¡Da igual! —se resigna Pedro—. Dentro de unas horas todos conocerán la noticia de mi humillación.

El gordo Luis y Manuel se separan de sus amigos para ir con una vendedora de buñuelos. Manuel quiere que su amigo coma algo para que la bebida no le caiga tan mal. La mujer fríe los buñuelos en un cazo de cobre valiéndose diestramente de una varita de membrillo.

Ignacio, Rodrigo y Pedro se sientan en una rudimentaria banca de madera de pino frente a una tabla adornada con guirnaldas de hojas y flores. A Pedro le estorba la espada, así que la zafa del cinturón y la pone sobre la mesa, que se bambolea. Lo mismo hace Rodrigo con su espada toledana, impecablemente pulida y afilada, como le corresponde a un espadachín diestro y renombrado.

La vendedora coloca una piedra en una de las patas para reducir el balanceo de la mesa. Varios cántaros con aguas frescas despiden sus aromas: chocolate frío con maíz, agua de sandía con romero, espu-

168

moso tepache de piña, agua de naranja, aguardiente de uva y de caña y, para comer, campechanas crujientes, merengues rosas y tamalitos de azúcar.

Rodrigo y Pedro piden aguardiente. Ignacio prefiere un vaso de agua de sandía. Fagoaga se adelanta a pagar. Rodrigo le da las gracias. Pedro ni caso le hace.

—¡Joder! —exclama Pedro.

—¿Qué te pasa, Pedro? —pregunta Ignacio con tono melifluo.

—¿Cómo estás? —añade Rodrigo, temeroso de escuchar la respuesta.

—*No me casaré…* El padre de Inés rompió el compromiso —contesta Pedro sin mayor preámbulo, con los ojos enrojecidos y vidriosos por el enojo, la tristeza y el alcohol. Su mirada es turbia, como el agua enlodada del lago de Texcoco en el verano.

Por lo bajo, Ignacio le da un golpe con la rodilla a Rodrigo, cuyo nerviosismo lo lleva a tirar el vaso que tiene frente a sí. La vendedora le repone de inmediato el trago. Rodrigo lleva días pensando en este momento, planeando lo que debe decir. Tarde o temprano llegaría esta hora. Debe ser fuerte, valiente, audaz. Tiene frente a sí al noblecito de opereta convertido en una piltrafa. ¿De qué le sirvieron su linaje y su orgullo? Rodrigo le ganó la partida al hijo del conde de Heras y Soto: *veni, vidi, vici*; vine, vi y vencí.

—Es por mi culpa… —titubea Rodrigo, que sorbe el aguardiente para envalentonarse mientras Ignacio desmorona una campechana.

—¿Qué? No me entiendes, ¿verdad? —dice Pedro.

—Es por mi culpa. —La voz de Rodrigo va tomando cuerpo—. Estoy enamorado de Inés.

—¡Imbécil! —exclama Pedro—. No estoy para chistecitos. ¿No entiendes? Hace un rato los Goicoechea se pararon en mi casa para cancelar mi boda. ¡Mi boda! ¿Comprendes? ¡No me voy a casar!

Los ojos castaños de Rodrigo despiden un destello extraño y singular; es la satisfacción del vencedor y, al mismo tiempo, el miedo a la victoria. Rodrigo sopesa sus palabras y evita regodearse en la derrota de su rival.

—Pedro, amigo, comprendo que hice mal, pero quiero que me creas: no quiero lastimarte. Es mi culpa, no es culpa de Inés. Yo la quiero, la quiero mucho…, y me le declaré antier…

Ignacio escucha en silencio la conversación, regocijándose como un lujurioso que contempla una orgía. El brillante estudiante no se preocupa por disimular la satisfacción que le proporciona el espectáculo. El pavorreal camina por el estercolero, Pedro ha sido humillado. La vendedora, que está de espaldas a los jóvenes, intenta escuchar la conversación mientras agita las aguas frescas para disimular su curiosidad.

—¡Estás loco! ¡Imbécil! No estoy de humor para bromas —responde incrédulo Pedro.

—Pedro, no bromeo —insiste Rodrigo—. Yo soy la causa.

—¡Cabrón, no me vengas con estupideces! —responde Pedro—. No tengo humor para tus chistes.

La discusión llama la atención de Luis y Manuel, quienes, dejando los platos de barro con buñuelos a medio comer, se acercan de nuevo a sus compañeros, aunque guardando la prudente distancia de quienes no fueron invitados al pleito.

Rodrigo coloca la mano derecha sobre su espada, que está en la mesa; es su talismán, su fuente de fuerza.

—Ese día en la catedral, ¿recuerdas? —confiesa con angustia Rodrigo—. No…, ella no hizo nada; en serio: nada, nada de nada. Yo fui el que la buscó. Le dije que me quería casar con ella. Todo es culpa mía.

—No, no te creo. Deja de hacerte el gracioso o te voy a romper la cara —responde Pedro recogiendo su espada, colocada también sobre la burda mesa.

—Más vale que le creas, te está diciendo la verdad —interviene Ignacio—. Si no, pregúntale a doña Inés.

Pedro toma su espada con violencia y utilizando la empuñadura, le da un golpe en la cara a Rodrigo, quien, sin hacer nada para defenderse, va a dar a los suelos. La vendedora se asusta y comienza a llamar a gritos a los alguaciles. Sabe por experiencia que esos pleitos de estudiantes destrozan los puestos. Los jóvenes de otras mesas acuden a la riña como moscas tras la miel. A los estudiantes les encantan las peleas.

Ignacio Fagoaga se pone de pie a una distancia prudente. Pedro desenvaina la espada lentamente. Un agonizante rayo de sol ilumina su cabello rubio; es un Apolo a punto de tomar venganza. Rodrigo permanece en el suelo, mirando fijamente a su adversario pero sin moverse, calculando los movimientos del adversario. Don Pedro es fuerte, alto y robusto. Rodrigo es enjundioso, pero no fornido, y estando en el suelo se ve más pequeño.

El hijo del conde le coloca la hoja de acero en el cuello. El corrillo de jóvenes, entre los que destacan Luis el Gordo y Manuel, rodean a los pleitistas. La vendedora sigue pidiendo ayuda.

—¡Mátame si quieres!, pero eso no te va a devolver a Inés… —le dice Rodrigo.

—Pero sí mi honor —declara Pedro.

—No soy un cualquiera, si me matas, mi familia te llevará a la cárcel por muy *condesito* que seas.

—¡Cobarde! Te voy a matar como a una rata —le grita Heras y Soto.

—Atrévete a matarme desarmado, y te pudrirás en la cárcel. Mi padre conoce al rey —le contesta Rodrigo.

Pedro guarda su espada devolviéndole la mirada fija y penetrante a Rodrigo. Le ofrece la mano para ayudarlo a levantarse y, cuando lo tiene a la altura de su cara, le escupe y le da la espalda para volver a sentarse en la banca. La vendedora respira aliviada. Pero Manuel, que asiste al pleito con angustia, toma la espada de Rodrigo, que aún está en la mesa, y se la lanza a su dueño. Con un rápido reflejo, Rodrigo la cacha con la mano derecha. Pedro reacciona rápidamente y le propina a su adversario un rodillazo fenomenal en los testículos. Rodrigo suelta la espada y se dobla de dolor.

Los espectadores, a excepción de la vendedora y de Ignacio, gritan azuzando a los pleitistas. Incluso Manuel, de ordinario tan mesurado, está entusiasmado con la pelea; son los humos del alcohol. Pedro aún tiene la espada en la mano; Rodrigo está desarmado y molido por el golpe. Nuevamente, don Pedro pone la espada en el cuello de Rodrigo González y lo obliga a levantar el rostro. González siente la hoja fría y afilada en su cuello. Tiene miedo. Es un espadachín diestro y reputado entre los estudiantes de la universidad, pero ahora se encuentra a merced de su rival. Intenta controlar su cuerpo, pero no lo logra, y los orines ácidos y apestosos escurren por su calzón y las medias. Literalmente, se está orinando de miedo.

—¡Mírate! ¡Cobarde! ¿Y me quieren cambiar por ti? ¡Gallina!

Los espectadores se han quedado callados. Una cosa es un pleito callejero y otro, muy distinto, una muerte.

—¡Déjalo! —grita Manuel.

Pedro de Heras y Soto pasea la espada por el cuello de Rodrigo dos o tres veces y, con precisión quirúrgica, rasga la piel por encima, evitando lastimar las venas y arterias. Un hilillo de sangre mancha la piel tostada de Rodrigo, quien, con los ojos cerrados, imagina el rostro de Inés. Si ha de morir por ella, que por lo menos sea teniéndola en mente.

La vendedora sigue aullando, implorando la presencia de los alguaciles.

—Déjalo, Pedro. Si lo matas así, te acusarán de cobardía —le dice Ignacio.

De repente, en una escena digna del teatro, Manuel le lanza otra espada a Rodrigo. El joven médico no puede permitir que su amigo esté desarmado. Pedro se distrae. Rodrigo recibe la espada y con un rápido movimiento escapa de Pedro. Las dos espadas se tocan frente a frente. Son gallos de pelea a punto de luchar.

Los ojos castaños de Rodrigo y los ojos azules de Pedro se penetran. El sol se despide de la ciudad con luces violetas. Pedro está furioso e intenta dar una estocada mortal a Rodrigo, pero la destreza de este se impone. Con una jugada ágil, González le quita la espada a Pedro, que ahora queda a merced de Rodrigo. La vendedora grita con más fuerza. Los espectadores aplauden. Los papeles se han invertido en un santiamén. Rodrigo pone el acero en el cuello de Pedro. Por unos instantes piensa en matarlo, pero recuerda a Inés. Ella lo necesita vivo para casarse. De nada sirve un amante muerto. Rodrigo González, heredero del emporio oaxaqueño de la grana cochinilla, dibuja una S en el aire con el metal y lo clava en la banca de madera. Se acerca a la mesa, bebe el aguardiente que le queda y se retira diciendo:

—Muchos títulos de condesito, pero al final ¡no eres nadie! ¡Te gané aquí y con Inés! ¡Lárgate!

—¡Hijo de puta! —le grita Pedro, que está punto de lanzarse de nuevo sobre Rodrigo, pero Luis interviene y lo detiene por la espalda.

—¡No caigas en la provocación de un borracho! —le solicita Ignacio.

Rodrigo González recoge su espada, que estaba en el suelo, agradece al compañero la prestada, coloca algunas monedas en la mesa y se larga. Tiene un nudo en la garganta y su corazón late aceleradamente. Ama a Inés con un amor insensato, y desprecia a Pedro con un odio contenido durante años.

No habrá más pleito. Manuel, que prestó su espada a Rodrigo, la desclava de la banca. Los espectadores, un poco decepcionados, regresan a sus mesas, salvo el gordo Luis, que comienza a vomitar. Ignacio Fagoaga se sienta al lado de Pedro y, como si quisiera consolarlo, le pone la mano sobre el hombro. Heras y Soto se la quita de un manotazo. Lo humillaron los Goicoechea, y ahora el hijo de un vulgar comerciante lo acaba de humillar frente a sus amigos. Mañana será el hazmerreír de México.

Llamado por los gritos, aparece un alguacil que carga un farol encendido y la espada desenvainada.

—¿Qué pasa aquí? ¡Mucho cuidado! Deberían estar estudiando. ¡Holgazanes! —los amonesta el alguacil con la mano en su espada.

—Soy el hijo del conde de Heras y Soto, a mí nadie me insulta —le responde Pedro sin dignarse a mirar a la autoridad.

—Pues debería irse a su casa —responde el alguacil suavizando la reprimenda.

—Tranquilo, Pedro —musita Ignacio disimulando una sonrisa irónica.

—Lárgate y púdrete en el infierno —le responde Pedro.

La vendedora siente un escalofrío y se persigna discretamente.

—Se acabó, ¡a sus casas! —grita el alguacil.

—Señor alguacil, en un momento nos vamos —dice Ignacio—. Yo me encargo de mi amigo.

—De mí nadie se encarga, ¡imbécil! —dice Pedro.

—¡Como sea! —ordena el alguacil.

—En unos minutos nos vamos, pierda usted el cuidado. Le doy mi palabra, soy el hijo del marqués del Apartado —añade Ignacio.

El alguacil, tranquilizado por la sensatez de Fagoaga, se retira. Además, es mejor no meterse en los pleitos de los poderosos. Allá ellos si se matan entre sí.

Ignacio Fagoaga ordena otro vaso de aguardiente y se lo ofrece a Pedro, que ahora lo bebe poco a poco. Se escucha el ir y venir de los caballos. La vendedora enciende una tea de ocote para alumbrarse mientras recoge su puesto. Queda poca gente en el Baratillo.

—¿Sabes, Pedro? La traición es el pecado del diablo. Rodrigo se ha portado muy mal contigo. Sólo el demonio puede haberlo llevado a traicionarte —y dicho eso, arroja otras monedas y se retira, faltando a su palabra con el alguacil.

Pedro de Heras y Soto pide un trago más. Se lo bebe con rapidez. Tambaleándose va en busca de su caballo y se dirige a casa. Es de noche en la Ciudad de México. «Rodrigo, bastardo, traidor, perro desgraciado», se repite a sí mismo mientras busca al mulato que se quedó cuidando su caballo. Ha bebido demasiado y antes de dar con su montura, Pedro vomita frente al Parián.

16

UNA ENTREVISTA

—Su Reverencia, quiero agradecerle que me haya concedido esta audiencia —dice Goñi con tono zalamero.

—Siéntese, padre. ¿Cómo negarle rápida audiencia al confesor de Su Excelencia el Virrey de la Nueva España? —ironiza fray Joaquín.

Fray Joaquín amaneció muy cansado el día de hoy y, contra su costumbre, decidió recibir a Goñi no en el palacio de la Inquisición, sino en su convento. El salón de visitas es impersonal. Los frailes reciben allí a sus conocidos y amigos, porque los extraños no pueden entrar a la clausura. La habitación es fría, las paredes encaladas están adornadas por una cenefa de azulejos de Puebla y de la pared cuelgan dos enormes óleos que representan a san Alberto Magno y a santo Tomás de Aquino, doctores de la Iglesia. El techo es un hermoso artesonado dorado.

—Por favor, no me diga eso. Yo sólo soy un simple sacerdote —comenta Goñi, sentado en una incómoda silla de madera y cuero.

—Sin embargo, Su Merced no se comporta como un *simple sacerdote*. Un simple sacerdote no se entromete en asuntos que no le incumben —responde el inquisidor.

—Su Reverencia, le ruego que no lo tome así; precisamente por eso me tomé la libertad de solicitar audiencia.

—¿Qué quiere Su Merced? —pregunta fray Joaquín, de cuyo cíngulo cuelga un enorme rosario negro.

—Vengo a presentarle mis respetos...

—¿Después de que Su Merced atropelló mi autoridad?

—Su Reverencia no lo comprende...

—Por favor, déjese de hacer el tonto. Usted y yo sabemos que Su Excelencia conmutó la sentencia del sodomita por instigación suya.

—No me lo tome a mal, pero la ejecución de las sentencias es prerrogativa del brazo secular y no de la autoridad eclesiástica, que usted representa dignamente.

—¿A eso viene a mi casa? ¿A pretender darme clases de Derecho?

—De ninguna manera, le ruego nuevamente que me disculpe por mi impertinencia, pero...

—Pero ¿qué?

—Soy el confesor del virrey y mi actuación se limita a aconsejarlo espiritualmente; yo sólo me ceñí a recomendarle clemencia.

—Su Merced es como todos los jesuitas, inmiscuyéndose en las conciencias de los poderosos. Ustedes acabarán mal, ya lo verán.

—Su Reverencia, también los poderosos necesitan de un confesor.

—¡Usted sabe bien a lo que me refiero!

Goñi hace un esfuerzo para contenerse. El padre superior fue muy claro: debe hacer las paces con el inquisidor. No es ningún secreto que en la corte de Madrid los enemigos de la Compañía de Jesús pretenden expulsarla del reino; incluso el nuncio papal parece estar de acuerdo en que los jesuitas necesitan un fuerte llamado de atención. Si bien es cierto que en la Nueva España la orden goza de gran prestigio, no conviene granjearse enemigos tan poderosos.

—¿Qué podría hacer para demostrarle mi lealtad y respeto?

La respuesta le agrada al inquisidor, a quien se le escapa una pequeña sonrisa.

—Veo que Su Merced es una persona razonable.

—Soy un jesuita que ha pronunciado el cuarto voto, el de obediencia irrestricta al santo padre, a quien usted representa...

—No intente adularme... Su Merced sabe que mi oficio no es representar al sumo pontífice.

—Soy un hijo fiel de la santa madre Iglesia.

—Si lo es, ¡demuéstrelo! ¿Qué puede decirme Su Merced del sacrilegio perpetrado en San Agustín?

—Fue algo horrible.

—¿Obra del demonio?

—De inspiración diabólica, tan vez; pero no en su ejecución, Su Reverencia.

—Lo mismo pienso yo. Al menos en eso Su Merced y yo estamos de acuerdo. ¿Y de los luteranos?

—No sé nada.

—¿Y de la conspiración filosófica?

Goñi siente miedo; no le gusta mentir, pero no hay más remedio.

—No sé de qué me habla.

—¿Está usted seguro de ello?

—Es la primera noticia que tengo de una conspiración, Su Reverencia.

—¿Qué piensa usted del Índice de libros prohibidos por Roma?

—Los libros son como tantos objetos del mundo. El mismo cuchillo que puede ser usado por el cirujano para curar al enfermo puede ser usado para asesinar —arguye Goñi.

—¿Incluso un libro de Voltaire? ¿Incluso uno que ataca a la santa Iglesia?

—No podría decirle nada al respecto, Su Reverencia. Nunca he tenido uno de esos libros en mis manos —se escabulle Goñi.

—¿Denunciaría usted a uno de sus penitentes si este leyese obras indebidas?

—Como Su Reverencia bien sabe, el secreto de confesión es sagrado.

—Luego Su Merced ha recibido confesiones de ese pecado.

—No he dicho eso. Simplemente dije que no puedo denunciar a mis penitentes por sus pecados.

—Sin embargo, usted no tiene potestad para absolver a quien hubiese leído un libro prohibido; es un pecado que merece excomunión reservada al obispo.

—Aun así, Su Reverencia, no tengo derecho a hablar con nadie de lo que escucho en confesión.

—¿Usted ha leído algún libro prohibido?

—¿Por qué me hace esa pregunta? Duda usted de mi fidelidad a nuestra santa madre Iglesia.

—Si yo dudase de la fidelidad de Su Merced a la Iglesia, ¿cree usted que seguiría aquí, tan campante? Sepa que ni siquiera Su Excelencia el Virrey puede protegerlo del Santo Oficio.

—Y yo le imploro a Dios Nuestro Señor la gracia para mantenerme en la fe de la Iglesia y de nunca jamás inquietar al Santo Tribunal que usted preside.

El fraile mira con desdén al jesuita y le dice:

—Padre Goñi, cada vez llegan más y más libros prohibidos a este reino. La Inquisición confisca todos los que puede. Sin embargo, no podemos ser ingenuos: por cada contrabando que detenemos, se cuelan muchos otros. ¿Puede usted dormir tranquilo con ello?

—Lo intento… —contesta Goñi.

—Su Merced es escurridizo, como todos los jesuitas…

—¿Debo entender eso como un cumplido?

—Tómelo como mejor le parezca —responde fray Joaquín.

—Le agradezco a Su Reverencia que me haya recibido —responde Xavier Goñi mientras se pone de pie.

—Aún no le he dicho a Su Merced que se retire —ataja el dominico.

—Sigo a sus órdenes, disculpe mi impertinencia. —El jesuita se sienta de nuevo.

—¿Quién cree usted que compra esos libros? Detrás de esos contrabandos hay toda una red de complicidades. ¿No sabe nada al respecto? Ustedes los jesuitas son los educadores y maestros de este reino, algo habrá llegado a sus oídos. No me diga Su Merced que no intuye nada —insiste el inquisidor.

—No se enoje, Su Reverencia, pero desconfío de las intuiciones porque pueden dar pie a calumnias graves.

—¿Su Merced sabe leer francés? —pregunta fray Joaquín.

—Sí —responde Goñi.

—El francés es la lengua del diablo.

—¿Y qué me dice de san Luis, rey de Francia? —objeta Goñi, incapaz de no polemizar.

—Su Merced sabe de lo que hablo: los filósofos franceses, los librepensadores… Están aquí, los puedo oler, y cuando dé con ellos, sepa Su Merced que caerá sobre ellos todo el rigor del Santo Oficio.

—La verdad, Su Reverencia, nos hará libres. Son palabras de Nuestro Señor Jesucristo.

—¿A qué viene esa cita del Evangelio?

—Permítame una impertinencia, pero ¿no dijo san Clemente de Alejandría que Dios les había dado a los filósofos paganos la filosofía? ¿No enseñó este santo padre que la filosofía sirvió de preparación para la venida de Nuestro Señor Jesucristo?

—¿Pretende decir usted que esa filosofía moderna y descreída es comparable con la del divino Platón o con la de Aristóteles? Su Merced está muy equivocado al mirar con esa condescendencia a esos filósofos que descreen de la gracia y de lo sobrenatural. Su afirmación es temeraria y escandalosa. ¿A eso ha venido aquí?

—Mi impertinencia es evidentemente hija de mi crasa ignorancia. Como nunca he leído a tales autores —miente Goñi—, pensé que acaso podría haber en ellos un destello de verdad y que nuestra santa religión podría valerse de ese destello, como en el pasado se valió de Platón y de Aristóteles, aunque hubiese en ellos mezcla de error y de paganismo.

—Cuide sus palabras, padre Goñi, cuídelas. Recuerde que el favor de los poderosos es frágil. ¡Ay de usted el día que pierda el favor de Su Excelencia!

17

LA CALZADA DE LOS MISTERIOS

Desde que cayó México-Tenochtitlan hace más de doscientos años, los españoles se han empeñado en acabar con el lago, pero el agua es terca, tenaz, y nunca se irá del todo. Por más que las autoridades intentan acabar con las ciénagas que separan la villa de Guadalupe de México, el agua sigue ahí, obstinada y pertinaz. Con las lluvias de julio, el lago regresará por sus fueros sin importar los diques y canales construidos por los españoles. Año tras año, el cielo les recuerda a los mexicanos que viven en mitad de un lago. El dios de los cristianos no ha vencido a Tláloc.

Atardece y las garzas revolotean entre los tules, donde algunos indios recogen ranas y ahuautle que venderán mañana en sus barrios. Estos manjares le provocan asco a los españoles, pero la gente de esta tierra sabe lo que valen esas delicadezas principescas. La calzada entre la ciudad y el Tepeyac se abre paso en el pantano. De tanto en tanto, bordeando la calzada, se erigen unos monumentos de cantera donde los fieles que peregrinan a la basílica de Guadalupe se detienen a rezar un misterio del santo rosario. Quince misterios se levantan entre la villa y la ciudad, algunos de ellos se van hundiendo en la tierra lodosa que devora todo. Ese es el destino de la ciudad, ser devorada por el lago.

Al lado del monumento al quinto misterio, la muerte de Jesús en la cruz, crece un pirú del que pende un ahorcado. Es un jovencito indio, apenas un adolescente.

—Pobre desgraciado —dice uno de los ayudantes del alguacil, un tipo gordo y calvo.

—¿Pobre? ¡Se suicidó! Ya debe estar achicharrándose en el infierno —responde el otro ayudante, un chico fornido, mestizo sin lugar a dudas.

—No seas malo, es un niño —replica el gordo.

El joven mestizo insiste en su tono despreocupado:

—¿Niño? Todos los indios tienen cara de niños, con eso de que no les salen pelos en la cara ni en los…

—¡Silencio! —ataja el alguacil, un criollo malencarado—. ¡Más respeto!

Los peregrinos que encontraron el cuerpo cuando caminaban rumbo a la villa de Guadalupe siguen rezando el rosario. Los más devotos han encendido sus velas por el alma del difunto. Son indios que peregrinan desde el pueblo Iztacalco, guiados por su alcalde, para pedirle a la Virgen lluvias moderadas y oportunas. Encontrarse un muerto en este camino santo es un signo de mal agüero; los más avispados tienen miedo de que la autoridad les eche la culpa. Así se rige este reino: la culpa la tienen los negros, los indios y los más pobres.

—Esta ciudad está endemoniada. Primero el sacrilegio y luego el suicida —añade el gordo, al que le urge descolgar el cadáver para regresar a México antes de que anochezca.

—No es para tanto, es un suicida —reitera el ayudante mestizo—. Ni lo van a poder enterrar. Total, ¿qué más da que se lo coman los zopilotes?

—Si serán, par de ciegos. ¿Qué no ven que tiene las manos amarradas? —arguye el alguacil, impresionado por la torpeza de sus ayudantes.

—¡Sí, es cierto! ¿Cómo se iba a suicidar? ¿Y cómo se colgó? —añade el ayudante gordo—. ¿Con un caballo?

—¿Y dónde está el caballo? —objeta el mestizo—. Yo digo que fue homicidio.

—Los dos son unos idiotas. ¡A ver! Descuélguenlo ya. ¡Que los ayuden estos! —ordena el alguacil señalando al grupo de indios.

Los indios se repliegan. Bastante han hecho con dar parte a las autoridades. Sólo el alcalde se queda cerca, pues está acostumbrado a tratar con funcionarios.

El cuerpo del desgraciado se mece porque sopla el viento desde Pachuca. Como el cuerpo pesa poco, no hace falta mucha ayuda. El asistente mestizo corta la cuerda mientras que el gordo recibe el cuerpo y lo coloca en el suelo. Al poner el cadáver en la tierra, se oye un leve tintineo. El mestizo se dispone a desamarrar la soga del cuello del niño. Los ojos negros está vidriosos, pero no hay indicios de terror ni sufrimiento. Los peregrinos se santiguan, y unos patos que estaban cobijados en un cañaveral cercano vuelan asustados.

—¡Regresa eso! —grita el alguacil.

—¿Qué, señor? —pregunta el ayudante mestizo.

—Lo que te estás robando, ¡cabrón! —responde el alguacil acercándose con paso firme a donde está el cuerpo.

El mestizo sonríe como quien ha hecho una broma ocurrente.

—¡Ah! ¡Esto! Un recuerdito para la familia…

—La próxima te corto la mano. —La voz del alguacil es firme. «Así son todos los mestizos —piensa—, ladinos y perezosos».

Luego el jefe le arranca de la mano una bolsa de terciopelo negro con monedas.

—Ladrón que roba a ladrón… —apunta el mestizo, molesto por el botín que le han quitado.

—¿A quién le habrá robado el indio? —pregunta el ayudante gordo.

—El chico se quiso pasar de listo, y el robado lo mató. Más claro ni el agua —concluye el mestizo.

—¿No decías que era suicidio? —le contesta el ayudante gordo, ligeramente sofocado.

—Es de sabios cambiar de opinión —se defiende el mestizo.

El alguacil cuenta la monedas: son treinta piezas de plata.

—¿Nos vamos ya? —pregunta el gordo, preocupado porque no tienen monturas.

—¿Y en qué nos lo llevamos? Ni modo de que lo carguemos nosotros. ¿O qué? ¿Que lo carguen estos? —sugiere el ayudante mestizo señalando de nuevo al grupo de indios.

—A los peregrinos no los molesta nadie —ordena el alguacil.

—¡Uy! Pues entre nosotros dos no vamos a poder con el cuerpo, y eso que está chiquito —objeta el gordo—. Pues lo dejamos aquí; total, en la noche no hay zopilotes.

—¿Y si se lo comen los tlacuaches? —bromea el mestizo, sentado en una piedra, a punto de beber agua de su guaje.

—¡Brutos! ¿Qué no se dan cuenta de que hay algo raro? —pregunta el alguacil.

—Pues algo raro…, sí… —titubea el mestizo.

—No fue un suicidio —afirma el alguacil.

—Señor, ¿entonces sí era un ladrón? —pregunta el gordo, completamente confundido.

—¿Por qué le dejaron tanto dinero encima? —pregunta el alguacil.

—No lo esculcaron bien —añade el ayudante mestizo secándose la boca con el dorso de la mano.

—¿Eres una bestia o qué? Si hasta tú te diste cuenta de que había dinero —arguye el alguacil.

—Sí, está raro todo esto… —comenta el gordo.

—Disculparán Sus Mercedes que hable, pero a mí me parece que esto fue suicidio —interviene el alcalde con la voz suave y exquisita de los indios.

—¿Y a ti quién te dio permiso de hablar? —grita el ayudante mestizo.

—¿Y a ti quién te dio autoridad para callar a la gente? —ruge el alguacil—. A ver, ¡habla!

El alcalde prosigue:

—Mire, Su Merced, es muy fácil que el chico se haya amarrado el mecate al cuello, y que él solito se haya aventado desde la rama en la que estaba colgado. Fíjense nomás en el cuello y en la boca. No tiene la lengua fuera; se nota luego luego que se le quebró el cuello de golpe cuando se colgó.

—Cierto —concede el alguacil—. No murió asfixiado, se le fracturó el cuello al colgarse, pero es común en los ahorcados. ¿Y las manos? ¿Quién se las amarró?

—Él solito, mire ese mugre nudo: desde aquí se nota que no sirve para nada. Nomás se medio amarró las manos. Haga usted mismo la prueba y va a ver cómo se puede.

—No me convence —replica el alguacil.

—¿Y el papelito ese? —pregunta el alcalde señalando un trozo de papel que está cerca de las raíces del pirú.

El ayudante gordo lo recoge y se lo entrega al alguacil, que lo lee en voz alta:

—«No puedo seguir con este remordimiento». ¿Y cómo sabías que estaba ahí?

—Es que lo vi desde antes de que ustedes llegaran —explica el alcalde.

—¿Y por qué no me lo mostraste cuando llegamos? —interroga el alguacil.

—Porque pensé que luego luego lo iban a encontrar y que me iban a regañar por andar tentando cosas del difunto.

—Mentiroso, se me hace que tú lo mataste —lo acusa el mestizo.

—Aquí están mis testigos de que no hice nada —responde el alcalde señalando a su gente.

—¿A poco sabes leer? —pregunta el alguacil—. Si ni mis ayudantes saben…

—No sea así, señor, los dos sabemos leer y escribir —se defiende el gordo.

—Sí sé leer, por eso soy el alcalde de mi pueblo.

—No me convences. Tú sabrás leer, ¿pero este? —El alguacil señala el cuerpo.

—¿Y si era alumno del Colegio de Tlatelolco? Ahí los indios aprendemos a leer —sugiere el alcalde envalentonado por la atención que le está prestando el alguacil.

—Señor, no le haga caso a este indio. Yo creo que él lo mató o algo así —insiste el mestizo.

—Piensa más, ¡cabrón! Si este lo mató, ¿por qué nos avisó? ¿Por qué no se llevó las monedas? ¿Y qué, todos estos lo están encubriendo?

—Eso sí —responde el ayudante mestizo con la cola entre las patas.

—Yo digo que este fue el sacrílego que asaltó San Agustín y que los diablos lo ahorcaron aquí para darnos ejemplo —pontifica el gordo.

Tras uno segundos, el alguacil responde con preocupación:

—No sé si los demonios lo ahorcaron, pero de que el diablo está metido en esto, de eso estoy seguro. Algo raro hay aquí.

Se hace el silencio y sólo se escucha el zumbar de las moscas. El cuerpo lleva más de medio día colgando en este día caluroso.

18

LA CONFESIÓN EN LA PROFESA

Acaba la misa de ocho en la iglesia de la Profesa, a la que acude regularmente un considerable número de fieles, la mayoría de ellos criollos y españoles acaudalados. Las tres naves del templo, separadas entre sí por columnas esbeltas de cantera gris, son frescas y bien ventiladas. Los rayos del sol de la mañana penetran por las ventanas de la cúpula, formando una urdimbre de haces de luz en la penumbra del templo. Las paredes están adornadas con óleos que glorifican a la Compañía de Jesús. El altar mayor ha sido removido porque los jesuitas quieren remodelar el templo con una decoración moderna, siguiendo la moda francesa. El sacristán apaga las velas del altar y se asegura de que el sagrario, donde se depositan las sagradas hostias, esté perfectamente cerrado con doble llave. El sacrilegio perpetrado en la iglesia de San Agustín obliga a extremar las precauciones.

A la misa de hoy asistieron más personas que de costumbre, movidas por la curiosidad, ansiosas por conocer más detalles sobre el misterioso cadáver que apareció ayer en el puente de la Aduana. Se ha divulgado el rumor de que el ahorcado es el sacrílego, ajusticiado por los ángeles. El celebrante no comentó nada. Simplemente anunció que se celebraba esa misa implorando el perdón de Dios, como desagravio a Su Divina Majestad por el horrible sacrilegio en la iglesia de San Agustín.

En la nave derecha están los confesionarios. Sólo uno de ellos está funcionando. Lo atiende Xavier Goñi, quien, según ordenan las rúbricas, porta el bonete negro en la cabeza, el roquete blanco sobre la sotana negra y, colgando de sus hombros, la estola morada, color de penitencia. Para aprovechar los ratos muertos entre confesión y confesión, el jesuita tiene en sus rodillas su libro de oraciones, el breviario para rezar la liturgia de las horas. Nadie hace fila en el confesionario, al que se acerca una figura que proyecta una leve sombra en el suelo.

—¡Ave María Purísima! —exclama Xavier Goñi, sentado dentro el bello confesionario de madera de cedro, coronado por la paloma del Espíritu Santo.

—¡Sin pecado concebida! —responde el penitente.

—Hijo, ¿hace cuánto que no te confiesas? —pregunta el sacerdote apegándose al protocolo de la confesión.

—No lo recuerdo, padre. Hace mucho, soy muy pecador —contesta el penitente con voz juvenil.

Aquella voz le suena vagamente conocida a Goñi, pero evita pensar en ello. Una celosía de madera y una cortinilla de tela negra separan al sacerdote del penitente. Tales precauciones sirven para garantizar el anonimato del penitente, pero sobre todo facilitan a las mujeres la confesión de sus pecados más vergonzosos. Muchos sacerdotes indican a los varones que se confiesen de rodillas en la parte frontal del confesionario sin rejilla de por medio. Goñi prefiere salvaguardar la confidencialidad del sacramento y sólo recibe confesiones a través de las celosías.

—Todos somos pecadores —responde Goñi acogiendo con afabilidad al penitente—. Confiesa tus pecados en presencia de Dios.

—Tengo miedo… —titubea el penitente.

—Nada tienes que temer. Dios Nuestro Señor es un padre compasivo y misericordioso —insiste el sacerdote, acostumbrado a la reticencia de los fieles que llevan mucho tiempo sin confesarse.

¡Es tan difícil contarle a un hombre los pecados, los más íntimos y oscuros pensamientos! A él mismo le cuesta horrores confesarse, se le desgarra el alma cada vez que reconoce sus miserias y pecados frente a su confesor.

—Tengo miedo de que todo mundo se entere —objeta el penitente.

—Hijo mío, nada debes temer. Lo que digas aquí se queda entre Dios, tú y yo, nadie más. Todo lo que me cuentes está protegido por el *sigilo sacramental*.

—¿Qué es eso? —pregunta el penitente.

Xavier Goñi es un confesor paciente y no tiene reparos en aclarar esas dudas; a diferencia de otros confesores, es partidario de la benevolencia y la comprensión.

—Hijo, *sigilo sacramental* significa que nada, *absolutamente nada* de lo que me cuentes aquí, puedo contarlo fuera del confesionario. Estoy obligado a guardar este secreto aunque me cueste la vida. En la historia de la Iglesia abundan los mártires que prefirieron morir sufriendo tormentos atroces antes que revelar lo que escucharon en el confesionario. Ni siquiera contigo puedo hablar fuera del confesionario de lo que tú me digas aquí en la confesión. ¿Ves? Si, por ejemplo, te encuentro en la calle, es como si nunca te hubiera visto. Aunque te reconozca, debo hacer como si no te hubiera visto antes. Todo lo que me cuentes aquí se me olvida de inmediato, como si yo nunca lo hubiera escuchado. Anda, confiesa tus pecados. Te indico la penitencia que debes cumplir, te doy la absolución y te vas de aquí muy contento, en gracia de Dios. Recuerda lo que nos dijo Jesús en el santo Evangelio: «Hay más fiesta en el cielo por un pecador que se arrepiente que por noventa y nueve justos que no tienen necesidad de penitencia».

—¿Puedo confiar en usted?

—Lo que tú me digas en la confesión es un secreto sagrado.

—¿En serio?

—Sí, hijo mío. Yo estoy actuando en nombre de Dios y ni con un movimiento de ojos puedo revelar algo de lo que me cuentes aquí. Pero no te preocupes por eso, anda, cuéntame tus pecados. Haz de cuenta que estás hablando con Dios…

—Son pecados muy graves…, ¿se los puedo contar?

—Hijo mío, claro, nada me va a asustar. Yo soy un hombre igual que tú… Anda, alivia tu alma en la presencia de Dios.

—Padre, son cosas terribles.

—Hijo mío, tus pecados siempre serán más pequeños que la infinita misericordia de Dios.

—No tiene idea de lo que dice, padre, soy un pecador… —añade el penitente con un tono plano, poco emotivo, que inquieta a Goñi, acostumbrado a que los penitentes sollocen en este punto de la confesión.

El jesuita tamborilea nerviosamente con los dedos encima de su libro y responde:

—Hijo, si tus pecados son gravísimos, de verdad muy graves, cabría la remota posibilidad de que yo no tenga autorización para perdonarlos.

—¿Y qué hago, padre? ¿Me iré al infierno?

—¡No, de ninguna manera! Dios es misericordioso y perdona *cualquier* pecado. Sólo pide que te arrepientas.

—Entonces, ¿sí me puede perdonar de cosas horribles? —insiste el penitente con un tono casi retador.

—Casi de todas, pero no tienes de qué preocuparte, hijo mío. Si yo no te puedo dar la absolución, los confesores de la catedral sí te la pueden dar. Anda, cuéntame lo que pasó. Si el pecado es muy, muy grave, te doy por ahora la bendición y te pediré que vayas a la catedral para que un penitenciario te absuelva. Pero no tienes de qué preocuparte. Yo nunca contaré nada.

—Me acuso, padre, de que tengo tratos con el diablo.

El jesuita está acostumbrado a escuchar esas historias, especialmente en las confesiones de niños pequeños, de las monjas bobas y de personas sencillas, fáciles de sugestionar y poco versadas en la doctrina católica. Goñi siempre ha pensado que el demonio es demasiado inteligente como para andar firmando contratos con los hombres.

—Siempre que pecamos tenemos tratos con el demonio.

—No, padre, no me trate como tonto. Cuando le digo que tengo tratos con el demonio es porque los tengo. —El tono del penitente ahora es desafiante.

—Explícate, hijo mío, con el demonio no se juega.

—Hablo con el demonio y él me ayuda…

189

—¿Qué tipo de ayuda? —Goñi sigue pensando que se trata de un enfermo, un loco que debería ser atendido en el hospital de San Hipólito.

—El demonio me da poderes sutiles…

Goñi suspira con condescendencia. Definitivamente se trata de un pobre loco.

—¿Qué poderes te da, hijo mío?

—Puedo traspasar paredes y puertas, levantar objetos muy pesados, puedo hacerme invisible.

—¿Te puedes hacer invisible ahora? —pregunta Goñi, en un intento por devolver la cordura a ese pobre hombre.

—No me ponga a prueba, Goñi…

—¿Cómo sabes mi nombre?

—Es muy fácil, no hace falta la ayuda de mi Señor para saberlo. Todos en esta iglesia saben que Xavier Goñi atiende el confesionario en la misa de ocho, entre semana.

El sacerdote carraspea, intrigado por el cariz que está tomando la conversación.

—¿Cómo hablas con el demonio?

—No lo busqué yo. Mi Señor me buscó porque soy inteligente. También hay una vocación diabólica, también Satán tiene a sus elegidos, y yo soy uno de ellos.

—Hijo mío, reza un acto de contrición y ahora te doy la absolución. En penitencia, reza un padrenuestro y visita a los frailes de San Hipólito. Ellos te pueden ayudar más que yo con…

—Padre, no estoy demente. Esos frailes son enfermeros de locos. Yo estoy endemoniado. No necesito un hospital, necesito un exorcismo. ¿O usted ya no cree en el demonio?

—Claro que creo… Mira, no me hagas perder el tiempo. En San Hipólito hay frailes que saben de esto más que yo. Son muy amables…

—Jesús dijo que el buen pastor deja al rebaño para ir a buscar a la oveja perdida. ¿Usted me quiere abandonar?

—¿Qué quieres? —Goñi comienza a sentirse incómodo.

—Contarle mis pecados…

—Te escucho, hijo…

—He matado a mucha gente…

—¿A cuántas personas?

—Aún no lo sé, aún no termino… Me quedan dos o tres más.

—Te voy a denunciar a los alguaciles.

—Y usted se irá al infierno por sacrílego. ¿O qué? ¿Tan pronto se le olvidó lo del sigilo sacramental?

—Hijo mío, piensa bien lo que estás diciendo. ¿Has estado bebiendo? ¿Te sientes bien?

—Yo fui quien robó las hostias de San Agustín. Fue tan fácil…

—¿Cómo lo hiciste?

—No me escuchó lo que le dije: mi Señor Satán me da poderes especiales. Atravesé las puertas de San Agustín, rompí el Sagrario y salí a la calle igual que como entré, con la ayuda de mi Señor.

—Son boberías.

—Averigüe, padre, averigüe. Nadie se explica cómo entraron a la iglesia cuando estaba cerrada…

—¡Estás loco! —le dice Goñi.

—Y también ahorqué al hombre que hallaron ayer en el puente. ¿No me cree? ¿Sabía que coloqué treinta monedas de plata en el cuerpo? ¿Le platico de otros muertos?

—Hijo mío, tranquilízate. Por favor, te conviene ir a San Hipólito. ¿Quieres que yo te enseñe el camino? Tengo amigos ahí que pueden ayudarte.

—El problema, padre, es que usted tiene dudas de fe… Ya no cree en el demonio… Por eso dice que estoy loco, porque le falta fe en Dios y en el demonio.

—Si no vienes a confesarte, terminamos. No estoy obligado a escuchar estas sandeces —le ataja el jesuita.

—Padre Goñi, ¿sus superiores saben que ha leído *esos* libros? ¿Qué diría la Inquisición de sus *tertulias*?

El jesuita recibe la estocada.

—¿De qué hablas?

—De esos libros de franceses impíos, *les philosophes*; de los libros que comparte con el virrey Ortuño, de sus tertulias secretas.

Xavier Goñi se queda helado. El corazón le late aceleradamente. Se aferra con las dos manos a su libro como si fuese un talismán, un

191

barandal de donde sostenerse para no caer. Definitivamente es una trampa. Debe pensar rápido para zafarse. ¿Quién está detrás de ella? Sólo sus amigos y protectores saben que estudia libros prohibidos en el gabinete privado del virrey, con quien comparte ciertas inquietudes intelectuales. Por unos segundos piensa que podría ser una treta del inquisidor; pero desecha la hipótesis: fray Joaquín de Salazar no necesita de estas argucias para acusarlo. ¿Un chantaje? ¿Un traidor en el grupo?

—Yo no leo libros prohibidos —responde acremente el sacerdote.

—Mentir es un pecado, padre. No mienta. Usted y don Antonio de Ortuño leen libros prohibidos por el Santo Oficio.

—¡Suficiente! —grita el sacerdote levantándose del confesionario.

El jesuita se queda frío al ver que no hay nadie del otro lado de la rejilla. Es imposible que el supuesto penitente haya escapado tan rápidamente. No lo escuchó correr y no le hubiese dado tiempo de salir tan rápido. Incrédulo, se acerca al reclinatorio, que cruje con sólo tocarlo. ¿Fue una pesadilla? Imposible. Aquello fue real. Él nunca se queda dormido en el confesionario. El sacerdote recorre velozmente la iglesia, que está casi vacía. Revisa detrás de las columnas y entre las bancas, y nada. Muy adelante, en el altar mayor, dos mujeres de edad rezan el rosario, mientras el sacristán recorta los nardos marchitos de un florero, cuyo aroma untuoso y dulce impregna el lugar. Intercambia con ellos algunas palabras. Tampoco han visto a nadie.

Goñi sale corriendo a la calle. Se le cae el bonete y, torpemente, se inclina a recogerlo. Mira a ambos lados de la acera. Hay movimiento. Caballos, aguadores, indios que cargan leñas en sus espaldas.

—¡Padre Goñi! —grita alegremente Rodrigo González, quien, acompañado por Ignacio Fagoaga, está comprando tamales en un puesto a unos metros de la iglesia.

Xavier Goñi camina hacia el puesto. La mestiza que lo atiende se hinca y le besa la mano al sacerdote. Las ollas de barro, colocadas sobre braseros, despiden el característico olor de las hojas de maíz humedecidas por el vapor.

—¿Qué hace afuera? —pregunta don Rodrigo, quien trae el rostro amoratado por los golpes que le dio ayer don Pedro.

—Nada, salí a tomar aire fresco... —comenta Goñi, desconcertado.

—Sí, lo veo un poco pálido —responde Rodrigo González—. ¿No quiere un tamal?

En silencio, sin pronunciar palabra, Ignacio le ofrece a Goñi un tamal de chile en un plato de barro. El jesuita agradece el gesto con una mueca, burda imitación de una sonrisa. El sacerdote no está de ánimo para comer tamales.

—Jóvenes, los veo en clases en un rato. —Y les reconviene con voz nerviosa—: A estas horas ¿no deberían estar en la universidad? Y tú, Ignacio, no te dejes influir por este vago. ¡Ay, Rodrigo! En lugar de que aprendas de Ignacio, él está aprendiendo de ti...

Ignacio Fagoaga no contesta porque tiene un enorme trozo de tamal en la boca, pero asiente con la cabeza. Xavier Goñi, con el bonete en la mano, les da la espalda para regresar al templo.

—Padre, muchas gracias por todo —le dice don Rodrigo.

El sacerdote se da la vuelta de nuevo.

—¿Gracias de qué?

—Usted sabe de qué... —le responde Rodrigo con una sonrisa franca y sincera que ilumina sus amoratados ojos castaños.

Xavier Goñi cruza el umbral del templo, hunde sus dedos en la pila del agua bendita y traza la señal de la cruz sobre su pecho y su frente. No le cabe la menor duda. Se quedó dormido. Aquello fue una pesadilla. Hoy mismo revisará qué escribió santo Tomás de Aquino sobre los sueños.

19

EL LEBREL DE DIOS

Convento de Santo Domingo,
Ciudad de México, a 2 de junio,
anno Domini 17...

El agua de lavanda dejó de hacer efecto y el insomnio regresó con toda su fuerza; se lo conté a mi confesor y me amonestó fuertemente. Me dijo que debí haber obedecido al padre prior y acudir al médico. Me dijo, además, que mi falta de docilidad revelaba que la soberbia estaba anidando en mi corazón, y eso me dejó muy pensativo. Hoy en la oración miré hacia dentro de mí. Es cierto que continuamente pronuncio actos de humildad; sin embargo, en el fondo de mi corazón me siento superior y me satisface recibir el reconocimiento de los demás. Y esto, no me cabe la menor duda, es una tentación diabólica.

El pecado de Satán no fue la lujuria, sino la soberbia. Dios sabe que nunca he tocado mujer y que desde mi juventud me he esforzado por alejar de mí la sensualidad. Sin embargo, por cuanto soy un hombre poderoso, también soy proclive a la soberbia. Qué fácil me resulta engreírme. Sólo cuatro personas en el mundo tienen derecho a mandarme: el santo papa, Su Majestad el Rey, Su Excelencia el Virrey y mi confesor. ¡Sólo ellos! Ni siquiera el padre prior ni el maestro general de la orden tienen autoridad jurídica sobre mí. Y aunque muchos envidiarían mis privilegios, ellos me convierten en presa fácil de Satán.

Así que, obligado en conciencia por mi director espiritual, acudí a un examinador mayor del Protomedicato, un buen hombre que suele confesarse conmigo. Yo quería que él me atendiese.

—Su Reverencia, ¿para qué busca usted afuera lo que tiene dentro del Tribunal? Don Eusebio es el médico que más sabe de insomnios en este reino. Seguro él le podrá prescribir algo que lo hará dormir como un bebé. Ya lo verá. Yo le diría que con mucho gusto le atiendo, pero no tiene sentido que yo le ausculte, cuando tiene usted a don Eusebio a la mano.

No quedándome otra posibilidad, me resigné a convocar al susodicho en mi despacho. Apareció el mediquillo muy ufano, me tomó el pulso, escuchó mi corazón y mis pulmones, me revisó la garganta y la lengua, los tobillos, el cuello. ¡Qué humillante es sentir que alguien te toca! Indagó si me levantaba a orinar en la noche, si mis orines eran rojos o transparentes, si mis flatulencias apestaban mucho. Fue de lo más desagradable y si soporté sus preguntas impertinentes, fue sólo por amor a la santa obediencia.

Al final el mediquillo me prescribió una receta extraña, confeccionada con vino de Málaga, canela, clavo, azafrán y opio. Me la están preparando en la botica que surte los medicamentos de los presos y dirige un farmacéutico de toda mi confianza.

He de reconocer que el diagnóstico de don Eusebio me inquietó: «melancolía aguda». Lo sospechaba desde hace días, quizá por eso rehuía la consulta. El médico creyó que yo no sabía qué era eso, como si Aristóteles y Galeno no hubiesen escrito sobre ella. Hasta santa Teresa de Jesús sabía lo que era la melancolía. Sé de sobra que la melancolía es la enfermedad que acosa a los frailes y las monjas, y yo, llevado por mi orgullo, me sentía inmune a ella.

No obstante, me entendí con don Eusebio. Me pareció razonable su tratamiento: comer más, beber un poco de vino al mediodía, olvidarme del chocolate en la tarde, caminar una hora al día en la huerta del convento o, mejor aún, dar un paseo por la Alameda, no despertarme en la madrugada para los maitines, escuchar música en cuanto me sea posible y tomar una cucharada de su pócima una hora antes de acostarme. ¡Ah! ¡Y me prohibió ayunar los viernes!

He cumplido todo, salvo lo de la receta, porque el farmacéutico se quedó sin opio, que por lo visto viene de Europa. Con los piratas merodeando por Cuba, los suministros tardan mucho en llegar a la ciudad. ¡Sea por Dios! Espero que pronto me llegue el remedio. Dios sabe que este insomnio me está matando. A veces, durante la noche, siento ganas de llorar sin motivo alguno; simplemente me siento muy triste, como si me faltara el aire y con un nudo en la garganta. Entonces me levanto y me asomo a la ventana de mi celda, que da a la huerta. Eso me hace sentir un poco mejor, aunque al poco tiempo vuelvo a sentirme sofocado y asustado, con miedo. Nadie sabe que llevo semanas durmiendo con una vela encendida porque tengo miedo a quedarme a oscuras; lo peor es que no sé a qué le temo, es un miedo abstracto, etéreo.

¿Y qué más quiero contar? Es curiosa la necesidad que siento de poner mis inquietudes por escrito. Don Eusebio y mi confesor me han dicho que si me sirve para descargar mi inquietud, que lo siga haciendo.

Pues ayer charlé largamente con el prepósito de la Congregación de San Felipe, que vino desde San Miguel el Grande porque, según él, quería comentarme algunos asuntos delicados. Yo había hablado con él hace medio año, con ocasión del caso del padre Díaz de Gamarra. Como es lógico, lo recibí de inmediato; nadie viene desde tan lejos sin un motivo serio.

Ciertamente, durante estos meses de secas, el camino entre San Miguel y México es cómodo, aunque no por eso menos largo. Tampoco hay ladrones, gracias a las enérgicas medidas de Su Excelencia el Virrey. A diferencia del camino a Nuevo México y a Texas, el camino a Guanajuato está libre de indios bravos desde hace más de cien años y no queda ni rastro de los feroces chichimecas.

El prepósito comenzó a dar rodeos tales que supuse que venía a denunciar algo muy grave dentro de su congregación. (Tristemente, no sería la primera vez que un clérigo intenta abusar de alguna penitente en el confesionario o, peor aún, que alguno comete el pecado *contra naturam*.) Después de muchos circunloquios, parecía que el prepósito me traía más elementos para acusar al padre Díaz de Gamarra. Sin embargo, tampoco era de eso de lo que quería hablarme.

Al final, me desesperé con tanta cháchara y lo presioné un poco. El hombre, al igual que yo, está preocupado por el ambiente *filosófico* en la Intendencia de Guanajuato. Por desgracia, fuera de las consabidas acusaciones contra el padre Gamarra, no traía nada en concreto.

Reconozco que me enfadó su palabrería y le respondí que, si no traía nombres, era mejor que se retirara. El Santo Oficio no es una tertulia para chismorrear, sino un tribunal donde se denuncian pecados y delitos muy específicos. ¡Qué daño le ha hecho a la Inquisición hacer caso de rumores! Cada semana llegan a mi despacho docenas de rumores: la mujer que denuncia a su comadre por bruja; el hombre que acusa a su vecino de judaizar, simplemente porque no le gusta el chicharrón; o la monja que dice que su abadesa está endemoniada. ¡Cuánta ignorancia! Y esta ignorancia sí que se confabula con el Enemigo, pues el demonio sabe sacar provecho de tales supersticiones y boberías. ¡Qué lógico me parece que los indios no estén bajo mi jurisdicción! Si los cristianos maduros no saben distinguir entre un veneno y un conjuro, no quiero ni imaginar la cantidad de estupideces que vendrían a contarme los indios.

¡Pobre Guanajuato! Me consuela saber que los jesuitas de ahí son de fiar. Sin embargo, el prepósito tiene razón: algo anda mal en Guanajuato. No, no creo que haya protestantes allá; a los luteranos es fácil descubrirlos, pues tarde o temprano se nota quién lee la Biblia sin la guía de la Iglesia. Los luteranos son herejes y cismáticos, pero son cristianos; creen en la Santísima Trinidad y en la Divinidad de Nuestro Señor Jesucristo. A los luteranos, sin duda, hay que temerles. No obstante, no son tan peligrosos como los librepensadores. ¿En qué creen estos? ¿En una religión sin gracia, en una moral atea? Mucho me temo que llegará el día en que nosotros, los católicos, habremos de aliarnos con los luteranos para defendernos de los librepensadores. Dios quiera y nunca llegue yo a ver ese día.

Me temo que hay un foco de librepensadores en Guanajuato, los rumores son persistentes. Y tiene lógica porque han llegado muchos ingenieros franceses para explotar las minas. De ahí debe de venir la infección.

Yo he cometido muchos pecados en mi vida. Sin embargo, a pesar de mis miserias, nunca he dudado de que Nuestro Señor Jesucristo le

dio al sumo pontífice las llaves del reino de los cielos. Soy un dominico, un *Domini canis*, que debe ayudar a Jesús, el Buen Pastor, a conducir a las ovejas al cielo. Soy un lebrel que debe cuidar el rebaño de
los lobos del pensamiento.

20

EL MARQUÉS DEL APARTADO

En la cocina, el olor de la grasa y el humo de los fogones es tan intenso que el mayordomo está preocupado de que algo se haya quemado. Los cocineros trajinan de un lugar a otro. El panadero acaba de entregar en el palacio dos enormes empanadas, una de carne de res picada con tocino y otra, más pequeña, de bacalao alcaparrado. El maestro de cocina ordenó colocar las enormes empanadas cerca del fogón para que no se enfriaran. No fue fácil conseguir el bacalao seco ni las alcaparras, pues la flota que importa estas provisiones desde España está varada en Cuba, sitiada por piratas. Pero el dinero hace milagros y, a pesar de la escasez, se consiguieron los productos de ultramar.

En el fuego se rostizan en leña de mezquite dos piernas de venado bañadas en azúcar y vino que el señor marqués ordenó cazar en sus bosques de Chalco. El calor formó una deliciosa costra de caramelo sobre la carne. Al pinche encargado de darle vuelta se le hace agua la boca, y aprovechará el menor descuido del cocinero para robarse un trozo.

Los afanosos molcajetes trituran rítmicamente las especias importadas desde la India y las Molucas. La nariz percibe fácilmente el picor de la pimienta, que se muele junto con el jengibre y la nuez moscada para la salsa que remojará el enorme lomo de res que se asa en el horno.

En una enorme sartén, la mayora fríe con manteca las codornices de Zumpango y las condimenta con cilantro, yerbabuena, clavo y el carísimo azafrán. De vez en vez, la mujer arroja unas gotitas de aguardiente que de inmediato hacen saltar la manteca.

Dos galopines dan los últimos toques a los postres. Es la hora de aderezar con piñones rosas de Puebla el platón de leche episcopal, de recubrir el marquesote de huevo con la crema de almendras, de rebanar el ante de betabel y de poner en una canastilla de plata los chilacayotes y las peras cristalizadas.

El coronel don Cayetano Fagoaga y Arozqueta, marqués del Apartado y padre de Ignacio, ha organizado una comida en su palacio a la que asisten el conde de Heras y Soto y, como invitado de honor, el inquisidor general de la Nueva España. Los caballeros dialogan.

—¿En verdad los piratas podrían tomar Acapulco? —pregunta el conde de Heras y Soto.

—Tal parece que sí, señor conde. Nuestros hombres han avistado piratas en las costas de Oaxaca. ¡Piratas holandeses! Los bellacos luteranos quieren apoderarse de nuestras rutas. Quieren las riquezas de Filipinas —responde el marqués del Apartado, impaciente porque su invitado principal aún no llega.

—¿Y cómo van las cosas en Perú? —pregunta el conde para matar el tiempo de espera.

—También estamos muy preocupados por aquel reino, las noticias que nos llegan son muy confusas. ¡Cómo nos hace falta una comunicación más veloz! Ojalá pudiésemos coordinar nuestras defensas con Perú, pero Su Majestad no lo autoriza. En estos instantes, amigo mío, Lima podría estar ardiendo en llamas, y nosotros vendríamos a enterarnos dos meses después. Esa es la triste realidad —se lamenta el marqués del Apartado.

—Señor marqués, ¿es cierto que los piratas saquearon Buenos Aires?

—Lo que les contaré es sumamente confidencial… —responde el marqués con parsimonia—. Me lo contó el mismísimo virrey, así que la fuente no puede ser más digna de crédito.

—Cuente usted con mi silencio de caballero —promete el conde con voz engolada.

—No son piratas holandeses los que amenazan el virreinato del Río de la Plata; son los ingleses, tropas inglesas. Eso es mucho peor. ¡Los ingleses quemaron Buenos Aires! Tenemos ingleses asentados en Nueva Granada, en nuestra frontera con Brasil. ¿Comprende usted la gravedad? Esos bellacos tienen una cabeza de puente en Nueva Granada y ahora acechan el Río de la Plata —dice el marqués bajando la voz.

El marqués del Apartado es poderoso y rico. Posee productivas minas de plata en Fresnillo y Zacatecas, prósperas haciendas en Tlalnepantla y Chalco, y, por si fuese poco, también participa del lucrativo comercio con China a través del galeón de Manila que zarpa desde Acapulco una vez al año. Además, don Cayetano ocupa cargos públicos que le permiten controlar los metales preciosos del virreinato. El marqués es uno de los hombres más importantes y distinguidos de la Nueva España. Como pasó su juventud en Castilla, muy cerca de la corte, la Corona lo tiene por persona de su entera confianza. Es el rey Midas del virreinato: lo que toca el señor marqués se convierte en oro. Sin embargo, quienes lo conocen de cerca, posiblemente infectados por la envidia, recelan de su modo de hacer dinero. La fortuna del marqués se ha ido engrosando más allá de todo lo razonable gracias a sus triquiñuelas y trampas. Es difícil llegar a ser tan rico como el mítico rey Creso sin haberse ensuciado las manos.

Don Cayetano ama a su hijo Ignacio, el primogénito que habrá de heredar el marquesado y toda la fortuna, si es que los piratas y los ingleses no se apoderan de ella. Al marqués del Apartado le inquieta que el chico estudie con tanto entusiasmo. La Teología está bien para los frailes y monjes, no para quienes gobiernan la Tierra. Don Cayetano le permitió estudiar Teología a su hijo porque está seguro de que el joven nunca será cura. Ignacio Fagoaga no es dado a los rezos y devociones.

A pesar de ello, sería mejor, piensa el marqués, que el joven se aplicara cuanto antes a los negocios familiares. No le es fácil a don Cayetano administrar él solo tantos ranchos y haciendas, tantos tratos y contratos, tanto oro y plata. Eso sí, el marqués del Apartado sabe que los conocimientos de aritmética que cultiva su hijo le serán de gran utilidad para manejar las enormes cantidades de metálico que pasan por sus manos. El verdadero negocio de los Fagoaga no son las tierras ni el ganado, ni los marfiles y especias que se traen desde Filipinas, ni siquiera la plata que sacan de sus minas. El corazón del negocio es vender dinero: don Cayetano es el gran banquero de la Nueva España.

Al igual que su hijo Ignacio, el viejo marqués es delgado y frágil, de piel blanca, casi rosada; sus modales son refinados, su porte es distinguido y no tiene el aspecto rudo de un vasco. Sin embargo, don Cayetano Fagoaga, coronel de los ejércitos del reino, sabe montar a caballo y, cuando joven, practicaba la esgrima con agilidad. Por algo fue nombrado coronel. Le hubiese gustado que su hijo Ignacio fuese más viril, más bravo, más fornido, como Pedro, el gallardo hijo de los condes de Heras y Soto. Pero las aficiones y actividades de Ignacio tampoco le quitan el sueño. Don Cayetano sabe que los militares son peones, meros engranes, pequeños títeres de quienes manejan el dinero. Las guerras no se ganan con cañones de acero, sino con barras de plata. Para derrotar a los filibusteros ingleses y a los piratas holandeses lo que hace falta es dinero contante y sonante.

Y, por si fuese poco, su hijo Ignacio es un diplomático nato, un cortesano sigiloso que sabe callar y urdir intrigas, tan necesarias para reinar entre lobos.

El palacio del marqués del Apartado es señorial y de buena factura, aunque el edificio no proclama suficientemente la opulencia de su dueño. La mansión se le ha quedado pequeña. Por ello, don Cayetano acaricia el proyecto de construir un palacio de nueva planta que esté más de acuerdo con su inmensa fortuna. En Europa soplan nuevos vientos en las artes, los arquitectos ya no gustan de las excentricidades y recargamientos de antaño. Quizá sea el tiempo de construir algo al modo de los clásicos, un edificio de sobrias columnas dóricas, y no de estípites barrocos y caprichosos. Pero, por lo pronto, el marqués sigue recibiendo a sus invitados en su vieja mansión, heredada de su padre. Si no es él, será su hijo quien construya una nueva casa. Para gastar, lo sabe de sobra el marqués, nunca es tarde.

Precisamente por ello, porque la alta política se urde en los salones, don Cayetano convidó a comer en casa a fray Joaquín de Salazar.

El marqués sabe que conviene ganarse la benevolencia del temido inquisidor general.

Una docena de lacayos con pelucas y libreas bordadas con el escudo de armas del anfitrión están listos para atender a tan importante invitado. El marqués contrató un cuarteto de cuerdas para amenizar la comida, que se servirá en el salón principal, atiborrado de plata repujada y porcelana china.

El inquisidor vendrá acompañado de otro fraile, un dominico que hace las veces de su secretario personal. La comida será casi íntima. Además del anfitrión, de su hijo Ignacio y de los dos frailes, fueron invitados el conde de Heras y Soto y su hijo, Pedro, compañero de Ignacio en la universidad.

El conde y Pedro llegaron a la reunión con mucha antelación, es impensable hacer esperar a fray Joaquín de Salazar. El conde, el marqués y sus respectivos hijos aguardan al inquisidor en la puerta del palacio. Se trata de un invitado especial con quien hay que derrochar todo tipo de atenciones. La tarde es calurosa. Aún faltan semanas para la época de lluvias y el clima de la ciudad se torna insoportable, polvoriento.

El inquisidor viene retrasado, pero tuvo la cortesía de avisar a don Cayetano, que llegaría tarde por culpa de un incidente en el palacio arzobispal. Aun así, el marqués está impaciente. La comida estaba a punto y puede estropearse si no se sirve a tiempo. Algo muy grave habrá sucedido en el palacio del arzobispo para requerir la inmediata presencia de fray Joaquín. ¿Qué habrá pasado?

Para matar el tiempo, debajo del dintel de la mansión, el marqués y el conde siguen charlando sobre negocios. El conde de Heras y Soto, un hombre del pasado, sostiene que la riqueza proviene de la tierra, del cultivo de granos y la cría de ganado. El marqués del Apartado, avezado en los negocios burgueses, sabe que el futuro de los negocios está en los créditos, en el préstamo con interés. Aunque los trasnochados aún descalifiquen la usura y la consideren *cosa de judíos y moros, impropia de caballeros*, don Cayetano comprende que *el dinero nunca apesta*. Dentro de unos años acabará la época de los terratenientes y comenzará la era de los banqueros. En el fondo de su corazón, el marqués del Apartado prevé que, tarde o temprano, la

Nueva España se independizará de la metrópoli como hicieron las desleales trece colonias inglesas. Y en ese día lo más importante será el dinero, no las tierras y, mucho menos, los títulos nobiliarios.

El conde de Heras y Soto viste con sobriedad, luciendo una peluca empolvada, rizada y larga, algo anticuada comparada con las pelucas cortas que se usan ahora. No ha transcurrido ni una semana del rompimiento del compromiso matrimonial de su hijo con Inés Goicoechea. No obstante, se le ve tranquilo; la compensación económica que le entregó el padre de Inés le resolvió muchos problemas. La cancelación de la boda, ciertamente, le hizo pasar un rato amargo, pero comparte con el marqués del Apartado la opinión de que el dinero nunca apesta. Aunque el conde no estaría dispuesto a convertirse en un vulgar banquero, sí que reconoce la necesidad del dinero. Un noble linaje sin riquezas es como una vajilla de plata en una mesa sin comida.

Su hijo, don Pedro de Heras y Soto, luce a la última moda. Trae peluca blanca corta, con una coleta a la espalda. La pequeña cola de caballo está anudada con un listón rojo que hace juego con su chaleco de seda, bordado con coloridos motivos florales. La peluca, en cambio, no está bien ajustada; por debajo de ella, se asoman los cabellos rubios del joven.

La camisa que usa Pedro es blanca, bien planchada. Atado a su cuello, grueso y fornido, a modo de corbatín, cuelga un pañuelo de encajes de Bruselas. El chico trae sobre el chaleco una pesada casaca de terciopelo azul con puños anchos recamados en oro. El primoroso color de su casaca combina con sus ojos azules. Sus pantaloncillos son cortos, hasta la rodilla; medias blancas cubren las recias y musculosas pantorrillas del joven. Los zapatos negros lucen hebillas de plata dorada. En la mano derecha, el joven presume un anillo con una esmeralda de Nueva Granada; «un adorno excesivo», le previno su padre sin que él le hiciera caso. Por tratarse de una comida con frailes, ninguno de los invitados ciñe espada, ni siquiera don Cayetano, coronel de los ejércitos del reino.

Pedro sonríe forzadamente, sin poner atención a la conversación de los mayores. Sigue muy enojado con Rodrigo González, a quien desearía ver muerto o, mejor aún, pudriéndose en un calabozo de por vida. Ignacio, siempre locuaz, intenta infructuosamente platicar con Pedro. El hijo del conde desprecia y envidia al hijo del marqués. Ignacio Fagoaga es un señorito mimado, un muñequito de porcelana, que heredará una de las mayores fortunas de la Nueva España. «Este imbécil no sabe ni montar», rumia Pedro.

A Pedro le gustaría largarse en este momento para emborracharse y refocilarse con las putas de la calle de las Gallas. Desde la adolescencia descubrió la eficacia del placer carnal para olvidarse de los problemas. Los espasmos de la lujuria borran la conciencia. El fornicador se olvida de sí mismo y sólo se concentra en el gozo. Para el fornicario no hay más tiempo que el instante, ni más eternidad que el deleite en el presente. La dificultad, se lamenta para sus adentros, consiste en encontrar una buena compañera de cama. Pagar generosamente no basta. El placer carnal requiere la intervención de dos. Cuando la pareja no disfruta, el acto sexual es maquinal, como los autómatas de las cajas de música que llegan de Alemania: melodías de engranes, ritmos sin armonía, mecanismos sin halo vital. A pesar de ello, piensa, una puta impávida en la cama es preferible a la vergonzosa autosatisfacción.

El joven se lamenta, sin embargo, de que cada vez es más difícil hallar prostitutas blancas. Las criollas y las españolas, se ufana Pedro, son yeguas salvajes, animales difíciles de montar, pero una vez que se les monta, conducen al jinete hasta el mismísimo cielo. Las negras, en cambio, son como animales brutos e indomesticables. Se acuesta con ellas por mera necesidad cuando no hay de otra. Las negras son lascivas y lujuriosas, pero asquerosas.

La única excepción fue su nana, su nodriza negra, una anciana gorda y risueña que lo crio y mimó hasta que un día amaneció muerta. Pedro recuerda esa mañana en que su nana no le llevó el chocolate con pan de yema a la cama. «María se fue al cielo», le explicó su madre, y nunca más volvió a verla porque los señores condes no le permitieron a su hijo mirar a la nana en el ataúd. Pedro lloró más por la muerte de su nana que por la de su propia madre, quizá porque esta siempre fue una figura minúscula y distante, avasallada por el carácter del señor conde.

Los varones negros también son despreciables. Si por él fuese, los castraría a todos y los enviaría a trabajar en las minas hasta reventarse. Jamás se olvidará de aquella tarde en que, aprovechándose de un descuido de su nana, un negro viejo, de ojos amarillentos y dientes carcomidos, lo manoseó. Si hubiese tenido agallas para contárselo a su padre, habrían matado a golpes al esclavo aquel. Pero ¿cómo iba a contarle a su padre *lo que le hizo* ese demonio negro? Además, aquella bestia murió a los pocos días de un cólico fulminante. Nadie conoce su secreto, pero cuando su padre muera, Pedro matará a todos los esclavos que reciba en herencia. Los hará trabajar de sol a sol y no les dará más comida que la que necesiten para seguir sufriendo.

Pedro está molesto, enojado, aburrido. Si la comida termina pronto, se irá a una de esas tabernas donde siempre se puede encontrar alguna puta sana, aunque no sea negra. Si está de humor, llevará a Ignacio. El enclenque necesita foguearse en las artes amatorias. No le extrañaría que Ignacio llegase al lecho nupcial «sin saber qué hacer con su esposa».

Mientras sus padres discuten sobre el destino de la Nueva España, Ignacio Fagoaga sigue intentado hablar con Pedro de futilidades: Aristóteles, la cátedra de Filosofía Natural, el nuevo rector, el proyecto de la nueva Escuela de Minería… El pobre Ignacio, piensa Pedro, vive para sus libros. De no ser porque su padre el marqués es inmensamente rico, Ignacio no sería sino un criado timorato, un lacayo.

Inés, Inés, Pedro no logra desprenderse de su imagen a pesar de que intenta distraerse recordando sus más recientes aventuras amorosas. El hijo del conde de Heras y Soto no logra hacerse a la idea de que esa mujer, *una mujer*, lo ha despreciado y, peor aún, lo ha cambiado por un plebeyo. Pedro se siente confundido, desconcertado; a su manera, se siente atraído por Inés, que es una niña malcriada e insolente. Él, que ha poseído a tantas, no consigue olvidarse de Inés Goicoechea. La chica despierta en él una extraña lujuria. ¿La ama? No, pero sí la desea de una manera distinta a como ha querido a otras mujeres. ¿La odia? Sin duda, pero no sabe si sería capaz de vengarse de ella. Posiblemente quedaría satisfecho con darle un par de bofetones, una pequeña lección a la niña mimada. Acaso sus contradictorios sentimientos esconden un mero capricho, el deseo de un objeto raro que ahora está fuera de su alcance. Su orgullo herido no se hace a la idea de que una mujer le desprecie, y eso aviva en el chico el deseo de poseerla. Es algo similar a lo que le sucede con los caballos. A Pedro le gusta cabalgar los más difíciles de domar, montar un animal bravo le satisface más que cabalgar uno manso y dócil.

La llegada del carruaje del inquisidor le arranca de esas fantasías. El carro, adornado con el escudo del Santo Oficio, se detiene ruidosamente enfrente de la mansión. Tres jinetes escoltan a sus pasajeros; dos van delante, abriéndole el paso, y un tercero, cubriendo la espalda. El mozo de estribos baja rápidamente de la parte trasera del carruaje para abrir la puerta. El primero en bajar es el secretario, un dominico chaparrito, de rostro amable y piel aceitunada. Desciende segundo el inquisidor, que viste el hábito negro y blanco y una enorme capa de lana, demasiado caliente para estos días de primavera. La piel de fray Joaquín de Salazar es blanca, sus ojos azueles y su pelo rubio. La tonsura de su cabeza es precisa: se nota que se la afeitan a diario para lucir esa calva tan pulida y limpia. Salazar es un hombre de condición menuda y frágil que ronda los cincuenta años, como dejan entrever pequeñas arrugas en el contorno de sus ojos. Al fraile se le nota cansado, con ojeras, pero tras unos segundos, se sobrepone y saca fuerzas de su debilidad.

El marqués del Apartado y el conde de Heras y Soto se acercan obsequiosamente para besar las manos afiladas y elegantes del inquisidor general. A continuación toca el turno de Pedro y de Ignacio. Fray Joaquín agradece con cortesía el cálido recibimiento. El grupo cruza el umbral que conduce al patio central, sembrado con geranios y sombreado por cuatro pequeños álamos. En el patio, los mozos y sirvientas están formados para recibir a la visita. El inquisidor camina entre ellos permitiendo que le besen la mano e impartiendo bendiciones. El secretario se va quedando atrás, acostumbrado a su puesto de segundón.

—Quiero pasar un momento en la capilla —dice fray Joaquín al marqués.

—Por supuesto, Su Reverencia, por favor, vamos, vamos —responde don Cayetano.

207

Los seis hombres suben la escalera y pasan un minuto a la capilla, tapizada de damasco rojo, presidida por un cuadro con la Virgen de Aránzazu enmarcado en ébano incrustado de carey y hueso.

El fraile se hinca unos segundos en un reclinatorio con mullidos cojines. Cierra los ojos y pide ayuda a Dios. ¡Es tan difícil ser un sacerdote de Cristo en la Tierra! Fray Joaquín se pone de pie y, como quien se ha quitado un peso de encima, se dirige a su anfitrión:

—Ilustrísimo Señor, lamento tanto el retraso. Espero le haya llegado el mensaje.

—Por supuesto, Su Reverencia, lo recibimos. Por favor, no tiene usted de qué preocuparse —contesta el marqués del Apartado con su mejor sonrisa.

—La jornada ha sido difícil... —añade el inquisidor.

—¿Desea usted pasar a comer? Un poco de vino le ayudará a despejarse —responde encantado don Cayetano, quien tiene mucha hambre.

El marqués hace una señal al mayordomo, quien a su vez transmite la orden. Dos lacayos abren de par en par las solemnes puertas del comedor para los invitados. El cuarteto de cuerdas comienza a tocar música suave, un adagio sencillo y acogedor. Un sirviente se dispone a recoger la calurosa capa del inquisidor.

—¡Pedro! ¡Cada vez te veo más fuerte y grande! —le dice fray Joaquín de Salazar al hijo del conde mientras lo toma del brazo—. Ya me contarás en la comida a qué te quieres dedicar cuando te gradúes...

—Gracias, Su Reverencia... —responde don Pedro de Heras y Soto, quien conoce al fraile desde hace años.

—¿Y tú, Ignacio? ¡Cada vez te veo más flaco! Vas a desaparecer —exclama fray Joaquín—. Debes comer mejor y cabalgar. Estoy enterado de tus magníficos resultados en la universidad. ¡Felicidades! ¡Ah!, pero también debes montar, cazar, practicar esgrima. Dile a Pedro que te invite a cabalgar a Chapultepec o a San Ángel. ¿Te gusta cazar? Es un gran ejercicio. Los cotos de caza de tu padre son envidiables. ¡No los tiene ni el virrey!

No es necesario que el marqués les indique cómo sentarse en el comedor. Las personas de buena cuna saben qué lugar deben ocupar. El inquisidor preside la mesa rectangular; a su lado derecho, el conde, y al izquierdo el anfitrión. La mesa, recubierta con un mantel de muaré azul que llega hasta el suelo, está sembrada de piezas de plata: saleros, copas, candeleros, cubiertos, platoncillos.

Los lacayos sirven el primer vino, un vinillo de Jerez. El inquisidor pide silencio. La música cesa. Fray Joaquín le ordena a su secretario, el frailecillo de piel aceitunada, que bendiga los alimentos...

—¡Amén! —responden todos mientras se santiguan.

Los lacayos colocan en la mesa almendras tostadas, rábanos picantes, zanahorias, calabacitas y cebollas en vinagre, queso fresco de oveja, rebanadas de butifarra blanca cocidas en vino, lonchas de jamón, codornices con azafrán y pescado del lago frito y adornado con rebanadas de aguacate. Nadie se atreve a probar algo hasta que fray Joaquín de Salazar toma con la mano una pequeñísima pierna de codorniz, que devora rápidamente tras dar un sorbo al vino.

—Don Cayetano, ¿cómo le hace para conseguir estas codornices? Se nota de inmediato el sabor del azafrán. ¡Y este jerez! Con lo difícil que es comprarlo. Los piratas del Caribe nos van a matar de sed —bromea el inquisidor, animado por el jerez—. La flota de ultramar está varada en Cuba por culpa de los piratas...

En realidad, el fraile aborrece las codornices, pero las come como un sacrificio, una discreta mortificación que le ofrece Dios sin que nadie lo advierta.

—Me alegra que le guste, Su Reverencia —responde don Cayetano, quien ya va en la segunda loncha de jamón.

A excepción del inquisidor, los comensales sonríen forzadamente, sopesando sus palabras. No conviene bromear a la ligera en presencia de un guardián de la fe. Fray Joaquín, por supuesto, lo sabe. Está acostumbrado a ello.

—Ha hecho mucho calor estos días —comenta con torpeza el conde de Heras y Soto mientras juguetea en su plato con un trozo de butifarra.

—¡Oh! ¡Sí! Mucho, pero ya pronto comenzarán las lluvias —añade don Cayetano—. ¿Pasará usted el verano en la ciudad, Su Reverencia?

Pedro apura su copa. El vino de Jerez adormece suavemente su lengua. La plática le resulta tediosa. Esta comida es un tormento, le urge que termine pronto para largarse a la taberna o al Baratillo.

—Mi querido marqués. —Fray Joaquín, poco acostumbrado, ya ha bebido dos copas—. Sólo Dios lo sabe, pero me gustaría pasar julio y agosto en San Ángel. ¿Conocen ustedes nuestro convento allá?

—San Jacinto es hermoso —apunta Ignacio, que apenas ha probado bocado.

—¡Nuestra huerta es encantadora! No dejen de avisarme si vienen a San Ángel —añade fray Joaquín, que ahora está dando cuenta de un pequeñísimo trozo de pescado frito.

—Le tomaremos la palabra, Su Reverencia. Como usted bien ha dicho, a Ignacio le vendría bien tomar un poco de aire fresco. Este chico se la pasa en los libros —precisa don Cayetano con cierta preocupación.

Pedro no resiste más y arremete contra Ignacio:

—¿Ignacio en San Ángel? Si no sabe montar a caballo…

—Prefiero el carruaje. ¿Tú no? —se defiende Ignacio Fagoaga llevándose la copa a los labios con gesto desafiante.

—Los hombres de verdad montamos a caballo —replica Pedro.

—Su Reverencia y el señor virrey viajan en carruaje —se defiende Ignacio gozando el ejercicio dialéctico—. Pedro querido, ¿te atreverías a poner en duda la virilidad de los caballeros que prefieren la comodidad de un carruaje?

El inquisidor zanja la cuestión:

—Hijos míos, no discutan. ¡A ver, Pedro! Cuéntame: ¿cómo estás?, ¿cómo va todo?

El conde se adelanta a responder antes de que su hijo responda una barbaridad:

—Estamos muy bien…

—Por lo visto, todo mundo está enterado de nuestro deshonor —contesta agriamente Pedro.

—Hijo, ¡no seas insolente! Modera tus palabras —amonesta su padre a Pedro—. ¿Cómo te atreves a responderle así a Su Reverencia? Discúlpate de inmediato.

—Pedro está muy dolido por el despecho —apunta Ignacio Fagoaga con malicia.

—No es para menos, Pedro, no es para menos, querido hijo mío. —El tono del inquisidor es acogedor—. El rompimiento de un compromiso matrimonial es algo muy duro, aunque no sea ilegal ni inmoral. Entiendo perfectamente tu enojo. En esta ciudad todo se acaba sabiendo, por muy secreto que sea. Siento haber traído a la mesa tan malos recuerdos.

—Es usted muy amable por comprenderme —responde Pedro dándose cuenta de su torpeza—. Y soy yo quien debe disculparse por mis palabras.

—Disculpe, Su Reverencia, a mi hijo —añade el conde moviendo la cabeza en señal de reprobación—. El oprobio y la humillación recibida lo tienen confundido…

Para distender el ambiente, el marqués del Apartado pide el cambio de servicio en la mesa. El mayordomo, que ha asistido a la comida como pétrea esfinge, recobra la vida. Como si fuese un *ballet*, los sirvientes danzan en torno a la mesa y, como por arte de magia, aparece en la mesa un pato relleno de jamón, peras y tejocotes; un platón de ensalada de lechuga y jitomates, aliñada con aceite y vinagre; un guajolote en pepitoria roja; dos capones en pepitoria blanca rellenos con arroz, crema y canela. Un vino clarete, perfumado con romero y pétalos de rosa, les hace los honores a las aves.

El lacayo intenta servir vino al inquisidor, pero este lo rechaza. Prefiere tomar agua con un poco de canela. De nueva cuenta, todos se contienen hasta que el inquisidor comienza a mordisquear un muslo de pato. La textura es magnífica, jugosa por dentro y crujiente por fuera; las frutas le dan al ave un toque ligeramente ácido que le saca una sonrisa de satisfacción al dominico. El fraile, sin embargo, advierte que está comiendo con demasiado fruición y que, si bien el gozar de la comida no es un pecado, tampoco es acto de virtud; así que, haciéndose fuerza, se reprime a sí mismo y no se acaba la pieza que se sirvió. El secretario de fray Joaquín, en cambio, se concentra alegremente en el guajolote sin ningún remordimiento de conciencia.

—Don Anselmo Goicoechea es todo un caballero. No comprendo cómo se atrevió a cancelar el compromiso —añade el inquisidor con las manos pringadas de grasa de pato.

Con una pierna de capón en su plato, Ignacio desliza el motivo:

—Fue *ella* quien lo canceló…

211

Pedro está a punto de reaccionar violentamente, pero su padre lo contiene dándole un discreto puntapié debajo de la mesa.

El inquisidor muerde el anzuelo:

—Me pregunto si la doncella se hubiese atrevido a tamaña acción si no hubiese contado con el apoyo de su confesor. Es el jesuita Goñi, ¿no es así? —pregunta fray Joaquín.

—Los padres jesuitas —añade Ignacio— suelen cultivar ideas muy modernas. No sería raro que el reverendo padre Goñi hubiese tenido alguna influencia en este enojoso tema que tanto dolor le ha provocado a mi querido amigo Pedro.

Fray Joaquín de Salazar, acariciándose la barbilla, le responde a Ignacio:

—Quizá tengas razón, don Anselmo no hubiese consentido tamaña desobediencia si la chica no se hubiese sentido apoyada por su confesor. El padre Goñi es un confesor… especial, un sacerdote con una extraña manera de pensar…

—En la universidad se rumora que tiene licencia del maestro general de su orden para leer a filósofos muy… atrevidos —añade Ignacio mientras corta con destreza quirúrgica la pierna del capón.

—Hablemos de temas más alegres, si le parece bien a Su Reverencia —apunta el conde de Heras y Soto, cada vez más nervioso por el giro de la conversación, pues teme que su hijo no pueda contenerse y cometa alguna barbaridad en presencia del inquisidor.

—¿Qué le pareció el pato, reverencia? —dice el marqués—. Es el último de la temporada, ya no había aquí cerca. Mis sirvientes tuvieron que ir hasta Zumpango para conseguirlo. Este año los patos se fueron muy pronto. También ahí cazaron las codornices…

—¡Maravilloso, don Cayetano! Simplemente maravilloso. Este pato no le pide nada a los de Chalco —responde el inquisidor limpiándose la boca con la servilleta—. ¡Ah! Disfruto tanto estas conversaciones entre personas de bien. Les diré algo en confianza: como podrán imaginar, la cocina del convento deja mucho que desear… ¿No es así, hermano?

El secretario que no puede contestar porque tiene la boca llena, se limita a responder con un gesto afirmativo. Mientras el cuarteto y un guitarrista tocan un melancólico y acompasado fandango de Santiago de Murcia, desfilan las carnes rojas: piernas de venado, lomo de res, lechón asado y conejos estofados. Los acordes de las cuerdas armonizan con las poderosas salsas especiadas, escoltadas por inmensas fuentes de garbanzos, coles, nabos y lentejas. Y para afinar el regustillo morisco que flota entre las notas de los fandangos, los criados escancian un vino tinto de Rioja rebajado con agua de regaliz.

Fray Joaquín de Salazar, amante de la música de Santiago de Murcia, se anima a probar una porción de venado. Se ha medido en los platillos anteriores y puede permitirse ese pequeño placer, porque también el alma cristiana necesita de la delectación y el gozo. Además, en estos momentos necesita distenderse un poco. Es mucha la tensión acumulada últimamente, especialmente el día de hoy.

El Rioja, servido en las copas de cristal italiano, tiene el color rojizo de un ladrillo. El inquisidor no resiste más y pide que le sirvan vino. Fray Joaquín lo olfatea con evidente fruición y apura la copa con cierta avidez. Le encantó. El lacayo, sin preguntar, rellena de nuevo la copa y el fraile le da otro trago largo.

Mientras tanto, el marqués prueba el venado y se disculpa con grandes aspavientos:

—Su Reverencia, ¡qué vergüenza! El venado está reseco. ¡Lo lamento mucho!

Pero al inquisidor, encantado con los fandangos, le tiene sin cuidado la resequedad del venado. ¿Por qué quejarse de eso cuando sus oídos gozan con la guitarra y el vino con regaliz? Ojalá pudiese sentirse así todos los días. Este banquete parece un buen remedio para su melancolía.

—Don Cayetano, por favor, no se preocupe. La culpa es mía por llegar tarde, pero no pude venir antes. El señor arzobispo requería mi asistencia inmediata.

—¿Tan grave fue el asunto? —pregunta Ignacio.

El marqués del Apartado reconviene a su hijo:

—Ignacio, ¿cómo te atreves a hacer esa pregunta a Su Reverencia? Son asuntos que no nos incumben.

—Imbécil —le dice por lo bajo Pedro.

La música y el vino han trastocado el severo humor del inquisidor, quien responde:

—¡Bah! No es ningún secreto de oficio…, dentro de unas horas se sabrá en toda la ciudad… Se lo contaré. ¿Quieren saber por qué llegué tarde?

—Por favor, no hace falta, Su Reverencia —interviene don Cayetano.

—Insisto, se lo contaré, simplemente les pediré discreción.

El secretario, que sabe que fray Joaquín bebe muy poco vino, se siente obligado a intervenir:

—Su Reverencia, no sé si sea oportuno…

—Hermano, ¡por favor!, permítame seguir hablando.

—Disculpe, Su Reverencia —dice el secretario, que vuelve a concentrarse en su plato, ahora con una pechuga de pato.

—Hace unas horas —el inquisidor paladea sus palabras— se cometió un atroz asesinato en el palacio arzobispal. ¿Pueden imaginarlo? ¡A dónde iremos a parar! ¡En la casa del señor arzobispo!

El marqués y el conde quedan sorprendidos al escuchar a fray Joaquín. El cancerbero ha sido domesticado por los acordes de Orfeo y los vapores de Baco.

—Cosas del demonio… —murmura Ignacio tratando de imprimir solemnidad a la reunión—. El diablo anda suelto: el sacrilegio en el templo de San Agustín, el crimen en el palacio arzobispal…

—Horrible crimen; hallaron al paje del arzobispo amarrado de las manos, con el rostro golpeado y una esponja metida en la boca. El infeliz murió asfixiado —se lamenta el inquisidor, cayendo en la cuenta de que ha perdido la compostura—. El arzobispo está muy consternado. ¿Quién pudo haber sido? ¡Qué atrevimiento! Menos mal que no robaron nada y, gracias a Dios, no se perpetró ningún sacrilegio. Un espanto. Y ahora, Ilustrísimos Señores, les ruego que guarden la más absoluta reserva sobre lo que acabo de comentar.

—No faltaba más, Su Reverencia, agradecemos su confianza —añade el marqués—. Lo que usted nos cuenta es un espanto.

El conde de Heras y Soto se suma con torpeza al coro de plañideras:

—¡Qué horror!

—El señor arzobispo le ha solicitado al señor virrey que sea la justicia civil la que conduzca el caso. Ellos tienen más alguaciles que nosotros, aunque, *stricto sensu*, le corresponden al Santo Oficio este tipo de diligencias —se queja el inquisidor sintiéndose en la obligación de sentar cátedra para resarcir la impresión de frivolidad que pudo haberle dado a los comensales.

—Es cosa del demonio —reitera Ignacio Fagoaga.

—Todo pecado es cosa del demonio… —le responde con condescendencia el inquisidor, que se debate interiormente entre seguir disfrutando con los fandangos y el vino o plantarse en su papel de circunspecto guardián de la fe.

—Permítame mi atrevimiento, Su Reverencia, *pero estos crímenes sí son diabólicos.* —Fagoaga se regodea en sus palabras—. ¿No lo ven? Todo esto es cosa del demonio.

—¿Qué, hijo? —pregunta el marqués—. ¿Qué quieres decir?

—¿Recuerdan al esclavito muerto a latigazos en casa de Rodrigo González? —pregunta retóricamente Ignacio.

—¿El hijo del comerciante de grana cochinilla? —pregunta el inquisidor, contrariado porque los músicos se retiran del salón, rompiendo con ello el ensalmo que ejercían sobre el fraile.

—Sí, fue el primer asesinato de la serie, la flagelación en la casa de los González —apunta Ignacio—. Un caso no resuelto.

—Algo escuché al respecto —concede el inquisidor.

—Después vino el caso del arriero que asesinó con una lanza a un Dragón de la Reina. Yo tuve la desgracia de estar en el lugar de los hechos… —añade Ignacio.

—Un pleito de borrachos, tengo entendido —precisa el inquisidor, aún molesto porque los músicos se esfumaron.

—Y después hubo un tercer caso, el suicida que se ahorcó en un pirú… —prosigue Ignacio.

—Se le negó el entierro en tierra sagrada, como debe procederse con los suicidas… —pontifica fray Joaquín—. ¡Dios se apiade del alma de aquel infeliz!

—¿Lo ve, Su Reverencia? Aquel hombre se suicidó del mismo modo que Judas. ¿Recuerdan que hallaron treinta monedas de plata? Es la cantidad que Judas Iscariote recibió por entregar a Nuestro Señor, y luego se colgó de un árbol. ¿Observan los parecidos? Todo está sacado del Evangelio. Lanzas, monedas, latigazos… Los crímenes evocan los símbolos de la Pasión de Nuestro Señor.

—Prosigue, Ignacio. —A fray Joaquín de Salazar se le ha borrado completamente la sonrisa.

—Y ahora aparece un cuerpo con bofetones, como los soldados abofetearon a Nuestro Señor, y con una esponja en la boca. En la cruz, Nuestro Señor Jesucristo dijo *tengo sed...* —dice Ignacio.

—... y los soldados le pusieron en la boca un hisopo con vinagre. —El inquisidor completa la frase de Ignacio Fagoaga—. ¡Dios nos ampare! La esponja que tenía el cadáver olía a vinagre. ¡Santo cielo! Todo encaja, la cruz que el centurión le clavó a Nuestro Señor en el costado, los azotes que recibió, las monedas que los judíos pagaron a Judas por la traición.

—¡Se está matando a gente según los símbolos de la Pasión! El asesino está guiándose por la Pasión de Jesús para matar. Eso es del demonio. No me extrañaría que pronto apareciera la corona de espinas —añade Ignacio Fagoaga.

—Pero, hijo, ¿todo eso no puede ser obra de un solo asesino? Tú mismo denunciaste al soldado que le enterró la lanza al arriero, y el homicida murió linchado por la plebe —objeta el marqués.

—Quizá no sea obra de un solo hombre, sino de una cofradía de adoradores de Satán, una conspiración, la masonería importada desde Francia, o de luteranos... ¿O será que el demonio está inspirando esos crímenes en diversas cabezas? ¡Qué sé yo! El demonio es capaz de todo —responde Ignacio, que se ha puesto más sonrosado después de dar un largo trago a la copa de tinto.

En ese momento, escoltado por un criado del marqués, el paje personal del virrey entra en el salón. Los presentes quedan desconcertados por ese atrevimiento, pero es evidente que se trata de un mensaje muy importante. Sólo un emisario de ese nivel puede permitirse ingresar de esa manera en un palacio. El paje saluda cortésmente al marqués del Apartado, pide disculpas y, acto seguido, susurra en el oído del inquisidor. Fray Joaquín de Salazar palidece y se pone de pie.

—Señores, el virrey solicita mi presencia personal en el palacio real inmediatamente.

—¿Qué sucede? ¿Le podemos ayudar, Su Reverencia? —exclama el marqués del Aparato, profundamente contrariado por el súbito final de la reunión.

El padre Joaquín de Salazar, fraile dominico, inquisidor mayor de la Nueva España, exclama con horror:

—Caballeros, acaban de hallar otro cadáver. Ahora fue en la capilla privada del palacio del virrey. ¿Lo entienden? ¡Del palacio del virrey! Mataron a otro paje, lo mataron con una corona de espinas y tenía las manos clavadas a la puerta en forma de cruz. Tal y como dijo Ignacio, esto es obra del demonio.

—Satán anda suelto y quiere burlarse de nuestra sagrada religión —apunta triunfalmente Ignacio Fagoaga con la copa de vino en la mano como si fuese a pronunciar un brindis.

21

EL PALACIO REAL

La comida en la mansión del marqués del Apartado acabó abruptamente con la noticia del horroroso crimen perpetrado en el palacio del virrey. Se canceló el desfile de dulces y frutas. Los comensales se perdieron de los huevos reales, el bienmesabes, las guayabas en almíbar, las rosquillas de Santa Teresa, la nieve de mandarina, las naranjitas chinas cristalizadas, las jericallas de vainilla, el dulce de zapote prieto perfumado con aguardiente de uva. Pero no todo fue contrariedad y enfado en palacio: en cuanto los señores pusieron un pie fuera del comedor, los lacayos se lanzaron a picotear esos manjares como gallinas hambrientas sobre el maíz. En la cocina también reina la alegría entre mozos, pinches, cocineros, que devoran alegremente los asados y pucheros que sobraron del banquete.

Allá abajo, en la calle, se respira una atmósfera muy distinta. «No hay duda, Satán anda suelto», piensa el inquisidor mientras su carruaje se dirige velozmente a la escena de crimen.

Las calles mal empedradas y salpicadas de estiércol alargan la corta distancia entre la Plaza Mayor y el palacio del marqués. El inquisidor, carcomido por la impaciencia, golpea con sus nudillos el techo del carro para ordenarle al cochero que apure el paso.

El interior de carruaje apesta a vino y a ajo. ¿Podía ser de otra manera? Aunque la noticia acabó con el banquete sin dar tiempo al cuarto servicio, el de los dulces, se había bebido y comido opípara-mente. Dentro del coche viajan fray Joaquín de Salazar, ligeramente mareado y con una acidez mortal; su secretario, adormilado y torpe; y, por expreso deseo del inquisidor, Ignacio Fagoaga. A diferencia de los frailes, el joven estudiante se encuentra en sus cinco sentidos, pues apenas si probó un poco del jerez amontillado. La perspicacia del joven, que advirtió la conexión entre los asesinatos ocurridos en la ciudad, impresionó al inquisidor. El joven Fagoaga le abrió los ojos a Salazar: el asesino sigue como patrón de sus crímenes la Pasión de Jesucristo. El hallazgo de un paje clavado a un madero y corona-do de espinas no admite margen de interpretación. El asesino co-menzó flagelando a un esclavito negro y acabó crucificando a un paje del virrey.

—Su Reverencia, disculpe usted mi atrevimiento, mi insistencia —reitera Fagoaga dirigiéndose al inquisidor—, pero todo esto es obra del demonio… los asesinatos, el sacrílego robo de hostias en San Agustín. Todo esto es obra del maligno. Sólo usted puede salvarnos.

—Hijo mío, *sólo Dios Nuestro Señor* puede salvarnos —contesta fray Joaquín agriamente.

—Todo esto es culpa de los librepensadores, de los masones fran-ceses, que nos están infectando con sus herejías —añade Fagoaga—. ¡Tengo miedo, Su Reverencia! Satanás se pasea por la Nueva España…

—No saquemos conclusiones precipitadas, *don* Ignacio, primero veamos de qué se trata. Sí, probablemente estos crímenes son inspira-dos por el demonio, como todos los sacrilegios, pero no veo a cuento de qué vienen los librepensadores y masones. Debe usted evitar dar rienda a una imaginación febril. Es usted un bachiller, no un campe-sino ignorante.

Fray Joaquín de Salazar no es tonto; es hombre versado en Teolo-gía y, por tanto, no es proclive a creer en apariciones del más allá ni en intervenciones demoniacas. Bien sabe el inquisidor que Satán, como un general sagaz, no se desgasta presentando batallas insulsas. A diferencia de lo que suponen las viejas de las iglesias, Lucifer evita manifestarse claramente a los hombres. El diablo se mueve en lo os-curo, en los escondrijos, en los recovecos de la historia humana. Sin embargo, estos sucesos, los crímenes, el sacrilegio de San Agustín, el ambiente enrarecido que se respira en México, no pueden explicase sin la intervención explícita de Satanás.

Ignacio vuelve a la carga:

—Su Reverencia, incluso en la universidad se habla de libros prohibidos escritos en inglés y en francés... La masonería está por todas partes.

—¡Tonterías! Esos libros perversos no se leen en este reino... Y, si así fuese, don Ignacio, su deber como cristiano sería denunciar a *esos* ante el Santo Oficio.

El secretario del inquisidor eructa estruendosamente, soltando su aliento salino y avinagrado en el coche.

—¡Hermano! —le grita el inquisidor—. ¡Contrólese!

—No se preocupe, Su Reverencia, los banquetes de mi padre siempre son terriblemente indigestos —bromea Ignacio Fagoaga con una sonrisa mordaz.

Detrás del carruaje del inquisidor, corretea ruidosamente sobre el empedrado el carro del marqués del Apartado acompañado por el conde de Heras y Soto y su hijo Pedro. Ellos tres intentarán colarse en el palacio real valiéndose de las influencias de don Cayetano. Pedro envidia el pequeño triunfo de su compañero Ignacio, pues no cualquiera consigue el honor de viajar en el coche del inquisidor general de la Nueva España. A Pedro, habitualmente tan seguro de sí, comienzan a inquietarle sus recientes fracasos: primero el bastardo de Rodrigo le arrebata a la prometida y ahora este enclenque su cuela en el coche de fray Joaquín.

Los dos carruajes entran a la siempre atestada y sucia Plaza Mayor. En el piso se mezcla la mierda de los caballos con hojas de tamales y verduras podridas. A pesar de los intentos del virrey por adecentar la plaza, el lugar sigue funcionando como mercado. Y como quedan algunas horas de sol, los vendedores aprovechan para pregonar con gritos escandalosos sus mercancías sin preocuparse mayormente por la cabeza del ajusticiado exhibida en la picota. Al pie del patíbulo, entre bultos de maíz y de carbón, al centro de la plaza, un soldado aleja a los zopilotes que intentan picotear los ojos del desgraciado. Más allá, un corrillo de mocosos se divierte apedreando la cabeza del ajusticiado a pesar de que otro soldado los regaña.

La ciudad todavía no se entera del horroroso crimen en el palacio real; por lo pronto, los intuitivos curiosean en la calle de Moneda, donde el arzobispo tiene su residencia. Allí, en las inmediaciones del palacio arzobispal, los ociosos intentan escuchar algún detalle sobre el paje asfixiado. Se rumora que un hereje luterano planeaba matar al arzobispo y que el paje se lo impidió, sacrificando su vida para salvar a Su Excelencia Reverendísima. Otros afirman que se trata de un complot orquestado por judíos que pretendían profanar el oratorio privado del arzobispo de México por odio a la verdadera fe. Los más audaces, los que se ufanan de estar bien enterados de los asuntos de la corte, sostienen que se trata de una maquinación del sultán turco, cuyos esbirros se adentraron en el corazón de la Nueva España para secuestrar a un príncipe de la Iglesia y pedir un enorme rescate al rey. Pero los más enterados arguyen, sin lugar a dudas, que el crimen fue perpetrado por un pirata inglés que escapó de la cárcel del Santo Oficio.

El carro de fray Joaquín de Salazar se detiene en las puertas del palacio real y sus pasajeros entran al edificio sin mayor problema, pues el inquisidor general goza del derecho de picaporte en estas tierras. ¿Quién se atrevería a cerrarle las puertas al guardián de la fe?

No es este el caso del marqués del Apartado ni del conde de Heras y Soto y su hijo, don Pedro. Los alabarderos del palacio, acostumbrados a tratar con poderosos, les cierran el paso con sus armas. El capitán dio órdenes estrictas y terminantes: nadie entra ni sale del palacio sin el permiso expreso del virrey, ni siquiera don Cayetano Fagoaga, marqués del Apartado. Pedro, medio borracho, se enoja y fanfarronea. ¿Cómo es posible que un soldadito plebeyo se atreva a impedirle entrar al palacio del virrey? Por suerte, su padre, el señor conde, está ahí para tranquilizarlo; no sería la primera vez que la fanfarronería hunde a Pedro. El marqués desaprueba interiormente el desplante majadero y burdo del hijo del conde de Heras y Soto; la vida en la corte exige bajar la cabeza de vez en vez. Si él, que controla la plata en la Nueva España, debe obedecer al jefe de la guardia de palacio, cuanto más un mozalbete como Pedro.

En el patio central, alrededor de la fuente de Pegaso, los alguaciles han reunido a los criados y funcionarios del palacio. Aquello es Babel. La gente llora, grita, gime, se queja, se lamenta. Todo mundo se declara inocente e implora misericordia. Las damas de la corte lloriquean en las habitaciones de la virreina, fuertemente protegidas por soldados de élite. El asesino aún podría deambular por palacio. Los oidores de la Real Audiencia y los miembros del cabildo del ayuntamiento se concentran en otra esquina del patio, intercambiando pareceres, asustados por el atrevimiento del criminal.

La aparición del fray Joaquín hace temer lo peor. El silencio se esparce de golpe en el patio. Su presencia indica que no se trata de cualquier crimen. ¿Para qué llamarían al inquisidor Salazar si hubiese sido un vulgar asesinato?

Un teniente de la guardia palatina conduce al inquisidor y su pequeño cortejo al lugar de los hechos. Afuera de la capilla del palacio está don Antonio de Ortuño, virrey de la Nueva España, acompañado de su secretario particular y del padre Goñi. El virrey viste una sencilla casaca de terciopelo verde y un chaleco de seda color perla. Xavier Goñi carga con un rostro desencajado y un pulso tembloroso. El jesuita encontró el cuerpo cuando entró a rezar a la capilla, el espectáculo fue tan duro que vomitó. Ahora se avergüenza de su debilidad. ¿Qué le dirá el padre superior cuando se entere de que no soportó la vista de un muerto?

Fray Joaquín, que se ha vuelto a colocar su señorial capa negra, lo saluda con cortesía, pero de inmediato marca su distancia del jesuita. No le perdona que se haya atrevido a interferir en un auto de fe.

—Su Reverencia —dice el virrey dirigiéndose al inquisidor—, ordené que se le avisara al señor arzobispo sobre este *lamentable suceso*. Su Ilustrísima no tardará en llegar… Esperémoslo para entrar juntos a la capilla y mostrarles la escena. Esto merece la presencia de todas las autoridades del reino.

—Su Excelencia —responde fray Joaquín de Salazar—, permítame una impertinencia, pero *esto no es un lamentable suceso*. Estamos ante algo muy serio, un hecho que preocupará hondamente a Su Majestad.

El inquisidor no ha terminado de pronunciar estas palabras, cuando aparece el arzobispo con el rostro angustiado y descompuesto. El sacrílego asesinato cometido en su palacio parecía lo peor que podía imaginarse, pero un crimen en la capilla del virrey, delito de lesa majestad, supera aquella perversidad.

A excepción del inquisidor, los presentes se hincan para besar el enorme rubí del anillo arzobispal.

—¡Dios nos proteja! —se lamenta el arzobispo—. ¿Qué nos está pasando? ¡Señores! ¿Qué está sucediendo?

—Los hechos son graves, pero no adelantemos vísperas —comenta el virrey mientras conduce a los clérigos hacia el interior de la capilla—. Pronto daremos con los culpables y pagarán caro su atrevimiento.

Decenas de velas relumbran en el oratorio, arrancándoles luminosos destellos al retablo dorado. Las imágenes de los santos, delicadamente labradas en madera, parecen dirigir sus miradas al macabro espectáculo: un paje crucificado sobre las hojas interiores de la puerta de la capilla.

La víctima es un joven de doce o trece años, criollo, delgadito y de nariz chata, cuyo cabello negro está enredado en una burda corona de espinas fabricada con pencas de maguey y ramas de huizache. Se nota que la corona fue encajada a golpes, porque en algunas partes de la cabeza las espinas desgarraron profundamente el cuero cabelludo. Los coágulos de sangre afean el rostro y manchan el cuerpo delgado y amoratado de este desdichado. De sus labios agrietados cuelga un hilillo de baba y moco enrojecido por la sangre. Al parecer, el asesino no pudo desnudar a la víctima y se contentó con arrancarle trozos de la camisa para dejar al descubierto el pecho blanco y sin vello. La piel luce cetrina, como si hubiese caído sobre ella una lluvia de polvo de carbón. Los jirones de ropa están en el suelo, mezclados con la sangre. Los pantalones, embadurnados de orines, apestan a excrementos expelidos durante la dolorosa agonía. Los ojos del joven están desorbitados y blancos, como dos asquerosos huevos cocidos. Las manos crispadas parecen las garras de un oso. En las palmas, los clavos de hierro desgarraron nervios. Se nota que el paje intentó zafarse de ellos y lo único que consiguió fue abrirse las heridas. Los tendones de la muñeca están duros como trozos de cuero viejo, de los que pende el cadáver cosido a la madera. El cuerpo se encuentra con los pies en el suelo, con las botas calzadas y salpicadas de heces.

El asesino no pudo colgarlo de la puerta completamente, así que se contentó con clavar las manos a las tablas, de suerte que el peso del cuerpo se reparte entre los pies, que descansan en el suelo, y los tendones de las manos.

Por si fuese poco, al paje le arrancaron la lengua, seguramente para que no gritara; el trozo amorfo, sanguinolento y blancuzco está tirado al pie de una imagen de la Virgen. Es una ofrenda macabra digna de los diabólicos ídolos de los antiguos indios.

Dos militares de alto rango y un alguacil les explican al inquisidor y al arzobispo lo que ya le detallaron al virrey. El paje era hijo del capitán que comanda la guarnición de San Antonio, en Texas. El joven llevaba un par de años al servicio de Su Excelencia y se movía con soltura en palacio. Xavier Goñi entró en la capilla a primera hora de la tarde, se topó con el cuerpo y volvió el estómago. Sus vómitos aún están por ahí, apestando a carne podrida y leche agria. En cuanto el sacerdote pudo articular palabras, dio la voz de alarma y llegaron corriendo los alabarderos. Goñi se encontraba fuera de sí, pasmado, paralizado, y los soldados tuvieron que hacerle beber un vaso de aguardiente para que reaccionara.

El paje fue visto por última vez poco después de la comida del virrey, quien le ordenó al joven dirigirse a la capilla para recibir a Goñi y conducir a este ante su presencia. Es una vieja costumbre: Xavier Goñi llega al palacio, reza unos minutos en el oratorio, ahí se encuentra con el paje en turno y este lo conduce al despacho del virrey. Esta pequeña ceremonia se lleva a cabo todos los miércoles, día que el señor virrey acostumbra abrir su alma frente al jesuita. Como el palacio es una colmena, un hormiguero, en el que media ciudad entra y sale sin tener que dar mayores explicaciones, nadie se fijó en la entrada del intruso asesino, máxime si el criminal se disfrazó convenientemente de hombre de alcurnia. Sólo por hoy, en vista de las circunstancias, los alabarderos han cerrado las puertas a los visitantes, como lo han constatado el marqués del Apartado y el conde de Heras y Soto.

Lo que nadie se explica es cómo pudieron clavar al joven tan fácilmente. Para hacerlo se hubiesen requerido varios hombres fornidos y robustos, capaces de someter a un mozo sano y desesperado. Una cosa es matar a alguien por la espalda, enterrarle un cuchillo aprovechando un descuido, y otra muy distinta es torturar a alguien de esa manera sin que medio palacio se entere. El médico del virrey, que examinó el cuerpo, sugiere que el paje estaba borracho o bajo el influjo de alguna poción cuando fue clavado, de otra forma no se explica que opusiera tan poca resistencia. El problema es que el médico no ha sido capaz de nombrar qué pócima tiene ese poder anestésico o enajenador. Los indios conocen yerbas poderosas y malignas, como el toloache, que embrutece a los varones y los somete a la voluntad de sus amantes; pero convertir a un joven en un guiñapo, en un títere que puede clavarse y picotearse, es un arte de magia negra. El médico y los capitanes coinciden en que este crimen es absurdo.

—Todo esto es obra del demonio, no hay que buscar explicaciones humanas a los hechos sobrenaturales —interviene Ignacio Fagoaga sin que nadie le haya dado el uso de la palabra.

El virrey desaprueba el comentario. ¿Cómo se atreve a opinar de asuntos que no le conciernen?

—¿Y usted, caballero, quién es? ¿Qué hace aquí? —pregunta en tono reprobatorio el virrey.

—Su Excelencia, disculpe usted mi atrevimiento. Soy Ignacio Fagoaga, hijo del *marqués del Apartado*...

El virrey se repliega, no le interesa enemistarse con el banquero del reino.

—¡Ah...! Salude usted de mi parte a don Cayetano, un gran servidor de Su Majestad.

—Su Excelencia —añade el inquisidor—, don Ignacio Fagoaga es un joven inteligente a quien yo me permití traer conmigo por haberme dado muchas luces para dilucidar este horroroso crimen.

Rápidamente, Salazar explica la teoría del asesino que imita con sus crímenes diversos episodios de la Pasión de Jesús y, lo que es más importante, cómo tales acciones podrían ser inspiradas por el demonio. El virrey no está del todo convencido, pero reconoce que los dos últimos asesinatos, dos pajes, uno en casa del arzobispo y otro en el palacio real, son extremadamente raros e inverosímiles; dos asesinatos de esta clase en un mismo día son demasiada casualidad.

Xavier Goñi no está convencido y le objeta al inquisidor:

—Su Reverencia, ¿por qué atribuir al demonio lo que podemos atribuir a la maldad de los hombres?

—Porque este crimen, padre Goñi —la cólera se agolpa en el rostro del inquisidor—, es inexplicable, *simplemente inexplicable*. ¿O puede usted explicarnos cómo es posible que se haya crucificado a este mozo en pleno palacio sin que nadie escuchara nada? Por si no se ha dado cuenta, padre, estamos en los aposentos privados del señor virrey. Estas habitaciones están custodiadas por treinta soldados, ¡por treinta soldados fuertes! ¡Y nadie escuchó nada! Denos Su Merced una explicación más plausible y me plegaré a ella.

Xavier Goñi tiene muy presente lo que ha escuchado en confesión: el sacrílego que se jacta de atravesar paredes, el endemoniado que se dice capaz de entrar a las iglesias sin ser visto... A pesar de ello, piensa que todo esto es un montaje. El demonio no mata gente de esta manera. El diablo es demasiado astuto como para hacerse notar en la historia.

—Busquemos primero una explicación simple, natural —insiste Goñi.

Ignacio Fagoaga, envalentonado por el aval del inquisidor, lanza su teoría:

—¿Y si el criminal tuviese un pacto con el demonio? Satán puede prestar una fuerza sobrehumana a sus seguidores.

—Satán es demasiado inteligente como para andar firmando contratos con los hombres. El demonio no necesita de papeles para llevarse las almas de los pecadores —replica Goñi dirigiendo su mirada al inquisidor—. Nuestra avaricia y lujuria le bastan y sobran para llevarnos al infierno. ¿No es así, Su Reverencia?

Fray Joaquín de Salazar concuerda interiormente con el jesuita, pero no está dispuesto a darle la razón en público. Goñi es un sacerdote arrogante y altivo, como todos los jesuitas; lo que menos necesita es que inflamen su soberbia.

—¿Su Merced niega que existan pactos con el diablo? Goñi, usted anda por muy malos pasos. Primero defiende a los sodomitas y ahora viene a negar que Lucifer sea capaz de intervenir en la historia de los hombres. ¿Eso le enseñaron sus maestros de Teología? ¿Eso enseñan en la Compañía de Jesús?

—No, no, fray Joaquín, no quiero decir eso —se defiende Goñi—. Simplemente estoy argumentando que no debemos recurrir a explicaciones rebuscadas de un hecho cuando podemos dar una explicación más simple... Esto es un asesinato brutal, no una posesión diabólica.

—¡Cuídese, Goñi! ¡Ándese con cuidado! —La voz de Salazar no puede ser más amenazante—. Habla usted como un descreído. El demonio existe y camina entre nosotros. ¿Quiere usted verse cara a cara con el Tribunal del Santo Oficio? ¿Eso es lo que le enseñan en la Compañía de Jesús, a desafiar a la Inquisición?

El arzobispo se siente obligado a intervenir para calmar las aguas:

—Las explicaciones más simples son, a menudo, las verdaderas. ¿No estaremos ante un loco? Todos aquí somos hombres instruidos. El padre Goñi tiene razón: antes de meter a Satán en esto, pensemos en los hombres...

Salazar, con los humos del vino de la comida en la cabeza, no aguanta más y responde:

—Caballeros, veo que mi presencia aquí no es necesaria.

—Su Reverencia, por favor... —le dice el virrey con comedimiento.

—Fray Joaquín, usted es una persona muy importante aquí. No se moleste, se lo ruego —añade el arzobispo mientras acaricia nerviosamente su anillo.

El inquisidor hace una mueca de desprecio hacia el jesuita y se retira en silencio en compañía de su secretario y de Ignacio. A pesar de su arranque de dignidad, el inquisidor sabe que se ha precipitado al sugerir que el demonio puede estar involucrado en estos asesinatos. Goñi y el arzobispo tienen razón: Satán no tiene por qué hacer por vía de la acción lo que puede ejecutar por vía de la tentación. El vino y la soberbia le han soltado la lengua.

El virrey suspira y, aflojándose el cuello de la camisa, le dice al jesuita:

—Goñi, ¿cuándo aprenderá usted a quedarse callado? Ya intervine para salvar a un sodomita porque usted me lo pidió. Fray Joaquín no pudo negarme esa gracia, pero desde ese día está molesto conmigo. ¿Y ahora esto? ¿Por qué lo provoca?

—Porque la verdad siempre es provocativa, Su Excelencia, por eso… —responde Goñi.

—Mire, padre, ahora mismo va usted a disculparse con fray Joaquín y, una vez que lo haya hecho, regresa a mi despacho para que hablemos de este crimen —le ordena el virrey.

—Padre —añade el arzobispo—, Su Excelencia tiene toda la razón. No debemos enemistarnos con la Inquisición. No debe usted dar coces contra el aguijón.

—No tengo de qué disculparme con fray Joaquín —responde Goñi.

—Pues si no se disculpa de inmediato, padre, cambiaré de confesor —le amenaza el virrey.

—Y tiene usted todo el derecho de hacerlo —le contesta el jesuita altaneramente.

—¿Ah, sí? Pues les diré a sus superiores que lo envíen a la Alta California. Ya me dirá si en el desierto puede usted estudiar con todas las comodidades de esta corte —amenaza el virrey.

—Y yo obedeceré, pero se quedará usted solo —responde Goñi con arrogancia.

—¡Calle, padre! —exclama el arzobispo—. La soberbia es obra del demonio.

—Dígaselo usted a fray Joaquín —se defiende Xavier Goñi.

—¡Salga de aquí! ¡Insolente! —le ordena el virrey levantado el dedo índice—. Mañana estará usted camino a California. Corre por mi cuenta.

—Padre, sea usted prudente y no se deje llevar por sus impulsos —insiste el arzobispo, que sigue acariciando su anillo.

Goñi cierra los ojos y hace un esfuerzo sobrehumano para recuperar la sensatez. Como él mismo se lo dijo a doña Inés, «las pasiones descontroladas son camino de perdición». El orgullo ciega la razón y él, llevado por su arrogancia, ha echado todo por la borda.

—Su Excelencia, Su Excelencia Reverendísima… —A Goñi se le atraganta la saliva—. Les ruego que disculpen mi arrogancia.

—¡Ay, padre! ¿No ve el problema en el que me acaba de meter? —le recrimina el virrey.

—Por el amor de Dios, padre, sea sensato —insiste el arzobispo—. Ande, ¡corra a ver si puede enmendar su torpeza!

El jesuita hace una ligera inclinación y sale corriendo hacia donde va el inquisidor. Lo alcanza y le corta el paso poniéndose de rodillas frente a él.

—Su Reverencia, le ruego encarecidamente que acepte mis más humildes disculpas. Le suplico a usted que se digne a perdonarme por mi atrevimiento. He sido un soberbio, un grosero…

Fray Joaquín calla durante unos segundos, regocijándose en tener hincado frente a él al altivo jesuita, y luego, con una pequeña sonrisa, le responde:

—Levántese. Su Merced debe ser más cuidadoso de ahora en adelante.

22

EL SOLICITANTE

Rodrigo González se hace el encontradizo con Inés Goicoechea, que sale de rezar el rosario en el templo de la Profesa. El padre Goñi ha dirigido la oración, frecuentada por mujeres que se aburren en casa y ancianos que aguardan la muerte. La tarde es húmeda, el cielo sugiere que esa noche comenzará la temporada de lluvias en México. Cuando las lluvias arrecien y las acequias comiencen a desbordarse, los ricos huirán a sus mansiones campestres en los lomeríos de San Ángel y Tacubaya. Los pobres, como siempre, tendrán que lidiar con las inundaciones y las epidemias.

En los palacios de esta ciudad, tan opulenta y tan sucia, hay inquietud. Ayer se cometieron dos crímenes horrorosos: asesinaron a los pajes del arzobispo y del virrey. Para reconciliarse con el inquisidor, el virrey le ha pedido ayuda al Santo Oficio en la investigación. En pocas horas, la Inquisición ha desplegado una actividad frenética que no ha dado resultados. Lo único claro es que estos dos crímenes se suman a otros cometidos con anterioridad, que siguen el mismo patrón: los tormentos sufridos por Jesús en la cruz.

Sin embargo, el virrey no ha querido desentenderse del todo y ha ordenado una investigación paralela, salvaguardando siempre la primacía del inquisidor. Los alguaciles civiles opinan que los asesinatos no fueron cometidos por el mismo individuo; simplemente es imposible, exigiría demasiada fuerza, demasiada coordinación. Los funcionarios sugieren que se trata de una conspiración de herejes, de un conciliábulo de dementes o de masones. El inquisidor Salazar se encuentra desconcertado. Los homicidios son de inspiración diabólica. Pero Satán, lo sabe fray Joaquín, no es un sicario vulgar que se dedica a matar por diversión. El diablo es muy inteligente, la serie de asesinatos debe de esconder un propósito aún más siniestro que los mismos crímenes.

El padre Xavier procura no dar demasiada importancia a los asesinatos. A pesar de que él descubrió el cadáver del paje del virrey, no ha hablado del tema en ningún sermón. Al comenzar el rezo del santo rosario, el jesuita habló de otro asunto muy distinto. Goñi está furioso por un cura que, aprovechándose del confesionario, había intentado conseguir favores lascivos de sus penitentes. Por fortuna, una de las mujeres agredidas por el sacerdote lo denunció ante el Santo Oficio. Al menos en esta ocasión la maquinaria burocrática funcionó correctamente. La Inquisición comprobó las acusaciones, y aquel cura malvado, que atendía en la parroquia de Santa Catarina, fue hallado culpable y condenado a varios años de prisión en una inmunda cárcel en Ceuta. Se rumora que Goñi ayudó a presentar la acusación y que él apoyó a la mujer *solicitada*. En cualquier caso, Goñi aludió al caso aprovechado el rezo vespertino del rosario.

—¿Cómo estás? —le dice Rodrigo a Inés a la salida del templo.

La joven viene acompañada de Petra, la vieja mujer que la escoltó al encuentro en Salto del Agua.

—Muy bien, don Rodrigo, ¿y *usted*? —responde Inés intentando marcar su distancia de las beatas que chismosean al salir de la iglesia.

—¿Me permitiría usted acompañarla a su casa? —pregunta Rodrigo.

—¡Claro que no! —responde con picardía la joven—. No puedo invitarle a subir al carruaje…, ¿comprende usted?

—Lo sé, Inés, pero puedo cabalgar al lado de su coche hasta llevarla a casa. Mire, ahí viene Ignacio con nuestros caballos.

Ignacio Fagoaga aparece en escena en compañía de dos caballos y su sirviente. Inés sonríe gentilmente, y el hijo del marqués del Apartado le devuelve la sonrisa a la joven.

—Veo, caballero, que sus habilidades como jinete mejoran a pasos agigantados —le dice Inés a Ignacio.

—Así es, señora. Don Rodrigo es un gran maestro de hípica —contesta Ignacio haciendo una reverencia zalamera.

—Lo que debes hacer es practicar más —contesta Rodrigo—. Se aprende a cabalgar, cabalgando.

Pasa por ahí don Pedro de Heras y Soto. No es casualidad alguna. El joven, obsesionado con la joven, la vigila desde hace días. El tiempo no ha curado el despecho; al contrario, su orgullo herido es como una llaga purulenta.

En las tertulias de la aristocracia, el rompimiento del compromiso se ha convertido en la comidilla. Esas habladurías y su arrogancia no le han dejado dormir. El gallardo hijo del conde fue desdeñado por una jovencita sin más linaje que el dinero de su padre.

En la calle, el aire huele a tierra mojada. El chubasco es inminente. El hijo del conde descabalga con presteza y se acerca a los jóvenes. Instintivamente, Rodrigo se lleva la mano a la espada.

—No seas imbécil, Rodrigo —amonesta el hijo del conde—. Esta señora ya nada tiene que ver conmigo. Los Goicoechea tuvieron que pagarnos un dineral para cumplir los caprichos de esta mujer, ¿verdad, doña Inés?

Rodrigo está a punto desenvainar su espada, pero Inés lo contiene.

—Don Pedro, no es usted un caballero —le responde Inés.

—¡Señora! Mida usted sus palabras —le contesta Pedro.

La chica le suelta una bofetada al joven. Petra la regaña y la obliga a subir al carro, que de inmediato se aleja por la polvorienta calle.

A Ignacio no se le ocurre sino preguntar:

—¿Conocen la noticia? Hoy por la mañana el Santo Oficio condenó a don Mariano a la cadena perpetua.

—¿Y quién es ese don Mariano? —pregunta Pedro—. ¡Qué me importa!

—Era el párroco de Santa Catarina, un criollo de Texas, según dicen —explica Ignacio saboreando sus palabras—. Lo condenaron por solicitante. ¡Imaginen!, el cura intentó conseguir favores de una penitente. El muy canalla quiso pasarse de la raya en el confesionario, pero no contaba con que la noble señora lo iba a denunciar ante el

Santo Oficio. Menudo idiota. Seguramente no sabía que se trataba de una dama de la corte. Hasta para pecar hay que ser inteligente...

—Por eso los luteranos se cagan en los curas —se le escapa a Rodrigo.

—¿Qué dices, imbécil? —pregunta Pedro.

—Rodrigo, ¿podrías explicarte? —La voz de Ignacio es sibilina—. ¿Cómo está eso de los luteranos?

—Nada, nada..., que está muy mal... —se disculpa Rodrigo.

—¿Qué dicen los luteranos de estos enojosos incidentes? —insiste Ignacio.

—Nada..., no lo sé... —titubea Rodrigo.

—Mencionaste a los luteranos —añade Pedro.

—Los herejes luteranos han hecho mucho daño a la santa madre Iglesia —sentencia Ignacio Fagoaga.

—Sí... —responde Rodrigo.

—González —habla Pedro—, pensé que eras mi amigo.

—¿Tú, mi amigo? —añade Rodrigo—. ¿De un plebeyo como yo?

—¿Qué diantres vio ella en ti? Lo único que tienes es dinero —le contesta Pedro.

—¿Y te casarás con ella? —le pregunta Ignacio a Rodrigo.

Pedro no resiste la provocación y le suelta un puñetazo al hijo del marqués del Apartado. Rodrigo interviene para defender a Ignacio y, tomando del cuello a Pedro, le grita:

—¡Compórtate! ¿Quieres pelearte conmigo? ¡Saca tu espada, gallina! Si eres tan valiente, peléate conmigo.

—Tranquilos, amigos. —La voz de Fagoaga es conciliadora—. Pedro, por favor, disculpa mi impertinencia. Te lo ruego, fui un imprudente.

—¡Borrico! ¡No te disculpes! —reprende Rodrigo al timorato Ignacio.

Pedro amenaza a Rodrigo:

—Si no fuera por respeto a mi padre, te mataría aquí mismo.

—¡Inténtalo! —le responde Rodrigo.

Ignacio, sobándose la quijada, trata de tranquilizarlos:

—Pedro, las mujeres son lo de menos. ¡Van y vienen!

Pedro, mirando con desprecio a Ignacio, le dice:

233

—Gallina…

—Pero soy inteligente, tengo dinero y mi padre es marqués. Eso cuenta mucho, ¿no? —contesta Ignacio.

—¡Yo soy hijo de un conde! —exclama Pedro.

—Eres un fanfarrón, ¿cuándo has estado en batalla? Eres un noblecito de opereta —le dice Rodrigo a Pedro.

—Mañana me largo a Campeche a pelear contra los piratas. Eso es lo que hacemos los hombres. ¿Y tú, Rodrigo, irás a defender Acapulco, o te quedarás a aquí a pasear en la Alameda con Inés? ¡Cagalindes!

—Hago con mi vida lo que quiero, no como tú —le contesta Rodrigo.

Ignacio intenta nuevamente desviar la conversación:

—¿Y qué con el cura solicitante?

—Un cerdo lujurioso —responde Pedro, a quien su padre le ha ordenado severamente no meterse en problemas—. Bien merecido tiene el castigo de la Inquisición.

—¿Y tú nos vienes a dar lecciones de pureza? —ironiza Ignacio.

Pedro está a punto de golpear otra vez a Ignacio, pero Rodrigo se interpone.

—Ignacio tiene razón.

El hijo del marqués acusa a Pedro con cierta dosis de picardía:

—Si se publicara lo que sucede en los burdeles…

—Tampoco abuses —le advierte Rodrigo a Ignacio—. Aquí todos somos igual de pecadores. Tú también, a pesar de que te las des de santurrón frente a tu padre.

—Pero yo no leo Biblias luteranas… —replica Ignacio.

—No digas tonterías… —se defiende Rodrigo, visiblemente incómodo.

—Explícate, Rodrigo. ¿Es cierto lo que este imbécil dijo? Yo te he escuchado hablar de esos herejes. ¿Qué sabes de los luteranos? A mí no me engañas, desgraciado —interviene Pedro enfáticamente, desgranando sus palabras.

—El imbécil eres tú, eres un señorito mimado. ¡Ya lo verás en Campeche! —le responde Rodrigo González—. ¿Y sabes, Pedro? Para que de una vez te quede claro: mi familia está por firmar los esponsales con Inés. Nosotros no mendigamos dotes como tu padre. Mi familia gana en un día más que toda tu familia en un año. Serás muy conde, pero nosotros somos más ricos. Y, para que lo sepas, el día menos pensado a mi padre lo nombran conde, marqués o hasta duque.

Pedro de Heras y Soto saca de nuevo la espada, pero pasa por ahí una patrulla de soldados y se ve obligado a envainar su espada de nuevo.

Rodrigo e Ignacio se suben a sus caballos dándole la espalda a don Pedro.

—¡Luterano asqueroso! —grita Pedro mientras los dos jóvenes se alejan con dirección a la Alameda.

Arriba, el cielo se ennegrece y comienza a llover fuertemente.

23

LA BIBLIA

José, el cochero de los Goicoechea, conduce a toda velocidad el carruaje de don Anselmo; los caballos jadean y las ruedas tropiezan ruidosamente contra el empedrado polvoriento. El carro se detiene con brusquedad frente a la casa de Rodrigo González. Sin dar tiempo a que el mozo de estribos les abra la puerta, bajan del coche Inés, su padre y Xavier Goñi. La preocupación se lee en la frente de Goñi y de la joven, y no es para menos: el Santo Oficio ordenó la aprehensión de Rodrigo González. El palacete de la familia González está tomado por un ejército de alguaciles y escribanos, aunque la orden librada sólo es contra don Rodrigo. Sus padres, que se encuentran en Oaxaca, no fueron denunciados ante el Tribunal. Como es habitual en estos casos, nadie conoce el nombre del denunciante ni el delito del que se le acusa. Nada más incierto y temible que un proceso inquisitorial.

Los sirvientes y esclavos de la casa lloran, gritan y revolotean en torno al patio. El sol cae a plomo. La fuente del patio lamenta con tristeza la suerte de su joven amo. Los vecinos se han encerrado a piedra y canto; ninguno quiere asomarse ni por error, porque saben que podrían ser interrogados, y el simple hecho de ser citado como testigo por la Inquisición es peligroso y motivo de deshonra. Precisamente por eso resulta tan llamativo el carruaje de los Goicoechea.

Los alguaciles cierran el paso a los visitantes. De nada sirven los ruegos de don Anselmo, ni la sotana del padre Goñi ni las amenazas de doña Inés:

—¡Soy Inés Goicoechea! ¡Dama de la corte!

—Señora. —La voz del alguacil es firme—. Aquí nadie entra.

—Soy amiga personal de la hija de los virreyes. ¡Sus Excelencias sabrán de este atropello! —vocifera la chica con lágrimas en los ojos.

—¡Aquí nadie entra! —le contestan.

De la casa sale un jinete; es un criado de confianza a quien le han permitido escapar del cerco.

—Voy a Oaxaca para avisar a los señores. ¡Qué desgracia! Pero si el joven amo no ha hecho nada, ¡es buen cristiano! —le explica atropelladamente el sirviente a doña Inés, temeroso de que los alguaciles le revoquen el permiso.

Allá adentro, se alcanzan a escuchar las inútiles protestas de Rodrigo González mientras los alguaciles revuelven toda la casa bajo la mirada atenta de los escribanos que elaboran un minucioso inventario de los objetos confiscados. Inés alcanza a escuchar la voz del chico e infructuosamente le grita desde el umbral. Las palabras de Inés se disuelven en el bullicio y las paredes.

Xavier Goñi hace otro intento:

—Hijo mío, ¿no hay ninguna posibilidad de que nos permitas pasar? Somos amigos de la familia… Soy el confesor del virrey, catedrático de la universidad, sacerdote de la Compañía de Jesús.

La voz del alguacil se suaviza en el modo, pero no su respuesta:

—Lo siento mucho, padre, pero aquí nadie pasa.

—Hijita mía, vámonos —interviene don Anselmo—. Nada podemos hacer por ahora. Mañana pediré audiencia con el señor virrey, y tú puedes platicar con la señora virreina. Estoy seguro de que todo esto es un malentendido. Se arreglará pronto, ya lo verás, Inesita.

—No se trata de ningún malentendido, don Anselmo. El Santo Oficio no es una oficina de ocurrencias —ruge un hombre desde el dintel del palacete.

El alguacil se cuadra al escuchar la voz. Se trata del mismísimo inquisidor, que, contra la práctica habitual, acudió personalmente a la diligencia, acompañado de su secretario, el frailecillo bonachón.

Don Anselmo palidece frente a fray Joaquín de Salazar, e Inés hace una reverencia ante el inquisidor.

—Padre Goñi, ¿puedo saber qué lo trae por aquí? Veo que sigue usted interesado en las actividades de este Santo Tribunal.

—Dios me libre de entorpecer su santa obra —responde Goñi evitando cuidadosamente imprimir a sus palabras un toque de ironía.

Fray Joaquín lo mira con sarcasmo, saboreando el momento.

—Y puedo saber, entonces, ¿qué hacen aquí?

Don Anselmo Goicoechea juguetea nerviosamente con la bolsita de cuero, llena de monedas, que lleva atada a su cinturón. Inés, por su parte, busca protección en la figura del jesuita.

—Venimos porque hemos recibido preocupantes noticias sobre don Rodrigo González —musita Goñi.

—Y, a todo esto, ¿acaso no merezco un poco más de cordialidad en el saludo? ¿Por qué esas caras agrias? ¿Me temen? Quizás, haciendo una excepción, podamos charlar unos minutos allá dentro, si prometen no interrumpir a mi gente —añade el inquisidor.

Entonces don Anselmo cae en la cuenta de que, por el nerviosismo, no le besó la mano al fraile.

—Disculpe, Su Reverencia; disculpe usted mi desatención —se excusa el viejo hincándose a besar obsequiosamente la mano de fray Joaquín, quien se la extiende con desdén, como quien recibe las fiestas de un perro de aguas. Inés sigue el ejemplo de su padre, pero se nota que le cuesta humillarse frente al inquisidor.

—El calor aprieta, este sol nos está matado. Pasemos al patio. Pero no quiero dejar de recordarles que por ningún motivo deben acercarse al acusado. Mi gente no tardará en conducirlo al palacio del Tribunal —les previene el fraile mientras regresa al patio seguido con paso inseguro por Goñi, Inés y don Anselmo.

La casa es grande y refleja la prosperidad de una familia de comerciantes: es mucho más opulenta que el palacio del conde de Heras y Soto.

—Su Reverencia, ¿de qué se le acusa a Rodrigo? —pregunta Inés sollozando.

—Don Anselmo, veo que su hija trata con mucha familiaridad al joven acusado. ¿No debería reprenderla usted? El pudor y el recato son las joyas más preciosas que puede lucir una mujer —dice el inquisidor desdeñando a Inés.

—Perdone usted la ansiedad de mi hijita, ¡es aún tan joven! —la defiende su padre.

—La juventud no excusa la impudicia —añade fray Joaquín—. El Santo Oficio sabe perfectamente que los niños y los jóvenes también deben dar cuenta de sus actos —y mirando de refilón a Goñi, añade—: aunque algunos insensatos se atrevan a defender a un sodomita sólo porque tiene catorce años.

Xavier Goñi baja la mirada para no enfrentar al fraile; sabe que está jugando con fuego y su estómago lo resiente de inmediato.

—Discúlpeme, Su Reverencia —se excusa Inés haciendo una caravana y tragándose su orgullo.

En ese instante, dos alguaciles sacan a don Rodrigo de una habitación rumbo a la calle. El chico va atado de manos, vestido con un calzón de terciopelo negro y una camisa blanca mal abrochada. Afuera lo aguarda un carruaje sin ventanas, diseñado para transportar presos y resguardarlos de las miradas de los curiosos. El joven cruza una mirada con Inés y grita fuertemente, intentando zafarse de sus captores:

—¡Inés! ¡Inés!

Con un rápido movimiento, uno de los alguaciles le coloca al reo una capucha negra que apaga sus gritos.

—¡Rodrigo! —le responde Inés, que, de no haber sido porque Goñi la toma del brazo, se hubiese lanzado hacia su amado.

El jesuita comprende que se trata de una trampa tendida por el inquisidor. Fray Joaquín les permitió la entrada a la casa para observar las reacciones, pero es demasiado tarde para enmendar el error. Un sabor pastoso cunde por su boca y la acidez se esparce por su estómago.

—Voy entendiendo —sentencia el inquisidor— por qué el señor conde de Heras y Soto me comentó que su hijo se había librado de un matrimonio infeliz. ¡Don Anselmo! ¿Cómo permite a su hija esta indecencia? Gritarse de lado a lado con un joven. Y no con cualquiera, sino con un criminal. ¿Usted, Goñi, no le ha enseñado a su dirigida el valor del decoro y la pureza?

—Su Reverencia. —Goñi considera indispensable aclarar las cosas—. Don Anselmo Goicoechea no llegó a firmar ningún acuerdo matrimonial con el conde de Heras y Soto. Permítame el atrevimiento, pero en sentido estricto doña Inés jamás estuvo comprometida con el hijo del conde. Nada indecoroso hay en esto.

El inquisidor mueve la cabeza en signo de reprobación.

—Peor aún, peor aún... Don Anselmo, *nos* preocupa hondamente la afición de su hija, *de su hija*, hacia Rodrigo González. ¿Qué nos impide pensar que ella no es cómplice de las maldades de este joven depravado y siniestro?

—Inesita es una chica virtuosa —protesta don Anselmo abrazado a su hija, que está deshecha en lágrimas.

—¿De qué se acusa al chico? —pregunta Goñi.

—Padre —responde el inquisidor—, veo que su arrogancia no tiene límites. ¿No sabe usted que los cargos no son públicos para proteger la identidad del denunciante? ¿Acaso no se lo enseñaron en la Compañía? ¿No se supone que usted, padre, pertenece a la orden religiosa más sabia de la Iglesia?

—Le ruego, Su Reverencia —Goñi suaviza sus maneras—, que disculpe mi impertinencia...

—Rodrigo González es el asesino, el sacrílego asesino que ha matado a cristianos imitando la Pasión de Nuestro Señor —declara el inquisidor en tono apocalíptico.

—¡No es cierto! —protesta Inés.

—Imposible —objeta Goñi—, esos asesinatos no fueron obra de un solo hombre.

—Por supuesto que no, fueron obra de un hombre ayudado por el demonio —se ufana el inquisidor.

—¡No es cierto! —insiste Inés.

—Un buen cristiano denunció las perversidades de este hombre. Los alguaciles encontraron un martillo ensangrentado, pedazos de una corona de espinas y un letrero de INRI: pruebas irrefutables de que él es el asesino. —Salazar paladea sus palabras.

—Debe de ser algún error —objeta Goñi.

—Y deben saber que les estoy revelando algo que no debe ser comentado; si me he tomado la libertad de hablar sobre esto, es para ponerles en aviso, especialmente a usted, Goñi. Ni el virrey podrá objetar que este proceso es justo, justísimo. ¿Le queda claro, padre Xavier Goñi?

—No es cierto, no es cierto. Rodrigo no es un asesino —añade Inés, a quien su padre abraza con ternura.

—¿Podría hablar con él? —pregunta Goñi.

—¡Por supuesto que no! La ley lo prohíbe. Y para que lo sepa, padre Goñi, hemos encontrado en la habitación de este hombre ¡una Biblia en francés! Rodrigo González es un hereje luterano. ¡Una Biblia impresa por los protestantes en lengua vernácula! ¿Qué más prueba quieren? Ahora pueden retirarse.

Inés, Goñi y don Anselmo salen de la casa y suben al carruaje. Adentro del coche, el silencio sepulcral es roto por el sacerdote:

—Don Anselmo, lléveme a palacio. Debo hablar con el virrey de inmediato.

Acto seguido, Goñi cierra los ojos, mete la mano a su bolsillo, toma el rosario y comienza a rezar avemarías. La Virgen no puede permitir que se acuse en falso al joven.

24

CHOCOLATE ESPUMOSO

Convento de Santo Domingo,
Ciudad de México, a 15 de junio,
anno Domini 17...

¡Qué jornada tan larga! Estoy cansado, muy cansado y, sin embargo, no logro conciliar el sueño. Y pensar que me esperan unos días difíciles... Me gustaría volver a la vida tranquila que llevaba como novicio en Salamanca. No, no me fue fácil vivir en una tierra que no era la mía, donde no había tortillas, tamales, tejocotes ni chiles; donde todo sabía a ajo y a cebolla.

Quizá lo que más echaba de menos era el chocolate, que rara vez se bebía en el convento porque su precio es muy elevado. Por más intentos que han hecho por aclimatar el cacao, no lo han logrado; ni siquiera en las Canarias puede prosperar la planta. Así que el chocolate que se bebe en España proviene de Chiapas, aunque de un tiempo para acá, me cuentan, también reciben cacao desde Nueva Granada. Lo peor es que los españoles no saben espumarlo y lo beben mal disuelto en leche, espeso como atole. En cambio, vaya que beben mucho vino. Cuando ingresé al convento, me sorprendió que bebiésemos vino en todas las comidas y cenas, incluso en plena Cuaresma. ¡El vino es tan barato en España! Nunca aprendí a beberlo. Aún me da vergüenza recordar que la otra noche llegué al palacio del virrey con un pestilente olor a vino. Debí controlarme y no enfrentarme con el virrey y el arzobispo. El vino me envalentonó y no logré resistir las insolencias del padre Goñi. Menos mal que el jesuita me pidió perdón. ¡Cómo me alegró de haberlo visto tragarse su orgullo! Sea como fuere, el vino es peligroso.

¡Qué diferente es el chocolate del vino! El chocolate es casi una medicina. Cuando viví en España, extrañaba mucho el chocolate; don Matías lo intuía, porque cuando lo visitaba, ordenaba que me lo sirvieran a todas horas. En ocasiones, mi protector me regalaba algunas pastillas para que me las llevara al convento, aunque siempre las entregaba en la cocina, pues no es correcto que los religiosos guardemos comida en nuestras celdas.

Con todo, a pesar del frío invernal y del calor veraniego de Castilla y de los sinsabores de la comida, la vida en el convento de San Esteban era agradable. Me gustaba ensayar los cantos gregorianos en el coro (aunque siempre fui muy desafinado), los largos ratos de lectura en la biblioteca, el recreo con los otros novicios debajo de los manzanos del claustro. Es curioso cómo hay olores que pueden permanecer en la memoria. Cuando huelo una manzana, de inmediato me traslado a mi noviciado.

En Salamanca no tenía más preocupaciones que mis estudios y mis devociones; allá podía dormir tranquilamente, a pierna suelta. Cuando salía del convento para visitar a mi protector en Almería, o en Madrid, disfrutaba aquellas largas jornadas a lomo de mula. Los paisajes castellanos son áridos, salvo por los olivares y los viñedos. Sin embargo, la meseta castellana tiene su encanto: son paisajes apacibles, quizás un poco tristes; sus pueblos, hechos de ladrillo, carecen del colorido y del bullicio de los nuestros, y los aldeanos son más serios que nuestros indios. También allá hablan muchas lenguas, como el gallego y el valenciano; sin embargo, los más difíciles de entender son los andaluces, que supuestamente hablan castellano. Me costaba mucho comprenderles.

Allá yo no era nadie y pasaba inadvertido. En cambio, ahora medio mundo está pendiente de mí, de lo que digo y de lo que no digo, especialmente durante estos días. Vienen jornadas de mucho trabajo. La ciudad entera sabe que aprehendimos a don Rodrigo González. La denuncia fue certera: dimos con la Biblia en francés, obra de luteranos. Y todo tiene lógica, el mozo había vivido en Francia y gracias a los negocios de su padre mantenía correspondencia regular con Europa. ¡Qué fácil le debió de resultar contrabandear libros ante nuestra propias narices! No cabe la menor duda de que el mozo es un luterano, un pérfido luterano. Sin embargo, no hemos hallado en su poder otros libros prohibidos, aunque eso también guarda cierta lógica: los luteranos son herejes, no librepensadores.

Así pues, sigue en el aire la pregunta: ¿quién está leyendo a los filósofos prohibidos? ¿Quién los encarga y cómo los contrabandea? Don Rodrigo González no parecer estar detrás de esa conspiración. ¿Su padre? No me lo parece, es un simple comerciante. Por muy acaudalado que sea el padre, no pasa de ser un vulgar mercader.

Sea como fuere, he ordenado una investigación a fondo. Los luteranos son como las uvas: nunca se dan solos, sino que vienen en racimos. Hemos de averiguar si la familia está inmiscuida en la herejía, por cuanto la infidencia se mama desde pequeño. Y, sin embargo, no hemos encontrado prueba alguna que incrimine a sus padres. Veremos qué nos dice don Rodrigo en el tormento. El potro y el agua lo ablandarán, y entonces sabremos quiénes más han estado inmiscuidos en la herejía. Doy gracias a Dios Nuestro Señor porque me ha permitido encontrar al miembro gangrenado. Ahora habrá que cortarlo. Dios quiera y el mozo se arrepienta de sus malos pasos.

Si hallásemos indicios de que la familia González estuviese inmiscuida en la herejía (Dios no lo quiera), el Santo Oficio tendría el derecho y la obligación de confiscar sus inmensos bienes; los González poseen tierras en Oaxaca y sus intereses comerciales van desde Cádiz hasta Manila. El Tribunal necesita urgentemente dinero para seguir funcionando, porque el virrey se ha negado a darnos ni una moneda más para nuestros gastos más urgentes. No quisiera que la familia estuviese involucrada, aunque no nos vendría mal ese dinero.

Sin embargo, lo que más me inquieta, y así lo he comentado con los otros calificadores del Tribunal, es el asunto de los crímenes *de la Pasión*, como al pueblo le ha dado por llamarlos. Las pruebas contra Rodrigo González son contundentes; no obstante, algo no encaja. Aborrezco a los luteranos, que son capaces de muchos crímenes contra los católicos. Con todo, los crímenes de la Pasión tienen algo de blasfemo, de sacrílego, de diabólico. Don Rodrigo no parece un asesino desalmado; arrogante y lujurioso, sí que lo es. ¿Cruel? No lo sé, tengo mis dudas; no logro imaginarme al mozo torturando a esos jovencitos. Creo, por lo pronto, que no hemos de adelantar vísperas; el interrogatorio en tormento será decisivo.

Para sorpresa mía, el padre Goñi también ha pretendido inmiscuirse en este asunto, si bien en esta ocasión Su Excelencia el Virrey no le ha prestado atención. El caso de González es escandaloso, un luterano y un asesino. Sin embargo, no comprendo por qué el jesuita habría de preocuparse por un mozo de tan mala fama. Don Rodrigo no tenía confesor fijo, era poco devoto y no mantenía contacto con los jesuitas. Los González, a diferencia de los Goicoechea, no son benefactores de la Compañía de Jesús. ¿Por qué el jesuita está interesado en él?

Cuando acabe este proceso y yo me encuentre más tranquilo, hablaré con el superior de Goñi para que, de una vez por todas, lo ponga en su lugar. Al jesuita le convendrían unos meses de encierro en un convento, lejos de los libros y de los poderosos. Dios dirá.

Yo, por lo pronto, intentaré dormir hoy. Tengo ganas de un tazón de chocolate. Desde que don Eusebio me lo prohibió, no he vuelto a probarlo. Sin embargo, hoy es un día especial; estoy muy cansado. Creo que un chocolate con rosquillas de Santa Teresa no me caerán nada mal. Necesito dormir como cuando era un niño y me dormía en el regazo de mi madre en las noches frías de Texas. Dios mío, por favor, quiero dormir a pierna suelta.

25

EL ALGUACIL

Anselmo Goicoechea protesta contra la violenta irrupción de los funcionarios del Santo Oficio en su casa. Son las once de la noche y todos están dormidos, a excepción de José, el cochero, que suele desvelarse. José da la voz de alarma y, jugándose su suerte, opone resistencia; pero los comisarios de la Inquisición, comandados por el alguacil mayor, empujan el portón, someten al sirviente y lo amenazan con la cárcel. El leal cochero sigue gritando, así que le dejan un ojo hinchado, las costillas adoloridas y los labios floreados, como higos carnosos y reventados por el sol.

Escoltado por dos hombres armados, don Anselmo es conducido a su gabinete personal. El viejo viste un camisón blanco que le llega hasta los talones y unas pantuflas de cuero negro. Ahí, entre libros y legajos, le dan unos minutos para que revise cuidadosamente el documento que le presentan: una orden de aprehensión contra su hija. Un criado sostiene un candelero al lado de su señor para facilitar la lectura del terrible documento. La llama de la vela, trémula y parpadeante, ilumina el rostro estupefacto del anciano. La vela lagrimea acompasada con las lágrimas de ira y dolor que escurren de los ojos de don Anselmo:

—¡No puede ser! ¡No puede ser! ¡Es un error! ¡Mi hija es una buena cristiana! —protesta el hombre.

El alguacil mayor responde con parsimonia, disfrutando la oportunidad de humillar a un poderoso:

—Caballero, no ponga en duda la justicia y misericordia del Santo Tribunal.

—Mi hija es dama de la corte. ¡La virreina es su fiadora!

Con la destreza que sólo se adquiere con la práctica, los comisarios se distribuyen rápida y estratégicamente por los rincones del palacete de los Goicoechea. Traen faroles con velas de cera, ganzúas, lanzas, sables y un sinnúmero de documentos para justificar la acción. Al alguacil mayor lo acompañan un médico, cuya misión es cuidar de la salud del reo, y el *notario de secuestros*, cuya función es inventariar los bienes requisados por el Tribunal. Al notario lo auxilian tres escribanos jóvenes, a quienes les tocará el trabajo más tedioso.

El alguacil mayor, un hombre regordete con anteojos y encanecida barba de pera, ordena que se enciendan cuantas velas haya en la casa para evitar que se les escape algún detalle al resguardo de las penumbras. Don Eusebio, el médico, se mantiene al margen, aburrido con un trámite que él encuentra tan rutinario. Será a la hora de la tortura cuando deberá poner en juego toda su arte para velar por la salud de reo sin entorpecer el interrogatorio. Don Eusebio es persona de influencia en el Protomedicato de la Nueva España; en su fuero interno, condena los interrogatorios con tormentos que utilizan los tribunales del reino, pero ¿cómo oponerse a una práctica común y corriente? El médico aceptó el cargo en la Inquisición en parte por presiones, en parte por el prestigio y también porque desde su puesto puede moderar los excesos de los verdugos. A su manera, don Eusebio cree que su trabajo mitiga el sufrimiento de los reos.

En los cuartos de los sirvientes hay caos y terror: gritos, sollozos de mujeres, llantos de niños, crujidos de madera y golpeteos de trastes. Sus habitantes, hombres y mujeres libres, tienen mucho que perder si su amo es hallado culpable; se les puede acusar de complicidad por no haber denunciado al acusado.

Por el contrario, en los cuartos de los esclavos, se percibe una extraña mezcla de recelo hacia la autoridad y de inconfesada satisfacción. A pesar de las amables maneras de don Anselmo con sus pares, el anciano nunca ha tratado con benevolencia a sus negros. En no pocas ocasiones, el viejo los azota con cualquier pretexto para desfogar su ira reprimida. Para este hombre tan dulce y cariñoso con sus amigos y su hija, los negros son una raza inferior que no merece más consideración que la que se le debe a un perro fiel. De ahí que la aparición del Santo Oficio alegre a más de uno de los esclavos, que desean ver a su amo refundido en un calabozo.

Cumplido el protocolo burocrático, los funcionarios se aprestan a aprehender a la acusada. El alguacil mayor golpea fuertemente la puerta de la alcoba de doña Inés. Petra, la anciana sirvienta de la chica, intenta detener al alguacil; este, sin miramiento alguno, la aleja violentamente de la puerta y la pobre mujer acaba tendida en el suelo. El notario, un hombre de unos treinta años, protesta tímidamente contra el exceso de violencia y se dispone a levantar a la vieja del suelo.

A pesar de que el notario ha participado en muchas detenciones, nunca ha logrado acostumbrarse a ellas. En el fondo de su corazón, compadece a esos infelices que son encerrados sin que nadie les informe de los cargos que contra ellos se presentan. Más de una vez ha considerado renunciar, pero la paga no es mala y el oficio, por si fuese poco, goza de gran prestigio y le da fuero y privilegios. Además, como cualquier funcionario del Tribunal, su sueldo proviene de los bienes confiscados a los reos y, en este caso, puede haber mucho dinero de por medio.

Sin embargo, el dinero no lo es todo. Ramírez, que así se apellida el notario, cada vez se siente más inquieto cuando participa en una aprehensión. Don Eusebio adivinó la crisis interior del funcionario y lo llevó con Xavier Goñi. El funcionario congenió rápidamente con el jesuita y lo frecuenta semanalmente; desde que se confiesa con Goñi, vienen creciendo en el notario las dudas de si debe seguir trabajando para el Tribunal.

El notario ha palpado el lado oscuro y mundano del Santo Oficio. Ha sido testigo de malos manejos de los bienes confiscados, apropiaciones indebidas, cuentas alteradas. Las riquezas confiscadas, descontados los gastos del Tribunal, deben ir a parar a las arcas del rey; es la ley. No obstante, los guardianes de la fe también tienen debilidad por el dinero. El inquisidor general se hace de la vista gorda ante esas irregularidades de sus funcionarios y se rumora que el fraile también se lleva su parte. El notario Ramírez ya no trabaja con fervor para el Tribunal; sin embargo, ¿quién se atrevería a enfrentar a la Inquisición? Además, sigue pensado que la Iglesia debe ser defendida de sus enemigos. ¿No dijo Jesús que había venido a traer la guerra a la Tierra? ¿No amenazan los turcos a la cristiandad? ¿No propagan los luteranos sus mentiras? ¿No descreen del papa los masones y librepensadores?

Los quejidos de la vieja criada acaban con las reflexiones del notario. La sirvienta tiene algunos raspones en el codo y el meñique torcido. Ramírez saca un pañuelo y limpia la pequeña herida de la anciana, que llora desconsoladamente. El alguacil se apiada y le ordena a uno de sus subalternos que se lleven a Petra a la cocina para que le lave los raspones. Ahí se encuentra con don Eusebio, que atiende a la pobre mujer.

En el gabinete de don Anselmo, los comisarios del alguacil mayor comienzan a revisar minuciosamente cajoneras, bargueños, escritorios, legajos y, sobre todo, libros. El escribano más joven, el de más confianza del notario, levanta un detallado inventario de los libros. El Santo Oficio ordenó confiscar la biblioteca de los Goicoechea; quizá, más adelante, cuando se dicte sentencia, el Tribunal regrese los volúmenes a su dueño, aunque el juicio puede durar años.

El alguacil mayor se impacienta porque Inés sigue encerrada en su recámara, así que el funcionario ordena a los comisarios que derriben la puerta. Los hombres arremeten contra esta. La madera cede fácilmente y los comisarios entran bravuconamente al cuarto. Inés los mira con desdén. La joven trae el cabello recogido en una malla y viste una blusa sencilla y una falda de raso negro. Salta a la vista que estaba dormida y que se vistió apresuradamente cuando comenzaron a golpear la puerta de su alcoba. A pesar de la irrupción, Inés muestra un admirable dominio de sí, tal parecería que se hubiera preparado para este momento. La joven se alumbra con un candelabro de plata con tres velas, y parece un hada que surge de un bosque oscuro.

Uno de los comisarios acerca su lámpara a la cara para ver el rostro de la mujer y corroborar que se trata de Inés Goicoechea.

El rostro de Inés brilla.

El alguacil mayor y el notario Ramírez, acompañados de don Anselmo, se acercan a la joven. El anciano se apoya en un criado para caminar.

—Inés Goicoechea López. —El alguacil se ajusta los lentes para leer el documento—. Queda usted detenida en nombre del Tribunal del Santo Oficio en virtud de una denuncia recibida en su contra. En su oportunidad, el Santo Tribunal le informará a usted de los cargos de los que se le acusa. Tenga a bien acompañarnos a la cárcel; desde este momento tiene usted prohibido comunicarse de palabra, gesto o escrito con cualquier persona que expresamente no fuese autorizada por el Santo Tribunal. Cuando los jueces lo indiquen, se nombrará un abogado que la aconseje. ¡Ruegue a Dios Nuestro Señor por la salvación de su alma!

—¿Quién me acusa? —pregunta Inés.

—Señora, debería usted saber que el Santo Oficio no traiciona a los buenos cristianos que acuden al Tribunal para denunciar a los malos cristianos —replica el alguacil.

—¿Quién me acusa? ¿Qué hice? —protesta Inés.

—Señora, ¡calle u ordenaré que la amordacen! —la amenaza el alguacil.

—¿Quién me denuncia? —insiste la joven.

—Veo que usted es una ignorante en cuestiones que atañen a cualquier buen cristiano —ironiza el alguacil—. Se lo he dicho: el Santo Tribunal garantiza el anonimato de los denunciantes, así que deje usted sus insolencias. No coloque más ascuas sobre su cabeza. Aquí no le servirán de nada sus amistades e influencias.

Petra, la sirvienta de Inés, regresa de la cocina corriendo, gritando y arrancándose los cabellos. Don Anselmo solloza quedamente. Mientras tanto, los comisarios revuelven la alcoba. Los hombres mueven la cama, abren el ropero, violan los arcones, enrollan los tapetes; uno de ellos saca un cuchillo y rasga el colchón y las almohadas para asegurarse de que no haya nada escondido ahí dentro. En pocos minutos la alcoba queda destrozada como si un huracán, un torbellino, hubiese entrado al cuarto. De nada sirven las tímidas protestas del anciano. Los investigadores saben que tienen carta blanca para revolver a su gusto. El notario Ramírez y su escribano se limitan a levantar el acta, apoyándose en un bargueño hecho de ébano con incrustaciones de hueso.

Los comisarios conducen a Inés hacia el patio, donde un piquete de soldados armados con lanzas y alabardas aguardan a la rea como si fuese una peligrosa criminal. Detrás de la joven camina el alguacil mayor, el notario Ramírez, que luce acongojado, y el médico, que trata de distraerse en otros pensamientos.

La joven, custodiada por los comisarios, desciende lentamente por la escalera de piedra en la que tantas veces jugó cuando era niña. Los sirvientes, en su mayoría mestizos, han sido formados en torno al patio y asisten a la escena calladamente. Ya no se atreven a llorar ni a gritar. Hasta los niños están formados en silencio. Alcanzan a darse cuenta de que algo serio, muy serio, está ocurriendo. Los esclavos también asisten al espectáculo, pero una fila atrás de los sirvientes libres, lejos de los faroles. De repente, sin que nadie lo espere, se escucha un grito:

—¡Bruja! ¡Que te quemen!

Todos miran hacia el fondo del patio. Es una esclava negra de ojos hermosos y chispeantes. Don Anselmo, fuera de sí, le responde:

—¡Maldita perra! ¡Te voy a matar a golpes! ¡Ya verás!

El alguacil interviene:

—¡Alto! Esa negra está confiscada... Viene con nosotros. ¡Usted no la puede tocar!

—¡Es mi esclava! —vocifera don Anselmo blandiendo el bastón que le ha llevado su criado.

—¡Usted se calla! —exclama el alguacil y luego, dirigiéndose a sus esbirros, ordena—: Llévense a esa esclava como testigo.

La esclava desafía con una sonrisa a don Anselmo. Todos en la casa saben que el amo ordenaba que la llevaran a su cama de vez en vez, cuando Inés pasaba la noche con sus amigas en el palacio de la virreina. Un comisario toma del brazo a la negra y la saca de la casa como si fuese un perro que se lleva de paseo.

El notario hace otra anotación. La esclava debe incluirse en el inventario de los bienes confiscados. El alguacil ordena ahora que se lleven a Inés, que ha presenciado el nuevo escándalo en mitad del patio, junto a la fuente de piedra.

Don Anselmo Goicoechea intenta bajar la escalera para acompañar a su hija hasta la cárcel de la Inquisición en la Plaza de Santo Domingo, pero el alguacil hace un gesto a sus ayudantes y estos le cortan el paso abruptamente.

—¡Quiero ir con mi hija!

—Usted se queda aquí —le grita desde abajo el alguacil en jefe, mientras dice para sus adentros: «Viejo lujurioso…, como si no supiéramos que fornicas con esa asquerosa negra».

—*Inesita*, mañana te voy a visitar, mañana voy a hablar con el virrey. Ya verás, no te preocupes, hijita.

Inés no puede contenerse y también comienza a sollozar mirando hacia arriba de la escalera, donde su padre le extiende la mano.

—No interfiera, don Anselmo. Recuerde que es un delito entorpecer las diligencias del Santo Oficio —le advierte el alguacil.

—Pues lléveme a mí también, ¡quiero ir a la cárcel con mi hijita!

—Muy pronto cumpliremos con sus deseos —le responde por lo bajo un comisario.

—No te preocupes, papá. Voy a estar bien. Mañana vendrá la señora virreina en persona para sacarme de la cárcel —grita Inés, a quien arrastran en el patio para sacarla a la calle.

—¡Hijita! —grita don Anselmo, quien se desploma por la escalera como un costal de maíz; se cae tan rápido que nadie lo logra detener y rueda hasta el centro del patio.

La joven se zafa de sus captores y corre hacia su papá, tirado en el piso. Don Anselmo Goicoechea tiene los ojos cerrados y una palidez mortal despinta su rostro. Inmediatamente, don Eusebio, el médico, se acerca a revisar a don Anselmo.

Un súbito remordimiento de conciencia se apodera del alguacil. Ha hecho mal burlándose en su corazón del viejo; la lujuria es un pecado del que ni siquiera los viejos pueden liberarse. ¿Por qué debería extrañarse de que don Anselmo buscara la compañía íntima de sus esclavas? Por la mente del alguacil desfilan sus propios pecados. A pesar de ser un funcionario del Santo Oficio, de vez en vez se escapa a los burdeles de la calle de las Gallas y, lo que es peor, frecuentemente comete el horroroso pecado de autosatisfacción. Si el inquisidor se enterase de ello, perdería el puesto. *El aguijón de la carne* es la herencia que Adán legó a los varones.

—Papito, papito —grita Inés.

El médico le toma el pulso, acerca el oído al corazón, le revisa el cuello e ignorando a Inés le dice al alguacil en jefe:

—Tiene el corazón débil, pero está bien; conmocionado, con algunas magulladuras. Necesita descansar y un buen trago de vino caliente con mucha azúcar.

Inés grita, a pesar de los intentos de los comisarios por acallarla:

—¡Papá! ¡Lo van a matar! ¡Malditos!

José, el cochero, malherido y todo, intenta liberar a la joven; un comisario lo detiene poniéndole la espada en el cuello.

El alguacil ordena que se lleven a la chica al carro de los reos. Los comisarios tienen que usar todas sus fuerzas con Inés, que se resiste arañando, gritando, pataleando. En el patio, una oleada de murmullos se levanta entre los sirvientes y esclavos.

Cuando están a punto de subir al carro a Inés, don Eusebio se acerca a la chica y, en secreto, le dice:

—No se preocupe, yo avisaré ahora mismo al padre Goñi.

La puerta del carro se cierra y el coche corre hacia la Plaza de Santo Domingo. En la casa de los Goicoechea, los sirvientes colocan al maltrecho don Anselmo en su cama bajo la mirada vigilante del médico.

26

LA PLAZA DE SANTO DOMINGO

Xavier Goñi cruza a pie la Plaza de Santo Domingo. A su mano derecha, el espléndido edificio de la aduana, que reúne al Consulado de Comerciantes, proclama la riqueza de la Nueva España. Ahí se cierran los negocios más jugosos, ahí se controla el precio del marfil y de la canela que llega a Acapulco en el galeón de Manila; ahí se especula con el precio del vino que, traído desde España, beben los adinerados; ahí se paga por la caoba y el chocolate de Guatemala y el Soconusco.

En el cielo, las nubes acerinas se confabulan para provocar un fuerte aguacero en el valle. Por lo visto, este año se adelantará la temporada de lluvias en México. El bochorno preludia la tormenta.

Un jesuita joven que aún no ha pronunciado el cuarto voto, el de obediencia al papa, acompaña a Xavier Goñi. El superior de los jesuitas está muy preocupado. Esa mañana se presentó en el Colegio Máximo de San Pedro y San Pablo un mensajero del inquisidor general para reclamar la presencia del padre Goñi ese mismo día, a la hora del ángelus, en el palacio del Santo Oficio.

Como han llegado con mucha antelación, Xavier Goñi le propone al joven entrar en Santo Domingo para orar unos minutos ante el sagrario, donde se guardan las hostias consagradas. El templo es bellísimo. El oro de los altares y la plata de los candeleros deslumbra a los visitantes. Pero Goñi no se fija en eso, sino que se pone de rodillas, saca su rosario y reza junto con el joven sacerdote que lo acompaña. El jesuita siente miedo. Fray Joaquín de Salazar es muy peligroso. A pesar de que Goñi se humilló ante el inquisidor en el palacio del virrey para pedirle disculpas por sus altanerías, Salazar sigue enojado. Fray Joaquín no le ha perdonado a Xavier Goñi su intromisión en las sentencias del Santo Oficio. Sin embargo, el jesuita no se arrepiente de haber intercedido para salvar al joven de catorce años que iba a ser ejecutado por sodomía. ¿Cómo permitir esa barbaridad?

El jesuita piensa que la fe y la moral no deben imponerse por la fuerza. Xavier Goñi, claro está, nunca lo ha declararlo en público; sólo su confesor está al tanto de tales pensamientos. Cada uno debe dar cuenta a Dios de su propia alma, y ni el rey ni el Santo Oficio tienen por qué coaccionar a los cristianos a vivir la fe. Sabe, por supuesto, que si alguien se enterase de lo que él piensa, iría a dar con todos sus huesos a la hoguera.

Otros pocos conocen algo de sus opiniones; son los miembros de las *tertulias de los martes*. Rezan el rosario, beben chocolate con bizcochos de huevo, y mientras remojan sus panes en el líquido, hablan de política y de filosofía. Sus contertulios son hombres que han leído a los filósofos de moda; son conspiradores que piensan que las cosas deben cambiar en la Nueva España. Algunos de ellos admiran a las excolonias inglesas del norte de América. Allá las personas pueden profesar la religión que quieran; hay luteranos, anglicanos, puritanos, incluso católicos. Es absurdo matar en nombre de Dios.

Los conspiradores son algo más que una tertulia de amigos que se reúnen para leer libros prohibidos. Algunos son hombres poderosos, aunque el jesuita no los conoce a todos. Aún no le han revelado muchos secretos de la conspiración. Los jefes son hombres precavidos y han diseñado un sistema para protegerse en caso de que haya una delación. Únicamente los conspiradores de más alto rango conocen todos los nombres de los involucrados.

Xavier Goñi siente miedo. No quiere morir quemado. No quiere pudrirse en un calabozo del Santo Oficio. Mira la cruz de plata del altar mayor y le pide a Jesús luces y fuerzas para enfrentar a fray Joaquín de Salazar, inquisidor general, martillo de herejes, celoso guardián de la fe. El joven jesuita que lo acompaña no es tonto (ningún jesuita lo es) y entreví los temores de Goñi. Los dos rezan con intensidad. ¿Por qué fue convocado? El Santo Oficio tiene el poder para aprehender en cualquier momento, sin advertencia previa, a cualquier sacerdote, incluso a un obispo. Si fray Joaquín lo hubiese querido apresar, simplemente hubiese enviado a sus esbirros para sacarlo del colegio a medianoche, como hizo con Inés Goicoechea y como ha hecho con docenas de personas más.

Los dos jesuitas salen del templo y cruzan la calle para entrar al palacio del Santo Oficio. La tormenta es inminente y algunas gotas salpican la plaza. El portero le impide al joven acompañante de Goñi la entrada al palacio. Fray Joaquín de Salazar sólo convocó al padre Xavier, y sólo él puede ingresar al temible edificio.

—¡Ande! —le dice Goñi a su acompañante—. Regrese al colegio. No se preocupe por mí. Dígale a nuestro superior que estoy bien, regresaré pronto. Pero apúrese a regresar: lo va a pescar la lluvia y va a llegar todo ensopado.

El joven jesuita asiente con una sonrisa; se siente aliviado de no entrar en ese edificio, cuya sola mención inspira temor incluso al más santo de los sacerdotes. El joven sacerdote emprende el viaje, pero no bien ha dado algunos pasos por la plaza, la tormenta se desata y, recogiéndose la sotana, busca refugio en los portales de la plaza que miran de frente la aduana.

Dentro del edificio, un ujier conduce a Goñi al despacho del inquisidor general. La oficina de fray Joaquín, atiborrada de decretos, cédulas y expedientes, está bien iluminada; el piso de madera fina está adornado con hermosas alfombras y los muebles del gabinete son también de maderas preciosas. En un rincón del despacho, un escribano toma nota de todo cuanto se comenta dentro de esas cuatro paredes. Si algo distingue al Santo Tribunal es la precisión de sus documentos.

Desde la ventana del gabinete se pueden ver la huerta y el convento de Santo Domingo, donde vive fray Joaquín de Salazar. A pesar de la falta de lluvias, los árboles de la huerta están bien regados con agua de pozo. Un colibrí despistado revolotea cerca del cristal de las ventanas. El inquisidor, que tiene un cortaplumas de plata dorada en la mano, mira hacia la ventana y sonríe al ver aquel pajarillo suspendido en el aire.

—Dios le guarde a usted, Su Reverencia —saluda Xavier Goñi inclinando levemente la cabeza hacia el funcionario.

—Que Dios Nuestro Señor esté con Su Merced —responde el inquisidor colocando el cortaplumas en el escritorio.

El lugar no tiene nada de siniestro. Podría decirse, incluso, que el espacio es acogedor, pues, además de los libros e imágenes de santos, hay un par de jarroncitos de porcelana china con gardenias frescas que despiden su frescor en el ambiente.

—¿En qué puedo servirle a Su Reverencia? —pregunta Goñi tomando asiento en un sillón de ébano que queda frente al escritorio, sin solicitar la venia del inquisidor.

Fray Joaquín de Salazar se hace de la vista gorda por esa pequeña insolencia del jesuita. El dominico sufre de un pequeño resfriado, siente el cuerpo cortado, la garganta irritada y la nariz congestionada. El fraile saca de la ancha manga de su hábito un pañuelo para sonarse discretamente la nariz, de la que sale un líquido gelatinoso y amarillento, entreverado con gotas de sangre y algunos vellos. Salazar mira de reojo el pañuelo para cerciorarse de que su coriza no empeore, y de manera discreta vuelve a guardarlo en su hábito. Acto seguido, le ordena al escribano que se retire. Este no puede esconder su desconcierto; según el protocolo, la presencia del secretario es necesaria en todas las entrevistas para dar fe de ellas en caso de necesidad. Sin embargo, el escribano sabe que no está en posición de discutir las órdenes del inquisidor general. El tinterillo cierra la puerta tras de sí; en cualquier caso, agradece una pausa después de horas y horas de escribir.

—Padre Goñi. —Fray Joaquín se aclara la garganta—. Vayamos al grano. Su Merced sabe perfectamente por qué le mandé llamar.

—Su Reverencia, mi desconcierto es mayúsculo; no sé a qué debo mi presencia en este palacio. ¿Podría tratarse de algo relacionado con doña Inés Goicoechea? Estoy dispuesto a dar testimonio de que la joven es una cristiana ejemplar.

—Eso lo juzgará este Santo Tribunal, no usted.

—No lo pongo en duda. La discreción y buen juicio de este Santo Tribunal es conocida de todo el mundo. El asunto está en manos de jueces doctos y virtuosos. Sencillamente me atrevo a acercarle a Su Reverencia más elementos para que forme su juicio. Doña Inés viene al confesionario regularmente, asiste a la santa misa todos los domingos y fiestas de guardar, y casi a diario acude al rezo del santo rosario vespertino en algún templo.

—Padre Goñi. —La voz de Salazar suena gangosa por la acumulación de flemas—. Como sabe usted, es costumbre de este Santo Tribunal no hablar de los procesos que se están llevando a cabo; sin embargo, mi posición me da ciertos privilegios. Me permitiré una pequeña indiscreción. ¿Sabe de qué se le acusa a su hija espiritual?

—No, Su Reverencia, lo ignoro.

—¿Será usted un pelmazo, un confesor ingenuo al que le han visto la cara de tonto? O, peor aún, quizá sea usted un cómplice —dice Salazar mientras busca el pañuelo para contener un nuevo estornudo.

—Su Reverencia, le ruego encarecidamente que me diga que está sucediendo.

—Su hija espiritual está acusada de herejía, de luteranismo. Seguramente la inficionó Rodrigo González, que es un hereje contumaz, hereje y asesino, un endemoniado, un blasfemo.

—¿Cómo? Eso es absurdo. Conozco a doña Inés. Ella no es luterana, es una buena hija de nuestra santa madre Iglesia.

—Eso lo veremos.

—¡Es una calumnia! —objeta Goñi.

—Calle, padre Goñi, calle. Y recuerde que tiene prohibido hablar de esto. ¿Entendido? Lo que acabo de mencionarle es un secreto grave. ¿O debo ordenar que lo encarcelen en este instante para asegurarme de que guarde el secreto?

—Comprendo, Su Reverencia —asiente Goñi.

—Pero Su Merced ha hecho que me vaya por las ramas. Siempre sucede igual con usted. Es un animal escurridizo. ¡Confiese de una vez y le prometo la benevolencia del Tribunal!

—No sé de qué me habla, Su Reverencia —insiste el jesuita, que frota nerviosamente con los dedos el rosario que guarda dentro de un bolsillo de su sotana.

—Xavier Goñi conspira contra nuestra santa madre Iglesia. Por el amor de Dios, hable. ¿Qué tiene usted en la cabeza? ¿No se da cuenta de que los masones y los luteranos le preparan una emboscada a la Iglesia? Por Dios, Goñi, usted es jesuita, ¿no comprende que los filósofos modernos quieren acabar con la Compañía? Su orden será la primera víctima de los herejes cuando se desate la persecución masónica. ¿No lo comprende? ¿Cree que van a respetarlo a usted simplemente porque les sonríe y les dirige palabras corteses?

—Su Reverencia, le ruego que me disculpe, pero sigo sin comprender de qué me está hablando.

—¿Cree que yo soy un verdugo sediento de sangre? ¿Piensa Su Merced que yo puedo conciliar el sueño tranquilamente en las noches? Mi responsabilidad es grave: debo custodiar la fe, extirpar el mal, defender a la Iglesia. Mi obligación es cauterizar heridas, purificar almas, limpiar la pus y la roña. Si los luteranos y los masones no han acabado con la santa Iglesia en estos reinos, es porque la Inquisición ha sido el dique contra esas oleadas de inmundicia. Somos la muralla que defiende al reino de la barbarie de los enemigos de Dios. Usted, Xavier Goñi…, ¡usted es un aliado del diablo!

El jesuita sigue sentado, acariciando el rosario. La acidez se agolpa en su estómago, el pulso se acelera, la sangre se agolpa en sus sienes, un sudor frío escurre por su cuello. Goñi se siente perdido. No saldrá de ahí. Esa noche dormirá en el calabozo, y no volverá a ver la luz del sol hasta el día en que lo saquen encadenado, rumbo a un auto de fe. Pero la arrogancia siempre ha sido su debilidad y se atreve a replicar:

—Su Reverencia olvida las enseñanzas del divino santo Tomás de Aquino, quien, en su *Suma teológica*, nos enseña que nadie puede obligar a otro a actuar en contra de su conciencia. No lo digo yo, lo dice un fraile dominico como usted. ¿No le parece, fray Joaquín, que llegará un momento en que los súbditos de nuestro amado rey podrán decidir en conciencia la religión que deben seguir?

—¡Hereje, blasfemo! Lo que usted está diciendo basta y sobra para condenarle *ipso facto*.

—No entiendo a Su Reverencia, ¿por qué, si me quiere procesar, hizo salir al escribano? ¿Qué quiere usted de mí?

—La salvación de su alma...

—¿Y la de mi cuerpo? —pregunta Goñi con miedo.

—Veo que Su Merced me va comprendiendo...

—Tengo amigos muy poderosos, debería usted saberlo. ¿No me decía Su Reverencia que está al tanto de *todo*? ¿Quiere enemistarse con ellos?

—No sea jactancioso. ¡Dígame quiénes son esos *amigos*!

—Son muy poderosos —desafía Goñi.

—¿Serán tan poderosos como para salvarlo de la hoguera? Si me place, hoy mismo puedo ordenar que lo degraden, que lo expulsen de la Compañía, que le prohíban celebrar misa y escuchar confesiones. Una semana en los calabozos y usted quedaría convertido en una piltrafa. Goñi, anda usted por muy malos pasos. Ni siquiera el virrey podría salvarlo...

—¿Está usted seguro? —replica Goñi.

—¿Me está desafiando? Usted no es sino un pobre religioso. A los jesuitas no los quiere nadie, ni la masonería, ni los herejes, ni las otras órdenes religiosas ni los obispos.

—Nos quieren los indios de California y de Paraguay, nuestros estudiantes de Valladolid y de Puebla, los mineros de Guanajuato y Zacatecas...

—¿Ellos vendrán a salvarlo? Déjese de tonterías. Usted y yo somos iguales. Los dos sabemos que la Iglesia está amenazada de muerte, sólo que usted pretende negociar con los enemigos. Es un ingenuo: con los masones no cabe negociación alguna. Acabarán también con usted, con nosotros, con la Iglesia. Lo único que podemos hacer es exterminarlos antes de que ellos *nos* exterminen a *nosotros*, a Su Merced y a mí, a quienes profesamos la verdadera fe, a los religiosos, a las monjas, al santo padre.

—¿Y qué quiere de mí?

—Su cooperación.

—¿Y si me niego? —pregunta el jesuita.

—Le espera la hoguera. ¿Ha visto retorcerse a los condenados? Lo primero que se quema es el pelo, después los dedos y las orejas. Los ojos se revientan con el calor.

—¿Y usted pretende salvar a la Iglesia de esa manera?

—El método ha funcionado. Resistimos a los turcos, a los ingleses, a los suizos... Aquí estamos mejor que en Europa..., una sola fe... —afirma el inquisidor.

—Apelaré al papa. No me asustan sus amenazas.

—De acuerdo, puede retirarse cuando le plazca, pero esta noche dormirá usted en los calabozos y personalmente me encargaré de que se arrepienta de su insolencia.

Xavier Goñi se pone de pie intentando mostrar seguridad, pero las manos le tiemblan, y el inquisidor, quien lo advierte, le sonríe sarcásticamente. El jesuita no sabe qué hacer. Tiene un miedo atroz y acaba sentándose de nuevo.

—Veo que es usted un individuo razonable —ironiza fray Joaquín.

—¿Qué quiere?

—Nombres... Sólo eso, algunos nombres.

Goñi se muerde los labios y asiente con la cabeza.

Fray Joaquín llama al escribano, quien regresa rápidamente al gabinete del inquisidor. Tras él se cierra la puerta con un golpe seco, como el de un ataúd que cae en la tierra. Dos lágrimas salitrosas, rabia contenida, escurren del rostro del padre Xavier. Transcurren las horas.

Cuando cae la noche, el jesuita sale del palacio de la Inquisición. Su paso es cansino y sus ojos están enrojecidos. Puede considerarse afortunado, pues el interrogatorio ha sido oficioso. Salazar no ha querido iniciarle un proceso, al menos por hoy. Pero Xavier Goñi ha tenido que pagar un precio muy alto por su libertad. El jesuita delató a algunos conspiradores. Lo peor de todo es que ha jugado a ser Dios. Denunció los nombres de aquellos que, en su opinión, son menos importantes para la conspiración y se reservó los de los más poderosos. En vano intenta tranquilizar su conciencia repitiéndose a sí mismo que no le quedaba otra salida. Hoy ha constado que no es sino un pobre sacerdote sin vocación de mártir.

27

CONSPIRACIÓN FILOSÓFICA

Xavier Goñi, sentado en su confesionario, cabecea adormilado, aguardando la llegada de algún penitente en busca del perdón de Dios. El jesuita no pudo dormir durante la noche y el cansancio le afecta. Son las nueve de la mañana, el aire tibio y luminoso de la calle se cuela por las puertas de la iglesia de la Profesa. La entrevista con el inquisidor fue devastadora; se siente culpable, enemistado con su propia conciencia.

Traicionó la confianza que otros han puesto en él; sobre todo, se traicionó a sí mismo. Bajo amenaza de morir quemado, Goñi reveló información, nombres, datos, lugares donde se reúnen los *conspiradores filosóficos* para hablar de lo que se lee en Francia, Inglaterra y Prusia. Se siente una rata que abandona un barco en peligro para salvar la vida. Su infidelidad puede costarle la vida a una veintena de personas. El Santo Oficio está decidido a exterminar a esos filósofos libertinos que infectan la Nueva España con el apoyo —según el inquisidor— de las pérfidas trece excolonias de los ingleses en América y los espías franceses. Y lo peor, no logra librarse de la idea de que él decidió salvar a algunos y condenar a otros.

El jesuita sabe perfectamente que las delaciones no le garantizan inmunidad en un proceso de la Inquisición. En cualquier momento pueden aparecer los alguaciles para encarcelarlo y obligarlo a que ratifique en tormento lo que le reveló ayer a fray Joaquín de Salazar. Dicen que la peor tortura del Santo Tribunal no es el potro, que descoyunta las articulaciones de los brazos y tobillos, sino los jarros y jarros de agua que te obligan a beber hasta que el estómago casi estalla como una bota vieja rellena de vino agrio. El desdichado debe beber para no ahogarse con el agua: el vientre se distiende y la orina escurre de continuo, pero no logra dar salida a todo el líquido que se ingiere. En esas condiciones, el acusado no puede responder a las preguntas, porque vomita agua en cuanto intenta articular palabras. Si el médico que asiste al interrogatorio no interviene oportunamente, al acusado se le revientan las vísceras y comienza a vomitar sangre. Cuando esto sucede, el prisionero está perdido, pues muy pocos logran recuperarse del estallamiento de vísceras provocado por quienes dicen amar a Dios.

El padre Xavier aún tiene esperanzas de que podría detener el golpe mortal contra los conspiradores filosóficos. El inquisidor intentó negociar con el jesuita en lugar de someterlo a un interrogatorio brutal.

—Deme nombres, deme nombres… —le urgió Salazar—. Es la única manera en que podremos salvar su alma… y su cuerpo.

Fray Joaquín de Salazar no es ningún tonto y comprende que está jugando con fuego; no quiere iniciar su cacería sin tener la certeza de que capturará a sus presas. Este caso es de proporciones mayúsculas. Por ahora sólo conoce los nombres de algunos de los integrantes de la conspiración filosófica, pero le faltan muchos por conocer y, lo que es más importante, aún desconoce a los miembros más ilustres e influyentes. Fray Joaquín ha escuchado historias terribles de herejía e impiedad en la corte imperial de Viena, donde los mismísimos Habsburgo, en otro tiempo guardianes de la fe, coquetean con los descreídos filósofos modernos. «¿Hasta dónde llegará el poder de los conspiradores? ¿Tendrán valedores en Madrid? ¿A qué me estoy enfrentando?», se pregunta el inquisidor Salazar.

El Santo Oficio intenta controlar la importación de libros a la Nueva España. Los celosos agentes de la Inquisición escudriñan meticulosamente los barcos que anclan en Veracruz, Campeche y Sisal.

El sistemático contrabando de libros prohibidos fue posible, conjetura Salazar, gracias a la complicidad de altos funcionarios del virrey y, lo que es más terrible, por la traición e infidencia de funcionarios del Santo Oficio. De ahí que fray Joaquín prefiera retrasar su actuación. La araña primero urde la red y, sólo cuando está impecablemente tejida, devora a la presa, que cae por sí sola en la telaraña.

En cuanto Goñi regresó del palacio del Santo Oficio al Colegio Máximo de San Pedro y San Pablo, donde vive habitualmente, se metió a la capilla llorando desconsoladamente. Pidió luces a Jesús para saber qué hacer, cómo comportarse, pero sobre todo para implorar el don de la fortaleza. Sin la ayuda divina no se cree capaz de enfrentar esta terrible prueba que puede llevarlo a la cárcel y a la hoguera. El hecho no pasó inadvertido a la comunidad. Todos en el colegio sabían que el padre Xavier había sido llamado por la Inquisición y se temen lo peor. La intercesión de Goñi a favor del sodomita en pleno auto de fe ha sido un tema constante en las conversaciones entre el clero de la ciudad.

El superior intentó sonsacarle a Goñi algo sobre la entrevista en el palacio del Santo Oficio, pero no logró conseguir nada. No quiso insistir, pues sabe que los asuntos del Tribunal son reservados.

—No podrá decir usted, padre Goñi, que no lo previne con mi consejo. Yo lo previne. Y mire ahora en qué embrollo está metido y en qué lío está metiendo a la Compañía —le amonestó el padre superior.

—Rece usted por mí, se lo suplico —se limitó a responder Goñi.

—No bastará con eso, padre. ¡Aproveche su cercanía con el virrey! Pida una audiencia con Su Excelencia de inmediato. Pero no me extrañaría que se le cerraran las puertas de palacio. ¿Quién querría enemistarse con el Santo Oficio? ¡Sólo usted, insensato! ¡Sólo usted, por soberbio! No olvide, padre, que la soberbia hundió a Luzbel, el ángel más bello del cielo…

Xavier Goñi bosteza y se frota los ojos. Está a punto de levantarse del confesionario cuando se pone de rodillas frente al sacerdote don Pedro, el hijo del conde de Heras y Soto. La sorpresa es mayúscula y la curiosidad despabila a Goñi. ¿Qué hace en su confesionario este joven? ¿Por qué no se hincó a un lado del confesionario, donde la rejilla salvaguarda el anonimato del penitente?

—¡Ave María Purísima! —saluda el sacerdote.

—Sin pecado original concebida... —responde titubeante don Pedro, clavando su mirada en los zapatos del sacerdote para no toparse con su mirada.

—¿Hace cuánto que se confesó?

—En Cuaresma, para cumplir con el precepto —responde el joven.

—¿De qué se acusa?

—Me acuso, padre... —Pedro titubea de nuevo—. Me acuso de que...

Se hace el silencio durante algunos segundos. Goñi está desconcertado, pero no quiere presionar al mozo. Es evidente que Pedro está haciendo un esfuerzo sobrehumano para humillar su arrogancia frente a un sacerdote *imbécil y egoísta*.

—Me acuso, padre..., me acuso de algo muy grave...

—No existe un pecado tan grave que la omnipotente misericordia de Dios no pueda perdonar. El amor de Dios es más grande que nuestra maldad —le reconforta Goñi con afabilidad.

—Me acuso, padre, de que di un falso testimonio. —A Pedro se le escapa una lágrima no de arrepentimiento, sino de rabia. ¿Por qué se le ocurrió confesarse? ¿Por qué cedió ante el impulso del remordimiento de conciencia?

Goñi abre el libro que tiene en las rodillas, el breviario de oraciones, como si estuviese rezando. Por su larga experiencia en el confesionario, sabe que ese gesto tranquiliza a los penitentes; es como si les dijera que ese pecado no le asusta.

—¿Qué falso testimonio? —pregunta Goñi mientras hojea el libro.

Pedro aprieta los labios e intenta ponerse de pie. El padre Xavier, sonriendo con dulzura, se lo impide colocando suavemente su mano sobre el hombro del joven.

—No puedo... —dice don Pedro—. ¡Suélteme!

—Hijo, tranquilo, lo sé todo: acusaste falsamente a don Rodrigo González. Tú lo denunciaste ante el Santo Oficio.

—¿Cómo lo sabe? —La voz de Pedro ha recuperado su típico deje de arrogancia.

—Es obvio, estás muy enojado con él porque te quitó a tu prometida —responde Goñi fanfarroneando, pues aún no se explica por qué los alguaciles hallaron en la casa de Rodrigo pruebas incriminatorias.

—¡Perdón, padre! —exclama Pedro dejándose vencer por su culpa.

—No es a mí, sino a Dios y a don Rodrigo a quienes debes pedirles perdón. Las acusaciones son muy serias, pero Nuestro Señor perdona todo.

—Padre, ¡soy un demonio!

Xavier Goñi lo mira compasivamente, alegrándose de que Pedro de Heras y Soto se haya presentado libremente ante Dios para reconocer su pecado.

—Los demonios, hijo mío, no se confiesan; simplemente eres un hombre tan pecador como yo, como cualquiera de los que estamos en este templo.

—Yo lo denuncié, pero hice más, padre: yo coloqué en su casa las pruebas para incriminarlo como *el asesino de la Pasión*. Yo puse esas pruebas para que las encontraran los alguaciles, soy un canalla. Yo metí a su cuarto el martillo con sangre, el INRI, la corona de espinas; pero es que lo odio, padre, ¡odio a Rodrigo! ¿Y sabe? ¡También lo odio a usted!

Xavier Goñi no le da importancia a la última frase y se limita a preguntar:

—¿Y dónde conseguiste la Biblia en francés?

—¿Qué Biblia?

—¿Cómo que qué Biblia? —Al jesuita le inquieta y le preocupa de dónde salió ese libro prohibido—. ¡Hijo mío! ¡La que los alguaciles hallaron en la alcoba de don Rodrigo!

—Yo no la puse. ¡Qué iba a andar poniendo libros! Yo puse el martillo con sangre de un borrego, un clavo, el letrero, la corona con espinas de huizache, pero no puse ninguna Biblia. No sabría ni dónde conseguirla, están prohibidas.

—¿Está usted seguro?

—Se lo juro —responde Pedro sin titubear.

Goñi se queda consternado. ¿Cómo llegó a manos de Rodrigo González una Biblia en francés? González no es miembro de los conspiradores filosóficos. Es imposible que alguien del círculo le haya facilitado un libro así. ¿Será que de verdad es un luterano encubierto? ¿Habrá aprovechado su estancia en Francia para contactar a los protestantes? Xavier Goñi suspira y pregunta:

—¿Es todo, don Pedro? ¿No desea usted confesar algo más?

—Es todo, padre. Soy un canalla, pero no un cobarde. Por eso estoy aquí…

—¿Y la acusación contra doña Inés? ¿No te arrepientes de haber levantado un falso testimonio contra ella?

—¡No!, no tuve nada que ver. Estoy muy enojado porque me abandonó, pero no le haría daño. ¿Cómo se le ocurre que yo sería capaz de esa vileza?

—¿Está usted seguro, hijo mío? Recuerde que estamos en presencia de Dios Nuestro Señor, a quien nadie puede engañar. Tenga usted confianza en el corazón amoroso de Jesús.

—Padre, ¿cree usted que vendría aquí, a humillarme ante usted, para venirle a decir mentiras? ¿Cree que me gustaría cometer un sacrilegio, confesarme a medias?

—Entonces, ¿quién acusó a Inés de luterana? ¿No fuiste tú?

—¡Claro que no! Créame, por Dios. Por eso estoy aquí, para pedir perdón.

—¡La van a matar! ¿No se da cuenta, don Pedro?

—Pero yo no la denuncié a ella, ni tampoco puse la Biblia prohibida en la casa de Rodrigo.

Xavier Goñi está completamente desconcertado. Las piezas del rompecabezas no encajan. Nuevamente, la acidez le destroza el estómago. Por lo pronto le dice a Pedro de Heras y Soto:

—Su pecado, don Pedro, es serio y grave, pero Dios es misericordioso… Le daré la absolución, pero condicionada al cumplimiento de la penitencia. Debe usted presentarse cuanto antes en el Santo Oficio y retractarse de su denuncia, y debe confesar que usted colocó esas pruebas falsas contra don Rodrigo González.

—Padre, no sé si pueda hacerlo. Eso atraería sobre mí la deshonra.

—Si usted no lo hace, ejecutarán a un inocente. Debe renunciar a su deseo de venganza.

—No sé si tenga fuerzas para hacerlo. Mi padre me desheredará, me echarán de la universidad, me encarcelarán. ¿No lo comprende? Usted no tiene nada que perder, pero yo…

—Yo intercederé por usted ante el virrey para evitarle la cárcel diciendo que ha tenido la valentía de retractarse y enmendar su error. ¡Ande! Le doy la absolución y saliendo de aquí vaya corriendo a buscar al inquisidor general. Cuente con mi ayuda: hablaré con los virreyes, con el arzobispo y con su padre para apoyarle. El Señor le dará la fuerza necesaria y premiará su arrepentimiento.

—Deme tiempo para acopiar fuerzas. No soy inculto, padre: antes de venir, sabía que esa iba a ser mi penitencia. Sólo deme tiempo, unas semanas; es lo que le pido, unas semanas.

—Don Pedro, eso es imposible. El proceso contra don Rodrigo avanza y hay que detenerlo cuanto antes. No se juega con la vida de un inocente. Por favor, actúe de inmediato.

—Lo siento, padre, rece usted por mí. Pensándolo bien, creo que no podré hacerlo. Necesito un poco de tiempo para arreglar algunas cosas…, hablar con mi padre, no sé…

—Don Pedro, sé que lo que estoy pidiendo es muy difícil, pero usted ha tenido la valentía de venir a confesar su pecado, no deje su buena acción a medias.

—Le pido tiempo, unas semanas.

—Imposible, urge sacar a don Rodrigo de la cárcel —responde el confesor.

—Lo sabía, todos los jesuitas son iguales, intransigentes cuando les conviene —responde Pedro.

El jesuita pierde el control de sí mismo y levanta la voz:

—¡Pues yo iré a decir que usted levantó un falso testimonio!

La ira se apodera de Pedro de Heras y Soto, y mirando directamente a los ojos de Goñi, le responde:

—¿Cree que soy tonto? ¿Cree que no sé qué es el sigilo sacramental? Usted no tiene derecho a hablar con nadie de lo que escuche aquí. Estoy protegido por el secreto de confesión, y si se atreve a quebrantarlo, todos sabemos que se irá al infierno y que el Santo Oficio le quitará el sacerdocio y lo encerrará de por vida. ¡Qué vergüenza para usted! Vine por misericordia, y me amenaza faltando a sus deberes de sacerdote. ¿Así es como le enseñaron a salvar un alma?

Acto seguido, Pedro de Heras y Soto se pone de pie, haciendo tambalear el confesionario, y sale precipitadamente del templo para montarse en su caballo. Xavier Goñi se alisa el rostro con la mano en señal de desesperación. El chico tiene toda la razón: ha cometido una estupidez y un pecado gravísimo al haberlo amenazado de esa manera. El secreto de confesión es inviolable aunque le cueste la vida a un inocente.

El jesuita comienza a llorar desconsoladamente y lo peor de todo es que no tiene a quién pedir consejo.

28

LA TABERNA

La taberna huele a sudor, orines y vómito. En cada mesa hay un candelero de barro con una vela alumbrando a los variopintos parroquianos. Esa noche, la taberna parece más sórdida que de costumbre; no se oyen risas ni chistes, sino sólo el lloriqueo de algún borracho despechado y las procacidades de otros muchos. Afuera del local, tres prostitutas merodean para cazar clientes borrachos a quienes esquilmar las pocas monedas que no hayan gastado allá adentro. La prostituta de más edad, una mujer de treinta años, ojos castaños y pelo negro, mira insistentemente hacia el interior. Su piel aún no está marchita ni su cuerpo flácido. Se le ve fuerte, decidida, experimentada. Nadie conoce su verdadero nombre y los parroquianos se contentan con llamarla *Catalina*.

A despecho de las ordenanzas de la ciudad, la cantina sirve aguardiente de caña. El aguardiente emborracha más rápido y es más barato; lo piden los soldados, los estudiantes y los artesanos que frecuentan el local. Sólo en las mesas de los ricos se bebe vino tinto y puro; cuentan las malas lenguas que no se trata de vino español, sino del que se produce en el valle de Parras de Coahuila y que, en principio, sólo debería servir para abastecer a las misiones de Texas y Nuevo México. Como el vino español es el único que se puede vender legalmente en el reino, su precio es alto. Pero el contrabando de vino de Parras es cada vez más frecuente; se rumora que los mejores tintos de Coahuila se escancian en la mesa del virrey y que este se hace de la vista gorda con tal de tener vino bueno y abundante en su mesa.

Sentados en una mesa de la esquina, charlan Ignacio y Pedro. En una escudilla de barro, sobre la mesa, hay pan, morcilla, longaniza, jamón, cebollas encurtidas en vinagre y un cuchillo afilado para rebanar. La vela escurre y mancha con cera la madera mal desbastada. El tabernero, experto en atender a sus clientes distinguidos, acaba de rellenar los vasos de barro con un tinto que huele a ciruelas pasas.

—Bébete tu vino, imbécil, no lo pagué para que lo dejaras —le espeta Pedro a Ignacio.

—Debo llegar a cenar con mis padres —dice a modo de disculpa Ignacio, cuya piel blanca y rosada se ha puesto encarnada por los tragos que ha bebido.

—¡Te dije que te lo tomes! —ordena Pedro.

Ignacio asiente, se bebe el vino de golpe y luego se limpia los labios con un pañuelo. El lienzo de lino blanco queda manchado de color púrpura.

—*Amigo*…, ¿y qué me quieres decir? —pregunta Ignacio.

—No soy tu amigo… —contesta Pedro con el vaso en los labios.

—¿No? —Los ojos de Fagoaga despiden un brillo hermoso a la luz de la vela— ¿No lo soy? Imagino, querido mío, que soy algo *más importante* que un amigo. Soy tu cómplice.

—¡Jódete!

—Habla pues —responde Ignacio sin inmutarse.

—No me gusta cómo se van poniendo las cosas, tengo miedo… —admite Pedro de mala gana.

—¡Cobarde! ¿Lo ves? ¿Quién es ahora el cobarde? Escuché que ayer fuiste a confesarte con el padre Goñi.

Pedro de Heras y Soto palidece y, como suele sucederle, enrojece de ira; pero haciéndose gran violencia a sí mismo, logra reprimir su impulso de romperle la cara al enclenque aquel. Se sabe humillado por su camarada, un tipo a quien siempre ha despreciado por débil y obsequioso, un renacuajo turbio y baboso con quien ahora comparte un odioso secreto. A veces los fuertes necesitan de los débiles, y es

271

entonces cuando los débiles revelan su lado más oscuro, el de la insidia y el resentimiento.

—¿Cómo demonios sabes que fui a confesarme? —La sorpresa de Pedro es mayúscula.

—Sigue blasfemando y el demonio en persona te va responder. —Ignacio Fagoaga habla cadenciosamente, saboreando cada sílaba.

—¿Cómo te enteraste? ¿El maldito jesuita se atrevió a delatarme? Desgraciado, lo voy a refundir en la cárcel del Santo Oficio, me voy a encargar de que lo quemen vivo. —Pedro se siente traicionado, desengañado y triste—. ¡Los sacerdotes no pueden decir nada de lo que escuchan en la confesión!

—Pedro, Pedro, ¡menudo ingenuo! Sólo a un tonto de capirote como a ti se le ocurre ir a las nueve de la mañana a la Profesa para confesarse, justo cuando todas las beatas de la ciudad están en las iglesias. ¿Pensabas que nadie se iba a fijar en ti? ¿Olvidas que mi madre va a misa a diario con los jesuitas de la Profesa?

—¡Imbécil!, si vuelves a hablarme así te voy a romper la cabeza. ¡Te lo advierto! —le dice Pedro, aliviado al comprender que el jesuita respetó el sigilo de la confesión.

—Mira, querido Pedro, no nos hagamos tontos. ¿Te remuerde la conciencia por lo que hicimos? No te preocupes, es normal. A mí también me remuerde. Llevo días sin poder dormir —añade Ignacio con serenidad—. Te ayudé a incriminar a Rodrigo y eso es muy grave.

—¡Cállate, imbécil! Nos pueden oír —le increpa Pedro.

—¿Aquí? —ironiza Fagoaga—. Están ebrios, comenzando por ti.

—Esto se ha hecho muy grande. Inés en la cárcel, y a Rodrigo lo van a quemar.

—¿No es eso lo que querías? —pregunta Ignacio con sarcasmo.

—No imaginé que Inés acabaría teniendo líos con la Inquisición —se lamenta Pedro aclarándose la garganta.

Ignacio Fagoaga da un pequeño sorbo a su vaso y comenta:

—Lo de Rodrigo es más preocupante, seguro lo van a ejecutar. Pero ¿no querías matarlo?

—Sí, lo odio, pero no está bien lo que hicimos. Rodrigo no es un asesino y no se merece la hoguera.

—Y ahí va a terminar *el asesino de la Pasión*. ¿Cuántos asesinatos se le imputan? ¿Cuatro? —A Fagoaga se le escapa un deje de satisfacción.

—¡Imbécil! —Pedro da un manotazo en la mesa—. La idea de incriminarlo fue tuya; tú escondiste en su casa las pruebas, que no se te olvide. Me ayudaste con el engaño...

—Por que *tú* querías vengarte de él, querido, así que no me vengas con cuentos. Esto fue tu venganza, yo simplemente te ayudé. ¡Y cómo me arrepiento de ello! Los dos estamos en el mismo barco.

—¿Y qué hacemos?

Fagoaga dirige la conversación con seguridad pasmosa, impropia de él:

—Pues lo que supongo que te aconsejó el sacerdote. No hay más remedio. Estamos obligados a resarcir el daño. Eso es lo que enseña la Teología moral.

—¿Echarnos para atrás? —pregunta Pedro, que toma del cuello de la camisa a Ignacio.

—No hay más remedio. De otra manera, ni el papa nos va a absolver; levantamos falso testimonio contra Rodrigo y tenemos que retractarnos —responde el hijo del marqués del Apartado, retirando de su cuello la mano de Pedro como quien se quita una mosca.

Pedro pide aguardiente al tabernero. Rápidamente, el hombre coloca en la mesa una botella abombada y dos vasos de vidrio verdoso, y de inmediato se retira para poner orden en otra mesa donde los borrachos están peleando. Ignacio Fagoaga se sirve un chorrito de aguardiente y llena el vaso de su compañero.

—¿A quién le confesamos lo que hicimos? ¿A la Inquisición? —pregunta Pedro.

—¿*Lo que hicimos*, querido Pedro? —dice Ignacio—. *Tú* denunciaste a Rodrigo, no fui yo...

—Imbécil, pero la idea fue tuya —objeta Heras y Soto, sirviéndose otro trago de aguardiente—. ¡Rata, gallina! ¡Víbora!

—Pero *tú* la hiciste tuya, apareces como denunciante en el expediente del Santo Oficio.

—¡Desgraciado! ¡Jódete!

—Tranquilízate, por favor. ¿No me escuchaste? Te dije que también a mí me remuerde la conciencia. Y me remuerde mucho. Claro que no soy tan timorato como para ir a confesarme sin haber platicado antes contigo. —Ignacio Fagoaga goza el modo en que va controlando la situación; ahora le toca ser él quien manda, quien gobierna, quien domina a ese grandulón engreído y prepotente.

—¿Qué vamos a hacer? Odio a Rodrigo, pero no quiero irme al infierno —se lamenta Pedro.

—Mañana temprano pediremos audiencia urgente con el virrey, que nos acompañen nuestros padres. Eso es muy importante.

—¿No vamos a la Inquisición?

—¡No! ¿Cómo crees? Debemos jugar con nuestras cartas y en nuestra mesa —indica Fagoaga.

—¿Y qué vamos a decir?

—Pues que todo fue una broma pesada, una broma de estudiantes. Que pusimos las pruebas aquellas en casa de Rodrigo. Diremos que el amor te llevó a eso. Fue un arrebato de locura, de celos, provocado por la poca hombría de Rodrigo, quien sedujo a Inés —explica Ignacio mientras corta con el cuchillo una tajada de pan.

Pedro bebe otro trago de aguardiente y, medio borracho, no logra contenerse esta vez:

—Todo es tu culpa, ¡imbécil! Tú fuiste el de la idea. ¿Les diremos eso? ¿Que fue idea tuya? ¿Que a ti se te ocurrió?

—Pedro querido, has bebido mucho. No es bueno que mañana lleguemos oliendo a alcohol al palacio real.

—¿Y qué le va a pasar a Inés? —pregunta Pedro.

—No tuvimos nada que ver con ella. ¿O sí? ¿Tú la denunciaste ante el Santo Oficio?

—¡No! —protesta enérgicamente Pedro aferrándose al vaso—. ¿Cómo crees?

—Entonces no tenemos nada de qué preocuparnos. Querido Pedro, vámonos ya. Mañana será un día largo. Los dos debemos llegar a hablar con nuestras familias.

Ignacio Fagoaga le paga al tabernero el aguardiente y le deja una generosa propina. Los dos jóvenes salen de la taberna. Pedro se bambolea. De las tres prostitutas que estaban afuera, sólo queda Catalina. Fagoaga se acerca a cuchichear con ella. A pesar de sus años, la mujer conserva su encanto. Se ve que no es la primera vez que Ignacio conversa con ella, fácilmente se percibe entre ellos cierta familiaridad. Pedro se acerca a curiosear, y Fagoaga dice en voz alta:

—¡Hola hermosa! ¿Nos acompañas a la esquina?

—¿Los caballeros serán generosos? —pregunta ella mirando a los dos jóvenes.

—Estoy muy cansado —objeta Pedro arrastrando la lengua.

—Los caballeros —responde Ignacio— siempre sabemos ser generosos —y le entrega a la prostituta la bolsa de piel donde guarda su dinero. La mujer sopesa la escarcela llena de oro y la guarda en un pequeño zurrón de cuero donde guarda algo de ropa, perfumes y aceites.

—No seas imbécil, mañana tenemos que madrugar —objeta Pedro, a quien le cuesta conservar el equilibrio.

—Nuestra amiga Catalina, querido Pedro, sólo nos acompañará a la esquina para platicar un rato. ¿Verdad, hermosa?

La prostituta sonríe, agradecida. Abrazados los tres como si fuesen camaradas, con Pedro en el centro, se hunden en la oscuridad del callejón. De repente, aprovechándose de la borrachera, Catalina apuñala a Pedro. El joven se desploma y va a dar a un lodazal.

Ignacio también recibe una levísima herida en el vientre y unas pocas gotas de sangre se asoman por su camisa rota. La mujer enterró en profundidad el cuchillo en Pedro y, a continuación, rozó suavemente con la hoja a Ignacio, como si únicamente quisiera rasguñarlo sin provocarle mayor daño. Catalina, aprovechando la confusión, se aleja de la escena con rapidez, pero sin correr para no llamar la atención. Fagoaga se pone de cuclillas al lado de su compañero, mortalmente herido.

Ignacio da un rápido vistazo a la herida de Pedro, y luego da la voz de alarma:

—¡Ladrona! ¡Atrápenla! ¡Auxilio!

La prostituta voltea hacia Ignacio, estupefacta, como si ese grito no fuese la reacción lógica de quien acaba de ser víctima de un asalto violento. La mujer, entonces, pierde la serenidad y echa a correr.

Pedro, que apenas puede hablar, alcanza a decirle:

—¡Hijo de puta!

—¡Amigo! No te entiendo, ¿qué dices?

—Desgraciado, fuiste *tú*… —A Pedro le falta el aliento.

—Habla un poquito más fuerte, por favor…

El herido se va poniendo más y más lívido, y comienza a temblar de frío a pesar de que la noche es tibia. Todo le da vueltas y a duras penas si consigue levantar un poco la cabeza, que está embadurnada de lodo y orines.

—¡Cabrón! Le pagaste para que me matara… Te voy a matar, hijo de… —Pero su voz apenas es un murmullo.

Ignacio saca su pañuelo, le seca a Pedro las gotas de sudor frío que perlan su frente y le susurra al oído:

—No te enojes, amigo. ¿No sabes que la ira es un pecado capital?

—Desgraciado, ¿por qué?

Ignacio aprieta con fuerza el vientre de Pedro para intensificar la hemorragia. El corazón se mueve frenéticamente, intentando hacer un último esfuerzo.

—¿Cómo te sientes? ¿Te duele? —le dice Fagoaga—. Lujurioso y borracho…, las cosas pintan mal para ti.

—Por favor, no quiero morir en pecado —reza con desesperación Pedro—. Dios mío, ten piedad de mí.

Ignacio sonríe y con el pañuelo simula contener la hemorragia, pero en realidad está desgarrando más la herida.

—Pedro, ya estás con un pie en el infierno…

El joven intenta mover sus manos para detener a Ignacio; es inútil, carece de fuerza. Un vómito espeso y negruzco ahoga al chico, cuyos ojos se abren aterradoramente. Don Pedro de Heras y Soto no puede exhalar un último suspiro porque su garganta está llena de sangre.

Ignacio, poniéndose de pie, comienza a gritar con frenesí:

—¡Atrápenla! ¡Puta asesina!

La gente que ha salido de la taberna sostiene con fuerzas a la prostituta, quien intenta zafarse.

—Yo no hice nada, el caballero se desmayó.

—¡Puta! Me robaste y mataste a mi amigo —exclama Ignacio, salpicado de la sangre de Pedro y de la suya propia.

—¡Mentira! ¡Mentiroso! —protesta ella.

—¡Revísenla! Esta mujerzuela acaba de matar a mi amigo, al hijo del conde de Heras y Soto.

El tabernero esculca en el zurrón de la prostituta y aparece la bolsa, con muchas monedas de oro, y un cuchillo ensangrentado.

—¡No fui yo! —insiste la pobre mujer.

—Rápido, yo también necesito un médico. La puta también me hirió a mí —exclama Ignacio Fagoaga mostrando su pequeña herida. Después el hijo del marqués del Apartado se hinca para llorar ante el cadáver de Pedro al tiempo que las carcajadas resuenan en su alma.

29

MISA DE RÉQUIEM

El conde de Heras y Soto envejeció diez años en tres días. El asesinato de su hijo Pedro a manos de una prostituta lo hizo añicos. La arrogancia del conde, su altivez, su orgullo, su fortuna, su prestigio: todo eso no es sino un recuerdo marchito del pasado inmediato. La muerte aniquila la petulancia de los poderosos; frente a ella no hay condado ni principado que valga. La muerte siempre es vulgar, asquerosa, corriente. El aristócrata es hoy un guiñapo, una piltrafa, un mueble desvencijado. El señor conde cambiaría sus riquezas y títulos por la vida de su hijo, pero es imposible; ni siquiera Satán, príncipe de este mundo, tiene el poder de resucitar a los muertos.

La figura encorvada y el rostro desencajado del señor conde mueven a compasión. En cuanto se supo la noticia, acudieron a su palacio los amigos más íntimos y los familiares más allegados. El marqués del Apartado y su hijo, Ignacio Fagoaga, no se han separado del pobre hombre. Ignacio aún se queja de la leve herida que le infringió la prostituta que mató a don Pedro al salir de la taberna.

El crimen conmovió a la aristocracia de la ciudad y, dentro de poco, la historia se sabrá por el reino entero. Aquella casa inundada de plata y seda hace una semana, se convirtió de repente en un túmulo funerario. Los crespones negros colocados en los balcones anuncian a los cuatro vientos el luto de la familia. La riqueza y el título del conde, que se ha quedó sin heredero directo, irán a parar a un primo que vive en Cádiz. Tanto trabajar para que al final aquel esfuerzo se desvanezca como una onda en el agua.

Los sirvientes, los que son hombres libres, caminan cabizbajos, procurando no molestar a su señor. Las ventanas y cortinas fueron cerradas para evitar que el sol alegrara la miseria del lugar. Por contraste, entre los esclavos se percibe un tenue aroma de satisfacción. Aunque ninguno de ellos se atrevería a externar esos pensamientos, se puede adivinar en sus rostros la tensión de sentimientos. Compadecen un poco al padre, a quien le han matado a un hijo, pero por lo bajo se alegran de que al fin una mano extraña le haya cobrado al joven todo el dolor que hizo pasar a sus esclavos.

Pedro de Heras y Soto trataba a los esclavos de su palacio con infinita crueldad. Nadie sabe bien por qué odiaba a los negros con tanta rabia, pero el rumor de que uno de ellos abusó de él cuando era niño es persistente. ¿Y si así fuese? ¿Por qué cobrarle a una raza el pecado de un individuo? No serán los negros y mulatos quienes lloren al hijo del amo.

El funeral se celebra fastuosamente en la iglesia de la Santa Veracruz, a un costado de la Alameda. El marqués del Apartado y su hijo Ignacio acompañan al viejo conde, que también ha aceptado la compañía de una prima lejana, una mujer vieja y taciturna que ha tomado el control de la casa durante los días de luto. Por primera vez desde hace mucho, el conde echa de menos a su difunta esposa. ¡Son tantos los pendientes y mandados que se deben despachar cuando muere un miembro de la familia! El pobre hombre no ha tenido cabeza ni fuerzas para cumplir sus obligaciones sociales durante estos terribles momentos.

El arzobispo en persona oficia la misa con el cuerpo presente. El prelado predica un sermón abstracto, etéreo, evitando cuidadosamente aludir al modo y lugar donde asesinaron a Pedro.

—Un buen cristiano —murmuran las beatas— no frecuenta aquellas tabernas donde florece la destemplanza y la lujuria.

El arzobispo no ha querido poner el dedo en la llaga, y se limita a hablar del cielo y de las promesas de vida eterna.

El señor conde le dio carta blanca a su prima para gastar en las exequias: flores, cirios, tafetanes negros, músicos, monaguillos, sacerdotes revestidos como príncipes, lacayos uniformados con libreas negras bordadas en plata y un ataúd de ébano forrado de seda de China. ¡Qué más da agotar lo que queda de la fortuna familiar si no hay herederos! El joven, dicen quienes lo vieron en el ataúd, está vestido con una hermosa casaca recamada de oro y, en sus manos, tiene un crucifijo de marfil y plata que descansará debajo del suelo junto con ese cuerpo joven, que apesta a pesar del alcanfor y el azufre que colocaron en el cajón.

Acabada la misa, entierran al chico dentro de la iglesia, muy cerca del altar mayor, un espacio muy codiciado. Como el cantero aún no ha terminado de esculpir la lápida, el señor conde ha hecho poner una letrero en madera:

AQUÍ AGUARDA LA RESURRECCIÓN DE LOS MUERTOS
DON PEDRO DE HERAS Y SOTO ARDAVÍN, HIJO QUERIDO Y AMADO.
DIOS SE APIADE DE ÉL Y DE QUIENES LE LLORAMOS EN LA TIERRA.

Luis el Gordo, Manuel y otros compañeros de la universidad, vestidos con sus togas, hacen valla a la pequeña procesión. A pesar de los esfuerzos que hace para contenerse, a Luis se le escapan algunas lágrimas.

Los lacayos deslizan con cuerdas el pesado féretro en la fosa abierta en el suelo; de repente, una de las sogas se rompe y el ataúd cae pesadamente. El golpe del cajón contra la tierra retumba en el templo: otra puñalada en el corazón del conde. El orgullo del aristócrata se desmorona y el infeliz acaba llorando desconsoladamente.

Entre nubes de incienso, el coro canta a todo pulmón los aterradores versos del *Dies irae:*

Día de la ira, aquel día
en que los siglos se reduzcan a cenizas
[...]
¡Cuánto terror habrá en el futuro,

cuando el Juez haya de venir
a juzgar todo estrictamente!

El virrey está presente y, al terminar el entierro, se acerca para dar el pésame al señor conde.

—Hoy se hará justicia, señor —le dice a modo de consuelo el virrey.

—Lo sé, Su Excelencia —responde entre lágrimas y rabia el conde—, y le prometo que ahí voy a estar...

También el inquisidor, acompañado de su secretario, se acerca para abrazar al viejo. A pesar de su proverbial dureza, fray Joaquín de Salazar está interiormente conmovido por la tragedia. Desde que se enteró de las circunstancias del asesinato, no ha cesado de implorar a Dios por el alma del joven: «Horrible... hallar la muerte de esa manera a manos de una ramera, borracho y posiblemente en pecado mortal». El inquisidor sabe que no debe juzgar a la ligera y, mucho menos, poner en entredicho la misericordia divina, pero en el fondo de su corazón, el fraile duda de la salvación del joven. «Nuestro Señor se apiade de su alma», reza interiormente.

El intercambio de abrazos entre el inquisidor y el conde es breve y sincero:

—¿Se acuerda, padre? Hace una semana comimos en mi casa. Estábamos tan contentos... —se lamenta sollozando el conde mientras abraza al fraile—. ¿Quién iba a decir que hoy lo íbamos a estar enterrando? ¡A mi hijo!

—Dios sabe más, Nuestro Señor le dará a usted la fuerza para seguir adelante —le reconforta fray Joaquín de Salazar.

El dominico se retira en compañía de su asistente, que lo sigue como un perro faldero.

—Fray Joaquín —le pregunta por lo bajo el secretario—, ¿y ahora qué sucederá con el proceso contra don Rodrigo? Nos quedamos sin testigo.

—¡Qué torpeza la suya, hermano! —le contesta quedamente Salazar—. ¿Cómo se le ocurre hablar de eso aquí? Además, los escribanos tomaron nota del testimonio de don Pedro. Nada cambia. Tenemos documentado el testimonio contra ese asesino endemoniado.

Con ayuda de la prima, el conde de Heras y Soto logra zafarse del sinnúmero de personajes que quieren darle el pésame. Un carruaje enlutado lo aguarda justo afuera del templo. Al hombre le urge llegar cuanto antes a la Plaza Mayor, donde ejecutarán a la mujer que le arrebató a su hijo. El marqués del Apartado e Ignacio Fagoaga suben junto con el conde y la prima. El mozo de estribos cierra la puerta, y el coche se enfila velozmente hacia la Plaza Mayor. El conde saca de un bolsillo su cajita de rapé para inhalar un poco, pero con el traqueteo se le cae y el polvo se desparrama, haciendo que los viajeros estornuden.

—¡Maldita sea! —grita el conde, a quien su prima intenta tranquilizar tocándole la mano.

Cuando se trata de un poderoso, la justicia puede ser rápida y expedita. Un par de días le bastaron al alguacil mayor de la ciudad y a la Real Audiencia para examinar el crimen y dictar sentencia. La multitud, curiosa y ansiosa de sangre, se agolpa en el cadalso, donde la prostituta aguarda su ejecución en medio de una gritería:

—¡Ramera!

—¡Puta!

—¡Asesina!

Los soldados contienen a la plebe, que aguarda impacientemente el espectáculo. Al lado del verdugo, están el alguacil mayor, algunos funcionarios, un escribano que levantará el acta, un capellán, don Eusebio, el médico que certificará la muerte, y el padre Xavier Goñi, quien usó sus influencias para hablar con aquella mujer.

El carro del conde de Heras y Soto se detiene muy cerca de la horca. Por indicación expresa del virrey, los soldados escoltan al conde y le abren el paso entre la muchedumbre. El anciano usa capa negra porque, a pesar del sol, siente frío. La prima se queda en el coche, pues no tiene arrestos para presenciar la ejecución. Ignacio Fagoaga y su padre, el marqués, sí bajan del coche para hacer compañía al conde. El alguacil se acerca al conde y le ofrece la mano para caminar. El viejo se apoya en el funcionario para no caerse, porque todo le da vueltas, las piernas le flaquean y le falta el aire.

—Ilustrísimo Señor, no es menester que usted presencie este penoso espectáculo —le comenta el alguacil.

—Quiero ver cómo se retuerce esa infeliz —responde el conde con amargura.

Los funcionarios acogen al conde de Heras y Soto y le expresan su pésame. La mayoría de ellos no suelen asistir a estas ejecuciones, pero este caso es especial. Se trata de hacer justicia por una causa muy notable.

La prostituta llora desesperadamente, atragantándose con los mocos que no puede limpiarse porque le ataron la manos a la espalda. Tiene el rostro llena de cardenales, los labios destrozados por los bofetones que le dieron en la cárcel, y viste un camisón raído y manchado.

El conde mira con furia a Goñi y, en presencia de los funcionarios, le espeta:

—¡Estará usted contento de haberle arruinado la vida a mi hijo!

—Señor conde... —protesta tímidamente el jesuita.

—Si usted no hubiera intervenido, mi hijo aún estaría vivo.

Los funcionarios que presencian la escena se hacen los desentendidos, pero sí que saben de qué se trata. La ruptura del compromiso matrimonial entre Inés Goicoechea y Pedro de Heras y Soto ha sido la comidilla de la alta sociedad.

El marqués del Apartado trata de serenar al conde con una palmadita en la espalda, pero el conde sigue gritándole a Goñi:

—Su protegida arruinó la vida de mi hijo. Esa mujerzuela a la que usted confiesa es tan puta como esta —le recrimina el conde señalando a la sentenciada a muerte—. ¡Escúcheme bien! Inés Goicoechea es una puta.

—Amigo —le dice el marqués con suavidad—, quizá sea mejor que nos retiremos, usted está muy cansado.

El conde no hace caso.

—Goñi, corre por mi cuenta que quemen a Inés. ¡Y Rodrigo no se merece menos! ¡Y pensar que Pedro lo consideraba su amigo! ¡Maldito desgraciado, traidor, judas! Si no hubieran roto el compromiso, mi hijo estaría vivo, pero usted estuvo de por medio, entrometido. Todos los jesuitas son unos ambiciosos, usted quería apropiarse del dinero de los Goicoechea y mi hijo le estorbaba. ¡Jesuita asqueroso!

El padre Xavier recibe estoicamente los insultos, aferrándose al brazo de su amigo el médico. Tras un pequeño forcejeo, el marqués serena al conde y ambos regresan al coche. El alguacil se da cuenta de que debe apresurar la ejecución para evitar más desfiguros, y ordena que lleven a la prostituta al patíbulo. Dos soldados arrastran a la pobre infeliz, que se resiste desesperadamente. Con gran esfuerzo, logran colocarla encima de una banca, debajo de la viga de la horca. El verdugo recibe a la mujer, se cerciora de que sus manos estén firmemente atadas y le coloca la cuerda en torno al cuello. El capellán, un sacerdote joven, se acerca para bendecir a la mujer, que sigue llorando, pero se retira de inmediato para permitir que Goñi hable con ella. La condenada, subida en el banco, mira hacia abajo temiendo perder el equilibrio.

—Hija mía, ten fe en Dios y Él te salvará —la consuela Goñi—. Hoy estarás con Jesús en el paraíso, debes ser fuerte. Ya falta poco, ya falta poco…

La joven se orina y el chorro amarillento escurre entre sus piernas para diversión de la chusma.

—¡Puta!

—¡Ramera!

—¡Asesina!

Goñi sufre escuchando esos insultos, pues ni siquiera una asesina se los merece en estas circunstancias.

—Padrecito, yo lo maté, pero le juro por la Virgen que él me contrató, ¡se lo juro por Diosito santo! El malvado me pagó para que matara a su amigo. ¡Por favor! ¡Sálveme!

—Cierra los ojos, hija mía, cierra los ojos, y piensa ahora en el cielo, que está abierto para quienes se arrepienten de sus pecados.

—Fue una cochina trampa, ¡se lo juro! Padrecito, el desgraciado me dijo que le hiciera un rasguño para que nadie sospechara de él, y que luego me iba a dejar escapar.

—Hija mía, arrepiéntete de tus pecados y te vuelvo a dar la absolución. Hoy mismo entrarás al cielo.

—¡Se lo juro, fue una trampa! Nomás mírelo, padrecito, mírelo… Ahí está el desgraciado, viendo cómo me matan por su culpa…

—Olvídate de todo eso. Ahora encomiéndate a Dios, hija mía, no quiero que mueras con rencor —le susurra Goñi dulcemente—. Pide perdón por tus pecados y Nuestro Señor te perdonará.

—¿Por qué no le hacen nada a él? Por favor, padre, ¡sálveme!

—Hija, cierra los ojos y piensa que en un segundo verás a Dios y a la Virgen y serás muy feliz para siempre. ¡Dios te bendiga!

—Padre, ¡se lo juro! Soy una asesina, pero el hijo del marqués me pagó para matar a don Pedro. ¡Por la Virgencita de Guadalupe, sálveme!

La mujer no puede decir más. El verdugo da un puntapié al banco donde está parada la infeliz, y el cuerpo queda colgando. A la chusma se le escapa un grito unísono, rara mezcla de miedo y alegría. Vienen los frenéticos estertores. El nudo estaba mal hecho y no le rompió la cerviz, así que la agonía dura varios minutos. La mujer quiere chillar, pero no puede; sus ojos, a punto de saltar de las órbitas, reflejan la angustia y la desesperación de la asfixia. Las manos se crispan y los pies se agitan, queriendo tocar la tierra. El rostro y el cuello se congestionan de sangre azul que poco a poco se torna violeta. La lengua se asoma en un intento por conseguir aire, brota espuma de la boca y, sumadas a los orines, ahora escurren heces fecales entre las piernas. El cuerpo suspendido se zarandea violentamente, como un baile macabro, como un péndulo que riega mierda en el suelo. Todo acaba y el cadáver comienza a balancearse rítmicamente. El verdugo, evitando pisar las heces, se acerca al cuerpo, detiene el balanceo y llama al médico con un gesto. El galeno, don Eusebio, toma el pulso de la rea entre las manos. No hace falta ser un sabio para confirmar la muerte. Ahora es el turno del escribano, quien levanta el acta.

El sacerdote no puede ocultar su inquietud por las palabras que escuchó de la mujer. En primera instancia son inverosímiles, pero sabe por experiencia que el corazón humano es capaz de amar y de odiar más allá de cualquier lógica.

El conde de Heras y Soto intenta bajar del carruaje para mirar el cuerpo de cerca, pero el marqués del Apartado y la prima logran detenerlo. No es propio de un noble rebajarse a ello. La prima llora, y el conde comienza a vociferar más maldiciones contra esa asesina:

—¡Ya estarás en el infierno! ¡Desgraciada! ¡Malnacida!

Ignacio se quedó cerca de la horca, en medio de la multitud; se le ve serio, con gesto adusto; ya es hora de regresar al carro con su padre, el marqués y el pobre conde, pero antes se acerca a Goñi.

—Padre, por el amor de Dios, ¿no habrá prestado oídos a las calumnias de esa mujer? ¡Pobre infeliz! Ni siquiera en el mismo patíbulo se arrepintió.

—No pongamos límites a la misericordia de Dios —responde secamente el jesuita.

—Padre Goñi, por favor, ¿cómo voy a matar a un amigo? ¿Qué
hubiera ganado con ello?

—Nadie te acusa, hijo —lo tranquiliza el sacerdote, que se tranquiliza viendo la figura débil y el carácter frágil del joven.

—Ella me acusó, padre. A pesar de las pruebas en su contra, me
acusó incluso en la horca.

—Dios la está juzgando en estos instantes, dejémosle a Nuestro
Señor el juicio de su alma.

—Habla usted con verdad, padre: dejémosle a Dios el juicio de
esta pobre mujer. ¡Dios tenga misericordia de ella!

Don Eusebio, el médico, se acerca a los dos hombres y con cierto
desenfado les comenta:

—Todavía no son las doce y ya tuve dos difuntos en el día, pero la
peor fue esta. Uno nunca se acostumbra a las ejecuciones.

—¿Y el otro? ¿Algún enfermo? —pregunta Goñi.

—¿Cómo? Pensé que ya lo sabía. En la madrugada murió don
Anselmo Goicoechea.

—No, no lo sabía —se lamenta Goñi—. Ayer lo visité y lo vi muy
mal.

—Sí, lo de su hija lo mató —sentencia el médico—. Era un hombre viejo y ya estaba enfermo.

—Ahora toda la fortuna irá a parar a manos de su hija, y por tanto de la Inquisición —apunta Ignacio Fagoaga.

—Don Ignacio, no se precipite. —La voz de Goñi se torna firme—. Doña Inés Goicoechea aún no ha sido declarada culpable por
el Santo Oficio. Cuide usted sus palabras, que bien podrían ser to-
madas a mal.

—Tiene usted razón, padre, no debemos hablar de las causas de la
Inquisición.

—Don Ignacio, el padre Goñi tiene razón; sea usted más cuidadoso con sus comentarios, no hable a la ligera. ¡Soy un médico del
Santo Tribunal!

Ignacio Fagoaga vuelve a disculparse y sube al coche del conde de Heras y Soto. El marqués golpea el techo del carruaje, que emprende su camino. El joven comparte la noticia de la muerte de don Anselmo y el conde declara:

—¡Me alegro! Ese hombre despreció a mi hijo.

Allá abajo, en la plaza, los soldados rodean el patíbulo porque la multitud quiere mirar de cerca a la ejecutada. Los funcionarios se retiran, dejando solos al médico y a Goñi.

—Don Eusebio, tenemos que salvar a Inés y a Rodrigo.

—Padre Goñi, está usted loco…

—El inquisidor dice que son de los *nuestros* —le advierte Goñi.

—Eso es falso, falsísimo. No debemos dejarnos amedrentar. No tenemos nada que ver con ellos —responde el médico.

—¡Sálvelos, por el amor de Dios! —suplica el jesuita.

—Eso es imposible. Están en la cárcel del Santo Oficio, nadie puede escapar de ahí.

—Pero usted es médico del Tribunal, don Eusebio, puede visitarlos en los calabozos —le urge Goñi con angustia.

—Si fueran de *nuestros hermanos*, quizá podría intentarlo, pero no lo son; no tienen nada que ver con *nosotros* —objeta el médico.

—Don Eusebio, ¿no se da cuenta? Fray Joaquín nos ha descubierto. Todos estamos en peligro.

—Por eso mismo no me conviene hacer nada. Yo soy un funcionario del cabildo y del Santo Oficio: a mí nadie me puede hacer nada, gozo de inmunidad civil y eclesiástica. ¿Quién puede sospechar de mí?

—Mire, *hermano*, a menos ayúdeme a salvar a la joven; es inocente, no hizo nada.

—Está usted loco, Goñi, la hermandad no se dedica a eso —le amonesta severamente el médico.

—Usted puede, ¡sálvela! —suplica el jesuita.

—Imposible.

Xavier Goñi se juega todo a una carta:

—Si usted no me ayuda a salvar a la chica, al menos a ella, yo mismo lo denunciaré a usted.

Don Eusebio frunce el rostro y, presa de la indignación, le responde:

287

—¿Qué? ¿Se atreve usted a amenazarme? ¿A mí, un hermano de la conspiración? Con razón nadie quiere a los jesuitas, en mala hora la hermandad lo aceptó.

—Se lo digo en serio —le previene el sacerdote.

—Goñi, las cosas no funcionan así. Yo soy quien voy a denunciarlo a usted. ¿A quién va a creer fray Joaquín? ¿A un jesuita intrigante o a un médico del Santo Oficio?

—Pues más le vale que haga algo por Inés. —La voz de Goñi es firme—. Porque si no…

—Si no, ¿qué? —le responde Eusebio, envalentonado.

Xavier Goñi toca el pecho del médico con el dedo índice y le ordena amenazante:

—¡Sálvela!

30

LOS LLANOS DE CLAVERÍA

Doña Inés Goicoechea murió esa mañana en la cárcel del Santo Oficio, según dio fe don Eusebio, médico del Tribunal, amigo de Xavier Goñi. Dada la calidad de la difunta, el inquisidor se tomó la molestia de informarle al virrey Ortuño sobre el deceso. A su vez, don Antonio de Ortuño convocó al jesuita para comunicarle la triste nueva a Goñi. El virrey sabe cuánto estimaba el sacerdote a la chica.

El palacete de los Goicoechea, de luto riguroso por la reciente muerte de don Anselmo, quedó sin dueño tras la muerte de Inés en un calabozo de la Inquisición. Por ahora, el administrador de la familia dirige la casa e intenta proteger la fortuna de las acechanzas de los vividores. A la Inquisición le corresponde por ley una importante parte de los bienes incautados a los sentenciados por delitos contra la fe y la moral cristiana. El administrador no quiere meterse en problemas con el Tribunal, que podría acusarlo de no haber protegido la fortuna de los Goicoechea que pronto irá a pasar a sus santas arcas.

En casa de los Goicoechea no hay familia que llore a sus muertos. La mayoría de los esclavos son indiferentes a la suerte de sus amos, únicamente les preocupa a manos de quiénes irán a parar ellos cuando se divida la herencia. En tales ocasiones, se desmiembran familias de esclavos como quien se reparte cabezas de ganado. Por la cabeza de don Anselmo nunca pasó la idea de liberar a sus negros tras su muerte, y en su testamento no se preocupó por ellos más allá de lo que un hombre se preocuparía por sus perros y sus borregos.

Los sirvientes libres están más preocupados por conseguir un nuevo empleo que por llorar a los muertos. Ciertamente, el administrador se ha encargado de pagar sus sueldos y de asegurarse de que haya alimentos para ellos en la casa, pero la situación no puede alargarse indefinidamente. La presencia de un amo es indispensable para la correcta marcha de una casa.

No todo son preocupaciones entre los criados. En cuanto sepultaron a don Anselmo, los lacayos y mozos se lanzaron sobre la bodega para descorchar botellas y abrir barriles. También el administrador se ha tomado algunas libertades: la noche del entierro de don Anselmo, el hombre bebió del mejor vino de su amo *para soportar la pena*. Ni siquiera José, el cochero, mostró reparos en emborracharse a costa de su difunto amo. Sólo Petra, la vieja sirvienta de Inés, protestó tímidamente contra aquel abuso solapado por el administrador.

Al final, el desorden no ha pasado a mayores. El administrador inventarió minuciosamente los objetos de más valor: marfiles, plata, porcelana, maderas finas; el menaje de la mansión está a buen recaudo. El punto clave es la ejecución del testamento. Allí es donde se complica la cuestión. El testamento de don Anselmo es claro, redactado con precisión. A su muerte dispuso que la mitad de sus bienes fuesen destinados para las misiones en California de la Compañía de Jesús; la otra mitad sería para su hija. En ausencia de esta, la masa entera de la herencia iría a manos de los jesuitas. Xavier Goñi es el albacea.

El problema es que Inés murió intestada y, para colmo, en prisión. ¿A quién irán a parar sus bienes? ¿Al Santo Oficio o a las misiones californianas? El jesuita tomó el asunto a cuestas y, tras conversar con el virrey Ortuño, Goñi se planta en el despacho del inquisidor general de la Nueva España.

—¡Qué arrogancia la suya! —exclama fray Joaquín de Salazar, pasmado por la temeridad del jesuita—. ¡Su Merced es orgulloso como Satán! Piense usted en su delicada situación, padre Goñi, ¡reflexione!

Usted está a punto de ser procesado por este Santo Tribunal, ¿y aun así se atreve a venir a mi despacho a reclamar los bienes de esa mujer?

Xavier Goñi traga saliva, se esfuerza por ocultar su nervosismo y prosigue:

—Sé que Su Reverencia, a cuya justicia y sabiduría confío mi causa, es perito en cuestiones jurídicas y sé que no se dejará llevar por los impulsos del momento.

—¡Insolente! Puedo ordenar que lo arresten *ipso facto*. Padre Goñi, ¿qué pretende? No lo comprendo. La herencia de doña Inés será incautada por la Inquisición actuando conforme a derecho. Eso está fuera de discusión y no le incumbe el asunto.

—Su Reverencia, disculpe mi atrevimiento, pero en su alegato pasa usted por alto un detalle muy importante —replica el jesuita, parado frente al escritorio, aferrado al respaldo de la silla para visitantes.

—¡Explíquese! —le responde el inquisidor, sentado en su enorme sillón de madera y terciopelo rojo—. ¿Qué detalle?

—Su Reverencia olvida que el Santo Oficio tiene derecho únicamente sobre los bienes de los acusados que son hallados culpables y sentenciados —arguye Goñi con las piernas temblorosas, jugándose todo a una carta—. Doña Inés estaba encarcelada, pero no se dictó sentencia contra ella y, por tanto, la incautación es improcedente.

El inquisidor Salazar se recarga completamente en el respaldo de su sillón y alzando la barbilla le replica:

—¡Lo mismo da! ¡Bah!, usted es un charlatán indigno de pertenecer a la Compañía de Jesús. Ignoro cómo lo tolera su superior. Si usted fuese dominico, hace tiempo que lo hubiésemos disciplinado. Ustedes los jesuitas acabarán mal; son ambiciosos, desobedientes, codiciosos, arrogantes.

Xavier Goñi no se arredra:

—Su Reverencia no puede actuar contra su conciencia cristiana, violentando el Derecho. ¿O me equivoco? ¿Qué diría el arzobispo?

—Este Santo Tribunal tiene jurisdicción incluso sobre el señor arzobispo. No me venga con tonterías, lo sabe usted muy bien; no venga aquí a fingir ignorancia conmigo.

—¿Y el virrey? ¿Su Reverencia se atrevería a decir que el inquisidor de la Nueva España está por encima del representante del rey?

Estoy seguro de que si esto llegara a oídos de Su Majestad, se enojaría mucho.

Goñi ha colocado en una situación comprometedora a fray Joaquín de Salazar. El dominico aprieta los labios con fuerza para reprimir su enojo, y le responde al jesuita:

—¡Pamplinas! Esa mujer prácticamente fue hallada culpable. Contamos con un testimonio en su contra debidamente documentado, un testimonio de uno de sus allegados. Esa Inés era una luterana, ¡se atrevía a leer la Biblia! ¡Y en lengua vernácula! No me extrañaría que usted le hubiese facilitado libros malditos. Usted y su cofradía satánica. ¿Se da cuenta del mal que hacen?

—Yo jamás le di una Biblia —responde Goñi con firmeza.

—Ya lo veremos cuando usted enfrente el tormento. En el potro acabará por confesar la verdad. —El inquisidor habla con firmeza—. ¡Ella pertenecía a su cofradía de filósofos y libertinos, y lo vamos a averiguar!

—¡Mentira! —Goñi pierde los estribos momentáneamente, pero de inmediato recupera el control—. Doña Inés nunca tuvo que ver nada con esa legendaria y fantasiosa cofradía de lectores que usted y sus espías han inventado.

—Usted me dio nombres de conspiradores —le dice el inquisidor.

—Los inventé para salir del paso —miente Goñi.

—Ya lo veremos… En cualquier caso, tengo pruebas contra esa mujer. Quemaremos su cadáver como se merecen los herejes. No tiene derecho a un entierro cristiano.

—Su Reverencia no tiene derecho a negarle las exequias cristianas. Todos en este Santo Tribunal saben que no se dictó sentencia contra doña Inés, que en paz descanse.

—Es usted un engreído, un soberbio. Hoy mismo hablaré con su superior. *Hoy*, escúcheme bien, *hoy* dormirá aquí abajo, en el peor calabozo de mi cárcel.

—Apelaré a Roma y al rey.

—Para cuando su causa llegue a Roma, las ratas se habrán comido su cadáver en México —le amenaza el inquisidor.

—Y entonces usted, Su Reverencia, tendrá que dar cuenta a Nuestro Señor de mi muerte y los dos sabemos que el día del juicio universal no habrá cargo que valga, ni siquiera el de inquisidor general. No quisiera estar en sus zapatos. ¿Qué le dirá usted a Nuestro Señor, que me mató porque los papeles no llegaron a tiempo al Tribunal? ¿Le servirá esa excusa el día del juicio final?

La flecha hiere a Salazar en lo más profundo de su corazón, pero hoy no es el mejor día para meditar en ello, así que responde con violencia:

—¡Insolente! Tiene usted los días contados.

Haciendo otro enorme esfuerzo para no temblar, Xavier Goñi retoma el hilo de la argumentación. Debe resolver la cuestión que lo llevó a jugarse la vida insultando en su cara al inquisidor. El tiempo apremia y debe conseguir lo que se propone cuanto antes.

—Su Reverencia, ambos sabemos que el testamento de don Anselmo Goicoechea no se ejecutó, y recuerde que yo soy el albacea. Por tanto, incluso si doña Inés hubiese sido declarada culpable, ella carecería de propiedades susceptibles de incautación. Toda la fortuna de los Goicoechea es para el único heredero vivo: el Fondo de las Misiones Californianas de la Compañía de Jesús. Cualquier tribunal le dará la razón a la Compañía. La Inquisición va a perder este pleito ante los tribunales.

—Padre Goñi, de verdad sigo sin comprender qué pretende usted. Debería usted hablar claramente.

—Se lo acabo de decir: quiero el cuerpo de Inés Goicoechea y reclamo para la Compañía la herencia de don Anselmo.

Fray Joaquín junta las dos manos y coloca los codos en el escritorio.

—No intente engañarme: usted desea ese dinero para su conspiración. Es cómplice de una filosofía libertina, una filosofía disolvente que amenaza a la santa Iglesia de Dios. ¿Eso es lo que usted quiere, acabar con nuestra santa fe? ¿Es usted tan ingenuo como para creer que cuando se desate la persecución contra la Iglesia, los librepensadores lo van a perdonar? Por el amor de Dios, además de perverso es usted un pelmazo. Si los libertinos triunfan, nos van a matar a todos, a usted y a mí. ¡Hable claro! ¿Qué quiere? ¿Acaso quiere largarse a Francia?

—Su Reverencia, hablemos claro como usted me pide. Quiero que me entregue el cuerpo de doña Inés para darle cristiana sepultura al lado de su padre en nuestro templo de la Profesa.

—Esto es un locura. ¿Sabe? No sé por qué sigo hablando con usted cuando basta con que toque esta campanilla —Salazar señala la campanita de bronce sobre su escritorio— para que los guardias lo metan en un calabozo. ¡Ni hablar!, esa mujer será enterrada como cualquier rea del Santo Oficio.

—Su Reverencia sigue hablando conmigo porque sabe que la razón me asiste —dice Xavier Goñi exhalando un profundo suspiro.

—A la difunta se le enterrará en el cementerio del Santo Oficio y no se extrañe de que en unos meses la desenterremos para quemar sus huesos, como los de una hereje, en compañía de usted, ¡hereje!

—Insisto, Su Reverencia: deseo llevarme el cuerpo, tengo preparado el funeral en la Profesa.

—No está usted en posición de insistir.

—¿Seguro? —Goñi se permite una risa sardónica—. Han llegado a mis oídos rumores de malos manejos en los bienes incautados en otros procesos. Se rumora que no se le ha dado al rey la parte que le correspondía. Estoy seguro de que el señor virrey se llevaría un disgusto muy grande si supiese que algún funcionario del Santo Oficio ha mermado la porción que le corresponde a la Corona.

—A mí nadie me amenaza.

—La Inquisición le ha robado a Su Majestad y puedo probarlo —afirma Goñi.

—Tengo la conciencia tranquila.

—Piense en la fortuna de los Goicoechea. Soy el albacea de don Anselmo. El Santo Oficio no podrá tocar ni un real.

—En cuanto usted ponga un pie en la cárcel, no podrá hacer nada. —Fray Joaquín da un manotazo en el escritorio.

—Pues sería una lástima, porque, como albacea y representante de la Compañía, yo podría renunciar a la herencia. Piénselo, puedo renunciar a la herencia…

—No lo comprendo. —Las maneras de fray Joaquín se suavizan.

El jesuita descubre sus cartas:

—Digamos, Su Reverencia, que le sugiero a mis superiores que declinen la herencia para evitar un confrontación innecesaria. En tal caso, estoy seguro de que este Santo Tribunal podría confiscar los bienes de la difunta sin problema. En mi calidad de albacea, podría asegurarle que no objetaré la confiscación y, en mi calidad de representante de la Compañía de Jesús, podría asegurarle que tampoco pelearemos por ella.

—Si le entrego el cuerpo de esa mujer, que *aún no fue sentenciada*, ¿puedo estar seguro de que la herencia pasaría a manos del Santo Oficio? —pregunta fray Joaquín con la frente fruncida.

—Soy el albacea, puedo hacerlo.

—¿Y la Compañía? ¿Está seguro de que no tendrán reparos?

—Mis superiores no quieren enemistarse con usted —apunta Goñi.

—¿Por qué ese interés por el cuerpo de esa mujer?

—Porque fui su director espiritual y puedo asegurarle que doña Inés nunca fue una hereje.

—¿Y el testimonio en contra de ella?

—Seguramente proviene de un enemigo —sugiere sibilinamente el jesuita—, o fue un testimonio obtenido en tortura.

—¿Y qué gana usted con todo esto?

—Salvaguardar la honra y fama de una buena joven y cumplir con mi conciencia cristiana —afirma Xavier Goñi.

—¿Me da su palabra de que no impugnará la confiscación de la fortuna de los Goicoechea? —reitera Salazar.

—Se la doy. Además, si no cumplo, tiene usted poder para acusarme de hereje —le contesta el padre Xavier.

—Lo pensaré, debo meditarlo. Los muertos pueden esperar.

—Si no me llevo el cuerpo en este instante, no hay trato.

—¿Qué? ¿Se atreve a amenazarme de nuevo?

—El virrey recibirá noticias de esos bienes confiscados que jamás fueron reportados a la Corona. No será usted el primer inquisidor al que destituyen por malos manejos del dinero del rey.

—Salga de aquí de inmediato. Métase a la capilla y pida perdón a Dios por su soberbia mientras yo medito qué hacer con usted. ¡Y no se atreva a salir de este palacio sin mi autorización!

Xavier Goñi sale del despacho del inquisidor. Son las diez de la mañana y aún no ha probado bocado. Se siente mal del estómago y pregunta por la letrina, que se encuentra en la parte trasera del edificio. Se trata de una pequeña caseta de madera con una puerta desvencijada. A pesar de la cal viva con que se espolvorea el lugar, las moscas verdes y panzonas zumban alegremente en torno al hoyo fétido, donde se acumula la inmundicia. Con cara de asco, Goñi asienta sus nalgas en el tablón de madera, procurando centrar su culo justo en el agujero que da a un pozo escarbado en la tierra. Una sonora y apestosa flatulencia alivia su vientre, son los gases que produjo su nerviosismo. Sale del cuartucho y se enjuaga las manos echándose agua con una jícara que hay por ahí. Regresa al patio principal del edificio, se mete unos minutos al oratorio y pide ayuda de Dios. No sabe qué será de él. Quizás, en efecto, esa misma noche dormirá sobre la paja húmeda y maloliente de una celda de la Inquisición.

Goñi cierra los ojos y reza con intensidad, cuando siente los dedos de alguien en su hombro. Es un fraile, el secretario de fray Joaquín, que lo guía a las caballerizas del palacio. Ahí lo espera un carretón con el cuerpo de Inés envuelto en un petate. Un mulato gordo conduce el carro tirado por un par de mulas viejas.

—Su Reverencia —le dice el secretario— le ordena dar sepultura cristiana a esta mujer y espera que cumpla con su parte del trato.

El jesuita se acerca a revisar el cuerpo y afloja las cuerdas para que el rostro quede al descubierto. Es Inés Goicoechea. Xavier Goñi está a punto de subir al carro cuando, jadeando, aparece don Eusebio, el médico. El galeno trae consigo una sábana percudida y la coloca encima del cuerpo. Por su parte, el secretario de fray Joaquín da algunas indicaciones a los porteros del palacio y regresa al edificio.

—¿Dónde estaba usted? —le pregunta por lo bajo Goñi a don Eusebio.

—Calle, padre, calle usted. En cuanto me avisaron, le di el antídoto a la niña —responde don Eusebio, con palidez mortal y cara de enojo.

—¿Qué hago ahora? —pregunta el jesuita.

—Despertará en una hora; estará muy débil, hágala dormir. Aquí le dejo esta infusión para que la tranquilice. —El médico le entrega una pequeña botella con un líquido amarillo—. Es muy importante que duerma y que descanse las próximas horas. Tendrá sed. Dele toda el agua que quiera, pero no la deje comer nada sólido.

—¿Estará bien? —pregunta Goñi con angustia.

—Sí, pero tenga mucho cuidado. ¡Apúrese! La joven despertará pronto. No vaya a despertar a la mitad de la calle o frente a testigos incómodos. ¡Nos matarían a todos! Váyase, hermano, ¡váyase cuanto antes! Y esta es la última vez que lo ayudo. Usted, Goñi, me la debe. Recuérdelo bien, usted me amenazó. Siga jugando con fuego, y acabará quemado. Yo no tengo por qué salvar a esta mujer que no tiene que ver nada con *nosotros*. Y desde ahora deje de considerarme su amigo.

—Dios lo premiará, don Eusebio. Usted seguirá siendo siempre mi amigo porque tiene buen corazón. Discúlpeme por haberle presionado, por favor, pero era necesario.

Don Eusebio no se digna a contestar, pero sabe que está haciendo lo correcto, lo que debió haber hecho desde hace tiempo. ¿De qué sirve hablar de libertad y de fraternidad si no se pone en práctica?

El carromato recorre las calles que van desde la Plaza de Santo Domingo a la Profesa en pocos minutos. Quienes alcanzan a ver el cuerpo envuelto en un petate se santiguan.

A la hora, Inés Goicoechea recobra el conocimiento en la sacristía del templo jesuita. La joven está exhausta y nerviosa; el jesuita, sin apenas mediar palabra con su protegida, le da el potente somnífero. No quiere una escena en el templo. Lo mejor es enviarla, adormilada, a Tacuba, afuera de la ciudad. Ahí la alcanzará tras el entierro ficticio para explicarle detalladamente lo ocurrido.

Con ayuda del médico, Goñi rescató a Inés de la cárcel, pero sin explicarle a ella la treta. Era preferible mantenerla en la ignorancia por si algo fallaba; de esa manera, no podría delatar a nadie. Fue la condición que impuso don Eusebio para participar en el plan. Lo único que sabe doña Inés Goicoechea es que se desmayó en un calabozo del Santo Oficio y que despertó en la Profesa, al lado de su confesor y otras personas desconocidas. El jesuita se limitó a tranquilizarla contándole que la sacaron de la cárcel y que esa noche le explicaría con detalle los sucesos. Los cómplices de Goñi la suben a un carro que lleva estiércol para el campo. ¿Quién se imaginaría que ahí va una joven dormida?

El tiempo corre y Goñi debe tomar ventaja. En cuanto consigue sacar a Inés del templo, procede a simular el entierro. Los sepultureros meten el pesado ataúd, relleno de piedras, en una de las fosas reservadas para los Goicoechea en la iglesia. Al jesuita le urge cerrar la sepultura porque no faltarán los curiosos que, so pretexto de rezar por la difunta, quieran mirar morbosamente su rostro. Nadie debe abrir jamás ese féretro. El sacerdote se apresura a rociar la tumba con agua bendita y a rezar un réquiem en presencia de los enterradores y del sacristán. Ha hecho correr el rumor de que la joven murió de peste y que urgía enterrarla para evitar contagios. Los trabajadores sellan la sepultura y, ahora sí, puede celebrar una misa en sufragio del alma de la joven. Es importante que las beatas de la iglesia sepan que se acaba de sepultar a doña Inés Goicoechea al lado de su padre.

Antes de oficiar la misa de exequias, el jesuita repasa mentalmente su plan. Debe asegurarse de que don Rodrigo González también sea rescatado. Desembolsó una enorme suma para sobornar a uno de los alguaciles de la Inquisición que le ha asegurado que el reo podría fugarse contando con las complicidades adecuadas. Debajo del palacio del Santo Oficio existe una red de túneles que conectan el edificio con el convento y la huerta de Santo Domingo; no será la primera vez que alguien se evada. Algunos de esos pasadizos se usan con regularidad para proteger la identidad de los testigos; otros, en cambio, están en completo desuso.

Xavier Goñi desconfía del alguacil, encuentra el plan demasiado sencillo, pero no tiene otra posibilidad de rescatar al joven. Don Eusebio, el médico del Tribunal, ha prevenido a Goñi contra este proyecto destinado al fracaso:

—El alguacil, se lo digo yo, *hermano*, es un individuo taimado y codicioso que no dudará en traicionarlo y quedarse con el dinero. Váyase con mucho tiento y sepa usted que cuando el plan se descubra, yo negaré cualquier conocimiento de él. Porque, que quede claro, el plan se descubrirá. No diga que yo no le previne, hermano; lo peor es que usted nos pone en peligro a *todos*. Es usted un idiota.

Sin embargo, no hay otra posibilidad. El virrey rehusó involucrarse en la causa de don Rodrigo, pues ya bastante hizo por Goñi salvando la vida de un reo durante el reciente auto de fe. El arzobispo, aunque aborrece al inquisidor, tampoco querrá interceder por el hombre al que han acusado de haber asesinado a uno de sus pajes en el palacio arzobispal.

En suma, el éxito de la fuga depende del monto de los sobornos y del cinismo de los carceleros y alguaciles. Goñi ha prometido triplicar la cantidad acordada si el plan se ejecuta rápida y limpiamente. Como albacea, Goñi tiene acceso a las perlas y diamantes de Inés, resguardadas por el administrador. Cuenta con ellas para comprar las voluntades de guardias y carceleros. La fuga será explicada «por las artes diabólicas practicadas por don Rodrigo González». La gente de la calle se creerá el cuento y los funcionarios de la Inquisición no querrán desdecir el clamor popular, sobre todo si también a ellos les llega algo de dinero.

El jesuita Goñi está pasmado, desconcertado, asustado de sí mismo. ¿En qué momento decidió salvar a Inés y a Rodrigo? ¿Por qué se involucró en una causa que no era suya? Los acontecimientos se desbordaron. Tal vez fue el orgullo, el deseo de enfrentarse a la autoridad, la satisfacción de jugarle una mala pasada al inquisidor. En realidad, no hay un motivo especial. Sí, sí, Goñi cree en la libertad, en el derecho a dirigir la propia vida, en el derecho a amar, a entregarse a Dios o al cónyuge. ¿No es eso la vocación? ¿No es la libre correspondencia al llamado de Dios el *quid* de la vida cristiana? El padre Xavier no sabe lo que está pasando con su vida. Tiene la conciencia tranquila. Inés y Rodrigo son inocentes y los cristianos deben defender a los débiles, a los que sufren de las injusticias. Pero él ha ido mucho más allá. Desafió al poder, incumplió leyes, engañó. Su conciencia es un cúmulo de tensiones y sentimientos encontrados. Si, como dicen algunos, la Compañía será suprimida por el papa, a él le gustaría haber utilizado su red de influencias para salvar a un par de inocentes. Lo que está haciendo, piensa Goñi, también es una obra de misericordia. ¿Acaso Nicodemo no intentó usar su influencia en el sanedrín para salvar a Jesús de la cruz? ¿Y sus amigos de la conspiración? ¿Hizo bien en involucrarse con ellos? Dios lo dirá; por ahora, se siente tranquilo con ellos. Ha aprendido a respetar la libertad, a mirar la conciencia como un santuario, un templo que no debe ser mancillado ni por la Corona ni por la Inquisición.

Mientras Goñi repasa estas ideas, se le antoja una jícara de chocolate. El día ha sido largo: la audiencia con el virrey, la desgastante conversación con el inquisidor, el traslado y sepultura del falso cadáver. Se le antoja un chocolate espumoso con una empanadilla de leche cuajada, de esas que hacen las monjas de la Encarnación; son crujientes y doradas por fuera, y cremosas y dulces por dentro. Debe, sin embargo, respetar el ayuno para poder celebrar la misa de réquiem a las doce del día, así que se resigna a pasar un rato más de sed y hambre. Mientras tanto, la carreta con la joven adormilada cruza los llanos de la Hacienda de Clavería. El pueblo de Tacuba está a un paso.

En la Profesa, el sacristán trajina afanosamente preparando el funeral. A pesar de las circunstancias, por sencilla que sea la ceremonia, la muerte de Inés atraerá a los curiosos. Providencialmente apareció por ahí un estudiante de la universidad que se acomidió a ayudar al sacristán a preparar el vino, el cáliz, los floreros, las velas. Dan las doce, y en la sacristía el padre Xavier se reviste con la casulla negra propia de los funerales. Es una pieza delicada, de seda negra con bordados blancos. Poco antes de enfilarse hacia el altar, aparece Ignacio Fagoaga. Es el estudiante que ayudó al sacristán a preparar el altar. Goñi lo mira con desconfianza, aunque no es raro que los universitarios, especialmente los de Teología, gusten de hacer de acólitos en las iglesias elegantes.

Sin embargo, el jesuita no puede olvidar lo que la prostituta le declaró en el patíbulo: Ignacio la contrató para que matara a don Pedro. ¿Qué persona se jugaría su destino eterno mintiendo en esas circunstancias? ¿Por qué iba a mentir ella a punto de morir? Pero ¿qué ganaría Ignacio matando a su amigo? ¿Celos? La historia de la prostituta era inverosímil, fruto del terror de quien enfrenta la muerte…

—Padre Goñi —le dice con voz delicada Ignacio—, ¿me permite ayudarlo a decir misa?

—Gracias, pero me ayudará este —responde Goñi señalando al sacristán.

Pero el sacristán no desaprovecha la oportunidad de descansar y, contrariando a Goñi, le deja su puesto en la misa a Fagoaga. El jesuita se resigna y para no parecer grosero, le comenta al joven con recelo:

—Don Ignacio, nunca le había visto a usted por aquí.

—¿Me reconoce usted? ¡Qué sorpresa! —exclama con vanidad mal disimulada el joven.

—¿Quién no reconocería al hijo del marqués del Apartado? —le responde Goñi, a quien le urge acabar con el funeral—. Además, ¿cómo olvidarlo si nos conocimos en unas circunstancias tan penosas? ¿Olvida usted que nos vimos al pie de la horca? ¿O tiene usted tan mala memoria?

—Una penosa circunstancia, en efecto —contesta Ignacio.

—¿Y qué le trae por aquí?

—Mi padre y yo escuchamos la misa de domingo en la capilla de nuestra casa y sólo para las ocasiones especiales vamos a la catedral o a la Santa Veracruz —responde Fagoaga con sonrisa cortés—. Pero esta ocasión es especial. Pedro era mi amigo, ¿sabe usted?

—Lo sé —responde fríamente Goñi, a quien le molesta la voz suave y acompasada del joven—. La ciudad entera conoce la triste historia. ¿Y qué tiene que ver todo esto de la misa con don Pedro?

—Pedro quería mucho a doña Inés, así que me pareció que yo debía venir aquí a rezar por Inés en nombre de mi amigo —apunta Ignacio imprimiendo ahora a sus palabras un tono solemne—. Además, ¡mire!, tengo mi toga en esa banca; mi vestimenta no desentonará con el funeral. ¿No le parece? —dice el chico señalando hacia la nave de la iglesia, mudando su voz a un tono desparpajado.

—Está bien —refunfuña Goñi, con la cabeza adolorida por el hambre y la sed. Hay algo en la voz del chico que le molesta, pero no sabe exactamente qué es. ¿Será ese deje cortesano y azucarado? ¿O es por las acusaciones de la prostituta?

Los dos salen de la sacristía y la misa se celebra con la asistencia de media docena de mujeres despistadas. Ni siquiera han aparecido otros sacerdotes de la Compañía. Goñi se equivocó pensando que asistirían algunos curiosos. Inés murió dentro de la cárcel de la Inquisición, y nadie desea verse relacionada con ella.

Xavier Goñi celebra velozmente, sin predicar ni un breve sermón. Comulga y nota que el vino, a pesar de ser poco, se le ha subido a la cabeza. Es lo malo de celebrar tras más de doce horas de ayuno. Concluye la ceremonia y los dos regresan a la sacristía, donde Ignacio ayuda al jesuita a quitarse la casulla, la estola y el resto de las vestimentas sagradas.

—Padre, me gustaría confesarme. ¿Podría usted hacerme esa caridad? —le pregunta Ignacio.

Xavier Goñi está cansado y hambriento, pero se sobrepone, temiendo, eso sí, que la confesión sea larga.

—Vamos —contesta Goñi dirigiéndose junto con el joven al confesionario.

El jesuita se desploma agotado en el asiento de madera, que cruje con el peso de su cuerpo. El estudiante se hinca a un costado.

—¡Ave María Purísima! —dice el confesor con los ojos cerrados para mitigar el dolor de cabeza que se le ha desatado.

—¡Sin pecado original concebida! —responde el estudiante.

El padre Goñi frunce el rostro con preocupación. Esa voz en el confesionario le suena conocida. Inquieto y desconcertado, le pregunta a Fagoaga:

—¿De qué se acusa?

—Me acuso, padre, de haberme suicidado.

—No entiendo, por favor, dígame sus pecados —contesta de mala gana el jesuita.

—Hace un rato bebí un veneno que me matará muy pronto.

—Esto es un sacramento, usted lo sabe bien. Con la confesión no se bromea —le regaña el sacerdote.

—No estoy jugando padre, sé bien que estoy hablando con Dios a través de usted. Me acuso, padre, de que deliberadamente tomé un veneno que me matará pronto.

—¿No es una broma?

—¿Bromearía con algo tan serio? —replica Fagoaga.

—Si es así, le doy la absolución y como penitencia le ordeno que, de inmediato, acuda al médico. —Y el sacerdote levanta la mano derecha para impartirle la absolución.

—Padre, hay otro pecado del que debo acusarme…

—Dígalo rápidamente para que se vaya usted al médico.

—Me acuso de que también maté a otra persona…

—¿A quién?

—A Pedro de Heras y Soto, padre. La ramera a la que ahorcaron ayer, ¿se acuerda usted de ella? ¡Claro que sí! La mujer se sacudió como un borrego. ¿La recuerda? Pues esa decía la verdad y nadie le creyó. Yo le pagué para que matara a mi compañero. ¿Sabe? Yo tuve que ayudar un poco, apretando la herida a Pedro para que se desangrara más pronto. La muy imbécil no lo apuñaló bien. Hubiera visto la cara que puso el pobre. Nunca imaginó que yo podía hacerle eso. Él siempre fue tan fuerte y valiente. Y mire lo que son las cosas: lo mató una ramera con la ayuda de un enclenque estudiante de Teología.

El padre Xavier queda desconcertado. En principio, hubiera dicho que el joven estaba loco, pero la confesión cuadra con lo que le declaró la pobre mujer. Quizás Ignacio alcanzó a escuchar las palabras de aquella infeliz y su mente transtornada forjó aquella fantasía.

—Vaya al médico de inmediato, que lo curen y otro día proseguimos con la confesión. Le voy a dar la absolución…

—No voy a regresar, padre, no hay antídoto. Me voy a morir

—responde Ignacio Fagoaga con una serenidad que raya en la arrogancia.

—Algo se podrá hacer, salga de inmediato.

—Hay algo más, otro pecado, ¿sabe? También envené a otra persona…

—¿Otra? —pregunta incrédulo y receloso el sacerdote.

—Lo envené con el mismo veneno que yo tomé. Esa persona todavía no ha muerto, pero tampoco hay nada que hacer: se morirá un poco después que yo. Esa persona no lo sabe, pero se morirá en un par horas.

—No escucho contrición en sus palabras, pero como sea, está usted aquí. Le cambio la penitencia. Ahora mismo se va corriendo para avisarle a esa persona y la lleva al médico. Quiero a los dos con el médico. A los dos, ¿me comprende?

—Por eso estoy aquí, padre Goñi.

—¿Qué dice?

—Usted es esa persona. —Ignacio Fagoaga pronuncia estas palabras con satisfacción evidente.

—¡Suficiente! —ataja Goñi con nerviosismo—. Con la confesión no se bromea.

—¿Se siente mareado? ¿Cansado? Envenené el vino de la misa. ¿No le supo un poco amargo?

—Estoy cansado porque estoy en ayunas y he tenido un día muy largo.

—Allá usted si no me cree, en dos horas usted estará agonizando.

—¿Qué me dio?

—No se lo diré, quiero que se muera. Además, no hay nada que hacer…

—¡Sacrílego! ¡Mentiroso! ¡Váyase de aquí!

—Nos seguiremos viendo, se lo puedo asegurar…

—No estoy de humor para escuchar sus estupideces. Esto es una confesión, no una comedia. ¡Lárguese!

—Usted se va a morir hoy, y los dos nos iremos al infierno. Yo me iré antes, el veneno hará efecto muy pronto. Va a ver que no le miento. Y ni intente ir al médico, no hay nada que hacer.

—¿Por qué hace esto? Usted está loco. No le creo nada. Le diré a su padre, el marqués, que lo meta al Hospital de San Hipólito. Ahí sabrán cómo tratarlo.

—¿Le tiene miedo a Dios?

Goñi está a punto de ponerse de pie y dejar hablando solo al pobre chico, que, a todas luces, no está cuerdo, pero la curiosidad lo retiene y le responde:

—Sí, temo a Nuestro Señor. El temor a Dios es una virtud cristiana…

—¿Y el temor al diablo? —pregunta Ignacio.

—Temo más mi soberbia que al demonio.

—Hace usted mal, padre, el demonio existe.

—Nunca he dicho lo contrario —objeta Goñi, que comienza a hallar cierto placer en la grotesca conversación—, pero mis debilidades bastan para condenarme sin la intervención de Satán. Los hombres no necesitamos del demonio para practicar el mal en la Tierra.

—Pues puede preguntárselo en un rato. ¡Nos vemos en el infierno!

—Basta de tonterías. Lo llevaré con su padre.

—¡Ah! Ustedes los jesuitas siempre tan amables con las personas ricas. ¿Quiere usted quedarse con las riquezas de mi padre? Dicen que el señor marqués es una de las personas más ricas del mundo.

—Hijo, por caridad de Dios, pide perdón por tus pecados y te doy la absol…

Xavier Goñi no ha comenzado a pronunciar la frase ritual cuando escucha un fuerte golpe del otro lado del confesionario que lo obliga a ponerse de pie. Ignacio Fagoaga yace en el suelo, convulsionando y vomitando sangre.

31

SEMILLAS DE HIGUERA INFERNAL

Higuerilla. *Nombre científico* Ricinus communis L.
Sinonimia popular: *hierba verde, higuera, higuera del diablo, higuera infernal, palma cristi.*
ATLAS DE LAS PLANTAS DE LA MEDICINA
TRADICIONAL MEXICANA

Ignacio Fagoaga se retuerce de dolor como una mariposa recién clavada por un coleccionista en una vitrina. Su cara blanca y rosada se ha puesto cetrina y opaca. El joven, más delgado que nunca, se lleva las manos al pecho como si estuviese a punto de estallarle. De la boca le sale una flema negruzca y espesa; de la nariz le escurre un hilillo tibio y rojo, entremezclado con moco verde.

Xavier Goñi no sabe qué hacer, lo único que se le ocurre es desabrocharle la toga negra de fino paño y romperle la camisola blanca para ayudarlo a respirar. Aunque Fagoaga no pueda hablar, en sus ojos se lee la desesperación del agonizante. El jesuita, arrodillado al lado del estudiante, le imparte la absolución:

—Yo te absuelvo de tus pecados, en nombre del Padre, del Hijo y del Espíritu Santo.

Tal vez, en medio de los estertores, el estudiante se esté arrepintiendo de sus pecados. No hay que poner límites a la misericordia de Dios. Los suicidas mueren pecando. La Iglesia les niega, por ello, las exequias y el entierro en terreno sagrado. A los suicidas debe enterrárseles en un estercolero, en el campo, a la vera de un camino, lejos de los camposantos, para evidenciar la magnitud de su pecado.

Las convulsiones de Ignacio se intensifican; el hijo del marqués del Apartado se está ahogando con su vómito. A Goñi, ignorante de la medicina, no se le ocurre recostarlo para ayudarlo a respirar, así que el estudiante comienza a ponerse morado. El jesuita está conmocionado, pero no siente auténtica compasión por el joven.

Dos viejas llegan a la escena y comienzan a llamar a gritos al sacristán, que se pone pálido como un muerto.

—¡Anda! Vete a buscar a don Eusebio —le ordena el jesuita tratando de dominar su propio terror.

—¿A dónde? No sé dónde vive —responde el pobre sacristán.

—Si serás tonto, ¡en la Inquisición! Vete corriendo a Santo Domingo, dile que hay un envenenado en mi iglesia. Pero ¡vete ya, hijo! ¡Corre!

El sacristán se precipita hacia la calle en busca del médico. Afuera, el sol brilla alegremente, ignorando la tragedia dentro del templo.

Xavier Goñi empieza a sentirse mal, pero ignora si su malestar es real o mera sugestión. Quiere creer que todo será una broma pesada de estudiantes. Como maestro, sabe de la picardía y astucia de los jóvenes, capaces de tramar las bromas más increíbles con tal de tomarle el pelo a un profesor. Como previsión, el jesuita le pide a una de las viejas:

—¡Hija! Deja de llorar y mejor vete corriendo a la botica de la esquina. Tráete al boticario y dile que me traiga un vomitivo, el más fuerte que tenga a la mano. ¡Urge! Pero, mujer, ¿qué haces parada? ¡Vete ya!

A pesar de la impresión, la edad de la mujer le impide correr velozmente para cumplir el encargo. Mientras tanto, Xavier Goñi le pide a otra vieja que cuide a Fagoaga mientras él sale a la puerta de la iglesia y se mete el dedo en la boca para provocarse vómito. Como no ha probado alimento ni agua desde la medianoche salvo la hostia y el vino de la misa, le cuesta devolver el estómago. Tras estimularse vigorosamente la garganta, el sacerdote vomita; al jesuita le entristece ver en el suelo la hostia consagrada, aún sin digerir, envuelta en una gelatina de saliva, vino agrio y jugos gástricos. La gente que pasa por ahí lo mira con sorpresa, y poco a poco se va reuniendo un corrillo de curiosos en torno al jesuita y al convulso Ignacio.

Goñi siente miedo. Desde el noviciado se entrenó para morir. Los ejercicios espirituales, que practica anualmente desde su adolescencia, no son sino contemplar la vida entera desde la perspectiva de la muerte. Cuando una casa se incendia, sus moradores intentan salvar lo que más aprecian: a los niños, a la abuela, las joyas, los títulos de propiedades; cuando un hombre se siente morir, instintivamente su mirada se vuelve hacia aquello que más quiere, aquello que más le preocupa. Y resulta que Goñi se contempla a sí mismo en ese trance, una situación que ha imaginado docenas de veces, pero sus resortes espirituales no funcionan. No quiere morir. El miedo lo paraliza. No quiere morir. El cielo se le antoja una ilusión, una quimera. No quiere morir. Quizá, piensa, sus titubeos y su fe vacilante son el resultado de esos libros prohibidos que ha leído. Xavier Goñi no quiere morir. ¿Acaso los inquisidores hicieron bien prohibiendo aquellas filosofías modernas? El jesuita no quiere morir. ¿Y si se equivocó conspirando contra el Santo Oficio? ¿Y si fray Joaquín tenía razón? Sus libertades, sus amigos, sus intrigas, sus rebeldías: ¿soberbia?, ¿orgullo? El jesuita Goñi no quiere morir. ¿Y si tanta filosofía lo llevó a cometer el pecado de Satán? Los jugos gástricos fluyen raspando su garganta, como una lija que lima la madera basta. ¿Y si él, Xavier Goñi, sacerdote de la Compañía de Jesús, fue instrumento del demonio?

Durante diez minutos, Goñi sigue provocándose el vómito hasta que no le queda nada en el vientre. Dentro del templo, Fagoaga ha perdido el conocimiento y se estremece como si sufriese un ataque de fiebres.

—Padre —exclama don Eusebio, que llega jadeando con un pequeño estuche de cuero bajo el brazo—, vamos a la sacristía. Mire, tómese de mi brazo. ¡Y ustedes, fuera de aquí! No estorben —les grita a los curiosos.

—¿Qué hago? —pregunta el angustiado sacristán.

—Don Eusebio, allá adentro hay un chico muy grave. Primero revíselo a él —ordena Goñi, recuperando el aplomo—. Pero ¡por el amor de Dios! ¡Apúrese! El joven se está muriendo.

—¡Usted! —El médico se dirige al sacristán—. Ayude al padre a ir a la sacristía mientras yo veo al otro enfermo.

Al lado del confesionario, en medio de los curiosos, Ignacio Fagoaga agoniza irremediablemente y, antes de que el médico pueda examinarlo, el chico expira. En ese momento aparece el boticario, un hombre gordo, medio calvo, torpe al caminar.

—¿Qué pasa? —pregunta.

—Aquí ya no hay nada que hacer. Quédate cuidando el cuerpo, que nadie lo toque —le ordena el médico al boticario, tratándolo como a un subalterno—. Estoy con otro enfermo allá dentro.

En la magnífica sacristía, tumbado en un sillón, Goñi descansa bajo la mirada inquieta del sacristán. Con la habilidad del perito, el médico le toma el pulso en la mano, acerca su oído al corazón, le revisa la lengua y los ojos. Don Eusebio saca de su estuche una ampolla con un líquido blancuzco y lo obliga a beber el contenido.

—Ahora acérquese al lavabo, va vomitar horriblemente. Agárrese fuerte para que no se caiga. Vengo en un segundo.

—No tengo nada en el estómago —protesta tímidamente el jesuita, que se ha desgarrado el esófago.

—¡Hágame caso! —le indica con firmeza don Eusebio.

El médico va a echar un vistazo al cuerpo de Fagoaga por si puede enterarse de algo que sea de utilidad. Revisa rápidamente el cadáver y regresa preocupado a la sacristía. Goñi vomita bilis en un lavabo de abluciones, una hermosa pieza de talavera poblana en donde los sacerdotes se purifican las manos antes de celebrar la misa:

—¿Qué comió, padre? ¡Dígame! ¿Qué comió? —pregunta don Eusebio.

—Envenenaron el vino de la misa o la hostia… No sé, algo —murmura Goñi entre vómito y vómito, apoyando el pecho en la orilla del lavabo, auxiliado por el sacristán.

Por la mente de Xavier Goñi han dejado de desfilar sus pecados, sus recuerdos, sus faltas, como se supone que les sucede a los agonizantes. Físicamente está destrozado; interiormente, muy sereno. El jesuita siente que el vomitivo cumplió su función. Goñi ya no teme a la muerte ni tiene miedo al infierno. Todo ha quedado reducido a un fuego fatuo. El nerviosismo y la sugestión provocaron el malestar. La mente es traicionera y mata a más personas que los cañones de los piratas.

—¿Y el chico? —pregunta el jesuita.

—Murió, pobre, tan joven —contesta el médico procurando dar la impresión de simpatía por el difunto.

—¿Y cómo estoy? —pregunta Goñi, que ha dejado de vomitar, sentándose nuevamente con ayuda de don Eusebio.

—Francamente, padre, no lo veo mal. No se me sugestione. Todo debe de ser por la impresión. Como prevención, le administré un vomitivo antimonial. Ya pasó el primer efecto, en un rato sentirá el estómago revuelto y evacuará el vientre. No se me preocupe. Pasará usted muy mala noche y mañana estará agotado, pero en un par de días estará como nuevo. Y, por favor, deje de meterse en problemas.

—¿Qué le pasó al chico? —pregunta el sacerdote.

—Pues no lo sé, pienso que se envenenó con hongos. Las indias venden hongos venenosos como si fueran comestibles. Ni se imagina usted. ¡Son tan descuidadas!

—No es temporada de hongos, don Eusebio, aún no llueve —objeta Goñi.

—¡Ay, padre! Las indias siempre saben dónde encontrarlos. Ni se imagina la cantidad de muertes que debo atender por culpa de esas vendedoras descuidadas —replica don Eusebio—. Si por mí fuese, yo prohibiría que los vendieran. Padre Goñi, lo que usted tiene es cansancio y fatiga. De lo que debe cuidarse es de una fiebre cerebral por tantas preocupaciones, no de venenos. ¡Váyase a descansar! Mañana temprano paso a visitarlo.

—*Hermano.* —Goñi baja la voz—. Cuide a Rodrigo González, no lo abandone, por el amor de Dios.

—No sé de qué me habla. Mire, con lo que vomitó, lo que usted necesita es un tecito de manzanilla con mucha, mucha azúcar, y antes de dormir un caldo de gallina desgrasado.

—Por favor, ayude a Rodrigo…

Goñi está cansado, muy cansado, cierra sus ojos. Siente que su pulso se acelera, un escalofrío le recorre la columna. Se lleva la mano a la boca; un hilillo de sangre le escurre, pero él no lo advierte.

Don Eusebio lo mira alarmado y le pregunta:

—Padre, dígame, piense rápido, por favor. ¿Tenía algún sabor raro el vino? ¿O la hostia? ¿Le supo algo amargo? ¿Algún olor?

—Me siento muy mal… —musita el jesuita, adormilado—. *Padre Nuestro, que estás en los cielos…* —comienza a rezar.

—No se me preocupe, padre, no se preocupe; no es nada…

Don Eusebio grita pidiendo ayuda. La tragedia ha corrido de boca en boca. Los curiosos atestan la iglesia para echar un ojo a Fagoaga. En la sacristía aparece un sacerdote mayor, con rostro adusto, acompañado de otro jesuita más joven, apuesto y gallardo, pero atemorizado y tímido. El jesuita joven fue quien acompañó a Goñi al palacio de la Inquisición hace unos días.

Tras ellos revolotea una legión de beatas. Entre todos colocan a Goñi en el suelo, donde, utilizando mantillas y capas, improvisan una especie de cama.

—¡Necesito al boticario de inmediato! —exclama el médico, desesperado, al tiempo que, con una lanceta de su estuche, le practica una sangría de emergencia al enfermo.

El jesuita mayor, comprendiendo la gravedad de la situación, le imparte la absolución a Goñi. *Ego te absolvo a peccatis tuis…* Las mujeres lloran desconsoladas. El joven jesuita se acerca al enfermo. El boticario gordo entra jadeando a la sacristía.

—¿Qué hago?

—¡Rápido! Tráigame un purgante drástico —le responde don Eusebio.

—¿Jarabe áureo? —pregunta el boticario.

—Dije drástico, traiga lo más fuerte que tenga… ¡Mercurio! No, mejor higuera infernal…

Xavier Goñi siente miedo, dolor, enojo, tristeza, desesperación. Le vienen a la mente la arrogancia y altivez del inquisidor, su crueldad, su orgullo, su prepotencia. Los calabozos. Los tormentos. Las hogueras en nombre de Dios.

—Respire hondo, padre —don Eusebio conforta al jesuita—, es un efecto del purgante que le di. No pasa nada…

Xavier Goñi piensa en Inés llorando la muerte de su padre. Piensa en don Rodrigo, amarrado, humillado, desnudado frente a los jueces para obligarlo a confesar.

—No se preocupe, padre —insiste don Eusebio intentando ocultar su angustia—. Dígame, ¿qué cenó ayer? ¿Hongos?

Xavier Goñi se siente tan mal que preferiría estar muerto. ¿Cómo será todo? ¿Qué será de él? ¿Cómo lo juzgará Dios? ¿Y si todo fue una ilusión, un engaño? ¿Y si no hay más tierra que esta ni más cielo que el que se ve desde aquí?

—Tranquilo, padre, no se me asuste. Le voy a hacer otra sangría, le va a doler un poquito, pero lo va a mejorar —le dice el médico punzando el brazo del jesuita.

Xavier Goñi invoca mentalmente a Dios. Pronto verá a Jesús. Se encontrará con su Salvador. Con su Hermano Jesús, Dios y hombre verdadero, con el Buen Pastor. Dios existe. Dios existe. Dios existe. Dios existe. Dios existe.

Más curiosos se agolpan en la sacristía, adornada con profusión de óleos sobre la vida de san Ignacio de Loyola y amueblada con enormes cajoneras de cedro y caoba. El jesuita joven se hinca para tomar cariñosamente la mano de Goñi mientras el médico insiste en sacarle más sangre al enfermo, intentando purgar el veneno. El jesuita mayor sigue rezando e impartiendo bendiciones.

—No se me preocupe, se me va a poner bien —consuela don Eusebio al agonizante con lágrimas mal contenidas.

—Por el amor de Dios, no abandone a Rodrigo —insiste con voz apagada Goñi, mezclando la saliva con sangre—. ¡Ay, Dios mío! *Hermano*, ayude a Rodrigo, por el amor de Dios. —La voz de Goñi apenas se escucha.

—¿Qué Rodrigo? —pregunta el jesuita mayor, que no comprende de qué está hablando Xavier Goñi.

—Tranquilo, padre —insiste don Eusebio haciéndose el desentendido, cada vez más inquieto por lo que está sucediendo.

Goñi exprime su cuerpo para pronunciar unas palabras:

—Don Eusebio, *hermano*, por el amor de Dios, busque al virrey, dígale…

—¿Qué le decimos a Su Excelencia? —pregunta el jesuita joven, que aprieta cariñosamente la mano del moribundo, pero sin comprender de qué está hablando.

—*Alis volat propriis…* *Hermano* Eusebio, dígale eso al virrey… Por el amor de Dios, no abandone a Rodrigo.

—Está delirando —miente el médico, que ha comprendido perfectamente el mensaje: «Ella vuela con sus propias alas»; así deben volar las almas, con sus propias alas.

El jesuita mayor, quien ha presenciado muchas muertes y no se impresiona fácilmente, incoa las oraciones de los agonizantes:

—Sangre de Cristo, lávame. Agua del costado de Cristo, embriágame. Pasión de Cristo, confórtame...

Xavier Goñi, mirando con impaciencia a don Eusebio, balbucea palabras ininteligibles.

El jesuita viejo sigue rezando con parsimonia:

—Dentro de tus llagas, escóndeme. No permitas que me aparte de Ti. Del maligno enemigo, defiéndeme. ¡Oh, buen Jesús!, en la hora de mi muerte, llámame.

El jesuita joven se aferra a las manos de Goñi, intentando que el alma no abandone el cuerpo. Xavier Goñi ya no puede hablar, pero mira con dulzura al joven sacerdote, que le recuerda a sus primeros años en la Compañía.

Don Eusebio, temeroso de que alguien haya comprendido el mensaje cifrado que le comunicó Goñi, evita el contacto visual con el agonizante. Nadie debe saber que la conspiración filosófica ha tocado la puerta del mismísimo despacho del virrey de la Nueva España.

El boticario reaparece con las semillas de higuera infernal y con un preparado de opio. Don Eusebio se los arrebata de la mano e intenta dárselas al enfermo, pero la boca del jesuita se ha cerrado para siempre. Xavier Goñi, sacerdote de la Compañía de Jesús, está muerto.

—Descanse en paz. Dios Nuestro Señor lo reciba en su santa gloria —sentencia el jesuita mayor, mientras el sacerdote joven le cierra amorosamente los párpados a Xavier Goñi.

Las mujeres, parvada de loros enloquecidos, se hincan y rezan en un latín mal pronunciado. El jesuita más joven llora desconsoladamente. En la nave del templo, el cadáver de Ignacio Fagoaga yace cubierto por una sábana blanca. El médico, temeroso de que el padre Xavier lleve consigo algún papel que lo comprometa a él con la fuga de Inés, aprovecha la confusión y hurga en los bolsillos de la sotana del padre Xavier. El médico encuentra una nota arrugada, impresa en un papel viejo:

Bienaventurados quienes claman venganza, porque a ellos se les hará justicia…
Bienaventurados quienes castigan, porque ellos aman la equidad
Bienaventurados quienes preservan la memoria de los delitos, porque ellos cuidan del mundo…
¡Ay de vosotros los misericordiosos, porque seréis ultrajados!
¡Ay de vosotros los piadosos, porque seréis humillados!
¡Ay de vosotros los clementes, porque seréis maltratados!
En verdad, en verdad os digo, alegraos y llenaos de contento, cuando castiguéis y le deis su merecido al culpable, porque vosotros conserváis el mundo en equilibrio.

Son las Lamentaciones del Evangelio apócrifo de san Andrés. El jesuita mayor, a quien no le ha pasado inadvertido el gesto, le quita al médico la hoja. Don Eusebio intenta recuperarlo de inmediato, pero el sacerdote alcanza a leerlo:

—Siempre lo dije, el padre Goñi andaba por malos pasos… *El que a hierro mata a hierro muere.*

—No tiene usted idea de lo que está diciendo —le contesta con furia don Eusebio, quien, dándole un empujón al jesuita mayor, le despoja del pequeño papel—. Ese papel no es del padre Goñi, alguien lo metió en su bolsillo. Usted, padre, acaba de asistir la muerte de un santo.

El joven jesuita, ajeno a la disputa, sigue llorando. Allá afuera, el cadáver de Fagoaga comienza a excretar mierda.

32

LA HIDRA DE LERNA

Convento de Santo Domingo,
Ciudad de México, a 20 de junio,
anno Domini 17...

Son las once de la noche y afuera llueve copiosamente. No me he quitado el hábito. ¿Para qué? Sé que no podré conciliar el sueño. Las noticias vuelan en esta ciudad. Al mediodía de hoy murieron en muy extrañas circunstancias el padre Goñi y el hijo del marqués del Apartado. Una tragedia. Ambos murieron en la Profesa y los jesuitas están enloquecidos. ¡Menudo escándalo! Dos muertos en una iglesia. En cuanto me enteré, salí en mi carruaje al lugar de los hechos para enterarme de primera mano sobre los detalles. Sin embargo, los alabarderos del virrey cercaron el lugar y no dejan entrar a nadie, ni siquiera a mí, que soy el inquisidor. ¡Vaya insolencia!

Su Excelencia está verdaderamente fuera de sí, pues se rumora que fue un envenenamiento o algo por el estilo. Si, en efecto, se cometió un asesinato en el templo, habrá que consagrarlo de nuevo. He de confesar que no me extrañaría que así fuese. «El que a hierro mata a hierro muere». El padre Goñi iba por mal camino, siempre lo dije y nadie me escuchó. Dios se apiade de su alma. Si fue un asesinato, lo más probable es que fuesen otros conspiradores. No sería la primera vez que los miembros de una secta matan a sus compinches para evitar delaciones. Tal vez se hayan enterado de que Goñi me dio algunos nombres y, llevados por la desesperación, eliminaron al jesuita. Eso se saca por frecuentar aquellas reuniones secretas.

¡Y pensar que hoy por la mañana tuvo la osadía de venir a pedir que le entregara el cadáver de doña Inés! ¡Pobre mujer! Me interesaba mucho seguir interrogándola, pues estaba seguro de que tarde o temprano nos habría dado información para poder llegar al fondo de la conspiración. Es raro, ciertamente, que una mujer participe en ese tipo de conspiraciones; sin embargo, no podía ser de otra manera. Sabíamos que era luterana, amante de don Rodrigo y pupila de Goñi. ¿Cómo no iba a estar metida en la conspiración? Unos días más de interrogatorio y hubiésemos quebrado la impía voluntad de aquella mujer. Las cadenas se rompen por el eslabón más débil, y las mujeres siempre son frágiles.

He de reconocer, sin embargo, que doña Inés resistió la primera sesión del tormento. Don Eusebio lo desaconsejó vivamente, por cuanto la condición de la mujer era muy débil. Dudé si atenerme a la opinión del médico, pues habitualmente me pliego a las recomendaciones de los médicos del Tribunal. No obstante, por las peculiaridades de este caso, decidí proceder; no había tiempo que perder. La muerte súbita de doña Inés me sorprendió y quisiera creer que el tormento nada tuvo que ver con ella. Sin embargo, mi conciencia me acusa: desoí la opinión experta del médico. Digo en mi descargo que obré en conciencia, pensando que era la decisión correcta, pues la joven se veía sana y fuerte.

Por ese remordimiento de conciencia es por lo que acepté entregar el cadáver de doña Inés al jesuita. Sé que he dar cuenta a Dios de esa muerte, pues la Inquisición no se regodea en el dolor ajeno. Goñi era un ingenuo. El pobre pensó que me había amedrentado amenazándome con denunciar los malos manejos de algunos de mis colaboradores. ¿Cómo podía ser tan bobo? ¿De verdad pensó que me asustaba eso de acusar a la Inquisición por las corruptelas de algunos funcionarios? Yo nunca me he quedado con una sola moneda. Si algunos de mis colaboradores lo han hecho, tarde o temprano acabarán por tener que rendir cuentas de sus fechorías.

Además, cediendo aparentemente ante los burdos chantajes del jesuita, pude ver hasta dónde llegaba su arrogancia y saber qué pretendía y quiénes eran sus cómplices. Si el jesuita hubiese vivido unas semanas más, hubiese acabado en los calabozos de este Santo Tribunal. Y ahí, en el tormento, hubiésemos quebrado su obstinación; hubiera declarado todo lo que sabía. El hombre era un peligro para la santa Iglesia y la Providencia se lo llevó, acaso para evitar que siguiera infestando este reino con sus ideas purulentas.

Ahora que ha muerto, se me dificultará ahondar en la conspiración. Los nombres que me dio para salvarse no eran sino una lista menor, personajillos de segundo orden. Supuse que si lo dejaba en libertad, tarde o temprano acabaría por conducirme a los cabecillas. Sin embargo, los designios de Dios no se amoldan a los designios humanos. No importa. Si Dios está con nosotros, ¿quién contra nosotros?

Mañana, cuando los ánimos se serenen, me presentaré ante Su Excelencia y le pediré que, conforme a derecho, me permita conducir la investigación. El virrey no podrá negarse a mi petición, y entonces podré atar cabos. Doña Inés, el jesuita, la familia González, los crímenes de la Pasión, la conspiración filosófica: ¿cómo están relacionados? Goñi no fue sino un peón de los filósofos masones, y yo, con la ayuda de Dios, podré cortar las cabezas de la hidra de Lerna.

33

LOS MIL OJOS DE ARGOS

Hace unas semanas que Inés Goicoechea despertó de su letargo en la sacristía de la Profesa en México y hoy, una lluviosa tarde de verano, está a punto de entrar a Guanajuato. Viaja en un pequeño carruaje que comparte con algunos españoles recién llegados a estas tierras y que, por tanto, desconocen su verdadera identidad. Son personas rústicas que se la han pasado comparando estas tierras con la supuesta hermosura de Andalucía, León y Asturias. Son gachupines arrogantes que tienen familiares en Guanajuato y que creen que podrán enriquecerse rápidamente para regresar, recubiertos de plata y oro, a la península. ¿Qué será de ellos? La Nueva España es una madrastra desalmada que a veces premia a los hijastros y maltrata a los hijos propios. Lo mismo se amasan fortunas como las del rey Midas, que se pierden patrimonios enteros. Esta tierra es caprichosa y nadie puede sentirse seguro en ellas: terremotos, piratas, ataques de indios, alacranes y mosquitos, fiebres y pestes, corrupción e intriga, sequías y tormentas.

Cuando Inés iba a la altura de San Juan del Río, cayeron las primeras lluvias del año. El paisaje reverdeció en un santiamén y los campesinos se alegraron. Los arrieros y cocheros, en cambio, odian esta época. Los innumerables hoyos del *camino de tierra adentro* se convirtieron en pantanos donde, un día sí y otro también, se atascaban las ruedas del carruaje. El cochero, viendo a Inés tan angustiada, intentó consolarla explicándole que, conforme fuese avanzando hacia el norte, las lluvias serían menos intensas y más escasas. A partir de Zacatecas las lluvias amainan y rara vez interrumpen la ruta; nada que ver con los aguaceros de México, Puebla o Cuernavaca. Pero aún falta un larguísimo trecho para llegar a Nuevo México. Guanajuato no es sino una escala en la letanía de pueblos que le queda por recorrer.

Las autoridades de la Inquisición la dieron por muerta gracias a los trucos y brebajes de don Eusebio, médico del Santo Oficio. Cuando la joven despertó, apenas si pudo intercambiar algunas palabras con el jesuita; la sacristía no era un lugar seguro y urgía sacarla antes de que alguien la viera. Menudo revuelo se hubiese levantado. «¡La bruja resucitó!», habrían gritado las beatas. Para Inés, todo aquello fue como un sueño sombrío, una pesadilla nebulosa, un conjunto de recuerdos inconexos. Los efectos del narcótico no se habían disipado del todo; estaba como borracha. Le han contado que su padre murió de tristeza, y Rodrigo fue ejecutado. Ella, hecha una piltrafa, es prófuga del Santo Oficio, protegida por una red de conspiradores de quienes no sabe nada salvo que son amigos de su difunto confesor.

—Confíe en mí, Inés —la reconfortó el jesuita intentado parecer sereno—. Descanse, descanse. Unas personas de mi confianza la van a llevar con el párroco de Tacuba. Es buen amigo mío. Él la esconderá…

—Me duele la cabeza. ¿Qué me pasó? —respondió ella muy agitada al despertar en la sacristía acompañada de Goñi, el sacristán y un par de criados.

—Por el amor de Dios, hija mía, serénese —le dijo Goñi, angustiado—. No grite. Nos pueden oír.

—Me siento muy mal. Tengo mucho asco.

Xavier Goñi le dio a beber un sorbo del vino dulce, del que se utiliza para la consagración y que los monaguillos se beben a escondidas. Inés bebió con avidez y Goñi no se atrevió a retirarle el vaso, desoyendo las indicaciones de don Eusebio. La joven, había prescrito el médico, debía mantener el estómago vacío hasta que los efectos del narcótico hubiesen desaparecido.

—Lo sé, hija mía. No es para menos. El brebaje funcionó. El Santo Oficio la da por muerta.

—¿Dónde estoy? ¿Y Rodrigo?

—Tranquila, hija. ¿Recuerda nuestro plan? ¿Sí lo recuerda?

—Sí, pero me duele mucho la cabeza. ¿Y Rodrigo dónde está? —insistió ella.

—Tranquila, no se preocupe de eso ahora. Ya veremos qué hacer...

—¿Puedo ir a ver la tumba de mi papá?

—No, lo siento mucho. Usted no puede dar un paso fuera de aquí. Inés, recuerde, por el amor de Dios, que usted está muerta y que yo la voy enterrar dentro de unas horas —le respondió Goñi señalándole el féretro, lleno de piedras, que supuestamente contenía su cadáver.

Inés miró el ataúd con un gesto de amargura y escuchó las breves instrucciones del jesuita. El resto se lo explicaría esa noche en Tacuba. Pero Inés seguía inquieta e insistió:

—¿Y Rodrigo? No quiero irme sin él...

Goñi no quiso tocar el tema. No era el momento. Inés es impulsiva y, mientras menos supiera, sería mejor. El conocimiento no siempre es un buen aliado, porque la ansiedad se nutre de él.

—Dios dirá —respondió Goñi.

—¿El Dios de la Inquisición? —pregunta Inés en un súbito acceso de ira.

El jesuita, llevado por la ansiedad, le soltó un bofetón a Inés.

—¡No blasfeme!

A pesar de que el golpe no fue fuerte, Inés se desvaneció. Su cara, aperlada de gotas de sudor frío, se puso blanca. Goñi le tomó el pulso y, alarmado, apretó los labios y frunció el entrecejo. El vino había renovado el poder del narcótico. ¿Qué hacer? ¿Estaba en peligro la salud de la joven? No había tiempo para consultar a don Eusebio. El tiempo corría, y el sacerdote decidió apegarse al plan. Tal y como estaba previsto, con la complicidad de los sirvientes, enrollaron a Inés en una alfombra, un hermoso tapete de Alpujarras que se utilizaba para adornar el presbiterio en las ceremonias importantes. Por una pequeña puerta lateral, con el pretexto de ir a sacudir el tapete, los criados sacaron el bulto a la calle. Tales preparativos son comunes cuando se organizan los funerales de una persona de alcurnia. Para tales ocasiones, los templos se engalanan mejor que para una boda. La muerte es el inicio de la verdadera vida. El matrimonio, por el contrario, no es sino el camino que siguen quienes rehúsan imitar el celibato de Jesucristo.

Cualquier movimiento en falso, como la curiosidad de un peatón o un tropezón, podía arruinar el plan. Los criados eran hombres leales, pero escasos de luces. Fuera del templo, en una callejuela, al resguardo de las miradas, colocaron a la joven envuelta en el tapete en la carreta cargada de abono para el campo.

—¿Qué hacen con eso? ¡Ladrones! —les gritó una mujer en el último momento, justo cuando colocaban la alfombra en el carro.

—Somos criados y los padres mandaron este tapete a otro lugar.

—¿Y por eso lo están metiendo en una carreta llena de porquería? ¡Ladrones! —alertó la vieja, a quien esa historia le pareció inverosímil.

Los curiosos comenzaron a acercarse y, de no ser porque Goñi alcanzó a salir a tiempo para tranquilizar a la mujer, aquello hubiese sido un desastre. Los criados actuaban por órdenes suyas, no se estaban robando nada.

—¡Ay, padre!, ¿cómo se le ocurre meter una alfombra en un estercolero? —le reprochó la mujer—. La van a dejar hecha un asco.

—Señora, ¡qué voy a saber yo! Hago lo que me ordenó mi padre superior. ¡Es la santa obediencia!

La mujer meneó la cabeza y prosiguió su camino. La santa obediencia que practican los religiosos rara vez coincide con la sensatez de un ama de casa.

Al anochecer, Inés estaba despierta en Tacuba, preparándose para huir lo más lejos posible de la mano del Tribunal. El párroco, confidente de Goñi, trató de explicarle el caos que se había desencadenado: el envenenamiento del jesuita, la angustia de don Eusebio, la extraña muerte de Fagoaga. Pero lo primero que hizo Inés al recobrar la conciencia fue vomitar. Su propio olor le resultaba insoportable; había pasado un día en un carro de estiércol bajo los rayos del sol. Vomitó por su propio olor. Vomitó por el efecto de las sustancias que le suministraron para fingir su muerte. Vomitó porque perdió a Rodrigo. Vomitó porque Dios le había arrebatado a Goñi. Vomitó porque su vida era un asco.

El párroco estaba más asustado que ella, y quería deshacerse de Inés cuanto antes. Le dio algunas confusas indicaciones y la escondió en el establo, entre indios acostumbrados a obedecer sin hacer preguntas. No le permitieron bañarse, y apenas pudo lavarse el rostro y las manos con un jarro de agua. Hizo algunos buches con esa agua, que le supo podrida, y volvió a vomitar hasta sentir que se le desgarraban las entrañas. Los indios le ofrecieron un poco de pulque, pero ella no quiso probarlo. Si nunca soportó esa bebida viscosa y fétida con que se emborrachan los pobres, mucho menos lo haría en ese momento.

La muerte de Goñi había conculcado los planes. Inés apenas tuvo tiempo para intercambiar algunas palabras con el jesuita, quien urdió la fuga valiéndose de influencias. Habían acordado encontrarse en el pueblo de Tacuba esa tarde, la tarde de su *entierro*, para que el sacerdote le detallara a su protegida los pasos siguientes de la fuga, pero el sacerdote murió envenenado al poco de haber salvado a la joven. Dios es un jugador que siempre guarda una carta bajo la manga. Inés había perdido otra partida. ¿Por qué Dios no la mataba de una vez por todas?

El párroco de Tacuba era el eslabón más débil de la cadena. Llevaba poco tiempo entre los conspiradores y desconocía aún los alcances de la red. Goñi lo había invitado a esas tertulias, donde se hablaba de libertad y de conciencia, pero el párroco aún no se había hecho cargo de quiénes estaban involucrados. Ahora, el pobre hombre estaba aterrado por esconder a una prófuga de la Inquisición. Goñi había muerto, y él sólo sabía que debía enviar a la joven a Tepotzotlán, donde algunos novicios del colegio jesuita se harían cargo de ella. Urgía deshacerse de Inés. No podía quedarse más que una noche en Tacuba. Era preferible denunciarla, aunque fuese acusado de complicidad, a que la Inquisición diese con ella. El Tribunal siempre se había mostrado misericordioso con los delatores.

Tacuba no es un lugar cualquiera, muchas personas cruzan por ahí para llegar a la ciudad. Algún transeúnte podría reconocer a Inés, pues ella no era una cualquiera. Las primeras horas eran cruciales. Había que alejarla del Valle de México antes de que Argos Panoptes, el gigante de la mitología griega, diese con Inés. ¿Argos Panoptes? A los petulantes inquisidores les gusta compararse con Argos. Nadie puede engañar al monstruo de cien ojos: cuando la mitad de sus ojos se cierran, la otra mitad vela. El legendario Argos nunca duerme.

A medianoche apareció don Eusebio, que se entrevistó con el párroco sin la presencia de Inés. El médico ni siquiera quiso ver a la joven; también él tenía miedo, y simplemente se limitó a dejarle con el párroco un sobre con nombres, lugares y fechas, nada más. El documento podía caer en manos del Santo Oficio y no sería sino una lista inocua. Don Eusebio era un hombre mucho más importante en la conspiración filosófica de lo que pensaba Goñi. Su perfil bajo y timorato en las tertulias sólo era una estrategia.

A la mañana siguiente, el párroco colocó a Inés en el mismo inmundo carro de estiércol y la mandó a Tepotzotlán. El trayecto fue largo, hubo que bordear los lagos de México y de Zumpango, evitando los pueblos y haciendas. Finalmente, la carreta entró al establo del colegio jesuita de Tepotzotlán, donde se encontró con dos novicios. Los jóvenes, más dueños de sí que el párroco, le dieron a Inés indicaciones más precisas y una buena cantidad de dinero. Las muchas limosnas que hizo don Anselmo a la Compañía de Jesús le estaban salvado la vida a Inés Goicoechea.

Desde entonces, los amigos de Goñi, casi todos puestos sobre aviso por don Eusebio a través de mensajes crípticos, han conducido a la joven a través de la ruta de la plata, procurando mantenerla escondida, alejada del trato con personas ajenas al círculo de Goñi. En pocas ocasiones se le permite salir del lugar donde está escondida. Especialmente peligrosos son aquellos lugares con intensa comunicación con México, como Tacuba, San Juan del Río y Querétaro.

Durante este tiempo, el contacto de Inés con el mundo se ha reducido al mínimo, ha vivido inquieta y temerosa de alguna falla en el meticuloso engranaje de la fuga. Por momentos, la joven se siente como una ciega que camina en medio de un desfiladero guiada por un desconocido. Literalmente, su vida está en manos de personas a quienes desconoce. Cualquiera de sus protectores podría traicionarla y entregarla a la Inquisición, no por malicia, sino simplemente para no ser acusados de complicidad.

Sin embargo, conforme se va alejando de la ciudad, es cada vez menos probable que alguien la reconozca. Hoy en la madrugada, cuando salió de San Miguel el Grande rumbo a Guanajuato, sintió pena. La acaudalada familia Del Canal, que la acogió durante una semana en aquella villa, la trató espléndidamente y, por primera vez en muchas semanas, Inés durmió bien. Al palacete de la familia le sobraban habitaciones, y para los Del Canal no representó ningún problema brindarle los dones de la hospitalidad a una joven tan bien recomendada. Inés se sintió tan confiada que incluso salió un par de veces de la casa para asistir a misa y pasear por la placita de armas del pueblo. Si de ella hubiera dependido, no hubiese puesto un pie en la iglesia, pero habría resultado muy escandaloso que una joven de buena familia no acudiese al templo aunque fuese sólo para rezar un rosario.

Sólo el primogénito, José Mariano del Canal, conoce su verdadera identidad. El chico, heredero de un rico mayorazgo, se encuentra comprometido a fondo con los conspiradores. Para el resto de la familia, Inés es la pariente pobre de un funcionario en Nuevo México.

—Es usted muy valiente —le dijo José Mariano al despedir a Inés esa mañana.

—¿Valiente? ¿Qué otro remedio me queda? —le respondió Inés al joven, capitán del regimiento de los Dragones de la Reina.

—Doña Inés, no mienta. Usted y yo sabemos que muchas mujeres no se hubiesen atrevido a lo que usted está haciendo —le contestó José Mariano mientras acompañaba a la joven a los portales donde ella subiría al carruaje con rumbo a Guanajuato.

—Usted ha sido muy amable conmigo. Muchas gracias por todo. Usted ha sido más valiente que yo. ¿Qué me puede quitar a mí la Inquisición? ¿La vida? ¡Hasta eso me quitaron!

Un rictus afeó la mirada del criollo, a quien le asustó la sola mención del Tribunal. También en San Miguel el Grande hay representantes del Santo Oficio. Sin ir más lejos, no hacía mucho que el padre Díaz Gamarra, rector del Colegio de San Francisco, había sido desti-

324

tuido por leer a Descartes, y se rumoraba que pronto lo llamarán a México para rendir su declaración ante la Inquisición.

Por ahora, el Santo Oficio desconocía que Inés estaba viva, pero el riesgo era latente. La joven debía aprender a vivir el resto de su vida con la espada de Damocles sobre su cabeza. La verdadera paz vendrá cuando el Tribunal sea suprimido. José Mariano, como otros conspiradores, era un optimista. El criollo estaba convencido de que, por influjo de la nueva filosofía, la Inquisición será abolida, y entonces la fe cristiana recobraría la inocencia y afabilidad de los tiempos de Cristo. Mientras tanto, a los conspiradores no les quedaba sino estudiar y divulgar la nueva filosofía y proteger, en la medida de sus posibilidades, a las víctimas del Santo Oficio.

Inés comprendió su torpeza al mencionar al Tribunal en un lugar público y, para tranquilizar a José Mariano, se llevó ella misma el dedo a la boca en señal de silencio. A pesar del rostro envejecido por el dolor, Inés aún conservaba el brillo profundo y sensual de esos ojos negros. José Mariano del Canal estuvo a punto de besarla, pero era un caballero y resistió la pasión. No se podía permitir esa indiscreción. Hubiese sido un abuso, la ruina social de Inés y, seguramente, también hubiese complicado los planes de su padre para con él. El chico heredaría una de las grandes fortunas de la región y no podía permitirse esos devaneos. Su tarea terminó. Cumplió con su deber como conspirador. Cuidó de la protegida de don Eusebio y del difunto Goñi durante estos días. Ahora le corresponde a otro hacerse cargo de ella.

—Hoy estará en Guanajuato —le dijo José Mariano intentado ocultar sus sentimientos—. El camino es bueno y seguro, aunque llueva.

—¿Y qué viene ahora? —preguntó ella.

—Todo de acuerdo con la guía. En la ciudad, la va a recibir el marqués de San Juan de Rayas. Es buen amigo mío. El padre Goñi también lo quería mucho. Me acaba de llegar el mensaje confirmando que todo está listo.

—¿Y luego?

—No lo sé, el marqués le dirá qué hacer. Pero no se asuste —bromeó José Mariano—, el señor marqués es muy simpático y es casi tan guapo como yo…

—Eso es difícil —respondió Inés haciendo un esfuerzo sobrehumano por ser agradable.

José Mariano del Canal sonrió complacido. Inés le atraía. Era una mujer hermosa y enérgica, muy diferente de las jóvenes bobas de San Miguel, que sólo sabían bordar y rezar el rosario. Inés, sin embargo, estaba tan cansada y triste que no advirtió que el chico se había enamorado de ella. Había perdido la capacidad de gozo.

—El padre de mi tocayo, pues el marqués de San Juan de Rayas también se llama José Mariano, murió el año pasado. Ahora él controla el mineral y las haciendas. Mi padre le vende provisiones para sus mineros.

—¿Cuánto tiempo me quedaré en Guanajuato? —preguntó la joven, que vestía un traje sencillo, propio para el viaje pero elegante, porque debía pasar por la sobrina de un funcionario del rey.

—Tampoco lo sé, pero no tiene de qué preocuparse. Como le digo, el marqués se encargará de todo. A partir de Guanajuato todo será más fácil. Mi amigo el marqués tiene montones de carros y recuas para el negocio de las minas. Él podrá enviarla a cualquier lugar del norte sin ningún problema.

Inés protestó:

—No soy un paquete al que se manda de un lado a otro.

—Lo sé, lo sé. Usted disculpe —respondió el joven algo desconcertado.

Inés suspiró imaginando el espantoso trayecto que tendría que cubrir aquel día de un tirón. Las omnipresentes campanas repicaron llamando a misa de siete de la mañana. En la calle se notaba ya el bullicio de una ciudad que vive de abastecer a los mineros de Guanajuato: burros cargados de carbón, indias vendiendo tamales de manteca y atole blanco, mestizos con cargamentos de trigo y de frijol. Una larga recua, cargada de plata y fuertemente resguardada, pasó en medio del gentío. La caravana emprendía el camino inverso, les urgía llegar a Querétaro antes de que anocheciera.

—Esa es plata del conde de la Valenciana —apuntó José Marino del Canal—. Es un tipo inaguantable, un avaro. ¡De la que se va a salvar usted no conociéndolo!

—Lo conozco —respondió Inés.

—¿Cómo? —exclamó asustado el chico.

—Alguna vez cenó en casa de mi padre; negocios, como siempre. Pero no se preocupe, seré precavida. —Inés trató de tranquilizar al joven—. Seguramente ni me recuerda.

—Por favor, en cuanto llegue, ponga al tanto de eso al marqués. Aunque el conde y mi amigo están peleados, es difícil caminar en Guanajuato y no toparse con el conde de la Valenciana. Eso es muy peligroso.

—¿Cuánto se hace de Guanajuato a Zacatecas? —preguntó Inés para cambiar de tema.

—¡Uy! Mucho, ocho o nueve días. Aún tiene que pasar por Lagos y Aguascalientes, pero no se preocupe, el marqués sabrá qué hacer. Disculpe, no quise intranquilizarla con lo del conde. Pero tampoco lo tome a la ligera.

—Por favor, dele las gracias a sus padres y a sus hermanas…

—Mis hermanas están encantadas con usted. En estos lugares la vida es tan aburrida para las mujeres.

—En todos los lugares la vida es aburrida para las mujeres —replicó Inés recuperando por unos segundos su antigua arrogancia.

—Doña Inés, ¿le han dicho que usted es muy hermosa? —le dijo José Mariano sin poder contenerse.

—El último hombre que me lo dijo murió en la hoguera…

Tras quedarse callado durante unos segundos, José Mariano del Canal añadió en tono resignado:

—Olvídese de eso, lo importante es que usted está libre. Ya verá, un día podrá regresar a México… *Aquello* habrá sido abolido.

—*Aquello*, como usted le dice, nunca dejará de existir —se lamentó Inés, que desearía ver a los inquisidores pudrirse en el calabozo donde la tuvieron encerrada.

—Señora. —José Mariano del Canal se puso serio—. Tenga mucho cuidado en Guanajuato. El marqués de Rayas es un incondicional, pero ahí hay mucha gente que nos odia.

—¿Cómo? ¿Dice usted que *nos odia*? ¿A quiénes?

—A la *conspiración filosófica*. —José Mariano susurró lentamente estas palabras, saboreando cada sílaba—. Sospechamos que hay un traidor en Guanajuato, alguien que quiere denunciarnos. Debe usted tener mucho cuidado, por favor. Guanajuato es muy grande, mucha gente va y viene. Sólo debe fiarse del marqués. Por ningún motivo confíe en nadie más. Los jesuitas de allá no son como el padre Goñi, son unos carcamanes. Recuerde que si usted cae, caeremos muchos. Incluso mi familia estaría en peligro.

Inés tembló al recordar el día que la apresaron, la arrogancia del alguacil, el dolor de su padre, los gritos de las sirvientas.

—No se preocupe. Sé callar.

José Mariano del Canal ayudó a Inés a subir al carruaje. El vehículo no era lujoso, pero sí cómodo. Previamente, un sirviente de su casa había llevado el pequeño baúl con las pertenencias de Inés. En realidad, ninguna de ellas le pertenecía. Ese baúl de viaje sólo contenía lo que sus protectores le habían ido regalando a lo largo del viaje.

El coche emprendió el camino, bamboleándose bajo el peso del equipaje de los pasajeros. José Mariano hubiese querido acompañarla en caballo hasta que saliera de la ciudad, pero ese día había mucho trabajo y, con un deje de nostalgia, se resignó a mirar cómo se alejaba el carro por entre las rectas y anchas calles de San Miguel.

Al entrar en Guanajuato, Inés se decepciona un poco. Las calles, aunque correctamente empedradas, son muy estrechas, casi asfixiantes. Aunque las construcciones de cantera verde proclaman la opulencia minera, no halla nada señorial en esta ciudad encaramada entre cerros. Capillas, palacios, casas, fuentes están ridículamente apeñuscadas. Su compañeros de viaje, por supuesto, no desaprovechan la ocasión para criticar: sólo a los habitantes de este reino se les ocurre construir en medio de una cañada que se inunda fácilmente. Y la joven les concede razón. Esa ciudad es un capricho, pero de inmediato rectifica: ¿es más caprichosa que México, levantada a la mitad de un lago?

Se oyen algunos truenos, que dan la voz de alarma. Comienzan a caer algunas gotas gordas. La gente comienza a correr, porque sabe que los aguaceros convierten las calles en arroyos en un abrir y cerrar de ojos. El carruaje se detiene frente al convento de San Diego, donde un franciscano está cerrando apresuradamente las puertas del templo. En la pequeña plaza frente a la iglesia, aguardan el marqués de San Juan de Rayas y su pequeño séquito, resguardándose bajo los árboles.

Lo acompañan dos mujeres de edad y tres mozos. El marqués viste una capa larga, un sombrero de tres picos y una espada al cinto.

A los gachupines no los espera nadie y, tras bajar sus equipajes, deciden meterse en una taberna cercana para preguntar por la casa de sus familiares. Como el cochero sabe que la joven es gente importante, se dispone a ayudarla con su pequeño equipaje. Los mozos se hacen cargo del baúl, y el marqués saluda a la joven:

—Doña Inés, supongo.

—¿El marqués de San Juan de Rayas? —pregunta ella.

—A sus pies —responde él quitándose el sombrero y haciendo una pequeña caravana.

—Encantada de conocerle —contesta Inés con una sonrisa ligeramente forzada. Pocas cosas son tan cansadas como tener que sonreír cuando el alma duele.

—Isabel y Úrsula serán sus doncellas mientras usted esté en mi casa —indica el marqués al tiempo que las dos mujeres le hacen una reverencia a su nueva señora.

—Agradezco su hospitalidad, mi tío le quedará muy agradecido.

—¡Aún queda un largo trecho para Santa Fe, señora! Pero mientras esté en Guanajuato, será tratada como usted merece. Es un honor recibir a la sobrina del gobernador de Nuevo México.

—Don José Mariano del Canal le manda afectuosos recuerdos —dice ella.

—¡Ah! ¡Somos amigos desde hace mucho! —Se notan la incomodidad y nerviosismo del marqués.

Inés, que ya ha acumulado cierta experiencia en el arte de la simulación, se desenvuelve mejor.

—Señor marqués, estoy encantada de estar aquí, pero me pregunto si no se avecina un chubasco.

—¡Qué falta de educación la mía! Lo lamento mucho. Mi casa está a un par de calles. Disculpe usted que no haya venido en carruaje por usted, pero, como habrá notado, en esta ciudad usar un coche es muy complicado. Espero que no le incomode caminar. Aún tenemos tiempo antes de que se suelte la lluvia.

El marqués ordena a los criados y las doncellas que vayan por delante. Al joven le urge, cuanto antes, intercambiar información y ponerse de acuerdo en los puntos clave con Inés.

El marqués vive con su madre, la marquesa viuda, y una tía muy anciana. No hay inconveniente, por tanto, en que la joven duerma en su casa. No obstante, el joven está comprometido y conviene que su futura esposa conozca a Inés esa misma noche, en una pequeña cena, para prevenir cualquier maledicencia. No habrá invitados, será una merienda íntima. No se puede exponer a Inés al peligro de que alguien haga demasiadas preguntas. Guanajuato es una ciudad por la que transitan muchas personas. Es un lugar inseguro.

En cuanto los criados toman distancia, Inés le habla al marqués del contacto que ella tuvo con el conde de la Valenciana cuando este era socio de su padre.

—¡Uf! ¡Eso es peligrosísimo! Tiene usted que salir cuanto antes de Guanajuato.

La joven suspira profundamente y por unos segundos revela la zozobra que padece. Su debilidad se puede palpar; compadeciéndose de ella, el marqués intenta reconfortarla sin llamar demasiado la atención. Las calles están vacías, pues las pocas gotas que cayeron asustaron a los peatones.

—No se preocupe, señora. El conde no está ahora en Guanajuato. Salió ayer a Valladolid y no creo que regrese antes de una semana.

—Lo siento —se disculpa Inés, enojada consigo misma por haber mostrado debilidad—. Puedo viajar mañana temprano. ¿A qué hora salgo?

—Es un poco apresurado, no la puedo subir a una mula rodeada de arrieros. Pero ya tengo todo planeado. Simplemente hay que apresurar un poco los planes. Probablemente tendrá que dar usted un pequeño rodeo. Tal y como están las cosas, lo mejor sería aprovechar un cargamento que mandaré a León pasado mañana. Yo había pensado que usted descansara en mi casa esta semana, y luego aprovechara un viaje que personalmente haré a Lagos. Habríamos viajado juntos, pero por ahora no se preocupe.

—No quiero inquietarlo más de la cuenta, pero creo que sería mejor cancelar la merienda de hoy. Podemos decir que estoy indispuesta; es preferible que nadie me vea, salvo su madre y su tía.

El marqués de San Juan de Rayas se quita la capa y se la ofrece a Inés, porque el conato de lluvia ha refrescado el ambiente. La joven agradece la cortesía, pero la rechaza. Le sienta bien el aire fresco después de haber pasado un día entero encerrada con españoles malolientes.

—Estoy de acuerdo —responde el marqués—. La excusaremos diciendo no se siente bien y arreglaré todo para que pasado mañana salga a primera hora. Conozco al conde, y en cuanto sepa que en mi casa está hospedada la sobrina del gobernador de Nuevo México, se hará el encontradizo. El conde es así, siempre sacando tajada de todo.

—Quizá no me reconozca. Lo vi dos veces, tres a los sumo.

—Ni hablar, doña Inés, no podemos arriesgarnos. Descanse lo más que pueda estos dos días porque habrá que correr. El camino de aquí a León es magnífico, pero después sólo Dios sabe…

El trecho entre San Diego y el palacete del marqués es corto. Sin embargo, el joven elige dar un rodeo por una calle más tranquila para seguir conversando. En su mansión hay demasiados criados fisgones, no vale la pena correr riesgos. La callejuela pasa cerca de un taberna frecuentada por los capataces de las minas y los lacayos de los ricos. Suele haber borrachines a estas horas, pero son inofensivos, y en cualquier caso el marqués lleva consigo su espada, que basta para atemperar las insolencias. Sus sirvientes, además, están cerca. Se topan, en efecto, con un corrillo que ha bebido más de la cuenta. El marqués saca su espada sin intención de emplearla, simplemente la usa para amedrentarlos un poco. El gesto es innecesario; en el fondo, no es sino el afán de lucimiento frente a una dama. Todos comprenden y se alejan dando tumbos, salvo un mestizo de edad madura que, tambaleándose, se queda mirando de frente a Inés y balbucea:

—¿Doña Inés Goicoechea? ¡Ah!, bienvenida sea usted a nuestra noble ciudad. —El tipo está tan borracho que la cortesía suena a bufonada.

El marqués e Inés se petrifican. El hombrecito tiene los ojos enrojecidos, la camisa desfajada y sus zapatos llenos de vómitos. Sobreponiéndose al impacto, Inés le pregunta a su acompañante por lo bajo:

—¿Quién es?

—No lo sé —responde el marqués también por lo bajo, y luego, dirigiéndose al hombre en voz alta, le grita—: Quítate de aquí, ¡gandul!

—Excúsenme los señores, es que estoy un poco borracho, pero mi amo va a estar muy contento cuando le diga que acabo de verla a usted.

—¿Quién es tu amo? —indaga el marqués de San Juan de Rayas.

—¿Mi amo? ¡Ah! Soy paje del Ilustrísimo Señor el Conde de la Valenciana, y me pongo a las órdenes de usted y de la señora —responde haciendo una ridícula reverencia que casi le hace perder el equilibrio.

—¡Insolente! —Inés sube la voz—. ¡Cómo se atreve a faltarme al respeto! ¡Soy la sobrina del gobernador de Nuevo México!

—Ah, disculpe usted, señora. Es que se parece mucho a la hija de un amigo de la ilustre familia a la que me honro de servir…

Nuevamente comienzan a caer algunas gotas. Esa noche lloverá a cántaros.

34

LA GARITA DE SAN LÁZARO

Convento de Santo Domingo,
Ciudad de México, a 15 de julio,
anno Domini 17...

Cuando vivía en España, todos respetaban al Santo Oficio. Incluso en la corte, los ministros del rey sabían que no se podía jugar con el Tribunal. Hubo obispos que fueron juzgados por la Inquisición y sólo Su Majestad estaba más allá de su jurisdicción. Envidias las había; sin embargo, nadie se hubiese atrevido a desafiar a los inquisidores. Hoy, en cambio, todo va cambiando. El virrey me ha tratado con desdén y no me ha permitido hacerme cargo del asesinato de Goñi; por si fuese poco, los recientes escándalos en la cárcel del Tribunal me han desprestigiado enormemente. Sea por Dios. Nuestro Señor sabe que yo no trabajo buscando el aplauso humano, sino servir al cielo.

No me cabe la menor duda de que la conspiración es cosa seria; son los masones y los filósofos franceses los que están detrás de ella. Sin embargo, no he logrado averiguar gran cosa. Personalmente he interrogado a los cinco cómplices delatados por Goñi, unos hombres menudos y sin importancia que se reunían con él para leer algún libro prohibido. Ninguno de ellos sabía ni siquiera cómo había conseguido el jesuita aquellos libros. Simplemente se reunían de vez en cuando a leer.

Uno de ellos, un joven bachiller recién graduado en Derecho, se suicidó hace un par de días en su celda. El infeliz consiguió robarle al

333

carcelero un despabilador y se cortó las venas en la noche, cuando nadie lo veía. Lo encontraron desangrado a la mañana siguiente. Ordené que trataran al cuerpo con toda la disciplina que merece un suicida, así que se le enterró envuelto en un petate en un estercolero, por la garita de San Lázaro, un agujero sin cruz y sin nombre. ¡Pobre desdichado! ¡Morir en el acto mismo de pecar! Sólo un milagro de primer orden podría salvar su alma del infierno. Acaso, cuando estaba apunto de expirar, se arrepintió y pidió perdón a Dios, aunque no lo creo. Estaba contaminado profundamente por el espíritu de racionalismo. Sea como fuere, de modo privado, he encomendado su alma al Señor.

Ordené, por supuesto, despedir al carcelero. Las ordenanzas son muy claras: nadie que visite a un reo puede llevar consigo objetos que puedan ser usados como armas. Después del reciente escándalo en la prisión, no puedo permitirme el menor error.

Hoy por la mañana, interrogué en tormento al último de los cómplices de Goñi. Tenía puestas mis esperanzas en este quinto preso, pues parecía que tenía más información. Tristemente murió cuando el verdugo le hacía tragar el tercer jarro de agua. Don Eusebio ya me había prevenido diciéndome que el hombre, pintor de profesión, difícilmente soportaría el tormento. Sin embargo, hube de correr el riesgo, pues me urgía conseguir más nombres para proseguir la pesquisa. El reo se ahogó y, a pesar de que el médico estaba presente, no consiguieron salvarlo. He ordenado que se le entierre en uno de los patios del Tribunal, sin sepultura eclesiástica por cuanto no había solicitado al confesor durante su encierro.

El resto de los reos han dado muestras de arrepentimiento, aunque lo único que les hemos arrancado es que se delaten entre ellos. No hemos conseguido un solo nombre nuevo; todo ha sido girar sobre lo mismo como si fuese una piedra de molino. Sin embargo, estoy seguro de que hay más involucrados, incluso en el palacio del virrey, incluso (Dios no lo quiera) en arzobispado. Tarde o temprano habrá alguna delación, y yo, el inquisidor de la Nueva España, podré tirar del hilo para destejer la tela de la araña diabólica.

Por lo pronto, mi preocupación es tan patente que don Eusebio me ha insistido en que debo descansar y no excederme en el trabajo.

Le he respondido que los hombres venimos a la Tierra para servir a Dios, que ya estará toda la eternidad para descansar en el cielo. Él me ha reconvenido diciéndome que debo intentar dormir y que, como excepción, ateniendo a mis circunstancias, me prescribía aumentar la dosis de láudano. ¡Cuánto daría por poder dormir! Dios quiera y ahora sí funcione el remedio.

35

EL MINERAL DE SAN JUAN DE RAYAS

—¡Bastardo! —grita el marqués de San Juan de Rayas con todas sus fuerzas, colocando su espada en el cuello del criado.

Los amigos del borracho, beodos también, se asustan y toman distancia de la escena. El dueño de la taberna se asoma, preocupado por el sesgo que pueden tomar los acontecimientos. Su negocio depende de que la autoridad no meta las narices en él. En esta ciudad corre mucho dinero, y los dueños de tabernas y burdeles saben exprimir a los mineros.

El sirviente del conde, confundido, intenta disculparse, despidiendo un espantoso aliento a aguardiente de caña, porque en Guanajuato ni los más pobres beben pulque.

—Es que… Señores, ustedes perdonen, por favor.

—¿Cómo se atreve a faltarme al respeto? —le recrimina Inés, que ha buscado refugio detrás del marqués no por miedo al borracho, sino por temor a que alguien más la reconozca.

—Señora, perdone, es que la confundí; es culpa de los humos del alcohol…

El joven marqués comprende el riesgo. Si al lacayo se le ocurre abrir la boca, puede complicarse el plan. Aunque todos dan por muerta a Inés, la indiscreción del lacayo despertará la curiosidad del conde de la Valenciana. El noble, impelido por la curiosidad, querrá presentar sus respetos a la huésped, y entonces la catástrofe será completa. El marqués de San Juan de Rayas no sabe qué hacer. Lo mejor será continuar con el plan. Si Inés abandona Guanajuato pronto, aprovechando la ausencia del conde, el riesgo quedará disipado. Además, ¿quién se tomará en serio las palabras de un borracho? Apurando el viaje, Inés puede llegar a Zacatecas dentro de una semana, incluso en menos tiempo. Con un poco de suerte, dentro de doce días podrá estar en Durango y, más allá de la Nueva Vizcaya, pocos se atreven a viajar. Indios bravos, alacranes, coyotes: los señoritos de México rehúyen esos parajes. El desierto será la mejor protección de la prófuga.

El marqués decide entonces usar el coche de la familia para acelerar el viaje de Inés. Es preferible perder un carruaje en aquellos páramos que caer en las manos del Santo Oficio. Lo importante es actuar ya, de inmediato. ¡Maldito borracho! El joven marqués quiere deshacerse de la joven cuanto antes. No sólo está en peligro él, también lo está toda la conspiración y, sobre todo, está en peligro su propia familia y su inmensa fortuna. Si los inquisidores caen en la cuenta de que fueron engañados, comenzarán a tirar del hilo y se descubrirá todo. El único que puede enfrentarse al Santo Oficio es el virrey, ni siquiera el poderoso arzobispo de México está a salvo. A la Inquisición le encantaría quemar al marqués de San Juan de Rayas como escarmiento para los masones y librepensadores que infectan la Nueva España. ¿Dónde tenía la cabeza cuando aceptó involucrarse con los conspiradores? ¿Qué más da que no se pueda leer a los filósofos modernos en el reino? ¿Qué más da la libertad de pensamiento? Debió de haberse dedicado a disfrutar de su riqueza, banquetes, caballos, mansiones, amigos.

—¡Me faltó al respeto! ¡Mátelo! —La voz firme de Inés saca al marqués de su cavilaciones.

—¡Perdóneme, señora! ¡Por la Virgencita Santa! Perdóneme.

Al marqués le tiembla la mano y, sin quererlo, rasga el cuello del borracho. El tabernero ha reconocido al poderoso marqués y teme su furia. El chico es un hombre influyente en la ciudad. El mineral de San Juan de Rayas produce casi tanta plata como el de La Valenciana.

Nadie quiere enemistarse con él. No obstante, el tabernero se atreve a interceder por el borracho:

—Señor marqués, no vale la pena el enojo. Por favor, déjelo ir. Estoy seguro de que el señor conde castigará a este bribón. Yo mismo me encargaré de que su amo se entere de las majaderías de este gandul. Le darán unos azotes y quedará molido como un santo Cristo. Nunca más el gamberro se atreverá a faltarle al respeto a una dama.

El sol se oculta rápidamente por entre las nubes.

El marqués de San Juan de Rayas baja la espada lentamente. Lo importante es que Inés salga cuanto antes de Guanajuato. El borracho respira aliviado. Es impresionante cómo el miedo puede despejar la mente de un borracho.

—¡Mátelo! —ordena Inés.

—Pero... —titubea el marqués.

—¿Su vida o la nuestra? —le susurra al oído Inés—. No hay otra salida.

El marqués de San Juan de Rayas aprieta los labios y hunde una estocada profunda en el corazón del lacayo del conde de la Valenciana. Al ver lo que ha hecho, el joven grita pidiendo ayuda a sus sirvientes. El borracho cae pesadamente y la sangre le sale por la boca y la nariz. El tabernero se lleva las manos a la cabeza.

Los criados del marqués, que no andan muy lejos, dejan el baúl de doña Inés en la calle, al resguardo de las doncellas, y regresan corriendo para auxiliar a su amo. Las doncellas gritan despavoridas. Los compañeros del borracho se dispersan de inmediato; saben que, culpables o no, se meterán en un problema por el solo hecho de estar ahí. Sin embargo, los criados del marqués llegan a tiempo para detener a uno de los borrachos, un minero viejo que tiene un ojo de vidrio y la voz cavernosa de quien ha vivido más tiempo bajo tierra que bajo el cielo.

—¡Suéltame! ¡Hijo de puta! —grita el minero intentando zafarse del lacayo.

—No lo dejes ir —ordena Inés—. Es un testigo.

—Yo no hice nada, señor, yo no hice nada —protesta el minero.

Al joven marqués le sorprende la decisión que ahora tiene la chica, que hace unos minutos parecía débil y frágil.

—¡Tú, Juan! —dice el marqués a uno de sus sirvientes—, ve de inmediato a la casa del corregidor y explícale a sus sirvientes lo que pasó aquí. Que nos manden un alguacil. ¡Y tú, Gaspar! —Así se llama el otro criado—. Lleva a doña Inés a mi casa de inmediato. Este rufián le faltó al respeto.

Los ojos abiertos del cadáver reflejan terror y dolor. La espada del marqués chorrea sangre y el joven no sabe qué hacer con ella; es la primera vez que mata a alguien, le tiemblan las manos y le fallan las piernas. En las clases de esgrima le enseñaron a dar la estocada en el corazón en muñecos, pero nunca pensó que fuese tan fácil hacerlo con un hombre. ¿Qué ganará con todo eso? Su apellido y las circunstancias lo librarán de la justicia, incluso se alabará su gallardía por defender el honor de una dama; sin embargo, él sabe que acaba de cometer un crimen. Está arrepentido de recibir a esta mujer y de haberse involucrado en una conspiración. Tan a gusto que vivía hasta que comenzó a frecuentar esas tertulias secretas.

Inés quiere asegurarse de que el impertinente esté muerto; la mujer da un paso adelante y se arrodilla para tentar el pulso mientras el marqués la mira en silencio.

—Él se lo buscó. —No hay en sus palabras el menor signo de remordimiento.

La guardia no tarda en llegar, alumbrando la escena con sus faroles de aceite. Los vecinos abren sus ventanas para curiosear, y al tabernero no se le ocurre sino pedir a gritos un sacerdote para que rece por el difunto. El marqués vuelve en sí.

—¡Váyase ya! Yo me encargaré de todo. Tú, Gaspar. ¿Qué no me oíste? Llévate a la señora a la casa de inmediato.

La joven camina rápidamente al encuentro de las dos doncellas, que le han salido al paso. Escoltadas por Gaspar, las tres llegan a la mansión del marqués. La noticia ha corrido rápidamente. La marquesa viuda abraza a Inés, que ahora sí comienza a llorar y a temblar. Es culpable de la muerte de un hombre inocente. El marqués no iba a matar al lacayo, pero Inés lo instigó. La joven se siente como una piedra en caída libre, un alma que se precipita en el infierno. El día en que la encarcelaron aprendió a odiar; hoy ha aprendido a matar, ¿qué sigue?

La marquesa viuda, mujer de unos sesenta años, ofrece a Inés una taza de chocolate espeso y una copa de anís. Al principio, Inés lo rechaza, pues el olor del chocolate le provoca asco, pero finalmente cede. Un largo trago de anís le aplaca el estómago y los nervios. No probó bocado durante todo el viaje entre San Miguel el Grande y Guanajuato, y el licor se le sube a la cabeza. Se siente mareada y absurdamente lúcida. Ha sido la culpable de la muerte de un desgraciado cuyo único pecado fue reconocerla. ¿Qué más podía hacer? ¿Permitir que el tipo aquel pregonase por todo Guanajuato que había visto a Inés Goicoechea? El conde de la Valenciana es un peligro para ella. Si un sirviente la reconoció con tanta facilidad, cuanto más el amo.

En la calle se escucha el trajín de los guardias, de los caballos, de los curiosos. La anciana tía del marqués gime y, como si fuese el fin del mundo, invoca la protección de toda la corte celestial. La marquesa viuda, aunque también está asustada, intenta poner orden en su mansión. Su hijo mató a un rufián para proteger a su huésped, no hay nada malo en ello. Fue la legítima defensa del honor de una mujer.

El problema, se lo explicó Gaspar, es que se trata de un criado del conde de la Valenciana. El conde no perderá la ocasión para importunar a los San Juan de Rayas. Desde tiempos de su difunto marido, las dos familias se han llevado mal. Los ricos no pueden convivir armónicamente en una ciudad tan pequeña como Guanajuato.

La marquesa viuda lleva a Inés al cuarto que le han preparado. Las doncellas le ponen compresas remojadas en agua de manzanilla y le quitan los zapatos. La marquesa viuda ordena que preparen un baño de agua tibia para la huésped. Inés lo rehúsa, pero acaba por aceptarlo. Si las cosas salen mal, quizá sea el último baño que tome en su vida. Mientras estuvo en la cárcel, ni siquiera podía lavarse las manos; allí, un vaso de agua limpia y fresca es todo un lujo.

Transcurre una hora durante la cual Inés es el centro de todo tipo de atenciones. La marquesa viuda sabe que mañana la chusma murmurará: «La imprudencia del marqués de San Juan de Rayas puso en peligro el honor de la sobrina del gobernador». Afuera, se desata una lluvia torrencial. Inés sale de la tina reconfortada. Las doncellas la secan y la untan con un aceite de jazmín. La marquesa viuda en persona la reconforta:

—Hija mía, ¡qué terrible experiencia! Te ruego que nos disculpes. ¡Qué vergüenza!

—Fue horrible.

—Lo sé, hija. Mira, debes comer algo. —La marquesa le presenta una bandeja de plata con buñuelos de requesón y jamoncillos de piñón—. El susto fue terrible.

—Gracias, señora marquesa —contesta ella mientras toma un jamoncillo que le sabe a gloria.

—¡Preparen un atole de arroz! —ordena la marquesa viuda—. ¡Pobre niñita mía! Y ahora esta lluvia horrorosa. Pero mañana vas a estar mejor. Ya lo verás. ¿Te gustaría ir a misa temprano? ¡No! ¿Cómo? Estoy loca. Mañana vas a dormir y dormir.

Otra criada entra en la habitación y anuncia que el señor marqués ya está en casa, acompañado por el corregidor y el mismísimo intendente de Guanajuato.

La marquesa viuda hace un gesto de contrariedad. «Lo que esta niña necesita es tranquilidad». Inés, sin embargo, comprende que debe presentarse ante las autoridades para zanjar lo más pronto posible este asunto.

Las doncellas arreglan a la joven y, como si fuese una princesa rodeada de su séquito, aparece en el salón donde aguardan el marqués, ensopado y pálido, el corregidor y el intendente. El piso del salón es de ladrillo y las paredes están encaladas. De la viguería cuelga un enorme candelero de plata maciza cuyas doce velas iluminan la estancia.

—Señora. —El intendente se inclina ante la joven—. Le ofrezco nuestras más profundas disculpas por este terrible y vergonzoso suceso.

—El resto de los borrachos ya están en la cárcel —explica el corregidor—. Mañana recibirán veinte azotes. ¡Y ya cerramos esa taberna! Es inexcusable lo que hoy ha sucedido. ¿Qué le puedo decir, señora? Se me cae la cara de vergüenza.

—Fui un imprudente, señora —añade el marqués—. ¡Cómo se me ocurre hacerla caminar! Mi carruaje debió haberla aguardado.

—Sí que lo fuiste, hijo mío —afirma la marquesa viuda.

—Siento haber sido la causa de este revuelo —comenta Inés, que se toma del brazo de la marquesa viuda.

—Gracias a Dios no ha pasado a mayores. —La voz del intendente es bien timbrada—. Le ruego que mañana acepte venir a cenar a mi casa. Mi esposa estará encantada de conocerla. Señora marquesa, usted por supuesto está invitada, sobra decirlo.

—Quizá doña Inés se encuentre muy cansada mañana —reacciona el marqués.

—¡Claro! ¡Lo siento mucho! —exclama el intendente—. ¡Qué torpeza la mía! ¿Cómo se me ocurre? El viaje y este desagradable incidente. Nuestra huésped está agotada. ¿Quizá pasado mañana?

Inés se limita a sonreír, pues desconoce el terreno.

—Es usted muy amable —dice la marquesa viuda—, pero creo que me debo llevar a esta pobre niña a dormir. Si el señor corregidor no dispone otra cosa...

El corregidor agradece que la marquesa le dé su lugar en la conversación.

—¡Faltaba más, señora marquesa! Todo está muy claro. El bribón aquel recibió su merecido gracias a nuestro querido marqués.

—¡Ah! —exclama el intendente—. Por cierto, acabo de enviar un mensajero al señor conde de la Valenciana.

—Entiendo que no se encuentra en Guanajuato. Está de viaje en Valladolid —comenta el marqués con preocupación.

—Lo sé, precisamente por eso lo despaché hace un rato con la orden precisa de que alcanzara al conde. Le ordené ir a todo galope. El conde no debe de andar muy lejos. Seguramente hoy duerme en Irapuato, así que mañana temprano recibirá mi mensaje.

—Espero que el señor conde no se moleste conmigo —apunta el marqués.

—¡Al contrario! Estoy seguro de que el señor conde en persona querrá presentarle sus excusas a doña Inés —explica el intendente—. Desgraciadamente fue uno de sus criados quien ofendió a la señora.

—¡Oh!, no hace falta —objeta Inés.

—Nuestra ilustre huésped tiene que viajar de inmediato, su tío quiere verla cuanto antes —argumenta el marqués.

Inés, que sigue del brazo de la marquesa, replica:

—Me encantaría conversar con el señor conde, pero el plan es viajar mañana mismo. ¿No es así, señor marqués? Nuevo México queda tan lejos, y mi tío tiene planes para mí.

—Tonterías, hijo —ataja la marquesa viuda—. ¿Cómo se te ocurre que nuestra invitada esté en condiciones de viajar mañana mismo? ¡Y mucho menos después de todo *esto*! Hija mía, perdóname, pero no te permitiré viajar mañana. No estás en condiciones de hacerlo. No quiero que te mueras en el camino. Te quedarás por lo menos un par de días a descansar en nuestra casa.

—Madre, no podemos cambiar el itinerario de nuestra huésped —arguye el marqués—. Como ves, ya comenzaron las lluvias y, si se retrasa, los caminos van a estar intransitables.

—Un par de días no hará ninguna diferencia. —La marquesa viuda se muestra firme.

—Considero —insiste el intendente— que el señor conde se quedará mucho más tranquilo si él en persona se excusa por las faltas de su criado.

El corregidor interviene:

—Si me permiten el atrevimiento, creo que, como dice el señor intendente, lo más conveniente sería permitirle al señor conde que presente sus disculpas. Serviría, me parece, para prevenir cualquier malentendido. ¿No les parece a sus señorías?

—Por supuesto —afirma el intendente.

—Hijo mío, disculpa que me entrometa en un asunto de hombres, ¡no soy sino una mujer! —apunta la marquesa viuda—, pero tal vez sea más prudente que escuches las sugerencias de la autoridad. Permitamos que nuestro querido amigo el señor conde de la Valenciana presente sus respetos a nuestra huésped. No podemos negarle la oportunidad de brindar sus excusas.

—Pero mi tío quiere verme pronto —se lamenta Inés.

—No te van a valer las protestas, hija mía. No puedes viajar en este estado. Mañana te quedarás a descansar todo el día y pasado mañana, antes de que te vayas, podrás recibir los respetos del señor conde de la Valenciana.

—¡Madre! —objeta el joven marqués.

El intendente se adelanta:

—Creo, señora marquesa, que usted tiene toda la razón. Dejemos a doña Inés reposar mañana. Me hubiese encantado tenerla a cenar en mi casa mañana, pero comprendo que nuestra ilustre visitante necesita reparar fuerzas.

—Ahora, caballeros, si nos permiten, pasaremos a retirarnos —concluye la marquesa—. Hijo mío, ¡no seas tan mal anfitrión! Supongo que los señores estarán sin cenar, y lo menos que les debemos por sus atenciones es una buena cena.

Acto seguido, la marquesa viuda e Inés salen del salón. Inés está cansada, abrumada y molesta con su controladora anfitriona. Sin embargo, sabe que lo mejor es ceder dócilmente.

En cuanto las mujeres desaparecen, Gaspar entra en escena con una botella del mejor vino de la bodega y tres copas. En el piso de abajo, la servidumbre trabaja a marchas forzadas improvisando una cena para el intendente y el corregidor. Un delicioso olor a butifarra y longaniza comienza a inundar el salón. En la despensa de la casa converge lo mejor de España y de estas tierras. El corregidor sonríe saboreándose la cena.

«¡Todo se fue al carajo!», se dice a sí mismo el marqués de San Juan de Rayas.

36

EL CONDE DE LA VALENCIANA

—¡Qué sabroso queso! ¿Es de sus ranchos? —pregunta el corregidor.

—Sí —responde el marqués.

—¿De Salamanca? —pregunta el intendente mientras mordisquea un pedazo de pan que remojó en aceite de oliva.

—No, de Celaya. Con las tierras de Salamanca no nos ha ido muy bien. Se nos murieron casi todas las cabras...

—¿Cómo? ¿Una epidemia? Es que este año ha llovido muchísimo. A un compadre también se le murieron todas sus cabras, pero eso fue allá por Dolores.

—Una pena... —dice el marqués.

—Pero a mi compadre le fue peor, porque también se le murieron las vacas y las gallinas. Sólo le quedaron los guajolotes. El pobre no sabe qué va a hacer ahora. Debe un montón de dinero. Con decirle que ni el diezmo ha pagado...

La cena transcurre en aparente tranquilidad. El marqués sonríe forzadamente mientras el corregidor sigue parloteando, achispado por el alcohol. El intendente es más discreto, pero también está pasando un rato agradable. Afuera sigue lloviendo a cántaros, y a los invitados no les apetece mojarse.

El corregidor, un funcionario menor en el engranaje del virreinato, se siente halagado. A los menos afortunados les encanta ser invitados de vez en vez a las mansiones de los ricos y participar, aunque sea por unos minutos, en el gran teatro del mundo. La mesa del marqués parece, en efecto, el escenario de una lujosa comedia. Hay tanta plata en la mesa que los reflejos de las velas rebotan por toda la habitación.

El corregidor ha cenado opíparamente: tortilla de huevos con migas de bacalao, butifarras y cecina asadas, ensaladilla de jitomate y aceitunas aderezadas con vinagre de manzana, fricasé de guajolote en mantequilla, queso fresco de cabra con ate de guayaba, palanqueta de cacahuate, tejocotes en almíbar y, para beber, vino tinto y jerez dulce. En la casa de los marqueses también se comen tamales, tacos y frijoles, pero a la señora marquesa le parecía que en estas circunstancias no podían servirse platillos viles y ordinarios. Aunque todo se ha preparado en un santiamén, la señora no quería dar la impresión de tacañería; la hospitalidad es una virtud tan relevante como el recato. Si hubiese tenido más tiempo, la marquesa hubiese servido algo más elaborado, como una sopa de pan al azafrán y un buen conejo adobado, pero la improvisación no es la mejor aliada en la cocina. El corregidor se ha portado como todo un caballero con su hijo; lo menos que el hombre se merece es una cena de primera, a pesar de las prisas.

La muerte del sirviente le tiene sin cuidado al corregidor: «era un borracho impertinente que recibió su merecido». El marqués de San Juan de Rayas sabrá pagarle la benevolencia con que ha tratado este incidente. Para seguir haciendo carrera, el corregidor necesita el apoyo del aristócrata. ¿Por qué darle importancia a una trivialidad?

El intendente tampoco quiere meterse en problemas. Si bien el gobernador de Nuevo México no es una persona tan influyente como él, su experiencia política le ha enseñado que los funcionarios de territorios lejanos pueden alcanzar cargos muy altos. Precisamente porque gobiernan en lugares tan alejados, la Corona suele elegir para esos puestos a personas de su entera confianza. El virrey confía ciegamente en las autoridades de lugares tan lejanos como Yucatán, Guatemala, Texas y Nuevo México.

Sería una vergüenza que el gobernador de Nuevo México se quede con la impresión de que la intendencia de Guanajuato es tierra de bárbaros. Ahora lo que resta es conseguir que el conde de la Valenciana le presente sus respetos a la joven. El conde no es un hombre torpe, no armará ningún lío por la muerte de un vulgar criado.

—Tranquilo, querido amigo —le dice el intendente al marqués.

—Señoría, de verdad, usted estese tranquilo, por favor —añade el corregidor—. Sé que no es fácil sobreponerse a un hecho de sangre. Ni siquiera yo, que los veo a diario, me logro acostumbrar. Mire, le serviré un poquito más de jerez para que pueda dormir a pierna suelta. ¡Qué delicioso vino! ¿De dónde es?

—De Jerez… —responde el joven marqués.

—¿Me puedo servir un poco más? —pregunta el corregidor, que no ha comprendido la ironía.

—Se lo ruego, es usted nuestro invitado —contesta el marqués llevándose la copa de vino a los labios.

—Mañana estará usted como nuevo. Y, como le decía, no se preocupe por la familia del difunto. Si los deudos se atreven a molestarle, avíseme, señoría, y yo mismo me encargo de ponerlos en su lugar —añade el corregidor.

La lluvia ha cesado y el intendente considera oportuno retirarse:

—Señor corregidor, creo que debemos irnos ya. El señor marqués necesita descansar y no queremos ser impertinentes. Por favor, dele las gracias a la señora marquesa. Todo ha sido delicioso. ¿Me permitirá convidarle pronto a mi casa?

—Por supuesto, y, por favor, no tienen nada que agradecer. Al contrario, discúlpeme usted por haberlo molestado en su casa.

En cuanto los visitantes se retiran, el marqués sube y toca en la habitación de Inés. Lógicamente, la joven no le permite entrar a la alcoba, a pesar de que una doncella la acompaña. Sería impropio de una dama recibir a un caballero en su cuarto. No obstante, intercambian algunas palabras con la puerta entreabierta. Hablan en un tono bajo que casi les obliga a leerse los labios mutuamente.

—¡Estamos perdidos! —se lamenta él sin percatarse de que su aliento a vino incomoda a Inés.

—Si las cosas van a mayores, me hundiré yo sola. Usted dirá que simplemente ofreció su hospitalidad a una mujer que se ha hecho pasar por la sobrina del gobernador de Nuevo México.

—Nadie nos lo va a creer. —El vino ha intensificado la angustia del joven marqués.

—Yo cargaré con toda la culpa. Diré que lo engañé, que soy una impostora y punto. Usted se lava las manos y se acabó.

—Por ningún motivo salga de la habitación mañana, diremos que está agotada. Con un poco de suerte y el conde no aparece, y nos da tiempo de que usted se vaya antes.

—Eso espero —responde Inés.

—Dios mediante.

—Hace mucho que Dios se olvidó de mí…

—¡Señora! Contrólese, por favor —la reconviene el marqués.

Inés sonríe sardónicamente y cierra la puerta. Adentro de la alcoba, la doncella duerme profundamente. La joven se acerca a la ventana y sale al balcón para respirar el olor a piedra mojada. El cielo se despejó y la luna alumbra la enorme silueta de la cúpula de la iglesia de la Compañía de Jesús. La joven piensa de inmediato en el padre Goñi; luego, fijándose en la luna, recuerda la noche en que, frente a la catedral, Rodrigo le besó la mano. Ahora los dos están muertos. Ella, en realidad, también lo está. Inés Goicoechea es una sombra del pasado. De buena gana se dejaría morir, pero eso sería traicionar al padre Goñi, una deslealtad con quien se jugó el todo por salvarla. ¿Quién habrá sido el desgraciado que lo mató?

El aire sopla. Inés estornuda y cierra la ventana. Siente ganas de orinar y saca de debajo de la cama la bacinica de porcelana china, después se enjuaga las manos en una palangana de plata. La doncella, que debía auxiliarla en estas tareas, ronca descaradamente.

Inés Goicoechea se acurruca en la cama entre sábanas finísimas de algodón. El colchón de borra es demasiado mullido y prácticamente la abraza. En la mesilla de noche, parpadea una vela en un pesado candelero de plata.

La joven mira hacia el techo de ladrillos y vigas y no consigue dormir ni un minuto. La noche se alarga. Si el infierno existe, piensa, será como una infinita noche de insomnio… «Si el infierno existe…». Hace un año no se hubiese atrevido a dudar de su existencia. ¿El infierno? Seguramente estará poblado de inquisidores que arden en las hogueras que encendieron para sus víctimas.

Amanece. La doncella vacía la bacinica, cambia el agua de la palangana, corre las cortinas y abre la ventana. La marquesa viuda y su criada aparecen en la habitación con una taza de chocolate espumoso, un vaso de agua y un tamalito dulce.

—Come, hija. El chocolate hace maravillas en el alma —le dice la marquesa con cariño.

—No puedo tragar nada, siento que se me atora en la garganta.

—Anda, prueba este tamalito. Tiene ralladura de coco, verás cómo te va a gustar.

—¿Y su hijo? Perdón, ¿y el señor marqués?

—No te preocupes, hija, estamos en confianza. Mi hijo salió muy temprano al mineral. Le avisaron que la lluvia de ayer inundó un túnel. Lo tienen que arreglar de inmediato. Mi difunto marido se las veía negras en época de lluvias. Es horrible. En una noche se te puede inundar la mina entera.

—Lo lamento...

—¡Ay, hija! Pero ya vine a angustiarte. Dios mediante, no es nada, algunos charcos en los túneles. Pero come, come. ¿O quieres que te traiga un arroz con leche? ¿O un atole de fresa? Hace un ratito me acaban de traer un canasto de fresas, están preciosas.

—No tengo hambre...

—Tienes que comer para estar muy fuerte. Tienes un viaje muy largo. ¿Y desde dónde vienes? ¿Desde México?

—Desde Tabasco... —responde ella.

—¿Dónde queda? ¿Por Guatemala?

—No tan lejos —responde Inés dando un sorbo al chocolate, que despide un intenso aroma a vainilla.

—Discúlpame, estoy siendo inoportuna, pero es que en estos lugares se conoce a tan poca gente. A veces me aburro mucho. Cuando mi marido vivía, íbamos una vez al año a Valladolid. ¿La conoces?

—No, señora.

—Bueno, bueno, hija, quedamos en que te voy a dejar descansar. Come lo que te apetezca. Tienes razón, no comas si no se te antoja. A las doce te subimos algo más sustancioso. Un puchero de pollo te va a caer muy bien. Y ya ordené que te preparen una jericalla. ¿O quieres dulce de cajeta? ¿Quieres pan o tortillas con tu puchero? En estas tierras, hija, se pueden comer tortillas. Aquí no somos tan estrictos como en México. No nos dan vergüenza las tortillas.

—Lo que usted diga, señora.

—¿Quieres que venga a verte el médico? ¿O quieres que llamemos a un sacerdote? Si tienes ganas, al rato te enseño la capilla de la casa. Ayer no te la enseñé. Mi difunto esposo la construyó a mi gusto. Tiene un altar de pura plata. Todos los días viene un padre jesuita a celebrarme la misa en la mañana. Sólo los domingos y días de guardar vamos a misa afuera, a la iglesia de la Compañía, por supuesto. ¡Es tan bonita! Mi marido pagó la construcción.

—Sí, ayer vi desde lejos la cúpula —responde Inés maquinalmente.

Entra otra criada y cuchichea algo al oído de la marquesa viuda. La vieja pone cara de contrariedad y anuncia:

—¡Ay, hija! El conde de la Valenciana está aquí y quiere verte personalmente para presentarte sus disculpas por el atrevimiento de su criado.

—¿Cómo? —exclama con angustia Inés.

—No te mortifiques, hija, le diré que estás muy cansada. Es muy desconsiderado por parte del conde presentarse tan temprano y sin haberse anunciado antes. Mi hijo se enojará mucho. ¿Te digo algo? Mi difunto marido nunca quiso a los condes de la Valenciana. Anda, hija, dale otro traguito al chocolate, mira que se le está bajando la espuma.

—¿Con quién viene el conde?

—Solo, es un orgulloso y claro que no quiere que sus sirvientes lo vean presentando sus excusas. Pero yo misma le diré que venga mañana, antes de que salgas, o que venga en la noche. ¿Quieres que lo invite a merendar?

—¿Le puedo pedir un favor, señora?

—Por supuesto, hija, ¿qué se te ofrece?

La marquesa escucha la petición de Inés y ordena a sus sirvientas que la atiendan de inmediato. Mientras tanto, la vieja baja para atender al conde, que aguarda impaciente en el salón de visitas. El rico minero, que es de la misma edad que el marqués, viste una casaca de terciopelo marrón, galoneada en oro, y un chaleco aperlado de seda.

Sin embargo, a pesar de su juventud, carece de chispa. La avaricia, murmuran sus enemigos, le agrió el rostro.

—Señor, siento mucho que mi hijo el marqués no pueda atenderlo personalmente, pero salió desde muy temprano a atender asuntos de la mina. ¡La lluvia de ayer! —se disculpa la marquesa.

—Señora marquesa, no tiene usted de qué disculparse. Lo comprendo perfectamente. También uno de los túneles de La Valenciana sufrió los estragos de la lluvia —responde el conde.

—¡Terrible! ¿Verdad?

—Sin duda, señora.

—Pero ya mandé a un criado a la mina para avisarle al señor marqués que usted está aquí.

—No hace falta, señora. Ya bastantes molestias le hemos provocado. Ruego a usted que le presente al señor marqués mis excusas por el incidente de ayer. De cualquier manera, lo buscaré en otro momento para decírselo personalmente. ¡Qué vergüenza! Con estos criados, no sabe uno dónde va a parar...

—Es usted un caballero, señor conde.

—Si doña Inés no se encuentra en condiciones de recibirme, vendré en otro momento. No quiero añadir más molestias.

—¡Oh! Me dijo que bajaría. Está muy cansada, demacrada. No pudo dormir.

—¿La ha visto el médico? Puedo enviarle al mío, si ustedes lo desean.

—¡Oh! No hace falta. Mire, aquí está nuestra querida huésped.

Inés entra al salón teatralmente, vestida con un traje oscuro. Trae una peineta de carey y plata de la que cuelga una delicada mantilla de encaje negro que le cubre también el rostro. La ropa le queda grande porque es de la marquesa, pero el rigor del color le imprime un aire de dignidad apabullante. A la señora marquesa le encantó la idea de Inés: presentarse enlutada es una manera clara de demostrarle al conde el oprobio que sufrió. El aristócrata, en efecto, queda impresionado; se pone de pie y hace una profunda reverencia:

—Señora, acabo de llegar de León. Vine en cuanto me enteré del inexcusable comportamiento de uno de mis criados. Ruego a usted encarecidamente que me disculpe y le aseguro que tendré más cuidado al contratar a mis sirvientes. Lo que pasó ayer no debió haber sucedido. Doy gracias a Dios por que el señor marqués estuvo allí para defender su honor. No sé cómo disculparme con usted y con su señor tío.

Inés asiente con la cabeza sin emitir palabra alguna. El conde prosigue:

—Le puedo dar mi palabra de que todos los que estuvieron ahí serán castigados severamente. Algunos de ellos eran trabajadores de mi mina, y le digo que *eran* porque ya no lo son. Acabo de pedirle al señor corregidor que los encierre en la cárcel. ¡Borrachos impertinentes! ¡Cuánto me alegro de que su anfitrión haya ejecutado al bellaco que le faltó al respeto! Digo en mi descargo, señora, si es que cabe decirlo así, que ese rufián fue contratado hace tiempo por mi difunto padre. Nunca me simpatizó. Debí haberlo despedido antes. ¡Cómo lamento no haberlo hecho!

La joven mantiene la cabeza baja, cuidando que la mantilla oculte su rostro. El conde, como señal de respeto, también mantiene la vista baja.

—Hija —dice la marquesa—. ¿Te sientes bien?

Inés Goicoechea mueva la cabeza suavemente dando a entender que se siente mal.

—¡Ay, hija! —exclama la vieja con auténtica preocupación.

El conde, nervioso por el silencio de Inés, prosigue:

—Señora, me he tomado la libertad de ordenarle a mi administrador que ponga a la disposición de su ilustre persona mi carruaje y una escolta de diez jinetes para que la acompañen hasta Santa Fe. Evidentemente, todos los gastos corren por mi cuenta; es lo menos que puedo hacer para intentar reparar, aunque sea de manera simbólica, la grave ofensa.

La joven suspira hondamente y comienza a sollozar. El conde de la Valenciana se asusta, quizás ha ofendido a la chica. Para tranquilizarlo, Inés le extiende la mano al conde. El aristócrata la toma y acerca su labios a esos dedos que alguna vez fueron tersos y hoy están resecos. El mensaje es contundente. La chica acepta las excusas del conde frente a una testigo de calidad, la marquesa viuda de San Juan de Rayas. El aristócrata respira aliviado, las disculpas han sido aceptadas.

Ahora es Inés quien hace una pequeña reverencia ante el conde y, acto seguido, sale de la sala sollozando.

—¡Disculpe usted a la joven! —añade la marquesa viuda—. La niña no está en condiciones de hablar del tema. ¡Está tan sensible!

—Al contrario, lamento mi impertinencia. Debí haber anunciado mi visita con antelación.

—Fue una experiencia muy fuerte para ella. Imagine usted, ¡un borracho faltándole al respeto!

—Ni me lo diga, señora marquesa. Demos gracias a Dios que su ilustre hijo estaba ahí para cobrar el desagravio.

—Nuestra anfitriona desear irse de Guanajuato cuanto antes, pues su tío la requiere; de lo contrario, nos encantaría convidarlo a cenar.

—Lo comprendo perfectamente.

—Doña Inés está empeñada en viajar mañana temprano, una vez que se reponga del susto.

—Señora, me temo que ofrecerle una escolta por cuenta mía ha sido mala idea. Comprendo que mi servidumbre no le inspire mucha confianza.

—Me temo, señor conde, que en efecto lo fue. Pero no se preocupe, es una niña apenas; todo esto se olvida.

El conde de la Valenciana sale de la mansión de los marqueses de San Juan de Rayas satisfecho. Ha superado la prueba. Logró contenerse y poner buena cara. La joven aquella lo ha humillado, ni siquiera se dignó dirigirle la palabra. Es una orgullosa, cómo se ve que la mujer no sabía con quién estaba tratando. ¡Con el conde de la Valenciana, el dueño de la mina de plata más productiva del mundo entero! La tal Inés es una boba que no distingue entre un ranchero y un potentado. Incluso el rey reconoce la importancia del conde. Mientras más pronto se largue esa insolente de Guanajuato, tanto mejor. En un par de semanas nadie se acordará del tema, excepto él, pues si alguna vez tiene la oportunidad de cobrarle a la joven el desplante, se lo hará pagar con creces.

En la calle, los lacayos del conde aguardan a su amo con las cabalgaduras listas. Urge que el conde inspeccione los estragos de la inundación de anoche en la mina. Y de Guanajuato a La Valenciana, con el camino anegado por la lluvia, se necesitará un par de horas y una buena dosis de paciencia.

En la alcoba de invitados, la doncella le quita a Inés la peineta y la mantilla. La joven sigue sollozando. Por su culpa han matado a un hombre. Pero ¿qué otra cosa podía hacer?

Y esa sangre no le devolverá a Rodrigo González, ni a su padre, ni a Goñi ni su antigua vida. Lo peor de todo es que se ha dado cuenta de que cometió un gravísimo error. Acaba de entrevistarse con el joven don Antonio de Obregón, segundo conde de la Valenciana, y no con el primer conde, fallecido el año pasado. Fue con el viejo conde con quien su padre mantuvo tratos. El primer conde la hubiese reconocido, pero el hijo jamás la había visto. Inés Goicoechea tiene las manos manchadas de sangre.

37

NUEVO MÉXICO

México, Tacuba, Cuautitlán, San Juan del Río, Querétaro, San Miguel el Grande, Guanajuato, Aguascalientes, Durango, Parral, Chihuahua… Los poblados se suceden uno tras otro en una penosa cadencia. Conforme se avanza hacia el norte, la tierra se reseca más y más. Los ahuehuetes ceden paso a los magueyes y nopales; más tarde aparecen los huizaches y, hacia el final del trayecto, sólo sobreviven las biznagas y pitayas. El camino real de tierra adentro es casi infinito. Sólo la insaciable avaricia de los hombres ha sido capaz de trazar esa ruta, que une la Ciudad de México con la lejanísima villa de Santa Fe de Nuevo México. El oro y la plata mueven a la humanidad con más eficacia que el amor y la religión.

La huida ha sido dura: encierros, discreción, simulación, el constante miedo a ser delatada y, sobre todo, la soledad. Los amigos de Goñi la han tratado correctamente, pero la mayoría ha intentado deshacerse de ella cuanto antes. Quien esconde a un prófugo del Santo Oficio se juega la vida.

La ruta se ha cumplido de acuerdo con lo previsto. Y, sin embargo, conforme se va alejando de la Ciudad de México, una tristeza cada vez más profunda se apodera de ella. Huye en soledad. No tiene familia, ni amigas, ni nadie en quien confiar plenamente. Es una exiliada que sobrevive gracias a la compasión de los amigos de su difunto confesor. Si muriese repentinamente, en un accidente o por una enfermedad fulminante, ¿quién la lloraría? Sus huesos se pudrirían en un panteón sin flores ni lágrimas, enterrada con otro nombre y apellido. En unos años, su tumba acabaría arrumbada, desdibujada por el olvido, que es la herencia de los exiliados.

Cuando murió su padre, no le permitieron asistir al entierro. Desde que la apresaron, no volvió a poner un pie en su casa. ¿Qué habrá sido de su ropa, sus joyas? ¿Qué habrá sido de su nana? ¿Qué de José, el fiel cochero? Su único consuelo es saber que Pedro murió asesinado, como un renacuajo asqueroso revolcándose en lodo y sangre. Esa pequeña satisfacción no compensa, por supuesto, el daño que, piensa ella, le causó la denuncia de Pedro. Inés odia a la familia Heras y Soto y no se arrepiente de ello. ¿Por qué avergonzarse de odiar al enemigo?

Ha escuchado rumores sobre la ejecución de Rodrigo, acusado de luterano y de haber perpetrado los asesinatos *de la Pasión* con ayuda del demonio. «¡Qué torpes! ¡Ignorantes! ¿Rodrigo un endemoniado? ¿Un brujo? ¿Un asesino loco?».

Inés debió haberse quedado en la cárcel; seguramente ella y Rodrigo hubiesen sido ejecutados en el mismo auto de fe. Estando en Zacatecas, Inés recibió la terrible noticia desde México: el auto de fe fue celebrado con gran pompa y esplendor y se quemó a varios luteranos y hechiceros. Inés se arrepiente de haberse fugado de la cárcel del Santo Oficio. Aunque encerrados en celdas separadas, al final se hubiesen acompañado en los últimos minutos en el patíbulo. Inés se siente culpable, traidora, cobarde, mezquina. «¡Ay, padre Xavier! ¡Ay! ¿Por qué me ayudó a escapar? Debí haberme quedado con Rodrigo... —se lamenta la joven—, ¿por qué me fugué?».

Inés intenta tranquilizarse con la idea de que Rodrigo habrá elegido la muerte por garrote. Como signo de contrición, el joven habrá besado el crucifijo antes de que encendieran la hoguera, y entonces, misericordiosamente, el fraile habrá ordenado al verdugo que le quebrase el cuello antes de quemarlo. Menudo consuelo. ¡Vaya misericordia! Aun así, morir ahorcado es preferible a la lenta agonía de la hoguera. Ningún ejecutado ha regresado del más allá para hablar sobre su sufrimiento.

¿Cómo será esa muerte? ¿Será como el fuego infernal? De niña, escuchó los relatos sobre ánimas condenadas al infierno que, por providencia divina, se aparecen a los pecadores para conminarlos a cambiar de vida. Esas almas, a pesar de no tener cuerpo, padecen un dolor tan intenso que quisieran morir, pero comprenden perfectamente que jamás conseguirán ese descanso. Al dolor se suma la desesperación de saber que ese tormento es eterno. El fuego creado por Dios para atormentarlas es de tal naturaleza que quema sin consumir. Las llamas lamen cada parte del cuerpo, especialmente aquellas con las que pecaron; el aire que sopla constantemente es más caliente que plomo derretido. Los condenados, con la piel en carne viva, huelen su propia carne quemada y vomitan los unos sobre los otros. Y al vomitar, se rasgan la garganta, porque esas llamas también les queman desde el interior, como sucede con los enfermos con fiebre. ¿Será así la muerte en la hoguera? «No, no es igual —intenta tranquilizarse a sí misma la joven—, Rodrigo murió rápidamente, lo asfixió el humo, lo mató el golpe de calor, como la gente que se desmaya por estas tierras con el sol».

Una lágrima escurre y afea el rostro de Inés. Por momentos le gustaría bajarse de la carreta para meter las manos en el escondrijo de una alimaña. Dicen que de la ponzoña del escorpión de Nuevo México nadie se salva, es aún más mortal que el alacrán de Durango. Un piquete en la mano bastaría para acabar con su sufrimiento. Ya no volvería a llorar por Rodrigo, ni por su padre, ni por su nana. ¿Qué será de ella en Santa Fe? La consumirá el sol del desierto y la tristeza. Morirá sola, sin nadie a quién amar, constantemente atemorizada de que alguien la reconozca. La larga mano de la Inquisición llega incluso hasta Nuevo México y la lejana California.

El piquete sería una muerte rápida, al anochecer ya no quedaría de ella sino un guiñapo. Los escorpiones son verdugos menos crueles que los inquisidores. El piquete, un dolor punzante, náuseas, vómito espumoso, mareos, los brazos adormecidos. Los estertores anuncian el paro cardiaco. Los escorpiones matan cuando se les provoca; los inquisidores, en cambio, torturan por placer. ¿Quién puede creerles que están preocupados por la salud de las almas? Inés suspira. La joven no tiene arrestos para suicidarse. Los suicidas van directo al infierno, y ella, a pesar de todo, aún cree vagamente en Dios. Si escapó del fuego de la Inquisición, no fue para acabar en el fuego eterno de Dios.

Dentro de la carreta, las mujeres intentan dormir un rato más a pesar del constante traqueteo. Llevan días madrugando para viajar antes de que el sol arrase con todo a su paso.

—No llore, niña, no llore —le dice una criolla de cuarenta años, pobre pero de cuna ilustre.

—Es el sudor —responde Inés.

—No, hija, el sudor es sucio y no brilla como sus lágrimas.

—Estoy cansada —responde Inés, que ha rehuido las conversaciones superfluas desde que salió de México hace dos meses.

—¡Ay, hija!, todas estamos cansadas, pero usted está triste. No soy tonta, querida. Lleva todo el viaje llorando. ¿A poco cree que no me he dado cuenta? ¿Es por un joven? Los hombres son así, malvados. Pero no se apure, niña, se le va a olvidar. Ya verá cómo se le pasa pronto. Dicen que hay muchos jóvenes apuestos en Santa Fe…

Otra de las mujeres, una mestiza, obesa y mal encarada, intenta callarlas para que la dejen dormir. Del fondo del carromato se escucha un ronquido profundo que suena como el mugido de una vaca. La criolla suelta una carcajada que contagia a Inés. La mujer gorda refunfuña con los ojos cerrados, recargando la cabeza en otra viajera. Se vuelve a escuchar otro ronquido. El traqueteo de la carretera continúa.

—¡Ya ve, querida! Así me gusta verla. Ande, platíqueme algo de usted; ya casi llegamos y no me ha contado nada. ¿Dónde nació, en México? Dicen que es una ciudad muy bonita, llena de lagos y ríos. ¿Hay muchas flores?

—Nací en Campeche —miente Inés repitiendo el guion del engaño.

—¿Y dónde queda eso?

—En el mar —responde Inés.

—¿Y hay muchos piratas? ¿No le daban miedo? Dicen que los piratas son luteranos y por eso violan a todas las mujeres católicas.

—Sí, hay piratas… —contesta la chica.

—¡Qué miedo! Jamás viviría ahí. ¿Sabe?, yo nací en Durango y nunca salí de mi ciudad. Y mire lo que son las cosas, a dónde me lleva vida a mi edad. ¡A Santa Fe! ¡Quién iba a decirlo! ¿Le gustó Durango?

—La catedral... —responde Inés entrecerrando los ojos para zafarse cuanto antes de la charla.

—¡Uy! ¡Es preciosa! Lo único que no me gusta de Durango son los alacranes y el agua. Mire mis dientes —añade la criolla mostrándole la dentadura marrón a Inés—. No vaya a creer que están sucios. Están cafés por el agua. ¿Sabe? Yo siempre me limpié los dientes como las indias, con pura tortilla quemada, pero ni eso me valió de mucho, míremelos usted. Los de Durango los tenemos así de cafés, feos, pero no están sucios, están manchados.

Inés sonríe. Su dentadura es blanca. Su nana, india también, le enseñó a limpiarse los dientes con tortillas quemadas y agua de azahar. Por eso las indias, a diferencia de las españolas, tienen la dentadura blanca y completa, dientes blancos y labios suaves: esa boca cautivó a Rodrigo. Si por lo menos se hubiesen besado una vez...

La mestiza vuelve a protestar. «Es imposible dormir con tanto ruido», se queja la mujer. De repente, la caravana se detiene. Los tlaxcaltecas que caminan al lado del carro de Inés murmuran algo en su lengua. Se les oye nerviosos. Temen un ataque de indios bárbaros. Supuestamente, el camino entre Albuquerque y Santa Fe es muy seguro. Nuevo México está pacificado, pero en la inmensidad del desierto, habitada por indios nómadas, la paz es un bien precario. Los soldados recorren continuamente la región y ningún indio se atrevería a desafiar al rey. Pero la mayoría de los indios ni siquiera saben que existe un monarca que los gobierna desde España.

Proveniente de la retaguardia, galopa el capitán que escolta la caravana. Un amplio tricornio de paño azul lo protege del sol, que ya es molesto. El militar regaña a la vanguardia y les da un par de gritos. Nada que temer. Justo a la mitad del camino, los zopilotes están devorando el cuerpo putrefacto de un puma. Conforme prosperan los rebaños de cabras y corderos, los pumas se atreven cada vez más a acercarse y merodean por los pueblos y campamentos.

El capitán ordena a dos de sus jinetes que muevan el cuerpo con sus lanzas. La piel del animal está inservible por la putrefacción y el picoteo de las aves. Apesta horrible, pero hay que abrir paso a la caravana. Los tlaxcaltecas, sumisos y obedientes, ayudan a los jinetes y despejan el camino bajo la mirada vigilante del capitán.

La caravana reemprende el viaje. Son tres carromatos, una recua de casi cuarenta mulas, quince jinetes españoles y treinta tlaxcaltecas a pie. No es poco número para estos parajes. La caravana, que partió de Guanajuato, se ha ido achicando conforme fue haciendo escalas: Aguascalientes, Zacatecas, Durango, Chihuahua. Los viajeros se van quedando en el camino, muy pocos se aventuran hasta Nuevo México. Lo contrario sucede de regreso; las caravanas que regresan a México se acrecientan conforme se alejan de Santa Fe, especialmente a partir de Zacatecas, donde se suman los arrieros que transportan plata.

Por ahora, la caravana lleva vituallas y mercaderías. El carruaje en el que viajaban las mujeres de clase se estropeó desde Paso del Norte, y fue imposible arreglarlo. Desde entonces, las damas han tenido que viajar hacinadas en uno de los carromatos, que transporta piezas de valor. Se trata, ni más ni menos, de un pequeño retablo dorado para la capilla privada del gobernador de Nuevo México. Don José Martínez de Villarreal tiene fama de varón piadoso. De su propia bolsa pagó el retablo para la capilla del palacio. Según los arrieros, el primoroso retablo proviene desde Guatemala y está dedicado a san José, a quien, por obvios motivos, el gobernador le guarda especial devoción. Otro de los carromatos viene cargado de vino, azúcar, especias y aceite de oliva. El tercer carromato, también valioso, transporta armas y municiones.

Más leguas por delante. El sol cae a plomo. El capitán titubea sobre detener la marcha hasta que mengüe el calor. El hombre se hace a un lado del camino para consultar un mapa sin bajarse del caballo. Una ráfaga de viento caliente alborota el polvo y dificulta la lectura del mapa. Los jinetes están a punto de apearse cuando su jefe les ordena seguir cabalgando. Los tlaxcaltecas reemprenden el camino sin quejarse, la obediencia es su segunda naturaleza. Dentro del carromato, la criolla abre una bolsa de manta de la que no se ha separado ni un minuto durante el viaje y saca de ella un tamal de sal, lo parte y le ofrece la mitad a Inés. La joven lo rechaza. Cumplidos los deberes de la buena educación, la criolla se atiborra con el tamal como un niño con una golosina. Para no ahogarse, toma un trago de agua de un guaje que guarda entre las piernas, y sonríe satisfecha:

—No se malpase, hija; nadie la va a querer si se queda flaca.

Inés, conteniéndose para no responderle groseramente a la mujer, agradece con frialdad.

—Ayer cené bien, señora…

—Ni crea que vamos a llegar pronto, a mí se me hace que vamos a tener que dormir en descampado. Mire, aquí traigo otro tamalito. Vamos a compartirlo. ¿No quiere?

La mestiza rolliza mira con envidia el tamal del que ha sido excluida.

—Mire, ¿me puede dar un poco de agua mejor? —añade Inés.

—Ni me lo tiene que pedir. ¡Con mucho gusto! Aquí está mi guaje para que beba lo que guste, mi niña.

El capitán, que va y viene a lo largo de la caravana, se acerca al carromato. Lleva a la sobrina del gobernador de Nuevo México, y nadie quiere enemistarse con un poderoso.

—Señora, ¿cómo está?

La criolla se adelanta a responder, aunque no le preguntaron a ella:

—Muy bien, capitán. ¡Ya se siente el calor! ¿Vamos a detenernos pronto?

—Señoras, doña Inés, por favor no desfallezcan. Nos falta poco. No vale la pena detenerse ahora. Pronto estaremos en Santa Fe.

—Gracias, capitán —responde Inés—. Mi tío le agradecerá todas sus atenciones durante el viaje.

El capitán sonríe satisfecho. Misión cumplida.

Inés no se ha cambiado el nombre de pila. Mientras menos mentiras diga, más fácilmente engañará a los demás. Suficientes problemas hubo con cambiar el apellido como para añadirle un cambio de nombre. Ya verá cómo se las arregla en Santa Fe. Sus protectores le han dicho que no debe preocuparse, que José Martínez de Villarreal es hombre de fiar y que él se hará cargo de todo. A Inés le sigue impresionando la red de conexiones del difunto jesuita; con razón la corte de Madrid teme a la Compañía.

La caravana avanza. El sol cae a plomo. A Inés le parece escuchar el amenazante cascabel de una víbora. Es su imaginación. Tampoco las cascabeles soportan el sol del mediodía. Finalmente cae dormida. Diez minutos, dos horas, da igual. La criolla despierta a la joven:

—Inés, hija, mire: ¡ya llegamos!

Algunos soldados a caballo han salido a recibirlos. Las campanas de Santa Fe anuncian la llegada de la caravana, un acontecimiento que rompe la monotonía de la villa. Los pocos españoles que ahí viven aguardan ansiosamente noticias de Madrid, los criollos se contentan con escuchar chismorreos de la corte de México.

El tamaño de la villa sorprende a Inés: no es tan pequeña como la había imaginado. El fuerte que resguarda la entrada a la ciudad es grande, y aloja a una guarnición considerable a la que temen los indios. Ciertamente, las casas de la villa no son sino modestas construcciones de adobe sin pintar, y el único adorno de las casas de los ricos es el enjarre blanco en las paredes. El poblado no tiene nada que ver con los hermosos palacios de México, hechos de cantera de chiluca y piedra de tezontle, pero Santa Fe no es, a pesar de todo, un pueblo desvencijado. Aquello tiene cierto empaque, cierta prestancia. Las mujeres curiosean desde las ventanas y los niños traviesos se acercan a saludar a los tlaxcaltecas que van a pie. El capitán charla alegremente con los militares que salieron a recibirlo. De vez en vez, algún niño corretea saludando a los soldados con admiración.

La caravana se detiene frente al palacio del gobernador, una construcción de una planta con un pequeño pórtico. En el portal aguardan otros soldados, un par de sacerdotes y un pequeño corrillo de burócratas. Uno de estos funcionarios intercambia un par de palabras con el capitán, que ya se apeó del caballo. Se debe contabilizar el número de personas que llegan a la villa. El Imperio español se creó con la espada, pero se conserva gracias a la burocracia. De todo lo que sucede en el reino se debe llevar un registro minucioso.

Las mujeres de calidad descienden de la carreta. Una criada les acerca una palangana con agua de pozo para refrescarse la cara. El secretario del gobernador se acerca comedidamente a doña Inés y la conduce hacia el portal del palacio. El gobernador sale acompañado de un jesuita y de su secretario, sus hombres de confianza. Los soldados presentan armas y los burócratas se quitan los sombreros.

—¡Hija mía! —grita don José—. ¡Qué barbaridad! Mira en qué has viajado. Me han dicho que se estropeó el carruaje. ¡Qué horror!

Inés se pone nerviosa. ¿Los demás no se darán cuenta del embuste? Recela, especialmente, de los dos franciscanos ahí presentes. Uno es gordo, bajito y risueño; el otro es enjuto, verdoso y mal encarado. ¿Se darán cuenta de que no es pariente del gobernador? Todo es un ardid del padre Xavier para salvarla del Santo Oficio, una mentira gorda que puede destaparse en cualquier momento. El padre Goñi la previno especialmente contra los religiosos; los frailes son quienes mejor saben lo que sucede en el reino, no debe fiarse de ellos.

—Bienvenida a la villa real de Santa Fe de San Francisco de Asís —dice el sacerdote jesuita, que, al parecer, es muy allegado al gobernador.

Los dos franciscanos, no queriendo quedarse al margen de la sencilla ceremonia, se acercan al grupo. El gobernador los recibe con un ademán afable, cortesía que el fraile gordo agradece con una sonrisa.

—Padres, señores, les presento a doña Inés de Bustamante, la hija de un difunto sobrino, que en paz descanse. ¡Es la primera vez que la veo! ¡No la conocía! ¿Lo pueden creer? ¡No la conocía! Pero es fácil reconocerla. Es tan hermosa como su abuela, mi querida hermana, a quien Dios tenga en su santa gloria.

La pequeña comitiva presenta sus respetos a la recién llegada. Ella responde con un gentil movimiento de cabeza y luego, dirigiéndose a su tío ficticio, dice:

—Su Excelencia, le doy las gracias por su hospitalidad. Le prometo que no defraudaré su generosidad —responde Inés calculando el terreno.

—¡Pero vamos, sobrina! —Los aspavientos de don José son naturales—. Que nunca antes te haya visto no quiere decir que debas ser así de solemne. ¡Tienes el mismo rostro de tu abuela! ¡Esos dientes tan blancos! ¡Anda, niña!

—Muchas gracias… —responde Inés.

—Doña Inés, ¿y no tiene usted más parientes? ¿Viajó usted sola? —pregunta con insidia el franciscano delgado—. La vida en esta provincia es muy dura para una dama de su alcurnia.

—Su Merced no debería asustar a la sobrina del gobernador —apunta el jesuita—. Nuevo México es una provincia tan importante que ustedes, los hijos de san Francisco, han venido a cristianizarla, ¿no es así?

El fraile gordo y risueño asiente complacido, mientras que el más delgado aprieta los labios esbozando una mueca que pretende ser una sonrisa. Los dos frailes sudan copiosamente, pues sus hábitos son de lana burda y pesada.

El gobernador aprieta la mandíbula para contener su enojo. La bienvenida se está convirtiendo en un indeseable interrogatorio. La chica traga saliva. ¿Habrá adivinado algo el fraile? ¿Sospechará? ¿Será un informante de la Inquisición? No, no puede ser. En cualquier caso, no debe quedarse callada.

—Su Merced tiene razón, ahora estoy sola; de no ser por la generosidad de mi tío, estaría completamente sola —responde Inés con auténtica tristeza, consciente de que, en efecto, no tiene a nadie y su vida pende de la benevolencia del gobernador.

El fraile asiente frunciendo la frente. Nuevo México no es el mejor lugar para criar a una joven de familia hidalga. ¿Por qué no colocar a la joven en un colegio de niñas o en un convento de los muchos que hay en Puebla, Valladolid y México? ¿Por qué arriesgar a la chica en estos lugares?

El secretario del gobernador, también agobiado por el sol, sugiere tímidamente:

—Su Excelencia…, pasemos a resguardo del techo; el sol es muy fuerte para doña Inés.

—¿Para Inés? ¡Para todos! —exclama el gobernador tratando de disolver la tensión.

El fraile enjuto insiste:

—Su Excelencia, su sobrina es de Campeche. Imagino que no le asustará mucho nuestro sol. Doña Inés también sabe de calores. ¿Estoy en lo cierto?

—Veo que Su Merced está muy bien informado —replica el gobernador.

—En Santa Fe todo acaba sabiéndose… —responde el fraile haciendo una leve reverencia con la cabeza.

El otro fraile, bajito y gordo, incómodo por la impertinencia de su compañero, sonríe tontamente como si con su rostro de bobalicón pudiese suavizar la situación. Ni siquiera a los poderosos franciscanos, misioneros de Nuevo México, les conviene enemistarse con el gobernador.

—Veo que Su Merced no ha visitado el trópico —replica Inés—. Son calores muy distintos. En mi tierra, hay tanta humedad que la ropa se moja y el aire es irrespirable. ¿Ha escuchado hablar usted del vómito negro? Lo trae el aire de los pantanos, es un aire irrespirable. Pero este sol…, este sol seca la piel, ni las serpientes lo resisten. El calor de la selva es muy diferente de este. ¿Conoce usted la selva?

—Doña Inés, tiene usted razón. Nunca he estado en Campeche —concede el franciscano.

El secretario vuelva a la carga:

—Su Excelencia, permítame insistir en que entremos al palacio. Doña Inés debe de estar muy cansada por el viaje.

—Su Excelencia… —musita Inés.

—¡Bah! Soy tu tío; dime así, *tío*. Deja eso de *Su Excelencia* para estos caballeros —dice don José mostrando a su séquito de funcionarios y militares.

—Tío… —se corrige Inés.

—Así está mejor… —aprueba el gobernador.

—El señor secretario tiene razón, estoy muy cansada. Yo pensaba que Albuquerque y Santa Fe están muy cerca —comenta Inés.

—Las distancias en Nuevo México son enormes —precisa el jesuita invitando a pasar a la joven.

Inés se despide de la pequeña comitiva, pero antes de darles la espalda añade unas palabras dirigidas al fraile delgado:

—En realidad, quizá no lo sepa Su Merced, viví poco tiempo en Campeche. Me crié en Tabasco, que es mucho más peligroso que Campeche y, por supuesto, un lugar más inhóspito que esta hermosa villa.

—Y también viví en Yucatán —añade el gobernador—. Mi sobrino era un soldado muy valiente. Pero ya no sigamos hablando, este sol nos matará a todos. ¿Los espero hoy en la cena? Ahí podremos charlar a nuestras anchas. Espero que me hayan llegado algunos vinos en esta caravana.

La pequeña comitiva, incluyendo a los dos franciscanos, responde afirmativamente. El vino escasea en Santa Fe, hay que aprovechar la ocasión. Además, se trata de una invitación de quien representa al rey en la provincia.

—Su Excelencia, apresuremos el paso. El sol pega fuerte —añade el jesuita.

—Es cierto. Anda, Inés, bebamos algo para refrescarnos —dice el gobernador—. Tengo un clarete que te caerá muy bien. Luego tu doncella te enseñará tu habitación para que tomes un buen baño. Ordené que te lo tuvieran listo.

—Gracias, tío —contesta Inés, abrumada por la situación. La joven es el centro de atención de la pequeña corte del gobernador y teme cometer algún error.

Los soldados y la burocracia menor se quedan afuera del palacio, merodeando en torno a los carros. Junto con las cartas que traen los viajeros, los rumores y chismes se van derramando en Santa Fe.

En cuanto el gobernador pone un pie dentro del palacio, su secretario se le acerca y le susurra algo al oído. Inés y el jesuita van unos pasos por delante. La joven está agotada: el calor, el polvo, la desvelada y ahora este pequeño juego de esgrima con ese fraile venenoso.

Tras escuchar al secretario, el gobernador suelta una sonora carcajada. Inés y el jesuita se dan la vuelta y miran extrañados la escena. Don José le da una palmadita al chupatintas.

—¡Anda! ¡No te preocupes! Mejor ve a ver qué está sucediendo allá fuera. Si estos bellacos rompen mi retablo, tú me la vas a pagar.

Un lacayo, pobremente vestido, aparece con la botella de clarete y algunas copas. Los frailes apuran los tragos, le dan las gracias a don José por su hospitalidad y regresan corriendo a su pequeño convento.

Afuera del palacete, los sirvientes están comenzando a bajar los paquetes y cajas que vienen para palacio. A juzgar por el ruido, están teniendo poco cuidado. El secretario sale presuroso del edificio y se mezcla con la multitud. Incluso los soldados que están de guardia han perdido la compostura, ansiosos por recibir noticias o por conseguir alguna mercadería barata.

Sin la presencia de tantas personas, el gobernador puede tranquilizar a Inés. El jesuita, Inés y el gobernador pasan a un patiecito interior, donde hay un pequeño aljibe y unas cuantas macetas con geranios. Un lujo en tierras desérticas. Ahí, con voz queda, sabiendo que se juega la vida, el gobernador le dice a la joven:

—No tienes nada que temer, estás entre amigos. Pero sólo puedes confiar en nosotros dos y en Catalina, tu criada. En nadie más. Mi secretario es un bobo, pero no es de los *nuestros*. La gente piensa que eres mi sobrina nieta. Saben que nunca antes te había visto, pero tu padre, mi sobrino, me pidió que te recibiera. ¡Y aquí estás! Eres la pariente pobre. Habla lo menos posible, al menos por ahora.

—El fraile... —musita Inés.

—¿El franciscano flaco? ¡Bah! No te preocupes por fray Onésimo. El bobo sospecha que eres mi amante. Me lo acaba de explicar mi secretario. El frailecito se ha pasado toda la mañana intentando confirmar sus sospechas. Cree que te mandé traer como mi cortesana.

—¡Jamás! —ataja Inés con el rostro súbitamente rojo por la cólera.

El jesuita interviene:

—Tranquila, hija. Don José es hombre de honor. El padre Goñi jamás la hubiera enviado a un lugar deshonesto.

—Niña, soy un hombre mayor y, sobre todo, un hombre de palabra. Despreocúpate —replica con tono firme y agrio don José.

Inés advierte la precariedad de su situación. Está, literalmente, en manos del gobernador. No le queda sino confiar en su buena fe y en el sentido común del padre Goñi.

—No quise ofenderlo... —se disculpa Inés.

—¡Bah! Olvídalo —dice don José.

Añade el jesuita:

—Es mejor que fray Onésimo tenga ese tipo de sospechas en lugar de que sospeche...

Inés completa la frase que el sacerdote no se atreve a pronunciar:

—... que me escapé de la cárcel del Santo Oficio.

Esas palabras caen como un balde de agua helada y súbitamente se hace un profundo silencio. El gobernador mueve la cabeza de un lado a otro, desaprobando la frase. El jesuita se lleva el dedo índice a los labios ordenando callar. Inés está mareada. Posiblemente está insolada y por eso se está mostrando tan torpe.

—Señora, nos estamos jugando la vida por usted. Y también está en juego la vida de muchas otras personas —le advierte con severidad el jesuita.

—¿Y el banquete? ¿No sería mejor descansar estos días para seguir preparándonos? —objeta Inés.

—No, no... Sería muy raro que no te presentara hoy ante mi gente —objeta don José—. Simplemente procura hablar lo menos posible. De chica viviste en Campeche, en Tabasco y en Yucatán. Ya mañana pensaremos la otra parte de la historia, mientras más lejos de Nuevo México la sitúes, mejor. Aquí nadie tiene la menor idea de dónde queda Tabasco. Ni siquiera se pueden imaginar el mar.

—Tengo miedo —confiesa Inés con voz débil.

—Su Excelencia se hará cargo de todo —añade el jesuita—. Quédese tranquila.

—No te preocupes. Sólo recuerda la historia: yo tuve una hermana que murió de fiebres en Tabasco, y un sobrino, tu padre, que murió combatiendo a los malditos piratas que saquearon la villa de San Juan. Esa parte de la historia es cierta; mi sobrino era muy, muy valiente. —Al pronunciar esta frase, el gobernador se entristece, pero de inmediato se repone—. Ya pensaremos en la historia de tu madre. ¡Sí que tuve una hermana! Y se parecía a ti. ¿Quién iba a decirlo?

—*Soy bastarda*, el padre Xavier me alcanzó a decir que debía contar eso —añade Inés con evidente repugnancia.

—Sí, esa es la historia que inventó Goñi —acepta a regañadientes don José—. Pero mi sobrino era un buen hombre, no quiero manchar su memoria. Además, la historia de Goñi comprometería tu matrimonio incluso en estos lugares. Prefiero que seas legítima hija de mi difunto sobrino. Ya veremos qué historia inventamos.

—Nunca me casaré, don José, ¡nunca! —replica Inés con la herida más abierta que nunca.

La joven ha perdido el aplomo, en parte por el cansancio del viaje pero, sobre todo, por el cúmulo de tensiones. Su rostro, en otro tiempo blanco y aterciopelado, está reseco y sin brillo; incluso algunas arrugas afean sus ojos, que han perdido la chispa de otros tiempos.

—Tranquila, hija, *Dios existe* —añade el jesuita adivinando los pensamientos de la joven—. Jamás desconfíes de su poder. La Providencia se vale de todo para salvarnos. Estás cansada, eso es todo. Poco a poco verás la luz

Dios existe… Qué difícil le resulta a Inés creer en Dios después de lo que ha sufrido en nombre de Dios: la muerte de su padre, la ejecución de Rodrigo, la confiscación de su fortuna, la pérdida de su apellido. La Inquisición le arrebató todo en nombre de la fe y, a pesar de ello, Inés sigue creyendo en Jesús, pero no en un Jesús castigador, que odia a los judíos y a los moros. Ojalá le picara un escorpión en la noche, las alimañas suelen buscar cobijo entre las vigas de los techos altos. Ojalá muriera esa noche. La soledad erosiona el alma, carcome la esperanza, agosta la mente.

—Anda, ve a tu cuarto. Descansa y arréglate. Sé que estarás muy contenta hoy en la noche —añade el gobernador mirando de reojo al preocupado jesuita.

—Gracias, don José… Digo, gracias, tío —responde Inés, deseosa de un baño después de tantos días de tierra y sol—. Es cierto, quiero dormirme.

—Vete, vete ya. Duérmete un rato. Ordenaré que te lleven un poco de vino y queso, aquí el queso de cabra es muy bueno. Quiero que estés repuesta para la noche. Lo siento, niña, pero debes estar lista hoy. Nuestra pequeña corte se muere de ganas de verte. Además, vienen algunos soldados jóvenes que parten pronto a California y quiero que los conozcas. Te tengo una pequeña sorpresa. —Al pronunciar estas últimas palabras, un destello de peculiar alegría se asoma en el rostro del gobernador.

Inés está a punto de gritar que no, que no se bañará, que no comerá, que le da lo mismo el queso, que no dormirá, que no quiere conocer a soldado alguno. Ella quiere morir. Un escorpión. Sólo le pide al cielo un escorpión en su cama. Debió quedarse en México y morir con Rodrigo, aunque hubiese sido en la hoguera. En ese preciso instante alguien le toca suavemente la espalda. Es Catalina, la sirvienta, una mujer mayor con la piel ajada por el inclemente sol del desierto. La criada conduce a la joven hacia su cuarto y sin intercambiar palabras, le muestra la bañera con agua tibia, perfumada con aceite de azahar. Es una tina de madera, dispuesta con un lienzo a modo de almohada; al lado hay un biombo viejo que antaño estuvo delicadamente pintado y que hoy no es sino una mampara de tela vieja. En una esquina, hay una chimenea lista para encenderse cuando haga falta, porque en aquellos parajes la temperatura baja súbitamente.

Con una rápida mirada, la chica pasa revista a la habitación; está limpia pero desangelada, como el resto del palacio. El piso es de ladrillo rojo y la cama de madera, con una colcha de terciopelo azul. Las paredes no tienen más adorno que un crucifijo de plata y un óleo de la Virgen Dolorosa. Siete puñales sangran el pecho de María, siete dolores clavados en el Santísimo Corazón de la Virgen. Así se siente ella. Con el corazón traspasado por un cuchillo.

Bajo la mirada vigilante de la criada, Inés se sumerge en la tina y bebe casi a fuerzas un trago de vino. El agua tibia, el olor del azahar y el vino cumplen su cometido, y la chica se duerme. Tras un rato, Catalina la despierta y la ayuda a meterse de nuevo en la cama. Son apenas las dos de la tarde. La cena se servirá a las nueve de la noche. La chica puede descansar.

Inés despierta sofocada. Una pesadilla. Soñó con el fuego de la hoguera. Sentía el humo caliente dentro de sus pulmones y la piel ardiente, despellejada por la lumbre. Catalina, que monta guardia al lado de la cama, la reconforta. Es el calor del final del día; la habitación es un horno, pero dentro de un rato será necesario prender la chimenea para soportar el frío de la madrugada. «¿Qué sentido tiene vivir sin amar a nadie? Sin padre, sin amigos, sin amantes», se pregunta en silencio Inés, mirando el crepitar de los huizaches en la chimenea.

La sirvienta ayuda a Inés a lavarse la cara y a vestirse. Catalina, modelo de eficacia, se ha encargado de desempacar el modesto equipaje de su ama. Se ha tomado la molestia de cepillar el único vestido digno para la ocasión. Doña Inés es la sobrina nieta de don José, quien gobierna el inmenso territorio que va desde el Lago Salado hasta el Río Grande.

Los acontecimientos se encadenan suavemente. El salón donde se sirve la cena es grande, sin más lujos que la platería en la mesa, un tapete morisco y dos gobelinos descoloridos. El piso es de ladrillo; las paredes, de enjarre blanco; el techo, de vigas sin labrar. Al fondo de la sala, chisporrotea el fuego de la chimenea alimentado con ramas, porque en Nuevo México escasean los leños gordos. Inés rehúye las llamas.

Son pocos los invitados. No llegan a una docena entre funcionarios, comerciantes y terratenientes, el jesuita y los dos franciscanos. También asisten dos caciques tlaxcaltecas, sin cuyo apoyo jamás se hubiese conseguido derrotar a los indios bravos. Más al sur del reino, la presencia de estos en una cena de gala sería inconcebible, pero en esta lejana provincia las diferencias entre castas y clases calan menos hondo.

En la mesa se sirven hogazas, cordero asado, cabezas de venado, jamones, conejos adobados y legumbres secas. Los brindis se suceden uno tras otro. El gobernador pregunta insistentemente por los oficiales que partirán mañana a California. El secretario explica que aún no han llegado, pues tuvieron que ir hoy a Pueblo Viejo. El jesuita, capellán del gobernador, intenta tranquilizar a don José: pronto llegarán los oficiales. La distancia entre Santa Fe y Pueblo Viejo es corta, y el camino, seguro.

Inés ha recobrado el aplomo, incluso ha logrado mantener una conversación afable con el franciscano inoportuno, fraile enjuto, amargado, reseco. Al final, el frailecillo ha quedado convencido de que la joven sí es la sobrina del gobernador y no una cortesana llevada a escondidas. Las maneras de Inés en la mesa son demasiado elegantes; ni la cortesana más diestra podría imitar los modales de una dama auténtica, piensa fray Onésimo.

Don José vuelve a preguntar por los oficiales. ¿Dónde estarán? El secretario sale en su busca al pórtico del palacio, como si con ello resolviese algo. Poco a poco los invitados se retiran. Mañana deben madrugar, porque en Santa Fe nadie es suficientemente rico como para no trabajar entre semana. El gobernador no insiste. Prefiere que no haya invitados cuando lleguen los soldados.

El fuego de la chimenea agoniza. La cera chorrea en los candeleros de plata. La mesa está llena de huesos, cuyo olor atrae a los mastines del gobernador. Los invitados se despiden. Los sirvientes comienzan a retirar los platos. A Inés se le cierran los ojos. El jesuita y el gobernador le piden que resista unos minutos más. Le tienen preparada una sorpresa.

Afuera, el trote de los caballos anuncia la llegada de los oficiales. Los sirvientes corren a la puerta con candelabros. El comedor se queda en penumbras. Tres oficiales, sombrero en mano, presentan sus respetos al gobernador, al capellán de palacio, al secretario y a la recién llegada. El gobernador recita los nombres de cada uno de ellos a modo de presentación. Inés responde al saludo maquinalmente, le da igual de quién se trate. Pero uno de ellos se atreve a tocar su mano. A doña Inés se le hiela la sangre. No alcanza a distinguir ese rostro cubierto de sudor y polvo, pero reconoce esas manos.

38

EL TORMENTO

Después de las breves presentaciones, el gobernador se lleva al coronel Saavedra y al capitán Montúfar a su despacho, apenas iluminado por un par de velas y una lamparilla de aceite. Los acompaña el secretario, pluma y papel en mano, porque en la Nueva España nunca sobra un escribano, ni siquiera en los lugares más alejados de la capital.

Doña Inés, el *teniente Fernández* y el jesuita se quedan a solas en la penumbra de un pasillo, entre el salón de banquetes y el patio interior. La joven sigue sin aliento. El teniente, en cambio, muestra una sonrisa amplia, franca, luminosa. Afuera del palacio sopla un viento fuerte que trae consigo el aullido de los coyotes de la sierra y el ladrido de los perros de las casas vecinas.

A Inés se le saltan las lágrimas y está a punto de lanzarse efusivamente sobre el joven teniente, pero el jesuita logra contenerla.

—¡Cuidado! No se abracen, es muy peligroso. Recuerden que esta es *la primera vez que se ven* —les previene el jesuita con voz baja y amenazante—. Tenemos que cuidar las apariencias.

—¿Rodrigo? ¿Eres tú? ¿De veras eres tú? —pregunta Inés, quien apenas puede creer que tiene frente a sí a don Rodrigo González.

—Aquí soy el teniente Fernández —responde Rodrigo, también con lágrimas en los ojos, a pesar de que ha ensayado muchas veces esta escena desde que llegó a Santa Fe.

La chica intenta acariciar el rostro del joven, y el jesuita nuevamente la detiene.

—Los informantes del Santo Oficio están en todas parte, Inés, no eche a perder todo. Usted es fuerte, ¡conténgase!

A Inés le da vueltas la cabeza, los recuerdos se agolpan en su mente como un ejército en desbandada que intenta recuperar el orden al escuchar el clarín de mando.

—Lloré mucho, pensé que te habían matado —se lamenta.

—Yo también lloré mucho cuando me dijeron que te habías muerto —responde Rodrigo esforzándose por conservar la calma—. ¡Te quiero mucho! Estuve a punto de suicidarme en la cárcel.

El jesuita se persigna al escuchar lo del suicidio. Afuera el viento aúlla más fuerte. A los ladridos y chillidos se suma ahora el canto de un tecolote.

—¡Rodrigo! ¡Nos salvamos! ¿Te das cuenta? ¡Nos salvamos los dos! Eso es lo importante.

—¡Te quiero mucho!

El jesuita, viendo que están más tranquilos, les permite intimar.

—¡Anden! Salgan al patio. Ahí en la esquina, donde no los ve nadie, pueden platicar con calma. Yo me quedaré aquí cerca; es muy importante que no parezca que se conocen, por favor, deben controlarse…

Rodrigo toma de la mano a Inés, y el jesuita los separa con un movimiento brusco.

—No seas tonto, joven; nadie debe sospechar que ustedes se conocían de antes. ¡Entiéndalo! Nos jugamos la vida —le amonesta el sacerdote, francamente nervioso.

La pareja sale al patio. El viento es helado. Inés se estremece y comienza a temblar. Rodrigo quiere abrigarla con su capa, pero el sacerdote, que los vigila de cerca, se lo impide con una mirada. Allá adentro se oyen los gritos del gobernador, que sigue regañando a los militares, y el traqueteo de los sirvientes levantando la vajilla.

—¿Cómo escapaste? —pregunta ella.

—Igual que tú, por un milagro —responde Rodrigo con ternura. El chico, con la capa colgando de su brazo izquierdo, acaricia el puño de su espada con la mano derecha para controlar sus deseos de aferrar el cuerpo de la mujer a la que ama.

—¿Y por qué me dijeron que te habían quemado? ¿Por qué me mintieron? —protesta ella recordando las noches en vela—. ¿Por qué?

—Quemaron mi efigie —explica Rodrigo—. Los desgraciados tuvieron que quemarme en cartón, porque me escapé de ellos. Te dieron mal la noticia. ¡Pobrecita!

—Pero ¿cómo pudiste escapar de la cárcel? ¡Igual que yo, en un ataúd? No lo creo —insiste ella intentando dar coherencia a los fantásticos acontecimientos.

—No, el truco funcionó una vez. Además, el padre Goñi ya estaba muerto cuando yo escapé…

—¿Entonces? Por Dios, Rodrigo, dime: ¿cómo escapaste? —insiste ella con impaciencia.

—Las malas lenguas dicen que don Rodrigo González, además de luterano, era brujo, un amigo de Satanás, practicante de la magia negra —bromea el chico con sarcasmo.

—¿Escapaste como la mulata de Córdoba? ¿Pintaste un barco en la pared y escapaste así? ¡Rodrigo! ¿Cómo escapaste? La brujería no existe. Si hubiese brujas, hace mucho que habrían matado a los inquisidores…

Inés está abrumada por la alegría, la sorpresa, el frío, el dolor de cabeza; le cuesta ordenar sus ideas. Quiere abrazarse al cuello de Rodrigo y cubrirlo de besos, y ponerse a llorar, y a reír, y a maldecir al Santo Oficio y a brindar por el padre Goñi. Le encantaría que el jesuita estuviese aquí; le besaría los pies, las manos, y se hincaría ante él para darle las gracias. Tantas emociones se arremolinan en su pecho. Nada es lógico, todo suena como un relato fantástico. ¿Y si fuese un delirio? Tal vez el sol la enloqueció y la escena no sea sino una ficción de su cerebro, afectado por los vapores calientes del desierto.

El joven resume su aventura a trompicones, mezclando ideas, confundiendo momentos y personas. Rodrigo González se escapó de la cárcel de una manera inverosímil. Un día antes de su fuga, el carcelero le dijo que todos en la prisión estaban al tanto de su poderes diabólicos. Esa mañana, el inquisidor en persona le había ordenado al carcelero rociar con agua bendita las rejas y grilletes, porque temía que Satanás en persona ayudara al prisionero a escapar. También colocaron en el candado de la reja una medalla de san Benito, poderosísimo recurso contra las acechanzas del demonio. Pero, curiosamente, no redoblaron la vigilancia; incluso dieron el día libre a varios carceleros y guardias.

La noche previa a la fuga, don Eusebio, el médico que había estado presente cuando torturaron al joven, visitó al preso. El galeno ordenó que le quitaran los grilletes en las noches para no lastimarlo innecesariamente. El carcelero obedeció sin chistar, a pesar de que una orden así debía ser ratificada por el alguacil mayor.

Después, quedamente, don Eusebio le explicó que en la madrugada los guardias dejarían abiertas las puertas y rejas para que él escapara. Le entregó una sotana envuelta en ropa vieja y le indicó que, antes de escapar, se la vistiera. En el paquete también había una navaja de barbero para afeitarse antes de salir del edificio. Un carro con leña lo estaría esperando a las puertas de la iglesia de la Encarnación, a unos pasos del palacio de la Inquisición.

Según el médico, el plan había sido urdido por el padre Goñi, recién fallecido. Rodrigo supuso que se trataba de un engaño, una trampa para matarlo *in fraganti*, o un truco para agravar las acusaciones y acelerar el juicio en su contra. Quizá la familia de Rodrigo había conseguido la intervención del virrey en su favor, y a la Inquisición le urgía acabar con él antes de que se llevasen al preso a una cárcel civil, ajena al Santo Oficio. Rodrigo titubeó, pero pensó que nada perdía intentando escapar. Estaba casi seguro de que usarían en su contra ese burdo intento de fuga. Si don Eusebio trabaja para el Tribunal como médico, lo lógico era que fuese un espía taimado y traicionero.

Pero ¿qué era lo peor que podía sucederle? ¿Que aceleraran su proceso? Era preferible morir que pudrirse en el calabozo. ¿Y si los alguaciles lo estaban esperando afuera para matarlo? Mejor aún: una muerte rápida dolería menos que el escarnio del auto de fe y la hoguera en el quemadero.

Aquella noche, su carcelero roció con agua bendita la puerta del calabozo haciendo grandes aspavientos. Sonaron cerrojos y cadenas con gran estrépito, y después el hombre apagó la tea que solía quedarse prendida por la noche en el pasillo. Poco antes de la salida del sol, Rodrigo se afeitó lo mejor que pudo, se colocó la sotana, tentó la puerta y esta se abrió tras un pequeño empujón. Llevaba consigo la navaja, por si acaso. Casi a ciegas, caminó por el corredor, al que daban otros calabozos, vacíos todos. No se topó con carceleros ni guardias. Subió las escaleras y, tras dar un breve rodeo, salió al patio central, donde la luz de la mañana lo deslumbró, tan acostumbrados estaban sus ojos a la perpetua noche de la prisión. De inmediato buscó los establos. Ahí, entre caballos, paja y estiércol, se cruzó con algunos indios que llevaban carbón al palacio y con un aguador que parloteaba con el portero. Los hombres lo saludaron con una inclinación respetuosa, la que se debe a un sacerdote, y siguieron hablando mientras el joven, disfrazado con la sotana, salía sin que nadie lo molestara.

Caminó por la calle de la Encarnación con miedo de que diesen la voz de alarma. Ahí se encontró con un carro lleno de leña, conducido por un mulato que lo invitó a subir y lo llevó por el rumbo del convento de la Merced, donde un indio lo subió a una canoa y lo alejó de la ciudad. Aquello funcionaba con la espantosa precisión de un reloj y, por un momento, pensó si sería verdad que Satán había preparado la fuga. Claro que ese absurdo pensamiento se desvaneció de inmediato. ¡Él nunca tuvo ningún trato con el demonio! ¡Nunca!

Esa noche, Rodrigo González llegó a Tepotzotlán y entró a escondidas al opulento edificio donde se forman los novicios jesuitas. En aquel inmenso lugar, después de dormir, recibió más instrucciones de un cómplice de Goñi. Al otro día, se bañó, se le entregó dinero, ropa de militar, un fajo de cartas de presentación, un caballo y la indicación de que debía llegar lo más pronto posible a Valladolid. Su nuevo nombre era *Fernández* y debía incorporarse a una expedición que pretendía abrir una ruta entre Nuevo México y California. Su sueldo sería pagado por la Compañía de Jesús, interesada en evangelizar cuanto antes la Alta California.

El disfraz no era descabellado. Los jesuitas tienen a sus órdenes soldados que protegen las misiones y presidios de California, desde La Paz y Loreto hasta más allá de la península. No era extraño que un militar fuese contratado y dirigido por la Compañía de Jesús.

¿Cómo escapó de la cárcel? Poco a poco fue comprendiendo que Goñi poseía información que comprometía a los inquisidores. No era la primera vez que los funcionarios del Santo Oficio eran acusados de malos manejos económicos. Las propiedades confiscadas a los reos pertenecen al rey. El Tribunal sólo tiene derecho a tomar la parte necesaria para su funcionamiento, el resto debe entregarse a la Corona. Seguramente, los amigos del padre Goñi amenazaron a fray Joaquín de Salazar con denunciar esos robos ante el rey. Dinero y extorsión: a eso se reducía todo. Xavier Goñi y sus amigos compraron la libertad del joven.

El cuento del escape diabólico inventado por los propios inquisidores fue un vulgar pretexto para ocultar su complicidad en la fuga. ¿Quién se atrevería a desdecir al Santo Oficio? ¿Quién tendría la osadía de negar que el demonio rompió las cadenas de Rodrigo en la cárcel? Negar la intervención diabólica en el escape sería una herejía.

Posiblemente, Rodrigo no está seguro, el virrey se hizo de la vista gorda y permitió que armaran el viaje del joven hasta Nuevo México. ¿Qué daño podría hacer un soldado más en aquellas tierras?

El auto de fe, eso sí, se celebró solemnemente. Se ejecutó a un sodomita y a un pirata luterano, se castigó a varios bígamos y blasfemos y, a modo de consolación, se quemó la efigie de Rodrigo González. Su familia, por supuesto, quedó desolada y deshonrada. El chico sufre sabiendo que la sociedad mirará con horror y recelo a los González, en cuya casa creció un asesino endemoniado.

Los amigos de Goñi fueron tajantes con Rodrigo. Jamás podría volver a contactar a su familia, pero Rodrigo adivina que su padre no se habrá creído el cuento del escape por mor de Satanás. No en balde vivió en Francia, entre descreídos, y no en balde frecuentó la corte de Madrid. Incluso sospecha que su padre estuvo involucrado en el plan, y que el dinero que recibió en diversos lugares proviene de su familia. Para la red comercial de la familia González, capaz de comerciar con Manila y con Cádiz, no sería difícil abrir el camino del prófugo hacia el norte.

—La Inquisición no le tiene miedo a nadie, ni al virrey —objeta Inés.

—Ante el dinero todos se postran —responde Rodrigo.

—Yo no —replica Inés.

—Amor, ¡estás temblando! Quisiera abrazarte, pero sí, es cierto, debemos ser muy precavidos —apunta Rodrigo.

—¿Y por qué no me buscaste?

—¿Cómo iba a hacerlo, si me escapé de la cárcel creyendo que estabas muerta? Nadie me dijo nada. Escapé como tú, corriendo sin saber a dónde me llevaban.

—¿El padre Goñi no te dijo nada?

—Inés, pero si yo escapé cuando Goñi ya estaba muerto. ¡Ya te lo dije! Lo mataron el día en que tú huiste…

—Sí, supongo que el padre me lo iba a decir a mí, pero lo envenenaron. ¿Quién habrá sido el maldito?

El jesuita está nervioso. Los jóvenes están hablando demasiado, y pronto se acabará la conferencia del gobernador con Saavedra y Montúfar. Cuando salgan, Rodrigo debe estar listo e irse con ellos al fuerte como si nada especial hubiese sucedido esa noche. El sacerdote se acerca y les ordena apresurarse, pero la pareja se resiste. El jesuita insiste. Los superiores de don Rodrigo están a punto de salir del despacho de don José y se extrañarán al ver a los recién llegados intimando en el patio.

—Inés, antes de regresar al fuerte quiero decirte algunas cosas… ¿Sabes que mañana salgo a California? Está muy lejos de aquí.

—¿A dónde vas? ¿A Los Ángeles? —La mirada de Inés se ensombrece.

—Mucho más lejos. Los franciscanos descubrieron una bahía muy grande y piden soldados para defender la misión que fundaron, se llama San Francisco. Dicen que no es un desierto como este, que llueve mucho, que es un lugar muy bonito. Los jesuitas también quieren llegar allá, ellos son los que están costeando la expedición. El rey también quiere defender el lugar de los rusos. Se dice que ya merodean por ahí…

Las palabras de Rodrigo desconsuelan a Inés. Este encuentro tiene sabor de despedida.

—No te pongas triste, Inés. Vendré por ti en un año. ¿Te casarías conmigo? ¿Estarías dispuesta a venir conmigo? Don José, *tu tío*, nos dará permiso; le quiero pedir tu mano mañana mismo.

—Contigo iré al fin del mundo.

—¿Entonces sí? —El entusiasmo de Rodrigo es evidente.

—Pero ¿no va a ser muy raro que pidas mi mano así de rápido? Si ni siquiera nos han dejado abrazarnos hoy.

—Existe el amor a primera vista. Pero es cierto, tenemos que esperar. Haré carrera en California, va ser fácil. Ningún soldado quiere ir hasta allá. Y todos aquí saben que tu tío apenas te conoce. Piénsalo: no sería tan raro que quisiera darme tu mano para deshacerse de un problema. ¿Me esperarías un año?

—Claro que sí, ¡claro que sí! Te amo —contesta Inés.

—Regresaré por ti…, te lo prometo.

—¿Sabes que mi padre murió poco después de que nos aprehendieron? —pregunta Inés, en cuyo ánimo reaparece el dolor.

—Sí, lo sé. —La respuesta de Rodrigo es extraña, como si hubiese tenido que tomar aire para contestar.

—Murió porque me apresaron —dice Inés tiritando—. Los malditos llegaron a nuestra casa a sacarnos de la cama. Mi padre sufrió un ataque en la escalera, murió poco después. ¿Te imaginas? Ni siquiera pude enterrar a mi padre, porque yo estaba en un calabozo sin saber de qué me acusaban.

—Inés, te tengo que decir algo, es muy grave.

—¿Que somos muy pobres? No me importa, Rodrigo, no me importa. Estoy loca por ti desde esa noche en que te vi afuera de la catedral. ¿Te acuerdas? Había luna llena.

—Inés, perdóname, por favor…

—¿Qué tengo que perdonarte? —pregunta ella.

—Inés, cuando me apresaron y me acusaron de esos crímenes, me torturaron.

—Todo fue culpa de Pedro, ¡maldito! Él nos acusó a los dos. Ojalá se esté quemando en el infierno.

Rodrigo González palidece al escuchar el enojo de Inés y, balbuceante, comenta:

—Me ahogaron con el agua, me amarraron los tobillos. ¡Tú sabes cómo duele!

—Olvida eso. Se acabó ya —añade Inés, quien aún despierta a medianoche recordando el tormento del agua.

—Inés, yo no maté a nadie. No cometí esos crímenes de la Pasión. No estoy loco, no soy un asesino.

—Lo sé —responde ella—. Nunca lo creí.

—Pero encontraron en mi habitación una Biblia en francés...

—¿Eres luterano? —pregunta ella—. Eso no me importa...

—No, no soy luterano. Era sólo una Biblia que traje de Europa, y sí, la leía de vez en cuando. Pero hice algo muy malo, muy grave. El dolor era insoportable; mira mis manos, aún tienen la marca, y me lastimaron el estómago. —Rodrigo es quien ahora se tambalea.

Inés adivina lo que viene.

—¿A quién delataste, Rodrigo?

—¡Inés..., por favor. Es...!

—¿A tus amigos? ¿A quién delataste? A tu familia no, porque la Inquisición no fue sobre ellos.

—¡A ti, Inés! Dije que tú también eras luterana. ¡Perdóname! Me dijeron que me quemarían vivo si no confesaba el nombre de los cómplices. Que eras sospechosa...

La sangre se agolpa en Inés y se le quita el frío.

—¿Qué? ¿Sospechosa de qué?

—De ser luterana. Goñi era tu confesor... tenía ideas que...

—¡Maldito! —lo corta llena de ira.

—El inquisidor estaba sobre ti, que deshicieras el compromiso con Pedro te hizo ver como una... —Rodrigo no encuentra las palabras, recompone—: Fray Joaquín pensaba que eras culpable: una mujer inocente no se atrevería a romper así con las buenas costumbres. Pero tú tenías ideas distintas...

—Eres un mentiroso y un asqueroso cobarde.

A Rodrigo se le escapan algunas lágrimas que le queman los ojos como plomo derretido.

—No pude resistir... Me dijeron que sólo alargaba mi tormento. Inés, ¡por favor!, tú lo sentiste.

—Y yo nunca mentí, nunca dije nada de mi padre, ni de ti, ni de mi nana. Yo me aguanté sola con mi dolor. ¡Desgraciado!

—Inés, perdóname.

—Infeliz, ¿tú metiste la Biblia en castellano en el despacho de mi padre?

—¿Qué Biblia? —pregunta Rodrigo.

—No disimules, desgraciado, confiésalo. Tú escondiste una Biblia en español en mi casa para involucrarnos en tu herejía.

—¡No! ¡No! De eso no sé nada, debe de haber sido Pedro o alguien más. Nunca te hubiera hecho eso. Perdóname, perdóname. El tormento era espantoso. Me asfixiaba.

—¡Cobarde! Levantaste un falso testimonio contra mí. Yo no mentí en el tormento ni delaté a nadie. Me desgraciaron las muñecas y las rodillas, y tragué agua como tú, pero yo no soy una mentirosa.

El jesuita se acerca a la pareja para obligarlos a entrar en la casa calladamente. Están desvariando y la historia puede acabar muy mal si la pareja discute frente a los extraños.

—¡Me dijeron que me iban a quemar vivo! Por favor, compréndeme. Levanté un falso testimonio, mentí, merezco el infierno —exclama Rodrigo—, pero perdóname.

—Mi papá murió por tu culpa. ¡Por tu culpa, asqueroso gusano! Me quedé sin familia, sin amigas, sin casa. Y yo que creía que todo había sido culpa de Pedro. Tú no eres mejor que ese desgraciado. Ojalá te hubieran quemado vivo. Te lo merecías, maldito.

—¡Perdóname! Sí, cometí perjurio; les dije que yo te estaba enseñando a leer la Biblia. No pude resistir.

—¡Lárgate mañana a California y ojalá que te maten los indios!

Inés entra corriendo al palacio, dando tropezones, rumbo a su habitación. El jesuita saca un pañuelo y se lo ofrece a Rodrigo para que se limpie los ojos llorosos. ¿Qué diría la gente si viese llorar a un teniente de caballería en Nuevo México?

39

CALIFORNIA

A pesar del largo viaje, Inés no concilió el sueño. Su primera noche en el palacio del gobernador de Nuevo México fue infernal. Lloró hasta que los ojos se le reventaron recordando a su padre, sus amigas, su casa. Pensó en la celda húmeda del Santo Oficio, donde durmió durante semanas al lado de un balde donde defecaba y orinaba. Revivió cómo la aventaron en el calabozo, sin decirle de qué se le acusaba. Recordó el pan mohoso que comía entre la fetidez de sus propias heces; las cobijas raídas y piojosas en las que durmió; el ir y venir de las ratas, que fueron su única compañía además de las moscas; las penumbras perpetuas de la cárcel y las miradas de desprecio de sus carceleros. Pero, sobre todo, la incertidumbre. ¿De qué se le acusaba? ¿Por qué estaba ahí?

Siempre había pensado que Pedro, llevado por los celos, la había acusado falsamente de hechicería, blasfemia o algo parecido. En cuanto enfrentó a los jueces, les comunicó que él, y no otro, la malquería. Esa estrategia, le aconsejó alguien, es la mejor defensa. Adivinar la identidad del denunciante anónimo y descalificarlo ante el Tribunal incrementaba las posibilidades de salir absuelto. Era bien sabido que ella había roto su compromiso con el hijo del conde de Heras y Soto y que, por ende, don Pedro querría vengarse de ella denunciándola ante la Inquisición. Pero la estrategia nunca funcionó, y ayer comprendió el motivo. Rodrigo González la había denunciado.

¿Y la Biblia que los alguaciles encontraron en su casa? ¿Quién la había puesto ahí? Rodrigo aseguraba que no había sido él. ¿Pedro? Al final era lo de menos. Lo importante no era el libro, sino que alguien la había acusado de luterana.

Rodrigo, no Pedro, provocó la tragedia. Ojalá nunca se hubiese topado con él afuera de catedral, ojalá nunca hubiese aceptado encontrarse con él en el Salto del Agua. Ojalá hubiese obedecido a su padre, que le decía que el matrimonio no es cuestión de amor, sino un contrato entre familias.

Y ahora, quién iba a decirlo, el padre Goñi se las había arreglado para reunirla con Rodrigo en Nuevo México. ¡Pobre Goñi! Salvó a la víctima y al acusador sin saberlo. Inés odia a Rodrigo, ¿cómo no odiarlo? Pero también imagina las torturas a las que debieron de someterlo. El estiramiento del potro es atroz, se descoyuntan las articulaciones y los huesos, pero es peor el tormento del agua. La obligaron a beber tanto que no pudo comer nada durante tres días.

—¡Luterana!, ¿quiénes son tus cómplices? —le preguntaron mil veces los jueces, auxiliados por el verdugo.

—No sé de qué me hablan —respondía ella con voz apagada.

—Alivia tu conciencia, salva tu alma y tu cuerpo. ¡Confiesa! —insistían los inquisidores—. ¿Quiénes son tus cómplices?

—No sé de qué me hablan.

Inés no confesó nada porque no tenía nada qué confesar. No denunció a nadie, porque no quería escapar de ese infierno colocando a otro inocente en su lugar. Rodrigo, en cambio, mintió, levantó falso testimonio, la delató ante el Tribunal. Seguramente, piensa Inés, el tormento que le aplicaron a Rodrigo fue más duro que el sufrido por ella. Posiblemente a él lo amenazaron con más fuerza, con más castigos, con más crueldad. El cuerpo es débil y el carácter quebradizo. La joven se ha forzado durante toda la noche para comprenderlo y disculparlo. ¿Cuánto habrá sufrido en su cuerpo si acabó denunciándola a ella? Lo odia con todas sus fuerzas, pero aún siente algo por él.

Inés ha perdido todo. Durante unos minutos fue feliz cuando se encontró con Rodrigo; poco le duró la alegría, que ahora se ha convertido en una amargura cáustica. Ella quisiera perdonarlo, amarlo, pero no puede, simplemente no puede. ¿Cómo borrar el pasado? ¿Cómo conseguir olvidar la traición? ¿Por qué Rodrigo González no fue lo suficientemente fuerte? ¿Y ahora qué hará? ¿Qué sentido tendrá su vida sin amar? Inés tiene miedo a la soledad, hija legítima del rencor. Lo sabe por experiencia. El rencor es como el alcohol en la boca del sediento: mientras más bebe, más se reseca el cuerpo. Pero ella no puede perdonar a quien le arruinó la vida. Deberá sobrevivir el resto de sus días con el alma reseca por el odio.

Afuera del palacio, el pueblo se despereza e Inés decide levantarse. La vida en Santa Fe comienza más temprano que en otras regiones de la Nueva España. Incluso antes de que los gallos anuncien la salida del temido sol, las polvorientas calles están llenas de gente que va y viene. En los jacales de indios y mestizos, las mujeres muelen maíz en los metates para el atole y las tortillas. El olor del mezquite quemándose y de la masa suave y untuosa perfuma el ambiente. En las casas de los criollos, se preparan tortillas de harinas de trigo y frijoles con trozos de tocino; son tortillas de agua, sin manteca, pequeños soles dorándose en los comales. En estas tierras el pan es un pequeño lujo que se reserva para los domingos y ocasiones especiales.

Los aguadores se surten en los pozos públicos para distribuir el agua en las casas más acomodadas. Los herreros avivan el fuego en las fraguas, en Santa Fe abunda el trabajo para ellos. Cuando una herramienta se estropea es difícil reponerla; los costos del viaje incrementan el precio de picos, azadones y palas. En Nuevo México no hay espacio para el desperdicio. Las herramientas, como la ropa, desaparecen a fuerza de usarse.

Las campanas de las iglesias y capillas repican llamando a misa, y si bien el número de templos es pequeño comparado con las docenas que hay en Puebla y México, aquí los fieles son más piadosos. Quienes asisten a misa no acuden para chismorrear, sino para rezar. En esta región hace falta rezar mucho y trabajar el doble para sobrevivir. No sobra el agua como en Michoacán, ni abunda la plata como en Taxco. Tampoco hay esclavos negros ni castas que trabajen gratis para los blancos. Los indios, en su mayoría tlaxcaltecas, viven en estas tierras como hombres libres y, frecuentemente, son más orgullosos que los criollos. Pocos españoles se aventuran a estas tierras, la mayoría de esos señoritos prefieren las comodidades de las grandes ciudades del centro. Mucho mejor. En Nuevo México se mira con recelo a quienes nacieron en la península. ¡Qué van a saber ellos del trabajo duro!

Los habitantes de esta provincia están seguros de que, más temprano que tarde, el resto del reino se referirá a Santa Fe y Albuquerque con respeto y admiración. Aquí se puede criar bien el ganado, especialmente borregos y cabras. Hasta los más pobres comen carne a diario. Cada año, en la feria de San Juan de los Lagos, los sureños quedan pasmados con los enormes rebaños que conducen hasta esos parajes los rancheros de Nuevo México; ni siquiera los rebaños de los texanos pueden competir con ellos.

A pesar de todo, Madrid clasifica a esta provincia como *tierra de misiones*. La iglesia de San Miguel, por ejemplo, todavía recibe el nombre de *misión*, pero es por pura conveniencia de los franciscanos que la atienden, pues los misioneros gozan de más libertades que otros sacerdotes. Todos los pobladores de Santa Fe son cristianos desde hace varias generaciones.

Cómo les molesta a sus habitantes que los arrogantes sureños imaginen Santa Fe como un mugriento e insignificante villorrio. Ciertamente aún no hay catedral, pero tampoco la hay en Guanajuato ni en Zacatecas, y nadie se burla de esas ciudades.

En el patio del fuerte, los soldados de menor rango dan de comer y beber a los caballos. Los arrieros cargan las mulas con las vituallas. Deben llevar muchas provisiones, especialmente pólvora y balas, porque no saben con qué peligros se enfrentarán cuando lleguen a California. Los tlaxcaltecas que acompañarán a los expedicionarios tienen listos sus bultos, y van armados con lanzas y flechas porque no se les permite usar armas de fuego.

Rodrigo vigila los preparativos como mejor puede. Poco sabe de tales menesteres, casi no tiene experiencia. Sabe más de dialéctica y retórica que de pistolas y fusiles. A pesar de ello, hoy debe asegurarse de mantener la pólvora segura.

El chico está destrozado. ¿Cómo podría Inés perdonarlo? Se hubiese callado y mantenido el secreto. ¿Quién se iba a enterar de que, cuando lo torturaron, él había soltado el nombre de Inés? La denunció falsamente para que los inquisidores lo dejasen morir tranquilo en su celda. ¿Por qué le confesó su traición a Inés? No, no podía esconderle ese secreto a la mujer a la que ama.

De buena gana, Rodrigo se dejaría morir de hambre. Es un exiliado sin historia, sin amigos, sin un motivo para seguir adelante. Con todo, intentará seguir. El tiempo no cura ninguna herida, pero sí nos enseña a convivir con la tristeza. Le da lo mismo que lo maten los indios bravos, o que llegue a ser gobernador de la Nueva California.

¿Rodrigo, militar? Por azares de la vida, sirvió al rey en Acapulco. Apenas tenía catorce años. Su aventura militar fue efímera, pero su padre quería que viviese esa pequeña experiencia para fortalecer su carácter. En el ejército se limitó a leer mapas y a auxiliar al capitán del fuerte de San Diego con el omnipresente papeleo burocrático. Jamás vio disparar un cañón, y eso que el fuerte está perfectamente artillado. En realidad, Acapulco sólo tiene importancia una vez al año, cuando arriba la nao de Manila. Por lo demás, a ningún pirata se le ocurriría ir a ese inmundo e insalubre pueblo. En menos de un año, su padre lo trajo de regreso a México para que estudiara en la universidad, donde su corta trayectoria militar lo dotaba de un halo de hombre experimentado. Ahora Rodrigo teme cometer algún error garrafal: carece de experiencia real y la tropa lo intuye. «¡La pólvora! Maldita pólvora, con el calor se puede prender...», piensa el joven. Aunque lo mismo le da que las municiones le estallen en el rostro. Poco tiene que perder, pero no quisiera causar la muerte de otros. Ha perjudicado a demasiadas personas como para seguir provocando muertes. Salvó su vida. Escapó de donde nadie escapa. Se exilió al final del mundo para encontrarse con Inés. Encontró el tesoro que creía perdido y lo ha vuelto a perder.

—Tenía que decírselo, tenía que decírselo —se repite a sí mismo—. ¡Carajo!, yo la acusé, soy un cobarde asqueroso. ¡Soy un puto de mierda! Dije una asquerosa mentira para salvarme del quemadero. ¡Qué poco hombre fui! Pero me dolía mucho, el vientre estaba a punto de explotarme y tenía los brazos descoyuntados, tronando como cuero viejo. ¡Malditos desgraciados, los odio! Que se pudran en el infierno. ¿Por qué me torturaron? Ellos tienen la culpa. Yo no quería acusarla. Ella no hizo nada. Me quedé sin Inés. ¡Que me maten los indios!

Los soldados se arremolinan impacientes en torno a la recua, quieren partir antes de que el sol pegue fuerte para ahorrarse unas horas de calor. Canalizan su nerviosismo haciéndose bromas soeces que salvan momentáneamente a Rodrigo de su tormento interior. El joven está demacrado, no pudo dormir ni un segundo durante la noche. Los aullidos de los coyotes multiplicaron su insomnio. Coyotes. Búhos. Perros. Y la voz de su conciencia, que lo acusaba de perjurio. Ni siquiera en la cárcel se sintió así de solo, ni siquiera cuando se enteró de la supuesta muerte de Inés.

El aire comienza a calentarse. Las campanas dejaron de tañer. En el cielo aparecen los zopilotes, ansiosos por apoderarse de los pellejos que dejan los matanceros en los corrales.

La expedición debió partir hace un rato, pero el capitán Montúfar retrasó la salida para esperar al gobernador. Después del regaño de ayer en la noche, Montúfar no quiere dar un paso en falso. Prefiere cumplir el protocolo y que don José en persona autorice la partida. La burocracia domina el Imperio español.

Esta expedición puede convertirse en su triunfo definitivo. La Alta California es inmensa y se necesitará un segundo gobernador para los territorios que hay más allá del pueblo de Nuestra Señora de los Ángeles. Montúfar piensa que si cumple con su deber, recibirá ese nombramiento.

El viaje es incierto y peligroso. El gobernador y Montúfar saben que cabalgar desde Santa Fe hasta el Pacífico es una insensatez. Lo razonable hubiese sido seguir la ruta del mar, navegar desde Acapulco o San Blas hasta llegar a San Diego, California; desde ahí seguir por tierra el camino de las misiones, Los Ángeles, Capistrano, Santa Mónica. Pero el virrey ordenó que debe abrirse una ruta entre Santa Fe y la supuesta bahía de San Francisco. Las noticias que se han recibido sobre esta son confusas. Conviene contar con un puerto seguro y fortificado al norte de la Nueva España. Los rumores sobre rusos merodeando por América son cada vez más insistentes. El virrey no quiere arriesgarse a perder territorio, permitiendo que el zar colonice la Alta California. Bastantes problemas enfrenta Su Excelencia, con los ingleses acechando en Nevada y el norte de Texas, como para perder territorio frente a Rusia.

¿Cómo cruzarán el mítico río Colorado? Montúfar no lo sabe, pero hallará la manera. Si por él fuese, llevaría tropa veterana, curtida en el desierto, pero uno ha de adaptarse a la realidad; se lucha con lo que se tiene a mano. Sabe, además, que los peligros forjan los cuerpos y templan los corazones. Alguna vez él también fue un novato. Los soldados que comanda son jóvenes inexpertos, comenzando por el tal Fernández, que apareció de la nada. Es su segundo al mando y lo sustituiría si muere. *Don Rodrigo Fernández* es el hombre de confianza del gobernador. Al parecer, el joven sirvió en el fuerte de San Diego que defiende Acapulco. Cada servicio tiene lo suyo. Algunos cruzan los desiertos entre indios bravos y serpientes, otros montan guardia entre mosquitos y piratas.

—¡Fernández! —grita Montúfar—. ¿Está listo todo? Saldremos en cuanto lo ordene Su Excelencia.

—Sí, señor, sólo faltan algunos bultos —responde Fernández.

—Apura a esos haraganes. Te dije que quiero que todo esté listo —insiste Montúfar—. Su Excelencia está por llegar.

Desde el puesto de vigilancia avisan que se acerca el carruaje del gobernador. Cuando se mueve por la ciudad, don José viaja únicamente con un cochero y un mozo de estribos. Faltan soldados en esta vasta provincia como para desperdiciarlos en escoltas de honor.

El pesado portón del fuerte se abre. Fernández llama a sus hombres para presentar armas, y lo hace con tal torpeza que se lleva otro regaño de Montúfar. «Dos errores en una hora son demasiado hasta para un novato imbécil —se lamenta el capitán para sus adentros—, espero que este idiota no me dé más problemas».

El carruaje negro, sobrio, de un caballo, sin más lujos que los cristales y los asientos acojinados, se detiene a la mitad del patio dejando tras de sí una estela de polvo. Los faroles del carro aún están encendidos, aunque sobran ahora.

El mozo, un mestizo fornido, baja el estribo y abre la puertecilla. Primero sale el secretario cargando un cartapacio; a continuación, desciende el jesuita, que viene a bendecir a la tropa; finalmente, el gobernador. Adentro se queda una cuarta persona.

Don José viste una casaca de terciopelo azul y peluca blanca con coleta y moño. Se nota a leguas que le costó madrugar después del banquete de ayer. Montúfar, el secretario y el gobernador intercambian algunas palabras más o menos solemnes. La tropa formada contempla la escena. El capitán recibe del secretario el nombramiento firmado y las órdenes que debe cumplir. Si en seis meses Montúfar no se ha encontrado con los franciscanos en la costa de California, debe regresar a Santa Fe. Así fue acordado previamente. Este acto es mera formalidad; el militar conoce de sobra las órdenes, pues una expedición no se improvisa.

El jesuita aprovecha la ocasión para recordarle delicadamente a Montúfar que la Compañía de Jesús costea este viaje. Los franciscanos son demasiado pobres para pagar una expedición así, y ya tienen suficiente trabajo con evangelizar Texas. El gobernador sonríe: «Estos jesuitas no dejan pasar una». Los militares se hincan para recibir la bendición del sacerdote, tras lo cual Montúfar ordena romper filas para que los soldados beban un poco de agua antes de partir.

—Capitán —dice el gobernador—, pídale a Fernández que se acerque a mi carruaje.

Desconcertado, Montúfar transmite la orden a su subalterno. ¿Quién lo espera ahí? El chico obedece de inmediato.

—¡Inés! —grita con sorpresa don Rodrigo al encontrarla en el interior.

Ella le ordena con el dedo que guarde silencio. Su mirada es dura y helada.

—Perdón… — musita él.

—Rodrigo, no sé si alguna vez pueda perdonarte lo que me hiciste —le dice Inés.

—Lo comprendo —asiente Rodrigo.

—No, no lo comprendes. Arruinaste mi vida por cobarde. ¿Qué diría el padre Goñi de todo esto? —pregunta Inés.

—Inés, perdóname, por favor.

—Por tu culpa me encarcelaron —le responde ella.

—Yo no puse la Biblia en tu casa. ¡Te lo juro!

—Eso es lo de menos. Tú me acusaste de hereje. Tú los llevaste a mi casa, infeliz. ¿Sabía eso el padre Goñi? Si lo hubiese sabido, te habría dejado en la cárcel para que te pudrieras con las ratas.

—El padre Goñi se murió confesando a mi amigo Ignacio. Él siempre creyó en el perdón. ¿Cuántas veces te confesó a ti?

—Ni Ignacio ni yo levantamos falso testimonio —responde Inés, quien, al igual que Rodrigo, no sabe de la muerte de Fagoaga ni del papel que este jugó.

—Inés, por favor...

—¿Perdonarte? ¿Y eso de qué serviría? ¿Me devolverá mi vida? ¿Regresará a mi padre a la vida? —pregunta Inés con voz cansina—. Además, aunque te perdonara, nunca podría volver a amarte. El pasado nunca se puede borrar.

—¿Crees en Dios? —pregunta Rodrigo a su vez.

—¿Después de lo que me hizo la Inquisición? —replica Inés—. ¿Tú crees en Él?

—Si Dios existe, Él te ayudará a perdonarme —afirma Rodrigo.

—¿Perdonarte? Sería un gran milagro que yo te pudiera perdonar por todo lo que me hiciste a mí y a mi padre.

—Inés, yo sigo creyendo en Dios y sé que Dios te va a dar la fuerza para perdonarme.

—Pues *tu* Dios no te dio la fuerza para resistir el tormento. ¡Me levantaste un falso testimonio! ¿Dónde estaba Dios ese día? ¿Estaba durmiendo?

—Por favor, no culpes a Dios de mi debilidad —pide Rodrigo—. Mira, sé que no puedo hacer nada para remediar el daño que te hice, lo único que puedo hacer es pedirte perdón.

—No debí haber venido a verte. Ojalá te mueras en el desierto —le espeta Inés, adolorida por la soledad que le espera de por vida, sin nadie a quien amar.

—Inés, pídele a Dios la fuerza para perdonarme. No te la puede negar —le dice Rodrigo—. Yo también estoy aprendiendo a perdonar, Dios me lo va enseñando.

—A Dios no le volveré a pedir nada nunca más —blasfema Inés.

—Aunque no se la pidas, ya verás: Él te dará la fuerza para perdonarme.

Ella se queda pensando. Calibra sus palabras. Medita. Pondera sus pensamientos. Satán está a su lado. Pero también Dios. Una rara sonrisa, extraña mezcla de sarcasmo, dolor y ternura, aparece en su rostro quemado por el sol. Doña Inés Goicoechea suspira profundamente y le dice:

—Dejemos que pase un año. Si no te matan los indios y si yo no me he muerto, quizá podamos volver a platicar. Quizás ese Dios en el que crees pueda hacer ese milagro, sería su primer milagro en la historia. Pero yo, que te quede claro, yo no se lo voy a pedir.

—Pero yo sí, Inés, yo se lo voy a pedir todos los días. Dios, ya lo verás, tiene la última palabra. Él te ayudará a perdonarme.

Montúfar se despide del gobernador y le ordena a Rodrigo:

—¡Fernández! ¡Llama a la tropa! ¡Ya nos vamos!

El caballo de don Rodrigo hunde sus patas en las arenas de Nuevo México, tan ardientes como las calderas del infierno.

40

MÁS LÁUDANO

Convento de Santo Domingo, Ciudad de
México, a 6 de diciembre,
anno Domini 17...

Hace poco más de un año que asesinaron al padre Goñi (q. e. p. d.),
y tantas cosas han cambiado desde entonces que me siento verdaderamente abrumado y confuso. El insomnio me está matando, he ba-
jado de peso, el pulso me tiembla y continuamente sufro de vahídos
y sofocos. Un desgano profundo me acompaña en todo momento y
he perdido el apetito casi por completo. Me alimento de chocolate,
vino de Jerez, y algunos dulces que me mandan las monjas; sé que me
estoy haciendo un poco caprichoso. Sin embargo, el padre prior tolera mis debilidades «con tal de que usted coma algo, que se está quedando en los huesos». Hay días en que he de hacer un descomunal
esfuerzo para salir de mi celda, pues de buena gana me quedaría encerrado en ella, llorando todo el día sin un motivo concreto. Sea por
Dios.

El padre prior está muy preocupado y me ha dispensado indefinidamente de rezar en comunidad las horas litúrgicas; tampoco tengo
ánimo para oficiar la santa misa y he de contentarme con escuchar la
que celebra para mí alguno de los hermanos. Mi confesor también
está muy preocupado y me ha advertido que no se trata de la *noche
oscura del alma*, esa prueba enviada por Dios a los religiosos, sino de
un agravamiento de mi melancolía. En el Tribunal, mi ausencia se

nota cada vez más, aunque procuro ir al palacio por lo menos una vez a la semana. La verdad, sin embargo, es que apenas si tengo fuerzas para leer los expedientes y he optado por dejar casi todo en manos de mi secretario y de los calificadores.

Don Eusebio me ha dicho que no puede hacer nada más por mí y que debo reducir la cantidad de láudano que estoy tomando. Le parece que estoy abusando del vino y de la medicina para intentar dormir; cuando le digo que me prescriba otro remedio, simplemente me dice que no lo hay. A veces pienso que se alegra de mi enfermedad. He de resignarme, pues, a sufrir la melancolía.

Cuando don Eusebio me revisa, es cortés y minucioso; sin embargo, no hay en su trato el menor gesto de compasión. En ocasiones llego a pensar que le alegra verme en este estado de postración. Le he comunicado al padre prior esta inquietud, y él me ha reconvenido: «Fray Joaquín, ¡eso es un juicio temerario! No se deje llevar por su estado de ánimo y confíe en él».

Ayer, como excepción, pude dormir. Sin embargo, tuve un sueño inquietante del que no he podido olvidarme. Soñé que estaba paseando por la huerta del convento mientras rezaba el santo rosario. Al llegar a la pequeña ermita de la Virgen que está al lado del estanque, me hincaba y, de repente, la imagen comenzaba a moverse y me ofrecía sus brazos en actitud maternal. Yo comenzaba a llorar emocionado por ese privilegio.

Sin embargo, en el último momento, Nuestra Señora volteaba su rostro hacia el otro costado y miraba al padre Goñi, que había salido quién sabe de dónde. Lucía esa sonrisa taimada que durante años le franqueó la puerta de los palacios de México. El jesuita levantaba sus manos hacia Nuestra Señora y, justo en el momento en que sus dedos rozaban los de la Virgen, aparecía el demonio y se lo llevaba.

Yo presenciaba la escena pasmado, sin saber qué hacer salvo agitar mi rosario contra el demonio. No, no le veía el rostro a Satanás; es más, ni siquiera podría decir si tenía figura humana. En los sueños, casi todo es absurdo. Sin embargo, yo sí sabía que se trataba del demonio, aunque no le viese el rostro. Era como una sombra que arrastraba al padre Goñi, que desaparecía ante mis ojos como si se lo tragase un pantano. Nuestra Señora, con lágrimas, le extendía las manos intentando salvarlo mientras el jesuita se sumergía gritando en ese pozo oscuro. Yo alcanzaba a ver sus ojos enloquecidos por la desesperación. Al final, desaparecía sin que pudiéramos hacer nada. Y entonces vino lo peor: Nuestra Señora me miraba de nuevo y me decía «¡Fue tu culpa! ¡Fue tu culpa!».

En ese momento desperté sollozando y sudando frío. De inmediato me levanté de la cama; faltaba poco para el rezo de las laudes, así que me dirigí al coro para rezar y ver si conseguía hablar con mi confesor cuanto antes. Me sentí con las fuerzas suficientes para oficiar misa, así que con ayuda de un novicio celebré en un altar lateral de nuestra iglesia. Utilicé las oraciones de la misa de difuntos. Quizá las ánimas del purgatorio se estaban valiendo del sueño para implorar sufragios por el alma del jesuita.

Los hermanos se sorprendieron al verme rezando en el coro y oficiando en templo, y se congratularon creyendo que se trataba de una mejoría. Mi padre confesor me recibió al terminar el desayuno en común, y le conté mi sueño con el máximo detalle que me fue posible. Intentó tranquilizarme citando la opinión de Aristóteles: los sueños son como los remolinos que se forman en los ríos; en ellos, el agua revuelta pierde su cauce, va y viene sin tino ni concierto. Análogamente, nuestras sensaciones y recuerdos más disparatados se revuelven en la noche, dando origen a esas fantasmagóricas representaciones. Los cristianos hemos de evitar interpretar los sueños, pues raramente Dios se vale de ellos para comunicarnos algo.

—Quizá —me dijo— es un efecto del láudano. Consulte usted con su médico.

Sea como fuere, mi deber como cristiano es ofrecer sufragios por el alma del jesuita. ¡Un año hace que murió asesinado! Su Excelencia el Virrey tomó cartas en el asunto con toda energía. Lógicamente, yo me opuse a que la autoridad civil investigase, por cuanto el crimen pertenecía a la jurisdicción eclesiástica. Se había asesinado *a un clérigo* y el acto se había perpetrado *dentro de un templo*: era muy claro que le correspondía a la Iglesia, y no a la Corona, conocer del asunto. Sin embargo, Su Excelencia Reverendísima el Señor Arzobispo no me secundó y permitió que fuesen los laicos quienes tomasen las riendas. Me opuse con todas mis fuerzas y apelé al fuero eclesiástico, pero todo fue en vano. Aquello fue un atropello contra el derecho de la Iglesia. Después de airadas discusiones, lo único que gané fue otro enfrentamiento con Su Excelencia Reverendísima, que estaba dolido y furioso por el terrible crimen. Él quería vengarlo personalmente. Quienes mejor conocen a Su Excelencia, dicen que no es el mismo desde ese día. Sigue sorprendiéndome el poder de fascinación que el padre Goñi ejercía sobre las almas. ¡Si tan sólo hubiese usado ese don de Dios a favor de una buena causa!

La ciudad entera se conmovió al enterarse del crimen y de inmediato corrieron los rumores más disparatados: que si habían sido los judíos, que si un pirata holandés, que si los luteranos, que si había sido Rodrigo González. La noche del asesinato, las casas se cerraron a cal y canto, y todos los vecinos pusieron faroles y antorchas afuera de sus moradas para protegerse del *asesino de la Profesa*. Mientras tanto, los alguaciles interrogaban a cualquier persona que tuviese algo que ver con el jesuita y con el hijo del marqués. Su Excelencia el Virrey, escoltado por sus alabarderos, acudió en persona al templo para enterarse de lo que había sucedido.

Dos días después de su muerte, sepultaron al padre Goñi en el templo de San Pedro y San Pablo, en cuyo colegio había vivido. Al sepelio acudieron personas muy notables: la condesa de Miravalle, el rector de la universidad, un nutrido grupo de catedráticos, los marqueses de Sierra Nevada, varios oidores de la Real Audiencia, el marqués de Acapulco, el cabildo de la ciudad y muchos otros. La ausencia del conde de Heras y Soto fue muy notoria, y se convirtió en la comidilla de todos; era ya del dominio público el enfrentamiento entre el conde y el jesuita.

Presidió el funeral Su Excelencia Reverendísima el Señor Arzobispo de México, y estuvieron presentes los superiores de todas las órdenes, varios canónigos de la catedral y, por supuesto, los miembros más conspicuos de la Compañía de Jesús. El templo estaba tan lleno que no cabía ni un alfiler. Había pensado excusarme; sin embargo, los calificadores del Santo Oficio me aconsejaron asistir, pues mi ausencia daría pie a habladurías. Viendo aquella multitud, uno hubiese pensado que el padre Xavier Goñi era un santo; bien sabía yo el daño que el jesuita había hecho a las almas con sus rebeldías e intrigas.

El féretro se mantuvo cerrado, pues, a decir de don Eusebio, el veneno estaba corrompiendo el cuerpo rápidamente y el hedor ya era insoportable, a pesar de la cal y el azufre con el que habían espolvoreado el cadáver. Entiendo que se le enterró con una casulla negra, bordada en plata, regalo de Su Excelencia el Virrey. ¡De nada valen las joyas cuando uno se enfrenta al Justo Juez!

La Real Sala del Crimen apresó de inmediato al sacristán. ¿Quién sino él pudo envenenar el vino? Don Eusebio no titubeó al señalar que Ignacio Fagoaga y el padre Goñi habían sido envenenados con la misma sustancia. El marqués del Apartado clamaba venganza y, al igual que Su Excelencia el Virrey, querían descuartizar al acusado a la brevedad.

Rastros del veneno fueron encontrados en el cáliz con el que, poco antes, había oficiado la santa misa el padre Goñi. Sin embargo, a pesar de que se le interrogó repetidas veces en el tormento, el sacristán negó haber envenenado al jesuita. ¡Cómo me enoja que no se me haya permitido estar presente en los interrogatorios! Tengo gran experiencia en ellos, y sé distinguir cuando un reo miente y qué tanto se le puede atormentar sin enloquecerlo. El tormento, como toda medicina, debe usarse en la justa medida. Me dicen que Su Excelencia el Virrey y el marqués del Apartado quisieron estar presentes en el interrogatorio y que, a pesar de que el potro rompió los tendones del sacristán, este se mantuvo firme en su dicho: él nada había tenido que ver.

Desde el primer momento, dudé de que el sacristán estuviese involucrado en el crimen. Sin embargo, ni Su Excelencia ni los magistrados de la Real Sala del Crimen se dignaron a prestar oídos a mis sospechas. Se lo pregunté una y otra vez: ¿por qué el sacristán mataría a alguien a quien respetaba y amaba? ¿Cuál era el motivo del sacristán para cometer el doble crimen?

La clave de todo estaba en determinar cómo había llegado el veneno al cáliz. Los magistrados, urgidos por la furia de Su Excelencia, no quisieron atender el punto. Se lo expliqué: sólo tres personas tuvieron acceso a las vinajeras, el padre Goñi, el sacristán e Ignacio Fagoaga, quien hizo las veces de acólito en esa última misa. Ellos tres, y sólo ellos, tuvieron acceso al vino, que provenía de una botella recién abierta en la que no se halló veneno.

Concedamos que el sacristán envenenó el vino que consumió el padre Goñi en misa; ¿cómo, entonces, se envenenó a don Ignacio? El mozo no bebió vino y tampoco comulgó, según atestiguaron las mujeres que asistieron a esa misa. Sin embargo, murió víctima de la misma sustancia y casi al mismo tiempo que el jesuita. ¿Qué otra posibilidad queda?

Recurrí a Su Excelencia Reverendísima el Señor Arzobispo, quien tampoco quiso atender a mis razonamientos.

—Si el sacristán no envenenó el vino, ¿quién fue? —me dijo.

Y yo me atreví a responderle lo que pensaba:

—Ignacio Fagoaga.

Su Excelencia dio un manotazo en el escritorio.

—¡Fray Joaquín! ¿Cómo se atreve a hacer tamaña acusación? La daré como no escuchada.

Tengo la certeza de que don Ignacio fue quien envenenó al sacerdote y que se suicidó. Simplemente no existe otra explicación lógica, aunque, sin duda, deja muchos cabos sueltos. Comprendo que los magistrados no se hayan atrevido a explorar esta posibilidad, que haría añicos la reputación del difunto. Por lo pronto, se le hubiese debido negar el entierro eclesiástico como suicida y eso los hubiese enfrentado al poderoso marqués del Apartado.

Sin embargo, mi conjetura (por así llamarla) no explica por qué el mozo querría la muerte del padre Goñi. No existía entre ellos mayor trato ni familiaridad alguna. Muy extraño es que don Ignacio se hincase en el confesionario del jesuita poco antes de su muerte. Sé por experiencia que los nobles sólo se confiesan con su capellán doméstico o con un sacerdote de confianza; no entran a un templo a confesarse con el primer sacerdote que se encuentran. Don Ignacio, al igual que su padre, el señor marqués, no frecuentaba a los jesuitas sino a los franciscanos. ¿De qué habrán hablado en el confesionario? No lo sabremos sino el día del juicio final.

¿Por qué don Ignacio, un joven devoto, habría cometido el sacrílego crimen de asesinar a un sacerdote y por qué se habría dado muerte a sí mismo? No lo sé, quizá fue una sugestión diabólica, quizá locura. Sólo Dios sabe qué pasó por la cabeza de aquel mozo tan inteligente. Es terrible saber algo y no poder demostrarlo. Estoy convencido de que Ignacio cometió el crimen y, sin embargo, no pude ni podré hacer nada al respecto.

Me pidieron que concelebrara el funeral de don Ignacio junto con Su Ilustrísimo Señor Arzobispo, y el Reverendísimo Señor el Superior de los franciscanos. Como no podía negarme sin armar un escándalo mayúsculo, hube de aceptar con la intención de excusarme en el último momento. Y así lo hice: horas antes de la misa de réquiem, me disculpé aduciendo una fuerte diarrea y un vómito persistente. Sé que mentí y engañé, sin embargo, no vi otra salida. Ni podía negarme ni podía en conciencia asistir a la ceremonia de un difunto de quien yo sospechaba que era sacrílego, asesino y suicida.

Lógicamente, la ceremonia fue más suntuosa que la del padre Goñi, aunque de poco vale toda la plata y el oro del mundo a la hora de enterrar a un hijo. La muerte nos iguala a todos, como gustaba de repetirme mi querido protector, don Matías: «Joaquín, todos nos pudrimos igual, lo mismo da que nos entierren en un ataúd de caoba o que nos envuelvan en un petate. Al final, hijo mío, nos devoran los mismos gusanos».

Asistió el virrey, la Audiencia en pleno, el ayuntamiento, el cabildo catedralicio, no faltó ninguna persona de categoría ni ningún funcionario de importancia. ¡Cómo iban a faltar al entierro del hijo de uno de los hombres más ricos de la Nueva España (y quizá del mundo)! El cuerpo fue sepultado en la capilla de Aránzazu en el Convento Grande de San Francisco. El conde de Heras y Soto, hermanado por el dolor, acompañó al marqués durante la ceremonia. Menuda historia: tres amigos, dos de ellos muertos, y el tercero, prófugo del Santo Oficio. ¡Vaya tragedia! ¡Pobres mozos! ¿Quién habrá pervertido a quién?

Ignacio Fagoaga sigue siendo un misterio para mí y reconozco que me estremece pensar en él, siempre tan comedido y obsequioso. Fue él quien denunció a Rodrigo por luterano pues, según contó, «una noche, muy en secreto, me llevó a su dormitorio y del cajón oculto de un vargueño sacó un Biblia en francés, obra de herejes, que me mostró como cosa de gran valor». No me preocupa dejar esto por escrito, porque, si bien la Inquisición protege el anonimato de los denunciantes, el propio Ignacio renunció a él cuando lo contó durante una merienda a la que yo asistí en su palacio. ¡Qué jactancia la suya! Atreverse a decir que había denunciado a un luterano, como quien cuenta sus aventuras en una partida de caza. (Lógicamente, yo mismo lo reconvine por esa impertinencia, y prometió no volverla a cometer con ese su tono tan zalamero.)

Al final, tuvimos que aceptar públicamente que el reo se nos había escapado y hubimos de *quemar in absentia* al mozo, una efigie de Rodrigo hecha de cartón y papel. Magro consuelo para la justicia. Su Ilustrísima el Arzobispo de México se enfureció con el Tribunal, y no sin motivo. Don Rodrigo no sólo era un luterano sino, además, *el asesino de la Pasión*. Curiosamente, a Su Excelencia el Virrey pareció importarle poco la fuga, mucho menos ahora que está obsesionado con el asesinato del padre Goñi. Nunca he comprendido cabalmente a Su Excelencia; supongo que por eso nunca seguí el camino del gobierno civil, sino el de la vida religiosa. Los asuntos de Estado me resultan muy extraños.

Creo que, en el fondo, Su Excelencia y yo compartimos las mismas dudas: nunca estuvimos del todo convencidos de que González fuese *el asesino de la Pasión*. De su herejía, sin embargo, no me cabe la menor duda. Yo presencié su interrogatorio y, con tal de no sufrir, denunció a otros cofrades de su secta, contra quienes tomamos las medidas pertinentes. González había corrompido la fe católica de doña Inés Goicoechea.

No me extrañó demasiado que la doncella, hija espiritual del padre Goñi, anduviese en tan malos pasos. Con Rodrigo como amante y con el padre Goñi de confesor, hacía sentido que doña Inés se hubiese entregado a la herejía. Dios quiera y la mujer haya muerto en gracia de Dios. Los informes que recibí no son halagüeños, pues parece que doña Inés se negó a reconocer sus errores y pecados. Si cedí y permití que la enterraran en una iglesia, fue sólo porque aún no se había dictado condena contra ella...

Debí haber actuado contra el jesuita sin temor a sus amigos secretos. Creo que el sueño que tuve tiene que ver con ello. Si yo hubiese sido valiente, quizás el padre Goñi estaría vivo en un calabozo del Santo Oficio, reconsiderando las torpezas de vida. Soy, de alguna manera, culpable de que el jesuita no se haya enmendado a tiempo.

El castigo es medicina y yo tuve miedo de castigarlo. No quise granjearme la animadversión de sus protectores ni exponer al Santo Oficio a la pública vergüenza.

El padre Goñi, ciertamente, poseía información sobre algunos deshonestos funcionarios del Tribunal y me amenazó con denunciarlos ante Su Excelencia el Virrey. Caí en su juego pérfido, y hoy comprendo que me equivoqué. Yo mismo debí haber visitado a Su Excelencia para denunciar a tales rufianes; la reputación de la Inquisición no depende de la calidad moral de sus funcionarios, sino de la santidad de sus fines.

Lo peor de todo es que mi transigencia hizo posible la fuga de González. Su fuga, no me cabe la menor duda, fue conseguida con sobornos. Eso de que se fugó con ayuda del demonio es una fantasía de indios y mujeres. Si yo hubiese atajado desde el principio, si yo no hubiese tolerado a esos corruptos, don Rodrigo aún estaría en la cárcel. No me cabe la menor duda de que el padre Goñi preparó la fuga, pues él conocía a las manzanas podridas del Tribunal. Hay una conspiración contra la Iglesia, y el jesuita formó parte de ella. ¿Hasta dónde llegará esa red de perversidades? No lo sé, no lo sé…

He dado ya con algunos de los funcionarios menores sobornados y los he destituido; sin embargo, los bellacos han sabido defenderse bien. Por uno de esos retruécanos jurídicos, los funcionarios del Santo Oficio no pueden ser juzgados por mí, y ellos lo saben. No pueden ser sometidos a interrogatorio, y mucho menos a tormento; poco he podido averiguar al respecto. ¿Quién es el judas que tenemos en el palacio de la Inquisición? El caballo de Troya está dentro de los muros del Santo Oficio.

He ordenado una búsqueda del mozo. Daré con él y será debidamente castigado. Por muchos cómplices que tenga don Rodrigo, la Inquisición tiene muchos más informantes. Continuamente me llegan noticias e informes desde los lugares más remotos: Costa Rica, Nuevo México, Nicaragua, Yucatán, Nueva Vizcaya. No puedo permitir que un luterano se ría del Santo Oficio.

Sin embargo, como decía arriba, lo que nunca acabé de creerme es que él hubiese perpetrado los crímenes de la Pasión. Aunque los confesó en tormento, no pudo darnos los detalles precisos. Salvo del primer asesinato, el de su esclavito, del resto desconocía con exactitud lo que había sucedido: tipo de heridas, armas, lugares precisos, complexión de las víctimas. Además, su temperamento no es el de un homicida cruel que se regocija torturando mocitos. Es un luterano, no un masón y mucho menos un asesino. Sus crímenes (no menos graves) son de otra calaña. Cuando lo recapturemos, ahondaré en el asunto.

Dios me perdone por lo que voy a decir: me resulta más fácil imaginarme a don Ignacio Fagoaga (q. e. p. d.) torturando a las víctimas que a González. Había en el hijo del marqués del Apartado algo perturbador cuando me puso en la pista del *modus operandi* del asesino. Sus ojos, lo recuerdo, brillaban como el artista que se enorgullece de sus obras. Y, luego, el asesinato del padre Goñi y su propia muerte en circunstancias extrañas, justo saliendo del confesionario del padre jesuita. Tengo para mí que González no cometió los crímenes de la Pasión, como tampoco perpetró el sacrilegio de San Agustín, a pesar de que también lo confesó durante el tormento.

Por supuesto, lo que estoy diciendo sobre don Ignacio Fagoaga y los crímenes de la Pasión es una insensatez. Como sea, estoy escribiendo tonterías, conjeturas que no se leerán sino cuando yo haya muerto. Ciertamente, creo que don Ignacio tuvo que ver algo con la muerte del padre Goñi; sin embargo, eso no me autoriza a vincularlo con otros crímenes. Sí, su talante era escurridizo y serpentino, y estuvo en varias de las escenas del crimen. Tales indicios nos harían sospechar fuertemente de él, pero el mozo carecía de la robustez para cometer esas atrocidades. Aunque las víctimas fueron jóvenes (y algún borracho indefenso), para ejecutar tales monstruosidades haría falta gran vigor. Ese mozo enclenque sólo podría haberlos perpetrado con la ayuda de un cómplice. Y al día de hoy no ha aparecido ningún indicio de un cómplice. ¿Podrían don Ignacio y Rodrigo haberse confabulado para delinquir? Difícilmente. ¿Por qué Ignacio habría denunciado, entonces, a Rodrigo? ¿Por qué me habría dado la pista de que los crímenes imitaban la Pasión de Nuestro Señor?

La plebe sigue diciendo que los crímenes fueron obra del demonio. Y yo, que creo en la existencia de Satanás, sé muy bien que el demonio no se deja ver con facilidad. El diablo no obra milagros en la Tierra (aunque poder tiene para ello), pues si los viésemos, nos darían tanto miedo que de inmediato nos acercaríamos a Dios. La verdadera acción de Satanás está en la difusión de las herejías y de las filosofías libertinas. ¿Para qué firmar pactos con los hombres cuando el demonio puede seducirnos a través de la filosofía? Nuevamente he perdido el hilo de mis ideas, estoy muy cansado.

Ahora lo que me preocupa es la suerte del sacristán. He castigado a muchos delincuentes. No me avergüenza haber quemado sodomitas ni judíos, era lo justo. Sin embargo (pongo a Dios como testigo), nunca he castigado a un inocente y ese sacristán lo es. Si yo hubiese conducido su proceso, lo hubiese absuelto por falta de pruebas. ¿Qué puedo hacer? No está en mi jurisdicción. He intercedido por el infeliz ante los magistrados de la Sala de Crimen, le pedí clemencia a Su Excelencia el Virrey. Me entrevisté con el marqués del Apartado. Incluso le imploré a Su Ilustrísima el Señor Arzobispo que interviniera y expuse mis argumentos ante la Real Audiencia. Es tal la decadencia del Santo Oficio que yo, el inquisidor general de la Nueva España, no ha podido conseguir nada. ¡Más fácil le fue al padre Goñi salvar a un sodomita confeso que a mí, el inquisidor, salvar a un inocente!

Antier escribí un memorial apelando la sentencia ante Su Majestad. Es una causa perdida, pues aunque Su Majestad otorgase el indulto, este llegaría demasiado tarde. Muy pronto ejecutarán al sacristán, y yo me veré obligado a presenciar su muerte. La gente piensa que soy un hombre duro. ¡Qué poco me conocen! Soy un hombre justo que castigo al pecador que se arrepiente y protejo al inocente para que conserve su inocencia.

Imagino que dentro de unos meses llegará mi cese. Su Majestad tiene derecho a destituirme. Mi apelación fue una insensatez. ¿A quién sino a un loco se le ocurre interceder por un chivo expiatorio? No cargaré sobre mi conciencia con la sangre de un inocente.

No debería extrañarme tanta locura. Los cristianos estamos perdiendo la batalla y yo, que he gastado mi vida en defensa de la Iglesia, estoy condenado al ostracismo.

Hace unos días, llegaron noticias de una revolución en el reino de Francia. Los franceses han perdido la poca cordura que les quedaba, y ahora en las calles de París los masones y libertinos se ríen a sus anchas de la santa Iglesia de Dios y de su rey. Esa revolución acabará por extirpar la fe en aquella nación y, Dios no lo permita, nosotros seguiremos sus pasos. Desde la petulante Francia nos llega el veneno de la masonería y la filosofía moderna. Empeñaré mis fuerzas, mientras sea inquisidor, en detener esa oleada inmunda de herejías.

Sin embargo, me temo que aún no hemos aprendido la lección y me aterra la suerte de la Nueva España. ¿Qué sería de nosotros si caemos en las manos de los herejes? ¿Qué diría el padre Goñi si viese la revolución en Francia? ¿Seguiría ufanándose de sus ideas modernas? ¡Pobre hombre! ¡Cuánto daño le hizo a la Iglesia!

Yo, por lo pronto, he de cumplir con mi deber de extirpar cualquier foco de infección de estas tierras. Si bien me encuentro sumamente cansado, he de proseguir con mi tarea. Le pediré a don Eusebio que me dé más láudano para poder conciliar el sueño un rato. Debo estar fuerte para enfrentarme al enemigo.

El sueño de anoche me ha perturbado profundamente. Debí haber castigado al jesuita; debí escarbar más en aquello de la conspiración filosófica. Sé que siguen allí, leyendo libros prohibidos y cuestionando la autoridad de la santa madre Iglesia. Este mundo enloquecido no es el mismo en que nací. Quisiera regresar a San Antonio Béxar. Quisiera abrazar a mi madre. Quisiera que mi padre me llevara a pasear al río. Quisiera regresar a Puebla y Almería para conversar con don Matías. Quisiera regresar a Salamanca para discutir con fray Antulio sobre la naturaleza de los ángeles. Quisiera regresar a un mundo que se está acabando. Yo, fray Joaquín de Salazar, inquisidor general de la Nueva España, quisiera poder dormir a pierna suelta como cuando era un niño.

LA HOGUERA DE LA FICCIÓN HISTÓRICA

Es cierto que necesitamos la historia, pero la necesitamos de un modo distinto a la del ocioso maleducado en el jardín del saber [...]. Esto quiere decir que necesitamos la historia para la vida y para la acción [...]. Sólo en la medida en que la historia sirve a la vida queremos servirla nosotros.

NIETSZCHE, Segunda consideración intempestiva. Sobre la utilidad y el perjuicio de la historia para la vida

Esta novela es una ficción histórica en la que el ojo erudito del historiador profesional advertirá fácilmente las libertades que me he tomado a largo de la narración. Los jesuitas, por ejemplo, fueron expulsados de España y sus virreinatos en 1767, mientras que el Pueblo de la Reina de los Ángeles, Nueva California, fue fundado en 1781. El padre Goñi no pudo, por tanto, tener noticias del lugar. Lo mismo sucede con San Francisco, presidio californiano fundado en 1776, tres años después de que el papa Clemente XIV suprimiera la Compañía de Jesús. El ataque inglés a Buenos Aires, en el virreinato del Río de la Plata, del que habla uno de los personajes, tuvo lugar en el siglo XIX, cuando ya no había jesuitas. El primer asentamiento ruso en Alaska, mencionado tangencialmente en una conversación, es de 1786. La Declaración de Independencia de las trece colonias inglesas en Norteamérica, a la que se alude en algún momento, es de 1776 y también está desfasada respecto a la presencia de la Compañía de Jesús en la Nueva España.

Precisamente por ello, la novela no se sitúa en un año específico ni se menciona el nombre del monarca reinante. Es mi manera de advertir que no se trata de una novela histórica, sino de una ficción histórica. Mi propósito con tales libertades es intensificar el escenario para hacernos cargo de la complejidad de la situación política, económica y cultural del virreinato de la Nueva España

Existieron un marqués del Apartado, un condado de la Valenciana y un condado de Heras y Soto, pero ninguno de ellos estuvo involucrado en las peripecias de esta novela. Sobra decir que nunca existió un asesino serial que utilizara en sus crímenes los instrumentos de la Pasión de Jesús. El segundo marqués de San Juan de Rayas también existió y estuvo involucrado en una conspiración independentista, la de *Los Guadalupes*, que se urdió *circa* 1811-1814. No obstante, la conspiración histórica fue de índole muy distinta a la imaginada por mí.

Esta ficción sí intenta bocetar el ambiente y paisaje de la Nueva España. Si bien la Inquisición mantenía un férreo control sobre los libros y las ideas, es un hecho que el *afrancesamiento* de la corte de Madrid propició tímidamente la difusión de cierto espíritu ilustrado en la Nueva España. Ello no quiere decir, por supuesto, que hubiese existido una *conspiración filosófica* ni que los virreyes leyeran libros prohibidos, pero, a su modo, los jesuitas del XVIII fueron representantes de una modernidad novohispana. Por otro lado, para finales del siglo XVIII la Inquisición ya estaba preocupada por algunos indicios de la actividad de la masonería en la Nueva España. También es cierto que la Compañía tenía influencia y prestigio en los diversos niveles sociales de este virreinato: era una orden poderosa y ese poder le granjeó enemistades.

Es un hecho histórico que la Inquisición persiguió, entre otros delitos, la solicitación, es decir, los abusos sexuales de algunos sacerdotes en el confesionario y en la dirección espiritual. También es un hecho que la justicia civil y la Inquisición persiguieron la sodomía, que se castigaba con el encierro en un convento, en el caso de los religiosos, y con las galeras o con la muerte, en el caso de los seglares. Según Flores de Melo, en los siglos XVII y XVIII la Inquisición procesó cuarenta y un casos del llamado *pecado nefando* o sodomía. Tanto la autoridad civil como la religiosa eran implacables con la sodomía, especialmente con la homosexual.

Existe registro de diversos procesos y ejecuciones. El martes 6 de noviembre de 1658, por citar uno, se castigó a quince sodomitas; catorce de ellos fueron quemados por la albarrada de San Lázaro, en las afueras de la Ciudad de México. Al decimoquinto, un joven de quince años, se le dieron doscientos azotes y fue vendido como operario por seis años, algo muy parecido a la esclavitud. Quien esté interesado en el tema, puede consultar el artículo de Raymundo Flores Melo, «Casos de sodomía ante la Inquisición de México en los siglos XVII y XVIII», publicado en N. Quezada, M. E. Rodríguez, M. Suárez (eds.), *Inquisición novohispana*, UNAM, México, 2000.

Quemando mariposas: sodomía e imperio en Andalucía y México, siglos XVI y XVII, libro de Federico García Carvajal (Editorial Laertes, Barcelona, 2002) es un estudio más extenso sobre el mismo tema. El título obedece, apunta el autor, a que a Pedro de León, fraile del siglo XVII, llamó *mariposas* a quienes practicaban la sodomía. Los sodomitas, argüía el fraile, son como mariposas atraídas por la luz de las velas que «vuelan adelante y atrás, cada vez acercándose más y más al fuego». Los sodomitas «que no se enmienden, llevados por el pecado, acabarán por fin en el fuego como mariposas», sentencia fray Pedro.

Como introducción al tema del Santo Oficio, recomiendo *La Inquisición española* de A. S. Turbeville (FCE, México, 2014). Aunque el libro es viejo, pues la primera edición en inglés es de 1932 y en español de 1948, este pequeño texto consigue un difícil equilibrio entre las apologías, que intentan minimizar los horrores de la Inquisición, y la detracción mal informada.

Finalmente, no quiero dejar de mencionar que Juan Pablo II declaró que la Iglesia debe hincarse y pedir perdón a Dios y a las *conciencias humanas* por el escándalo de prácticas antievangélicas como las ejercidas por la Inquisición.

Juan Pablo II aludió a este tema en los años 1994, 2000 y 2004. El papa Francisco pidió perdón en 2015 por la ejecución en la hoguera del reformador checo Jan Huss en 1415, una pena de muerte que fue votada por príncipes y obispos. Las prácticas de la Inquisición romana, española y novohispana pueden contextualizarse, pero jamás excusarse.

Lamentablemente, no sólo la Iglesia católica persiguió violentamente a herejes y homosexuales. También algunas congregaciones protestantes del mundo anglosajón y alemán cometieron estos crímenes. Podemos contextualizarlos en su tiempo, pero esa contextualización nunca logrará excusar lo inexcusable.

La persecución y la violencia son inaceptables como método de promoción de una religión. La conciencia humana merece respeto y es lamentable que, en pleno siglo XXI, en algunos lugares de Oriente y Occidente, Dios y la religión sigan siendo un pretexto para lastimar a otros.

Sapere aude! ¡Atrévete a saber!

HÉCTOR ZAGAL

AGRADECIMIENTOS

Dicen que a los amigos se les conoce porque te visitan si estás enfermo o encarcelado. A mí me gusta añadir que también los reconoces cuando leen tus manuscritos. Yo tengo la fortuna de tener muchos y buenos amigos. Eduardo Charpenel y Sergio González Rodríguez (q. e. p. d.) leyeron generosamente una primerísima versión de esta novela. Luis Manuel Gómez Hernández, Ricardo Herrera, Pablo Alarcón, Alberto Domínguez, Matías G. Forero y Víctor Gómez leyeron una versión más acabada del texto. También quiero agradecerle a Alberto Ross el tiempo que supo hallar para leerme a la mitad de los preparativos de su boda. Le doy las gracias a José Luis Guzmán por su generosa lectura. A Carmina Rufrancos le agradezco su confianza como editora. A David Martínez, mi editor, le agradezco su atenta lectura, su profesionalidad y su compromiso. Y, ¡cómo no!, gracias a José Manuel Cuéllar, joven y brillante escritor.

Gracias a Evangelina Juárez y a Valeria Tapia, porque con su apoyo administrativo me facilitaron la escritura de esta novela en medio de la vorágine universitaria. A María Elena García Peláez, por propiciar un ambiente de trabajo amable, donde florece el compañerismo.

Finalmente quiero dejar constancia de mi agradecimiento a mi ortopedista, la doctora Flora Ojeda. A la mitad del proceso creativo, los nervios y tendones de mis manos se rehusaron a seguir tecleando. De no ser por sus medicinas y terapias, simplemente no hubiese podido escribir la novela.

ÍNDICE